Carolin Schairer

KÜSSE MIT ZUKUNFT

Carolin Schairer

KÜSSE MIT ZUKUNFT

Roman

Ulrike **HELMER** Verlag

Printausgabe gedruckt auf säurefreiem,
alterungsbeständigem Werkdruckpapier
ISBN 978-3-89741-404-4

Originalausgabe

Covergestaltung: Atelier KatarinaS / NL
unter Verwendung des Fotos »Herz aufs Herz von Miss X«,

Ulrike Helmer Verlag
Neugartenstraße 36c, D-65843 Sulzbach/Taunus
E-Mail: info@ulrike-helmer-verlag.de

www.ulrike-helmer-verlag.de

Flughafen Kastrup, Dänemark

Stoßstange an Stoßstange. Die Schlange von Taxis, deren Fahrer Flugreisende am Flughafen Kopenhagen-Kastrup absetzen wollten, schob sich nur langsam voran.

Herbst, die Hochsaison der Geschäftsreisenden. Ich hätte es wissen müssen.

Lisbeth Jacobsen, die in einem der Taxis saß, rutschte nervös auf der Rückbank hin und her. Ein schneller Blick auf die Uhr sagte ihr, dass es verdammt knapp werden würde. Möglicherweise würde sie ihren Flug nach Brüssel verpassen.

Sicher, Lotta, die Abteilungssekretärin, würde einen neuen Flug buchen. Vielleicht war noch ein Platz auf einem der Nachtflieger frei. Oder ganz früh morgens. Das Abendessen mit den europäischen Kollegen würde eben ohne sie stattfinden. Sie würde das verschmerzen können. In den elf Jahren, in denen sie für das Unternehmen arbeitete, hatte sie wirklich mehr als genug dieser Abendessen erlebt, bei denen sich die Konversation fast ausschließlich um Firma und Branche drehte, Klatsch und Tratsch inklusive.

Was ihr leichtes Kopfweh bereitete, war die Tatsache, dass Lotta natürlich an Personalbüro und Chefetage melden müsste, dass sie den Flug verpasst hatte. Das schrieb die Betriebsvereinbarung nun mal so vor. Sie würde sich rechtfertigen müssen, sicher vor dem Personalchef und vor Thorben Hilsted, ihrem direkten Vorgesetzten. Vielleicht dränge die Sache sogar bis zu Jasper Lund, der erst vor wenigen Wochen die Geschäftsführung übernommen hatte, sich aber seinen Ruf als Sparefroh bereits in früheren Positionen der Firma erarbeitet hatte.

Sie hatte mit ihm und vier weiteren Kollegen ein Großraumbüro geteilt, kurz nachdem sie als Junior-Produktmanagerin eingestiegen war. Lund und sie hatten das gleiche Alter; ihre Schreibtische waren lediglich durch eine hölzerne Sichtbarriere voneinander getrennt gewesen. Er war damals noch Praktikant, aber als Sohn des Firmengründers genoss er eine beispiellose Sonderbehandlung. Kopieren? Lästige Anrufer abwimmeln? Besprechungen vorbereiten? – Keine Tätigkeiten für Papas Sohn. Mit diesen Aufgaben wurde plötzlich sie betraut, trotz Studienabschluss und Arbeitserfahrung. Lund junior hingegen durfte mit den Kollegen aus Übersee am Telefon über Marketingstrategien plaudern. Nicht einmal sein Englisch war damals überzeugend gewesen, und das trotz seines Auslandsstudiums an der amerikanischen Ostküste. Nach zwei Monaten war der Spuk vorüber gewesen: Japser setzte sein Betriebswirtschaftsstudium fort, und alle in der Abteilung atmeten erleichtert auf.

Bis zum letzten Tag hatte er nur mit der Chefin kommuniziert – die anderen Kollegen im Büro waren für ihn Luft. Wie sehr, war Lisbeth am vorletzten Tag seines Praktikantendaseins klargeworden, als er mit Telefon am Ohr und großen Augen in die Runde fragte: »Da will jemand eine Lisbeth Jacobsen sprechen. Arbeitet die hier?«

Wie auch immer. Nun war er ihr Chef. Und mittlerweile kannte er auch ihren Namen, davon war sie überzeugt, obwohl ihr nun das Gegenteil lieber gewesen wäre. Auch wenn Lund vor einem Jahr noch als Marketing-Leiter in England eingesetzt gewesen war, zweifelte sie nicht daran, dass man ihn über die Causa Jacobsen/Christiansen informiert hatte.

Das Eis, auf dem sie balancierte, war dünn. Und wenn sie nicht wollte, dass es unter ihr brach, sollte sie diesen Flug wohl besser erwischen, um nicht erneute Aufmerksamkeit auf sich zu ziehen.

Endlich. Terminal 2, Haupteingang. Lisbeth drückte dem Taxifahrer drei Scheine in die Hand und schob, als sie an seiner Miene sah, dass sie das Trinkgeld nicht miteinkalkuliert hatte, noch einige Münzen nach. Ihren Trolley hinter sich herzerrend, hastete sie geradewegs auf die Tür zu. Sie stand bereits mitten im Drehkreuz, als ihr bewusst wurde, dass sie vergessen hatte, sich eine Quittung geben zu lassen.

430 Kronen aus ihrem eigenen Budget. Kein Einreichen in den Spesen möglich.

Es blieb keine Zeit, um sich lange damit aufzuhalten. Mit angehobenem Trolley drängte sie sich an einer Gruppe japanischer Touristen auf der Rolltreppe links vorbei, während sie gleichzeitig in den Tiefen ihrer geräumigen Handtasche nach dem eben noch schnell ausgedruckten Boardingpass tastete. Sie fühlte ihren Lippenstift, das Brillenetui, den Plastiksack mit den Kosmetika … ihre Geldtasche … den Ausweis … und Papier.

Hah! Zum Glück.

Im Endspurt rannte sie mit dem ratternden Koffer den Gang entlang zur Handgepäckskontrolle. Als sie die Menschenschlange sah, die sich in Serpentinen zu den Schaltern schlängelte, hielt sie abrupt inne. Es gab kein Vorbeikommen, keine Möglichkeit, sich vorzudrängeln. Dazu standen die Menschen zu dicht und die uniformierten Ordnungshüter blickten zu grimmig.

Resigniert reihte Lisbeth sich am Ende der Schlange ein. Der Sprint vom Taxi quer durch den Terminal und nach oben zu den Abflügen war vergebens gewesen. Ihre Füße schmerzten in den engen hohen Schuhen. Sie schwitzte unter ihrem Mantel. Ihre Kehle war trocken.

In Gedanken sah sie sich bereits bei *Human Resources* im Büro sitzen und erklären, weshalb sie diesen schon so lange im Voraus gebuchten Flug nicht pünktlich erwischt hatte.

Wunderbar. Ganz wunderbar.

*

Rund drei Stunden Verspätung! Die Anzeigetafel offenbarte in nüchternen weißen Ziffern auf schwarzem Grund die unabänderliche Tatsache, dass sie noch mehr Zeit auf diesem Flughafen würde verbringen müssen. Die Aussicht auf ein kurzes Nickerchen während des Fluges und eine anschließende warme Dusche im Hotel rückten in weite Ferne.

Marlene Brunner unterdrückte ein Seufzen. Wenn sie zumindest irgendwo ein gemütliches Café entdeckt hätte. Auf den poppig gestalteten Treff mit Bubble Tea und Zuckergussglasur-Cookies links neben dem Duty-Free-Shop, dessen rockige Hintergrundmusik ihr schon aus der Entfernung Kopfschmerzen bereitete, hatte sie genauso wenig Lust wie auf das Bistro mit der Bier- und Hamburger-Werbung dahinter.

Sie sehnte sich nach einer ruhigen Ecke, nach Möglichkeit auch mit einem Glas guten Rotwein. Nebenbei wollte sie ihre Mails checken, sich mit dem neuen Laptop vertraut machen, im Firmenintranet surfen. Und vor allem wollte sie die schwere Tasche, die an ihrer rechten Schulter zerrte, endlich einmal abstellen. Das Gepäck hatte sie zum Glück aufgegeben. Nicht dass sie dieses Mal eine andere Option gehabt hätte. Kleidung und Schuhwerk für eine Woche ließen sich nicht mehr in einen handgepäckstauglichen Koffer pressen.

Dabei war es ihre eigene Entscheidung gewesen, zwei Stunden vor dem geplanten Abflug hier zu sein. Sie war nun einmal keine Freundin von Last-Minute-Hetze. Pünktlichkeit war ihr schon immer wichtig gewesen. In der alten Firma belustigten sich die Kollegen regelmäßig über ihr Zeitmanagement, das üppige Puffer einschloss. Bei *Rasmussen Pharma*, wo sie erst vor einer Woche begonnen hatte, war ihr Wunsch, früh zum Flughafen aufzubrechen, anstatt noch mit den Kollegen in der Kantine zu essen, mit Erstaunen aufgenommen worden.

Ich möchte noch shoppen, hatte sie erklärt – und von den Kolleginnen etwas neidische, von den männlichen Kollegen amüsierte Blicke geerntet. Sie hatte bewusst darauf verzichtet, ihre großzügigen Zeitpolster zu thematisieren. Vor den neuen Kollegen wollte sie nicht gleich wieder pedantisch erscheinen.

Außerdem war sie nach der zweieinhalbtägigen medizinischen Einführungsschulung in der Konzernzentrale, die für Neuzugänge in ihrer Position obligatorisch war, sehr froh, einen Nachmittag Ruhe vor Small Talk in englischer Sprache und dem wohl unumgänglichen Fachkauderwelsch zu haben.

Zum wiederholten Male drehte sie ihre Runde durch den Duty-Free-Shop, vorbei an dem Geschäft mit den furchtbaren grellen Regenjacken, vorbei an den Porzellanwaren von *Royal Copenhagen*, vorbei am Curry-Imbiss. Kurz blieb sie vor dem Büchergeschäft stehen, ließ ihren Blick über die englischsprachige Literatur schweifen. Nichts, was sie genug interessierte, um ihr Ablenkung zu verschaffen von den ständigen Durchsagen, vorbeieilenden Menschen, dem ganzen Getümmel am Flughafen, von den vielen neuen Eindrücken der letzten Tage, vom turbulenten vergangenen Jahr.

Lounge.

Sie schnappte das Wort von einem Herren im Anzug auf, der unmittelbar hinter ihr lautstark und mit hartem norddeutschem Einschlag in sein Smartphone sprach. Was sie aus den kurzen Gesprächsbrocken heraushörte, war, dass er sich nun dorthin begeben wollte, um in Ruhe arbeiten zu können.

Prinzipiell eine gute Idee.

Wieso war ihr das nicht selbst eingefallen? – Irgendwo in diesem Terminal musste es ja einen Aufenthaltsraum geben, den sie auch ohne Platinum-Flugmeilenkarte oder Business Ticket nutzen konnte.

Die Laptop-Tasche hing inzwischen wie ein Stück Blei an ihrem Arm. Entnervt fragte sie am Informationsschalter nach der Lounge. Es gab zwei, die sie dank ihrer Kreditkartenfirma besuchen konnte; sie wählte bewusst die kostenpflichtige, die hoffentlich weniger frequentiert war als ihr Gratis-Pendant.

Die Lounge übertraf ihre Erwartungen. Kein steriles Flughafen-Flair, sondern gemütliche Sofas, gedämmtes Licht und gerahmte Fotografien dänischer Landschaften an den Wänden. Im Hintergrund leise Klaviermusik aus dezent platzierten Lautsprechern. Auf der anderen Seite des architektonisch raffiniert unterteilten Raumes dagegen Schreibtische, einige Apple- Computer, zahlreiche Steckdosen, Drucker und sogar ein Kopiergerät. Im dritten Bereich lockte ein Restaurantbetrieb mit weiß eingedeckten Tischen.

Marlene entschied sich für einen Platz in einer der Sofaecken. Dankbar stellte sie die Tasche mit Unterlagen und Laptop ab und rieb sich die Schulter. Mails checken konnte sie etwas später immer noch. Erst einmal entspannen.

Sie griff nach der Getränkekarte. Ein Cola zum Einstieg, später vielleicht ein Glas Wein. Sie sah sich wartend um.

Der einzige Kellner, den sie erblickte, stand hinter der Bar und war damit beschäftigt, einen stählernen Cocktailmixer bedrohlich hin- und herzuschwenken.

SELF SERVICE TILL 5.00 P.M.

Erst jetzt entdeckte sie den kleingedruckten Vermerk auf der Karte. Okay, das erklärte, weshalb sich die wenigen Besucher, die es in diesem Bereich gab, an der Bar drängten.

Sie schob ihre Laptop-Tasche unter den Mantel und gesellte sich an die Bar.

»One Cola light, please.«

Während sie auf ihr Getränk wartete, nahm sie aus den Augenwinkeln wahr, wer auf dem Barhocker links neben ihr saß: ein sportlich wirkender Mittfünfziger, graumeliertes Haar, dezent gebräunt. Kein langweiliger Krawattenträger im grauen Anzug, sondern ein souverän wirkender Mann in Jeans und Pulli mit Markenemblem. Ein Mann mit teuer aussehenden italienischen Designer-Schuhen an den Füßen und einem gewinnenden Lächeln im Gesicht.

Seine Gestik, seine Mimik, selbst seine angenehme, volle Stimme – er erinnerte sie unwillkürlich an Alexander.

Der Mann sprach Englisch mit unüberhörbarem US-amerikanischem Zungenschlag. Wenn er lachte, zeigten sich über seinen Mundwinkeln tiefe Grübchen. Im Unterschied zu Alexander, der meistens recht ernst wirkte.

Sie wollte nicht zu ihm hinsehen, tat es aber doch. Verstohlen. Er war genau ihr Typ. Ein Mann, der nicht viel tun müsste, um sie ins Bett zu bekommen, dem sie schon nach kurzer Zeit voll und ganz vertraute, dem sie womöglich sogar ihr Ja-Wort gab – und der sie dann knapp sieben Jahre später wegen einer Jüngeren verließe. Irgendeiner vollbusigen Pharmareferentin, die auf hochhackigen Schuhen in sein Büro stolziert war.

Komm runter, Marlene. Was geschehen ist, ist geschehen. Und dieser smarte Charmeur neben dir ist nicht dein Ex-Mann.

Ein Flirt. Vielleicht ein klitzekleiner Flirt bei Cola und Wein, einer, der ihr nach all der schmerzhaften, erkenntnisreichen Zeit, die hinter ihr lag, das Gefühl geben würde, lebendig und begehrenswert zu sein. Sie bliebe an der Bar stehen, würde langsam ihr Cola trinken, auf eine günstige Gelegenheit warten, das Gespräch mit ihm suchen …

Moment. Denkfehler.

Der Mann neben ihr war bereits mitten in einem anregenden Gespräch, das ihm ganz offensichtlich auch eine gewisse Herausforderung bot. Er flirtete schamlos mit der Blondine, die links von ihm auf dem Barhocker saß, gelegentlich an ihrem Rotwein nippte und aufgrund ihrer angespannten Körperhaltung in Marlenes Augen nicht wahnsinnig euphorisch wirkte, was seine Gesellschaft betraf.

Die vollbusige Pharmareferentin, wegen der Alexander auf Scheidung bestanden hatte, war auch blond. Allerdings im Gegensatz zu dieser Frau künstlichblond.

Wie auch immer.

Warum flogen diese Männer so auf Blondinen? Was war so verkehrt an einer Frau wie ihr, mittelgroß, schlank, mit rotbraunen vollen Locken, auf die sie immer stolz gewesen war?

Einer Frau, die in jeder Gesellschaft eine gute Figur machte, die sich präsentieren konnte, ohne affektiert zu wirken? Eine, deren fachspezifisches Wissen über angelernte Marketing-Phrasen hinausreichte, die Studien lesen und hinterfragen konnte und eine wirklich adäquate Gesprächspartnerin für Ärzte von Alexanders Format war. Keine sechsundzwanzigjährige Publizistikabsolventin, die erst vor einem halben Jahr die staatliche Pharmareferentenprüfung knapp geschafft hatte und nur Dank Vitamin B bei dieser Generika-Firma untergekommen war, um ihr dann den Ehemann wegzuschnappen.

»Your Coke, Miss.«

Miss. Wie schmeichelhaft.

Immerhin schien sie zumindest der junge Barkeeper nicht automatisch in der Altersklasse seiner Urgroßmutter einzuordnen. Mit achtunddreißig Jahren als *Miss* zu gelten, tat gut.

Vielleicht sollte sie einem Gespräch mit dem Typen doch eine Chance geben? Ein kleiner Flirt würde sie von Alexander ablenken, ihr wieder Selbstvertrauen geben.

Sie schielte zu der blonden Frau, die immer noch die gesamte Aufmerksamkeit des Mannes auf sich zog. Sie war von zierlicher Statur, hatte feine, ebenmäßige Gesichtszüge, grüne Augen, schmale, blasse Lippen. In ihrem dunklen, tailliert geschnittenen Business-Kostüm war sie eine äußerst elegante Erscheinung. Eine Frau, die auf sich achtete. Der zweite Blick ließ Marlene ihr Urteil etwas revidieren: Der graue Lidschatten am rechten Auge war verschmiert, die Lidstriche wirkten leicht asymmetrisch und die Aufsteckfrisur schien sich allmählich aufzulösen. Ein paar wellige Strähnen hingen bereits lose nach unten und fielen ihr immer wieder ins Gesicht. Unwillkürlich fiel Marlenes Blick auf die Hand, die das Weinglas hielt. Kein Ehering und sehr kurze Fingernägel ohne Nagellack.

Unwillkürlich betrachtete sie ihre eigenen gepflegten Hände. Seit sie den Ehering abgelegt hatte, trug sie wieder jene zwei schmalen goldenen Opal-Ringe, die sie sich selbst von ihrer ersten Prämie gekauft hatte. Ihre Nägel waren perfekt und glänzten unter dem durchsichtigen Nagelhärter. Marlene zählte sich selbst nicht zu diesen aufgetakelten Damen, die ihr im Außendienst so oft begegnet waren, doch wenn sie mit Tablet oder Foldern vor den Ärzten hantierte, fiel deren Blick schließlich zunächst auf ihre Hände. Grund genug, auf tadellose Maniküre zu achten.

OMG. Der Typ wird wirklich direkt. Auf charmante Art direkt, aber eben direkt …

Marlene hatte das Kompliment, das er seinem Gegenüber soeben gemacht hatte, nur halb mitbekommen. Seine Körpersprache sprach hingegen Bände. Er näherte sich der blonden Frau immer mehr an, berührte wie zufällig ihren Arm.

Für einen kurzen Moment stellte Marlene sich vor, wie sich seine Hand auf ihrer nackten Haut anfühlen würde …

»Oh, Darling, hier bist du ja endlich!«

Sie begriff erst, dass sie gemeint war, als sich Arme um ihren Nacken schlangen – die Arme der blonden Unbekannten. Schon drückten sich die Lippen der Frau auf die ihren – warme, unglaublich weiche Lippen, die nach Rotwein schmeckten.

Zu überrascht, um zu reagieren, ließ Marlene den Kuss einfach geschehen.

»Joe, entschuldigen Sie mich.« Die Unbekannte bedachte den Alexander-Verschnitt mit einem zuckersüßen Lächeln. »Meine Freundin ist jetzt hier. Wir wollen ein bisschen Zeit für uns. – Gute Heimreise! Bye!«

»O…okay. Ebenfalls … bye.«

Joe wirkte nicht minder überrascht als Marlene selbst. Das Gespräch, das weiterhin auf Englisch geführt worden war, ließ aufgrund der Wortwahl keine Fragen offen: *Girlfriend* hatte die Blondine gesagt, deren Arm sich nun besitzergreifend um ihre Taille legte. Nicht *friend* im Sinne von platonischer Freundin. Wenn der Kuss Joe noch nicht in die Flucht geschlagen hatte – spätestens durch diese klare Ansage hatte er wohl jegliches Interesse verloren. Und das nicht nur an der Frau, sondern auch an ihr, Marlene.

Kein Flirt, kein Hype für das angekratzte Ego, dafür aber eine Begleiterin, die ihr jetzt ungefragt in Richtung Sofaecke folgte und sich unmittelbar neben ihr niederließ.

»Sorry.« Die Unbekannte warf einen kurzen Blick über die Schulter in Richtung Bar. Joe raffte soeben seinen Rucksack und seine Jacke zusammen und verschwand aus ihrem Blickfeld. »Ich hatte keine andere Wahl. Er wurde aufdringlich.«

»Und wenn ein Mann aufdringlich wird, stürzen Sie sich auf die nächstbeste Frau und ziehen diese Lesben-Show ab?«

Marlene hatte die Sprache wiedergefunden. Es fiel ihr schwer, ihr Unverständnis und den aufkeimenden Ärger zu verbergen. Sie sollte hier mit Joe, dem charmanten Designschuhträger sitzen, nicht mit dieser etwas fahrig wirkenden Blonden, die sich zum wiederholten Male eine ihrer losen Haarsträhnen aus dem Gesicht strich.

»Es bot sich gerade an, und mir fiel nichts anderes ein. – War es denn so schlimm?«

Die Fremde hatte den Kopf schief gelegt. Ein zaghaftes Lächeln umspielte ihre Mundwinkel. Marlene war noch immer zu verstimmt, um es zu erwidern.

»Sie finden diesen Mann aufdringlich, der lediglich mit Ihnen geredet hat, und ich persönlich finde es absolut dreist, dass Sie mich aus dem Nichts heraus küssen. – Dabei sollten wir es jetzt belassen. Nachdem Ihr Verehrer jetzt weg ist, können Sie zurück an die Bar.«

Die Fremde blieb sitzen und streckte ihr die Hand entgegen.

»Lisbeth Jacobsen. – Tut mir leid, wenn ich Sie verärgert habe. Das war nicht meine Absicht.«

Marlene unterdrückte ein Seufzen. Sie war nicht gut darin, die gekränkte Zicke zu spielen. Vielleicht war es ohnehin besser, dass ihr ein Flirt mit diesem Joe versagt geblieben war. Womöglich hatte er nicht nur äußerlich Ähnlichkeit mit Alexander.

Sie nahm die Hand, die sich ihr entgegenstreckte, und sagte: »Marlene Brunner. Damit Sie wissen, wie Ihre Liebhaberin heißt.«

Lisbeth Jacobsens Lächeln vertiefte sich.

»Darf ich Sie auf ein Glas Wein einladen, um mein schlimmes Verhalten wieder gut zu machen?«

»Das dürfte schwierig werden, nachdem sämtliche Getränke im Eintrittsgeld für diese Lounge bereits enthalten und deshalb *for free* sind.«

Lisbeth lachte hell auf. Marlene betrachtete mit leichter Faszination, um wie viel jünger diese Frau wirkte, wenn sie lachte. Zuvor hatte sie sie auf ihr Alter geschätzt – Ende dreißig, vielleicht auch etwas älter. Nun wirkte sie fast wie eine unbefangene junge Studentin. Lediglich die kleinen Falten um die Augen verrieten Marlene, dass sie mit ihrer ersten Schätzung wohl der Realität näher kam.

»Wir könnten anderswo hingehen. Ich lade Sie ein. Als Entschädigung.«

»Danke, nein. Ich möchte wirklich nichts anderes, als in dieser wunderbaren dunklen Sofaecke bleiben.«

»Oh, ich verstehe. Sie möchten mit mir ungestört sein.«

Lisbeth zwinkerte ihr zu.

Du lieber Himmel, was wird das? Flirte ich jetzt tatsächlich mit einer Frau?!

Ihr Gegenüber schien sich offenkundig zu amüsieren.

Marlene legte ihren leisen Groll endgültig ad acta. Wer auch immer diese Lisbeth Jacobsen war – sie schien humorvoll und unterhaltsam. Warum sollte sie nicht ein bisschen Spaß haben, ehe auf sie in den nächsten drei Tagen wieder eine Menge trockener, ernster Themen zukam. Sie würde ein wenig herumplänkeln, auf rein platonischer Basis natürlich, und sich auf diesen spaßigen Flirt einlassen, soweit es ihre Sprachkenntnisse zuließen. Während ihr Fachenglisch erstklassig war, rang sie im Alltag gelegentlich um die passenden Worte.

Ihre Gesprächspartnerin, die dem Namen nach wohl Dänin war, schien mit Eloquenz keine Probleme zu haben.

»Entspannen Sie sich. Wenn ich Sie schon nicht einladen kann, werde ich uns zumindest etwas zu trinken organisieren. – Ist Rotwein okay?«

Marlene griff nach der Getränkekarte.

»Nur, wenn ich ihn aussuche.«

Sie ließ ihren Blick über die offenen Weine schweifen. Neben einem fränkischen Roten standen hauptsächlich Spanier und Franzosen zur Auswahl. Kein österreichischer Wein. Sie wählte einen *Vino Tinto*, von dem sie glaubte, dass er einen gewissen Qualitätsanspruch erfüllen würde, und wartete, bis Lisbeth Jacobsen mit zwei Gläsern zurück an den Tisch kam.

Sie stießen an.

»Auf meine wunderschöne Freundin«, sagte Lisbeth und sandte ihr ein engelsgleiches Lächeln entgegen.

Marlene grinste amüsiert.

»Sie machen das sehr gut. Fast könnte man glauben, Sie haben wirklich Übung im Flirten mit Frauen.«

»Oh, ich habe Übung. Nur mit Frauen, um präzise zu sein.«

Lisbeth Jacobsen lächelte sie offen an, und Marlene begriff.

Oh … okay. Also keine Lesben-Show, sondern Reality.

Marlene schluckte.

Interessant. Das also ist eine echte Lesbe? Sehen die im Fernsehen nicht immer wie Kerle aus?

Meine Güte, seit wann dachte sie in solchen Klischees? Peinlich berührt, griff sie erneut nach ihrem Weinglas und nahm einen tiefen Schluck.

»Sind Sie aus Deutschland?«

Ihr Gegenüber schien ihre Verlegenheit nicht zu bemerken – oder bewusst zu übergehen.

»Österreich.«

»Wir können gern auch Deutsch sprechen«, erwiderte Lisbeth Jacobsen in genau dieser Sprache. Fast fehlerlos, grammatikalisch einwandfrei und nur mit leichtem Akzent. »Fremdsprachen liegen mir.«

»Ich gebe zu, Sie überraschen mich von Minute zu Minute mehr. Perfektes Englisch, perfektes Deutsch …«

»Vergessen Sie das perfekte Küssen nicht!«

Marlene lachte.

»Bist du eigentlich immer so?«

Sie konnte diese Frau angesichts ihres lockeren Geplänkels nicht mehr länger siezen.

»Wie denn?«

Sie sahen sich an. In Lisbeths Augen tanzte der Schalk.

»So …« Marlene machte eine ratlose Geste. »Ich meine, wir kennen uns überhaupt nicht.« *Genauer gesagt, sprechen wir noch nicht einmal eine halbe Stunde miteinander. Ich kann mich wirklich nicht erinnern, jemals mit irgendjemandem zuvor derartige Dialoge geführt zu haben.* »Normalerweise macht man sich auf andere Weise bekannt, oder? Zumal … ich meine, ich flirte nicht mit Frauen. Ich bin heterosexuell.« *Du lieber Himmel, was rede ich da eigentlich?*

Sie fühlte Lisbeths Hand auf der ihren.

»Das ist nichts, wofür man sich schämen müsste«, hörte sie ihr Gegenüber mit übertriebenem Pathos in der Stimme sagen. »Viele Menschen stehen heutzutage zu ihrer Heterosexualität. Ich habe einige Heterosexuelle in meinem Bekanntenkreis und wirklich kein Problem damit. Wenn du darüber sprechen willst – ich bin jederzeit für dich da.«

Marlene fühlte, wie ihr das Blut in den Kopf stieg. Sie hatte das verdient, eindeutig. Mit resigniertem Seufzen ließ sie sich zurück ins Sofa sinken.

»Tut mir leid. Ich rede dummes Zeug. Ich wollte nicht … ich meine … ich …«

»Psst. Kein Stress.« Lisbeth hatte den Abstand zwischen ihnen verringert. Sie legte zwei Finger auf Marlenes Lippen. »Ich will meine wunderschöne neue Freundin ja nicht überfordern.«

Marlene lächelte matt. Ihr Blick fiel auf Lisbeths Hand, die inzwischen von den Lippen auf den Oberschenkel hinabgeglitten war. Lisbeth, der ihr kritischer Blick nicht entging, zog die Hand zurück.

»Wir können auch über etwas anderes reden«, schlug sie vor. »Diese normalen Dinge. Wo komme ich her, wo kommst du her, was machst du beruflich, was sind deine Hobbys …«

»Okay. Woher kannst du so gut Deutsch?« Lisbeth setzte bereits zu einer Antwort an, als es sich Marlene plötzlich anders überlegte. Es war doch nur eine Flughafen-Bekanntschaft, eine Fremde, deren Wege sich zufällig für einige Stunden mit dem ihren kreuzten. Warum ihr also so persönliche Fragen stellen? »Nein, nein. Warte. Lass mich raten. Du bist Dolmetscherin. Du fliegst auf irgendeine langweilige, staubtrockene EU-Konferenz nach Brüssel und dolmetschst zwischen den Deutschen und den Dänen, und wahrscheinlich geht es um ein sehr wichtiges Thema wie die Krümmung der Bananen oder darum, welches Gemüse zum Anbau zugelassen ist. Du wohnst in Kopenhagen. Du verdienst nicht schlecht, deshalb kannst du dir einen sanierten Altbau leisten, nicht weit vom Stadtzentrum … kein Außenbezirk. In deiner Freizeit reist du gerne. Du hast einige Zeit in den USA verbracht, und dein Deutsch hast du weder in Österreich noch in Süddeutschland perfektioniert. Du bist Single. Aber du hast ein Haustier … vermutlich eine Katze.« Marlene lehnte sich mit verschränkten Armen zurück. »Und? Wie war ich? Liege ich richtig?«

*

Lisbeth wusste selbst nicht, was in sie gefahren war: Erst überfiel sie diese fremde Frau mit einem Kuss, jetzt saß sie hier mit ihr und flirtete auf Hochtouren. Im Grunde war Joe, der

US-Amerikaner an der Bar, nur eine willkommene Ausrede für ihr Tun. In ihrem Leben hatte es viele Joes gegeben – Männer, mit denen sie ein lockeres, unverfängliches Gespräch begann und die ihr kurze Zeit später Avancen machten. Bisher war sie noch jeden Verehrer auf galante Weise losgeworden, ohne sich küssend auf die nächstbeste Frau zu stürzen.

Diesmal war es anders. Sie hatte Marlene schon eine Weile heimlich beobachtet, während sie noch mit Joe sprach: schlank, mittelgroß, eine Frau mit in sich ruhender Ausstrahlung. Ihr Haar war ein echter Blickfang: eine kastanienbraune Lockenmähne, die ihr offen weit über die Schultern fiel. Es duftete leicht nach Pfirsich, sie hatte das Shampoo oder auch die Pflegespülung gerochen, als sie die Fremde auf ihre vollen Lippen küsste.

Zu einer hellgrauen, schlichten Businesshose trug Marlene einen dunkelgrünen Samtblazer, tailliert geschnitten. Sie mochte Goldschmuck, das war eindeutig. Die Ringe an ihren Fingern, der dazu passende Armreif, die in Gold gefassten Perlenohrringe und eine grobgliedrige auffällige Halskette machten daraus kein Geheimnis.

Dass diese Frau eindeutig auf Männer stand, war auf den ersten Blick klar gewesen – zumal sie ihren Gesprächspartner angestarrt hatte, als wäre er ein unwiderstehliches Dessert. Sie wusste, zumindest ein Hauch von schlechtem Gewissen hätte sie plagen sollen, weil sie Marlene durch ihre dreiste Aktion um den Flirt mit ihm gebracht hatte. Doch stattdessen fühlte sie eine leise Genugtuung: Immerhin war *sie* es jetzt, die mit dieser interessanten, attraktiven Frau hier saß, nicht dieser Joe.

»Lisbeth? War das zu viel?«

Die besorgt klingende Stimme riss Lisbeth aus ihren Gedanken. Ach ja, Marlenes Einschätzung zu ihrer Person. Witzig, wie richtig sie mit einigen Punkten lag. Zugleich wollte ihre neue Bekannte den Ball anscheinend flach halten: nicht zu viel persönliche Details. Lisbeth verstand das – sie waren sich schließlich noch immer fremd und würden sich wohl kaum je wieder über den Weg laufen, andererseits bedauerte sie es auch ein wenig. Sie hätte Marlene gerne besser kennengelernt, heterosexuell hin oder her.

»Kannst du hellsehen?«, nahm Lisbeth den lockeren Faden wieder auf. »Ja, ich fliege tatsächlich auf eine staubtrockene Konferenz nach Brüssel und, ja, es geht wirklich um Zulassungen, unter anderem ... mit Obst und Gemüse hat es allerdings nichts zu tun. – Wie kommst du darauf, dass ich Single bin?«

»Würdest du sonst wildfremde Frauen küssen?«

»Für einige ist das kein Hindernis.«

»Und für dich?«

Marlenes Blick ruhte auf ihr. Interessiert, abwartend.

Lisbeth fuhr sich mit der Zunge über die Lippen.

»Ich habe noch nie jemanden betrogen«, sagte sie schließlich. »Du?«

»Gilt ein Kuss als Betrug?«

Lisbeth riss die Augen auf.

»Du meinst ... jetzt vorhin ...«

»Beruhig dich.« Marlenes Hand streifte ihren Arm. Eine angenehme, fast vertraute Berührung. »Ich bin geschieden und mehr Single, als ich es in meinem ganzen bisherigen Leben war. – Außerdem: das eben zählt wohl wirklich nicht, selbst wenn es anders wäre. Ich war schließlich ein passives Opfer.«

»Bist du normalerweise eher der aktivere Part?« Lisbeth hatte beschlossen, wieder zum lockeren Geplänkel überzugehen.

»Tja, das wirst du wohl nie erfahren.« Marlene grinste amüsiert.

»Wer weiß? – Nachdem ich dich nun mit einem Kuss auf den Geschmack gebracht habe, wäre ich da nicht mehr so sicher.«

»Nun übertreib mal nicht. Ein kleiner Kuss auf die Lippen hebt nicht gerade meine Welt aus den Angeln, Schätzchen.«

In diesem Moment ritt Lisbeth der Teufel. Was gab es schon zu verlieren? – Sie verringerte den Abstand zu Marlene, zog sie an sich und küsste sie zum zweiten Mal an diesem Tag – diesmal richtig. Der erwartete Widerstand blieb aus. Ein Kuss ohne Zunge, aber ein Kuss.

Sie lösten sich voneinander und sahen sich eine ganze Weile stumm an. Lisbeth konnte Marlenes Blick nicht deuten. War es Verwirrung, die in ihren Augen stand? Zumindest war es keine Abscheu.

Lisbeth richtete sich auf.

»Ich … hole uns was zu trinken. Denselben Wein nochmal?«

Marlene strich sich durch ihr offenes Haar.

»Ein zweites Glas verkrafte ich nicht auf nüchternen Magen. Ich habe seit dem Frühstück nichts mehr gegessen.«

»Dann hole ich uns dazu Fingerfood vom Buffet.«

Als Lisbeth mit einem Teller zurückkam, standen bereits zwei volle Weingläser am Tisch.

»Dim-Sum, Wantan-Taschen, Prosciutto mit Melone, Oliven … ich war mir nicht sicher, was du willst, deshalb habe ich von allem etwas genommen.«

»Keine Sorge, ich bin kulinarisch sehr aufgeschlossen.«

Einer der kleinen Mozzarella-Tomaten-Spieße wanderte in Marlenes Hand.

»Nur kulinarisch oder auch in anderer Hinsicht?« Lisbeth legte den Kopf schief. *Lass das,* ermahnte sie sich selbst. *Übertreib es nicht.*

Marlene hörte einen Moment lang auf zu kauen und starrte sie nur an. Dann wischte sie sich mit der Serviette über den Mund und schob den Holzspieß zurück auf den Teller.

»Gehört dazu nicht ein bisschen mehr als ein Quantum Aufgeschlossenheit?«

»Zum Beispiel was?«

»Einstellung. Eine gewisse Neigung. Was weiß ich. Ehrlich gesagt, ich hatte noch keinen Grund, mich damit auseinanderzusetzen. Frauen haben mich in dieser Hinsicht nie interessiert.«

Lisbeth schluckte den letzten Bissen der chinesischen Teigtasche hinunter. Sie konnte es einfach nicht lassen. Diese Frau weiterhin zu necken, war mehr als nur reizvoll.

»Bis heute.«

»Das ist eine äußerst gewagte Aussage. – Ich finde es nett, hier zu plaudern, aber ...«

Lisbeth ließ sie ihren Satz nicht vollenden.

»Du hast es selbst gerade gesagt: Frauen haben dich bisher nicht interessiert. Vergangenheitsform.«

Marlene schüttelte schmunzelnd den Kopf.

»Deine Deutschkenntnisse sind wirklich außergewöhnlich gut.«

»Ja, fast so gut wie meine Küsse, nicht wahr?«

*

Marlene fühlte sich warm und leicht, frei und zugleich benommen. Es war wie ein Rauschzustand, der weniger mit den drei Gläsern Wein zusammenhing, die sie inzwischen getrunken hatte, als mit der Person dicht neben ihr. So sehr sie sich auch gegen ihre verwirrenden Empfindungen zu wehren versuchte, indem sie sich immer wieder gewaltsam in Erinnerung rief, dass es eine *Frau* war, von der sie sich während ihres amüsanten, verbalen Schlagabtauschs wie zufällig am Arm und am Oberschenkel berühren ließ, so sehr genoss sie dennoch die Situation, in die sie da gänzlich unerwartet geraten war.

Lisbeth Jacobsen besaß nicht nur Humor, sondern auch Charme. Sie war witzig, eloquent und ohne Zweifel gebildet. Marlene war sich mittlerweile ziemlich sicher, dass Joe die uninteressantere Bekanntschaft dargestellt hätte. Inzwischen war ihr auch klar, dass sie zumindest mit zwei weiteren Vermutungen richtig gelegen hatte: Lisbeth wohnte tatsächlich zentrumsnah in Kopenhagen und sie hatte eine Perser-Katze mit dem klangvollen Namen *Miss Marple*.

Marlene wiederum hatte Lisbeth von ihrer neu bezogenen Altbauwohnung in Wien erzählt und ihrer Leidenschaft für gutes Essen und guten Wein. Die Scheidung von Alexander, der Grund, weshalb sie ihren Arbeitgeber wechselte und bei einer neuen Firma anfing, Jakob und die Kinder – das waren keine Themen für die Unterhaltung mit einer Frau, die sie danach nie wiedersehen würde. Und auch grundsätzlich kein Gesprächsstoff, der zu der Heiterkeit passte, die sie spätestens seit dem zweiten Wein vom Kopf bis zu den Zehenspitzen erfüllte.

Sie hatte sich gerade bequem zurückgelehnt und lauschte versonnen Lisbeths spritzigen Ausführungen über die Touristenboote, die durch die Kopenhagener Kanäle schipperten und die sie von ihrem Wohnzimmerfenster aus beobachten konnte, als Norah Jones sie aufschrecken ließ. Ihr Privathandy. Es gab nicht viele Möglichkeiten, wer sich hier meldete.

Hastig kramte sie das Smartphone aus der Tasche.

»Marina? Was ist los?«

Wollte sie noch einmal fünfzehn sein? – Sicher nicht. Das Auf und Ab eines Teenagerlebens war wohl noch schlimmer als jede Scheidung. Zumindest schlimmer als *ihre* Scheidung, die im Großen und Ganzen ohne üble Streitigkeiten verlaufen war. Sie sprach Marina eine Weile gut zu, verwies dann aber auf die Tatsache, dass sie unterwegs war, und schloss mit den Worten: »Reden wir am Wochenende nochmal darüber, okay?«

»Kommst du?«

Marlene unterdrückte ein Seufzen. Sie hatte nicht vorgehabt, nach einer Woche auf Dienstreise in die Steiermark zu fahren, aber was blieb ihr anderes übrig?

»Ja. Aber erst am Samstagnachmittag. Früher schaffe ich es nicht.«

Das Handy landete wieder in der Tasche.

»Alles okay?«

Sie fühlte Lisbeths Blick auf sich ruhen. Und nicht nur ihren Blick. Lisbeths Hand lag erneut auf ihrem Oberschenkel. In diesem Moment empfand sie die Berührung allerdings als ungemein tröstlich.

»Meine Nichte«, erklärte sie knapp. »Ein verliebter Teenager und ein Vater, der mit der Launenhaftigkeit und den Wünschen seiner pubertierenden Tochter nicht umgehen kann.«

»Und eine Tante, die offenbar den Status einer besten Freundin genießt.«

Lisbeth lächelte sie aufmunternd an. Marlene erwiderte ihr Lächeln, fand sich selbst dabei aber nicht sehr überzeugend. Sie hatte vorgehabt, sich am Wochenende mit Susanne zu treffen, einer Freundin, die sie schon lange nicht mehr gesehen hatte. Außerdem wollte sie in die neue Chagall-Ausstellung, und vor allem wollte sie auf dem Sofa liegen und entspannen, während sie sich nebenbei durch die zahlreichen Unterlagen wühlte, die sie bei der Schulung bekommen hatte. Doch stattdessen erwartete sie nun familiäre Krisenbewältigung.

»Hej.« Lisbeth war dicht an sie herangerutscht. Marlene fühlte die Wärme ihres Körpers, roch ihr blumiges Parfum. In Lisbeths Augen stand Sympathie, eine Herzlichkeit, die sie selten an einem Menschen bemerkt hatte, und aufrichtige Besorgnis.

Als sich Lisbeths Lippen diesmal ihrem Mund näherten, wich Marlene nicht zurück. Der Kuss war ihr mehr als nur willkommen. Gerade brauchte sie diese intime Berührung. Sie konnte Lisbeths Überraschung darüber fühlen, dass ihr Mund nicht verschlossen blieb. Ein wohliger Schauer lief durch Marlenes Körper, als sich ihre Zungen schließlich berührten. Impulsiv legte sie den Arm um die andere Frau und drängte sich ihr entgegen.

Keine kratzigen Bartstoppel. So weich.

Sie verlor jegliches Zeitgefühl. Küsste und küsste. Genoss die Nähe der Anderen. Doch dann hörte sie Lisbeth leise stöhnen, und dieses Stöhnen schoss einen unsichtbaren Blitz zwischen ihre Beine und in ihren Unterleib. Hitze, die sich wie ein Feuer in Marlene ausbreitete. Ihr Herzschlag, der sich beschleunigte.

Aufhören. Aufhören!

Die drängende innere Stimme überlagerte ihre Empfindungen. Sie brach den Kuss ab, wich zurück.

Lisbeth lächelte sie verhalten an.

Mit einem Mal fühlte Marlene die Blicke der Männer um sie herum, die auf sie aufmerksam geworden waren.

Oh geil, Lesben.

Sie konnte sich unschwer vorstellen, was in deren Phantasie gerade fortgesetzt wurde. Eilends erhob sie sich, griff nach ihrer Handtasche.

»Toilette«, sagte sie knapp und ließ Lisbeth sichtlich verdutzt zurück.

In der Abgeschiedenheit der Kabine hielt sie ihre heiße Stirn gegen die kalte Fliesenwand.

Was zum Teufel ist nur mit mir los?

War sie sexuell etwa schon so ausgehungert, dass sie auf alles reagierte, was ihr körperlich nahe kam? Sogar auf eine Frau?

*

So war das nicht geplant. Nicht einmal daran gedacht hatte sie. Lisbeth wartete mit klopfendem Herzen und ineinander verschränkten Händen auf Marlenes Rückkehr.

Wow. Wow. Wow. Was für ein Kuss!

Stell dir vor, ich saß am Flughafen und wartete auf meinen Abflug, da kam diese heterosexuelle Frau und küsste mich fast besinnungslos ... und wenn ich die Möglichkeit gehabt hätte, wäre ich sofort mit ihr auf ein Zimmer verschwunden und hätte den ersten One-Night-Stand meines Lebens gehabt.

Sie sah sich diese Geschichte im Geiste Merle erzählen, ihrer Schwester, und hörte auch schon deren Antwort.

Oh Lisbeth! Verzettle dich nicht schon wieder, du weißt doch ...

Ja ja. Sie wusste sehr gut, wie leicht sie zu Fehlinterpretationen und Wunschträumen neigte. Wie es war, sich zu verzetteln, und Monate später immer noch dafür zu büßen. Merle brauchte ihr das nicht zu sagen, und daher würde sie ihr auch nie von Marlene aus Österreich und den Küssen am Flughafen erzählen.

Heterosexuell. One-Night-Stand.

Damit war ohnehin schon alles gesagt. Kein vielversprechender Auftakt für eine wunderbare Liebesgeschichte mit Langzeitwirkung.

»Der Flieger ist jetzt zum Boarding bereit. Wir müssen dann wohl.« Marlene war zurückgekommen. Sie schlüpfte umstandslos in ihren Mantel und griff nach ihrer Laptoptasche.

Flieger. Boarding. Ah ja. Ihr eigener Flug – fast hätte Lisbeth den Grund, weshalb sie überhaupt hier saß, vergessen. »Ich sollte wohl auch mal einen Blick auf die Abflüge werfen«, sagte sie vage. An Marlenes sachlichem Tonfall hatte sie bereits erkannt, dass der Zauber des Augenblicks vorüber war. »Der Flieger nach Brüssel müsste allmählich ja zum Einsteigen bereit sein ...«

»Ist er. Dein Flug ist auch mein Flug.«

Es dauerte, bis Lisbeth begriff.

»Du fliegst auch nach Brüssel? – Davon hast du gar nichts gesagt.«

»Du hast nicht gefragt.«

Während Lisbeth ihren eigenen Mantel, die Handtasche und den Trolley einsammelte, tippte Marlene auf ihrem Handy herum. »Wäre wohl besser, ich sage den Leuten, dass bei dieser Verspätung das gemeinsame Abendessen ohne mich stattfindet«, murmelte sie.

Ach ja. Das Abendessen.

Sie hatte es ganz vergessen.

»Ich hätte eigentlich auch ein Abendessen«, entfuhr es ihr. »Aber ich vermute mal, dass meine Abwesenheit ohnehin nicht wahnsinnig ins Gewicht fällt.«

Sogleich biss sie sich auf die Lippen.

Too much information.

»Ich bin erst seit vergangener Woche in der Firma«, erklärte Marlene. »Das ist das erste offizielle Meeting mit meinen Kollegen. Da möchte ich doch noch einen guten Eindruck machen, zumindest aus der Ferne.«

»Ich bin schon seit elf Jahren in meiner Firma«, erwiderte Lisbeth, erleichtert darüber, dass Marlene ihre unvorsichtig geäußerte Bemerkung nicht weiter hinterfragte. »Der erste Job in Dänemark nach dem Studienabschluss.«

»Und vorher?«

Marlene sah sie interessiert an, während sie gemeinsam die Lounge verließen.

»Ein Jahr bei einer Eventagentur in Hamburg, dann eineinhalb Jahre im Eventmanagement einer großen Filmproduktionsfirma in Hollywood.«

»From Hollywood back to Copenhagen.«

»Sozusagen.«

Lachend fanden sie sich beim Abflugsteig ein. Das Boarding war bereits in vollem Gange.

Lisbeth kramte ihren Boardingpass aus ihrer Handtasche; Marlene hielt den ihren bereits in der Hand.

»Wo sitzt du?«

»Sechs F. – Du?«

Lisbeth unterdrückte ein Seufzen. Diese Frau war wirklich organisiert. Rechtzeitiges Einchecken, guter Platz, pünktliches Erscheinen am Flughafen. Ganz das Gegenteil von ihr selbst.

»Dreiundzwanzig B.«

Sie reihten sich in die Schlange der Passagiere ein.

»Vielleicht können wir ja mit jemandem tauschen. Dann könnten wir nebeneinander sitzen«, schlug Lisbeth vor und ärgerte sich selbst darüber, wie zaghaft und unschlüssig ihre Stimme klang.

»Dreiundzwanzig B? Mittelplatz? – Den Menschen möchte ich kennenlernen, der seinen Platz im vorderen Teil des Flugzeugs mit dir tauscht!«

Marlene lachte über ihre eigenen Worte.

Ihr Lachen schnitt Lisbeth ins Herz, aber sie wusste nur zu gut, dass ihre neue Bekanntschaft recht hatte. Und benachbarte Sitze ihr offenbar egal waren. Sie passierten die Lichtschranke.

Lisbeth blieb stehen.

Sei kein Feigling. Sag etwas!

»Das waren wirklich außergewöhnliche Stunden für mich, Marlene. Ich hatte viel Spaß ... mit dir. So viel Spaß wie schon lange nicht mehr.«

»Ich auch.« Marlene lächelte, doch auf Lisbeth wirkte ihr Lächeln diesmal etwas verkrampft.

Sei kein Feigling, sei kein Feigling ...

»Du bist eine faszinierende Person, du bist offen und warmherzig«, Lisbeth holte tief Luft. »Du bist eine grandiose Küsserin ... und ich möchte dich wiedersehen. Bitte, sag nicht nein.«

Sie konnte sehen, wie das Lächeln im Gesicht ihres Gegenübers einfror.

Marlene sagte nicht nein. Sie sagte: »Lisbeth. Du bist nett und wirklich unterhaltsam. Aber wie schon gesagt, bin ich an Männern interessiert. Ich sehe in einem Wiedersehen also nicht wirklich einen Sinn. Es waren schöne Stunden. Lass sie uns als solche im Gedächtnis behalten.«

Lisbeth nickte nur stumm.

So war das also. Natürlich. Küsse ja, Interesse nein.

»Na dann. Lebe wohl.«

Sie setzte ihren Weg ins Innere des Flugzeugs fort, gefolgt von Marlene. Kein einziges Mal mehr drehte sie sich nach ihr um und war stolz auf ihre Disziplin und Haltung.

Erst als sie auf ihrem Sitz zwischen einem übergewichtigen Osteuropäer und einer penetrant nach Schweiß riechenden älteren Dame Platz genommen hatte, wischte sie sich eine kleine Träne aus dem Augenwinkel. Eine Träne der Enttäuschung oder eine Träne der Wut über ihre eigene Dummheit? – Sie konnte sich die Frage selbst nicht beantworten.

Marriot Hotel, Brüssel

Marlene ließ ihren Blick durch den voll besetzten Frühstücksraum schweifen, ohne genau zu wissen, nach was oder wem sie eigentlich Ausschau hielt. Die Marketing-Kollegen kannte sie schließlich noch nicht. Und vom *Department für Research und Development*, wo sie in den vergangenen Tagen ihre Einschulung in die Produkte erhalten hatte, würde diesmal niemand dabei sein.

Sie hatte Thorben Hilsted, der auf europäischer Ebene für das Marketing verantwortlich war, ihre Verspätung per SMS mitgeteilt und von ihm ein sachliches, knappes SEE YOU TOMORROW. 8.30 A.M. zurückbekommen. Das waren keine persönlichen Worte, aber was sollte er auch sonst schreiben? – Bisher hatten sie lediglich zwei, drei formelle Mails ausgetauscht, die sich in erster Linie auf ihre Teilnahme an dieser Tagung bezogen. In die personelle Besetzung der österreichischen Key-Account-Stelle, die sie nun bekleiden sollte, war er vermutlich nicht maßgeblich eingebunden worden. *Human-Resources*-Agenden waren bei einem Unternehmen dieser Größenordnung in der Regel noch Ländersache – zumindest, wenn es nicht um die Besetzung des Geschäftsführerpostens ging.

Entgegen ihren sonstigen Gewohnheiten auf Tagungen gönnte sie sich an diesem Morgen ein üppiges Frühstück mit Rührei, Speck, Semmeln und im Anschluss daran eine Schale Müsli. Das Fingerfood vom Vorabend hatte nicht lange vorgehalten.

Sie hatte in dieser Nacht schlecht geschlafen. Der Rotwein, von dem sie wohl doch etwas zu viel konsumiert hatte, die fremde Umgebung, die Aussicht, am nächsten Tag mit rund zwanzig neuen Kollegen auf einmal konfrontiert zu werden – es hätte viele Gründe für ihre Schlaflosigkeit gegeben. Doch wenn sie ehrlich zu sich selbst war, musste sich eingestehen, dass dies alles Ausreden waren. An Weinkonsum war sie als Tochter eines Winzers nun wirklich gewöhnt, und es war nicht das erste Mal in ihrem Leben, dass sie bei einer neuen Firma begann. Auch in Hotelbetten schlief sie mehrmals pro Monat, und dies seit fünfzehn Jahren.

Was sie wirklich wachhielt, war der Gedanke an Lisbeth Jacobsen – allerdings weniger an die Person selbst, sondern die Gefühle, die sie in ihr ausgelöst hatte. Korrekter ausgedrückt: *das* Gefühl. Singular.

Denn im Grunde hatte sie die Plauderei mit ihr zwar genossen, aber das wirklich Bestürzende an dieser Begegnung war die Lust, die sie dabei in sich entdeckt hatte. Lust, Begierde, sexuelle Erregung – wie auch immer man es nennen wollte, das Gefühl war dasselbe. Dieser dritte Kuss, in den sie sich so bereitwillig hatte fallen lassen, hatte ihre seit der Trennung von Alexander in Dornröschenschlaf gefallene Libido wieder zum Leben erweckt. Ein anderes Szenario – mehr Abgeschiedenheit, keine belebte Bar –, und sie hätte mehr zugelassen als nur einen Kuss, daran bestand kein Zweifel. Zum Glück hatte sich doch noch ihr Verstand eingeschaltet.

Und genau dieser hatte einen ruhigen Schlaf verhindert. Was war mit ihr, Marlene Brunner, heterosexuell, denn plötzlich los? – In ihrem ganzen achtunddreißigjährigen Leben hatte sie noch nie irgendetwas Erotisches an einer anderen Frau gefunden, geschweige denn das Bedürfnis verspürt, eine zu küssen oder intimer zu berühren.

Gedankenverloren rührte sie in ihrer Kaffeetasse.

Es tat ihr leid, dass sie Lisbeth Jacobsen so brüsk abserviert hatte. Sie hatte an Lisbeths Körperhaltung und ihrem Tonfall bemerkt, dass sie sie damit verletzte. Aber was hätte sie denn sagen oder tun sollen? – Die Wahrheit zu sagen war doch besser, als Telefonnummern auszutauschen und plötzlich eine Bekanntschaft am Hals zu haben, die mehr von ihr wollte, als gelegentlich Belanglosigkeiten über Skype oder Facebook auszutauschen.

Und überhaupt. Probleme hatte sie wirklich schon genug, abgesehen von Alexander, an den sie immer noch täglich denken musste, auch wenn sie es gar nicht wollte. Alexander, der bereits mit Miss Big Boops am Wörthersee golfen gewesen war, als sie noch verheiratet waren, während sie in der Buschenschank Jausenplatten servierte und mit Michael Rechnen übte.

Wie hatte sie nur so blind sein und glauben können, ihr Mann käme wirklich dauerhaft damit klar, dass sie sich um ihren Schwager und dessen Kinder kümmerte?

Sie sah auf die Uhr. Zeit, sich zum Meetingraum zu begeben.

Zügig trank sie ihren Kaffee und folgte der Ausschilderung mit dem Rasmussen Pharma Logo zu den Konferenzräumen.

Nicht an Alexander denken. Nicht an Küsse denken. Einen Strich unter den Vortag ziehen.

Bei der Kaffeemaschine vor dem Saal tümmelte sich bereits eine Gruppe von Leuten. Marlene setzte ihr professionelles Gesicht inklusive sympathischem Lächeln auf, gesellte sich dazu und machte sich bekannt. Die Dialoge waren eh immer dieselben, bei jeder Firma, an jedem ersten Tag in unbekannten Gewässern. Wo hast du vorher gearbeitet, wie nennt sich dein Job genau, wie lange bist du schon in der Branche, was ist deine ursprüngliche Ausbildung ... In dieser Art von Konversation sattelfest und geübt, fiel es ihr leicht, prägnant und unterhaltsam zusammenzufassen: Mit dreiundzwanzig das Medizin-Studium wegen eines lukrativen Jobs in der Pharmabranche abgebrochen, als Pharmareferentin für einen der großen internationalen Player gute Umsätze generiert, drei Jahre später als Klinikreferentin beim selben Konzern noch bessere Umsätze gemacht, das Unternehmen schließlich für ein besseres Jobangebot gewechselt, im Produktmanagement mitgewirkt, die erste Key-Account-Stelle besetzt ... und nach drei weiteren Jobwechseln, bei denen sie kontinuierlich Position und Gehalt verbessert hatte, nun bei *Rasmussen Pharma* eine neue Herausforderung gefunden. Ihr Lebenslauf war klassisch für die Branche.

»Wie schade, dass du gestern nicht schon beim *Meet and Greet* dabei sein konntest«, bedauerte Liliane, ihre französische Kollegin, in akzentreichem Englisch. »Wir hätten mehr Zeit gehabt, dich kennenzulernen. Heute sitzen wir bis achtzehn Uhr in diesem Meetingraum, und wie ich Thorben kenne, er wird keine Minute früher aufhören.«

»Um Marlene mit dem aktuellen Firmenklatsch vertraut zu machen, hast du morgen Abend und übermorgen sicher noch genug Zeit«, schaltete sich jene Kollegin ein, die sich als Margret, Produktmanagerin aus der Niederlassung in Leeds, vorgestellt hatte. Marlene erkannte trotz des neutralen Tonfalls eine leichte Süffisanz in der Aussage der Britin.

Sie sah sich kurz um. Ein hoher Frauenanteil. Wenig überraschend für die Branche und die Marketingsparte.

»Ladys. Halb neun. Packen wir es an!« Ein hochgewachsener, blonder Mittvierziger durchbrach den Kreis, der sich um Marlene als Neuzugang in der Firma gebildet hatte. Er streckte ihr die Hand entgegen. »Thorben Hilsted. Willkommen bei *Rasmussen Pharma*. Schade, dass du gestern nicht mehr an die Bar nachgekommen bist. Aber ich verstehe natürlich, dass du nur noch aufs Zimmer wolltest. Erst ewig am Flughafen herumhocken und dann noch der turbulente Flug …«

Hoppla. Woher weiß er das?

»Ja, die Sturmböen waren teilweise schon etwas heftig«, bestätigte sie. »Aber jetzt bin ich ja hier.«

Und jemand anderes wohl auch. Jemand aus der Firma, der im selben Flieger saß wie ich und nach Ankunft im Hotel noch an die Bar ging. Interessant.

Er klopfte ihr jovial auf die Schulter.

Im Sitzungssaal wählte Marlene bewusst einen Platz in der Mitte, von wo aus sie gute Sicht auf die Leinwand hatte. Liliane, die französische Kollegin, nahm zu ihrer Rechten Platz, ein junger Norweger, der sich sogleich als Magnus Andersson vorstellte, zu ihrer Linken.

Thorben Hilsted eröffnete die Sitzung, indem er die Agenda der Tagung vorstellte.

Viele Workshops, viel Gruppenarbeit. Marlene nahm es mit leichter Resignation zur Kenntnis. Egal bei welcher Firma – Marketingschulungen liefen doch immer nach dem gleichen Prinzip ab. Erst wurden Umsätze und Umsatzziele präsentiert. Dann wurden die Mitarbeiter dazu gebracht, vor Ort gemeinsam Strategien zu erarbeiten, die in ihrer Struktur schon lange zuvor vom Management festgelegt worden waren. Sie kannte dieses Spiel inzwischen zur Genüge.

»... und ich möchte euch kurz eine neue Kollegin vorstellen, Marlene Brunner. Marlene, kannst du bitte einmal aufstehen, damit dich alle sehen?«

Marlene erhob sich und lächelte höflich in die Runde. Sie wollte sich schon wieder hinsetzen, doch Thorben war mit der Vorstellung ihrer Person noch nicht zu Ende.

»Marlene war zuvor als *Scientific-Liaison*-Managerin bei *Aegidius Pharma* im Onkologie-Bereich tätig und ...«

Klack. Die Türe zum Sitzungssaal wurde geräuschvoll aufgerissen. »Sorry, sorry. Mein Handywecker hat versagt!«

Diese Stimme. Der leichte amerikanische Slang im ansonsten skandinavisch geprägten Englisch. Marlene musste nicht hinschauen, um zu wissen, wer da den Saal betreten hatte.

»... und wird jetzt als Produktspezialistin für unsere Neuzulassung BELCOSMA führende Neurologen besuchen sowie für die Umsetzung der Marketingstrategien in Österreich verantwortlich sein.«

Thorben sagte noch etwas, doch das nahm Marlene nicht mehr wahr. Sie starrte Lisbeth Jacobsen an, und Lisbeth starrte zu ihr, während sie ihren Weg zu einem freien Platz in den hinteren Reihen fortsetzte, ohne den Blick auch nur eine Sekunde lang abzuwenden.

WUMM!

Die unachtsam drapierte Laptoptasche eines Kollegen wurde ihr unweigerlich zum Verhängnis. Lisbeth stolperte und fiel der Länge nach bühnenreif auf den Boden.

Marlene fühlte, wie ihr die Farbe aus dem Gesicht wich.

Wie durch einen Nebel nahm sie zur Kenntnis, dass zwei Kollegen der sichtlich immer noch komplett schockierten Lisbeth auf die Beine halfen.

Thorben hatte seine kurze Rede beendet.

»Lisbeth, bist du okay?«, rief er nach hinten in den Raum.

»Ja«, kam es prompt zurück, doch Marlene bezweifelte, dass es Lisbeth besser ging als ihr selbst. Ihre Knie fühlten sich weich und zittrig an, als sie wieder auf ihrem Stuhl Platz nahm.

Das darf nicht wahr sein.

»Das ist Lisbeth Jacobsen«, hörte sie Liliane neben sich flüstern. »Eine totale Chaotin. Kommt immer zu spät, vergisst die Hälfte, ist komplett schusselig. Sie war früher Produktmanagerin für XARANTO, und jetzt betreut sie einige europäische Projekte im Zusammenhang mit BELCOSMA ... im Grunde ist sie aber das Mädchen für alles. Sie unterstützt die BELCOSMA-Marketing-Verantwortlichen in den Ländern.«

Ganz wunderbar. Ich habe also ausgerechnet die Kollegin geküsst, mit der ich zukünftig wohl am engsten zusammen arbeiten werde ...

»Sie ist kein unbeschriebenes Blatt, musst du wissen ...«

Lilianes Flüstern hatte einen gehässigen Beigeschmack.

Dazu wollte sie nichts dazu sagen. Wollte es auch nicht hören.

Sie wusste wohl genug über Lisbeth Jacobsen, um zu begreifen, dass dieses neuerliche Aufeinandertreffen unter keinem guten Stern stand, unbeschriebenes Blatt hin oder her.

Sich auf den Vortrag zu konzentrieren fiel Marlene schwer. Unweigerlich dachte sie wieder an Alexander.

Schon einmal hatte sie einen Job aufgeben müssen, weil Gefühle im Spiel waren. Sie hatte nicht vor, auch diesen zu verlieren, noch ehe sie überhaupt richtig hatte starten können.

Nicht wegen drei Küssen mit einer Frau, die ich nicht wiedersehen wollte.

Okay. Sie musste mit Lisbeth reden. Die Sache aus der Welt schaffen. Endgültig.

Aber was war, wenn Lisbeth schon längst jemandem erzählt hatte, dass sie sich am Flughafen begegnet waren ...? Vielleicht sogar irgendeiner befreundeten Kollegin das mit dem Küssen anvertraut hatte? Marlene Brunner, die Neue, eine Lesbe.

Komm runter, Marlene. Sie kannte dich nicht. Woher sollte sie wissen, wer du bist?

Ihr Herzschlag verlangsamte sich. Sie starrte auf die Zahlen, die per Beamer auf die Leinwand geworfen wurden. Thorben redete von Umsatzprognosen, Umsatzzielen und Mitbewerb.

Kaum hatte sie den Faden in der Präsentation wieder aufgenommen, traf sie der Blitz der Erkenntnis wie aus dem Nichts. Das Mail. Natürlich! Kurt Sandmüller, der österreichische Geschäftsführer, hatte ein Foto von ihr geschickt, weil Thorben die neue österreichische Kollegin der europäischen Marketingcommunity bereits vorab in einer Rundmail hatte vorstellen wollen.

Sie muss gewusst haben, wer ich bin!

Dafür war Lisbeth Jacobsen allerdings wirklich eine verdammt gute Schauspielerin.

Sie musste mit ihr reden. Allein.

*

In der Kaffeepause fehlte von Lisbeth Jacobsen jede Spur. Marlene versuchte sich mit Small Talk abzulenken. Magnus, der norwegische Kollege, und Enrico aus Spanien boten sich bereitwillig an. Beide Männer waren einige Jahre jünger als sie. Die

Zeiten, in denen sie bei Firmen selbst zu den jüngeren Mitarbeitern gehörte, waren eindeutig vorbei. Erst, als zwei Stunden und einige Vorträge später alle in Richtung Hotelrestaurant strömten, gelang es ihr, Lisbeth anzusprechen.

»Hast du einen Augenblick Zeit?«

Lisbeths Gesichtszüge erstarrten zu einer Maske. Einen Moment lang war Marlene überzeugt davon, ein klares Nein entgegengeschmettert zu bekommen, doch angesichts der Kollegen in ihrem näheren Umfeld schien sie sich zu besinnen.

»Ich muss Schuhe kaufen.«

Marlene hob fragend die Augenbrauen – bis sie den angebrochenen Absatz an Lisbeths Schuh bemerkte.

»Hast du nur diese?«

»Lunchtime!« Eine Frau mit kurzen schwarzen Haaren und viel Make-up gesellte sich zu ihnen. Liliane. Ihr Parfum war schwer und erdrückend. Ganz anders als der leichte, angenehme Blumenduft, den Marlene an Lisbeth wahrnahm.

Die zog jetzt ein Gesicht, als hätte sie in eine saure Zitrone gebissen. Sie wandte sich brüsk ab.

»Liliane, geh doch schon einmal vor, ich muss noch ...«, Lisbeth wies mit dem Kinn in Richtung Toilette.

»Okay, ich halte dir einen Platz frei.«

Wie auch immer.

»Was willst du?«

Sie waren jetzt allein.

»Kurz mit dir reden. Wegen gestern«, begann Marlene.

»Was gibt es da zu reden, du hast ja schon alles gesagt.«

Lisbeth hob gleichmütig die Schultern, doch ihr Tonfall zeigte deutlich, dass sie anders fühlte.

Marlene seufzte.

»Du bist gekränkt«, stellte sie fest. »Das tut mir leid. Ich wollte dich gestern nicht verletzen.«

»Ich bin nicht gekränkt. Das war nicht der erste Korb meines Lebens. – Also, was willst du?«

»Wusstest du, wer ich bin?«

Lisbeth schnaubte entrüstet.

»Natürlich nicht! – Woher sollte ich das wissen, ich kannte dich nicht!«

»Thorben Hilsted hat ein Mail an alle Marketingleute geschickt. Mit meinem Foto.«

»Ich bin mit meinen Mails im Rückstand. Und Mitarbeiternews wandern bei mir generell in den Papierkorb. Ungelesen.«

Marlene nickte.

Okay. Sie wollte ihr glauben.

Ein kurzes, unangenehmes Schweigen legte sich zwischen sie. Lisbeth mied ihren Blick.

»Es tut mir leid wegen gestern«, versuchte Marlene es noch einmal. »Das ... in der Bar ... hätte nicht passieren dürfen. Das war nicht *ich*. Ich meine, ich«, sie schluckte, »du weißt, was ich meine, oder?« Von Lisbeth kam keine Reaktion. »Auf jeden Fall ... möchte ich das hier professionell halten. Ohne emotionalen Ballast. Ohne Missstimmung. Dieser neue Job ist wichtig für mich. Und ich möchte auch nicht, dass hier Gerüchte die Runde machen ... du weißt schon. Denn das trifft nicht zu. Das gestern war ...« Marlene fuhr sich nervös mit der Zunge über die Lippen. Sie kam sich dumm vor. Entsetzlich dumm und ungeschickt in ihren Formulierungen. »Es war ein Versehen, ein Ausrutscher, keine Ahnung. Jedenfalls ... ich bitte dich darum, hier nicht herumzuerzählen, was da in dieser Lounge zwischen uns passiert ist.«

Lisbeth sah sie kalt an. Nichts erinnerte Marlene mehr an die heitere, charmante Person, die sie am Vortag in ihr gesehen hatte.

»Ist das deine einzige Sorge? – Na, dann kannst du wieder ruhig durchatmen. Ich habe nicht das geringste Interesse daran, dass hier irgendjemand erfährt, dass ich eine Kollegin geküsst habe.«

Angesichts dieser Zusicherung hätte sie erleichtert sein sollen. Stattdessen sah Marlene in Lisbeths abweisendes Gesicht und fühlte sich schuldig. Es war offensichtlich, dass ihre Worte sie verletzt hatten. Sie suchte nach einer Formulierung, um ihr vorausgegangenes Gestotter zu relativieren, als Lisbeth hinzufügte: »Liliane oder irgendein anderes Plappermaul wird dir in Kürze ohnehin von mir erzählen. Ich hoffe, du verstehst dann zumindest, dass ich dich nicht einmal angesprochen hätte, wäre mir bewusst gewesen, dass wir denselben Arbeitgeber haben.«

»Lisbeth …« Marlene machte einen Schritt auf sie zu.

Lisbeth wich prompt zurück und hob abwehrend die Hände.

»Ich muss jetzt wirklich los. Lass es einfach, okay?«

»Wäre es nicht besser, du würdest mir davon erzählen, was auch immer du da andeuten willst? – Ich lege keinen Wert darauf, von Dritten mit Gerüchten gefüttert werden.«

»Ich darf darüber nicht sprechen.« Lisbeths Stimme klang völlig normal, doch sie hatte die Hände so fest ineinander verschränkt, dass die Knöchel weiß hervortraten. »Aber keine Sorge, Liliane wird diesen Part mit Begeisterung übernehmen. Egal, ob du sie danach fragst oder nicht. – Ich muss jetzt los.«

Marlene sah ihr nach, wie sie in Richtung der Aufzüge verschwand, und fühlte sich hilflos. Sie wollte keine Feindschaft mit der Frau, die sie über zweieinhalb Stunden in ihren Bann gezogen hatte und deren Kuss noch immer auf ihren Lippen brannte.

*

Das Restaurant lag etwas auswärts in einem der grünen Vororte – ein Gourmettempel, der derzeit offensichtlich sehr angesagt war. Das behauptete zumindest Lorraine, die Kollegin aus Brüssel, die nicht müde wurde zu erklären, dass es nur dank ihrer guten Kontakte gelungen war, dort überhaupt ein Dinner für die gesamte Marketing-Mannschaft von *Rasmussen Pharma* zu ergattern.

Marlene war es im Prinzip egal, wo sie zu Abend aß. Den Nachmittag hatte sie damit verbracht, mit ihren Kollegen in Gruppenarbeit kreative Slogans für künftige BELCOSMA®-Werbesujets zu kreieren und Kernbotschaften des Medikaments herauszuarbeiten, mit denen es künftig bei Fachärzten und Allgemeinmedizinern beworben werden sollte. Ihr schwirrte zudem der Kopf von all den neuen Namen und Gesichtern. Hätte das abendliche Dinner im Hotel stattgefunden, wäre ihr dies sehr entgegengekommen – sie sehnte sich nach der Ruhe ihres Zimmers. Hier musste sie nun auf die Abfahrt des Busses warten, der sie alle zu ihrem Nachtquartier zurückbrachte. Allerdings kannte sie das Prozedere zur Genüge aus früheren Firmen, bei denen sie tätig gewesen war: Während einer Tagung oder Schulung stand mindestens ein Dinner außerhalb des Hotels auf dem Programm. Manche Arbeitgeber deklarierten das als *Social Event* und gingen wohl tatsächlich davon aus, dass sie ihren Mitarbeitern eine Art *Incentive* zukommen ließen.

Marlene saß an einem Tisch mit Liliane, der auskunftsfreudigen Französin, Lorraine, der belgischen Kollegin, Elena aus Kroatien und einigen anderen, deren Namen sie sich noch nicht eingeprägt hatte. Robert, der irische Kollege, ein bulliger Typ um die fünfzig mit hochrotem Gesicht und Bierbauch, war der einzige Mann am Tisch. Er steuerte kaum etwas zum Gespräch bei, was sie nicht einmal verwunderte – Liliane und Elena, eine langhaarige Blondine mit Modelmaßen, übertrumpften sich gegenseitig in Berichten über andere Kollegen, die gerade nicht mit von der Partie waren, und vermeintlichen Strategie-Fehlern des Managements. Zudem unterzogen sie Marlene einer ausgiebigen Befragung.

»Von der Onkologie-Schiene in die Neurologie zu wechseln, ist das nicht ziemlich heftig für dich? Und dann noch für ein Epilepsie-Medikament …«

»Mich wundert es, dass du diesen Job bekommen hast. Nichts für ungut, aber fehlen dir in dem Bereich nicht die Kontakte?«

Reizend.

Marlene schluckte den letzten Bissen ihrer Vorspeise hinunter, ehe sie dazu Stellung nahm.

»Ehe ich zu *Aegidius* in die Onkologie gewechselt bin, war ich lange für Antiepileptika zuständig. Ich kenne den Markt und habe hervorragende Kontakte zu führenden Neurologen auf diesem Gebiet.«

Und ganz gewiss weit mehr Erfahrung in diesem Bereich als du, liebe Elena, mit deinen knapp dreißig Jahren.

Liliane wirkte ob ihrer Aussage fast ein wenig enttäuscht. Was hatte sie erwartet? Dass sie wie eine Neueinsteigerin von neuen, karrierefördernden Herausforderungen sprach?

»In der Onkologie gibt es schließlich so viele Möglichkeiten«, warf Elena unbeirrt von ihrer Erwiderung ein. »Und *Aegidius* hat doch eine volle Pipeline, was Innovationen angeht. Wirklich ungewöhnlich, dass du zu einer Firma wie *Rasmussen Pharma* wechselst, in einen Markt, der so heiß umkämpft ist.«

Interessant, wie sie sich mitten auf einer Firmenveranstaltung über ihren Arbeitgeber äußert. So, als wäre die Produktpalette von Rasmussen im Vergleich dazu minderwertig.

Marlene sah unweigerlich in Thorben Hilsteds Richtung. Der Marketingchef saß am anderen Tisch und lachte gemeinsam mit einigen Kollegen herzlich über einen Witz – einen Witz, den offensichtlich Lisbeth gerissen hatte, denn alle Augen waren auf sie gerichtet. Was wohl nicht nur an ihren lustigen Pointen lag.

Lisbeth sah mit ihren offenen Haaren, die bis knapp zu den Schultern reichten, und dem dunklen Abend-Make-up phantastisch aus. Als Marlene zuvor im Foyer des Restaurants mit einem Glas Aperitif ausgestattet worden war, hatte sie sich beherrschen müssen, ihre Kollegin nicht immerzu anzustarren. Das schwarze, dezent dekolletierte Kleid, das Lisbeth trug, schmiegte sich an ihren Körper wie eine zweite Haut. Ein zierlicher Körper mit weiblichen Formen.

Warum fällt mir das alles auf?

Marlene wandte den Blick ab. Vermutlich war es in ihrer Situation gerade besser, sich auf das Gespräch hier am Tisch zu konzentrieren, als eine Frau auf diese Weise anzustarren.

»Und du bist also Produktmanagerin, oder wie nennt sich deine Position genau?«

Elena ließ nicht locker.

»Produktmanagerin und Key-Account-Managerin. Ich mache zum einen Marketing, zum anderen besuche ich führende Epilepsie-Spezialisten in ganz Österreich.«

»Für den Außendienst in Frankreich haben wir eigene Leute«, bemerkte Liliane, und Marlene entging die subtile Doppeldeutigkeit ihrer Aussage nicht. Außendienst, so als wäre ihre Tätigkeit ein Tingeln von Arzt zu Arzt, acht Besuche täglich, eine Art Klinkenputzen für medizinisch Gebildete. Das hatte sie schließlich schon lange hinter sich gelassen.

»Für den Außendienst haben wir auch in Österreich eigene Leute«, stellte sie klar. »In meiner Position geht es darum, Meinungsbildner zu gewinnen, die die Vorteile von BELCOSMA in den Fachkreisen lancieren, diese Leute entsprechend vor Auftritten auf Kongressen zu briefen und –«

»Aber das machst ja sicher nicht du, sondern jemand aus dem Medizin-Departement!«, fiel ihr Liliane ins Wort. »Oder seid ihr so klein in Österreich, dass tatsächlich alles, was unser Zukunftsprodukt betrifft, in einer ... deiner Hand liegt?«

Marlene war versucht, die Augen zu verdrehen, beherrschte sich aber noch in letzter Sekunde. Allmählich begann ihr die französische Kollegin tatsächlich auf die Nerven zu gehen. Und überhaupt, warum sprachen sie ständig nur über die Firma?

Am Nebentisch, wo Lisbeth saß, herrschte munteres Geplauder, durchbrochen von Gelächter. Entweder die Firmenbelange waren dort so erheiternd oder diese Kollegen fanden tatsächlich noch mehr zu bereden, als sich gegenseitig einem Fragemarathon zu unterziehen.

Wobei – von gegenseitig konnte man in ihrem Fall wohl kaum sprechen.

Zeit, dies zu ändern.

»Und du, Liliane? Wie lange bist du schon für *Rasmussen Pharma* tätig?«, kehrte Marlene den Spieß um.

Lilianes Antwort war ausschweifender als erwartet, bot aber wenig Bemerkenswertes. Unweigerlich schielte Marlene erneut zum Nebentisch. Lisbeth sprach an Margret, der englischen Kollegin vorbei mit Magnus, dem Norweger. Sie saß nach vorn gebeugt, mit der Hand auf Margrets Schulter, und Magnus musste gerade vollen Einblick in ihr Dekolletee haben. Lisbeth redete aber so lebhaft und aufgeregt, dass sie sich dessen gar nicht bewusst schien.

Dann richtete sie sich etwas auf, machte eine ausladende Geste – und stieß prompt Margrets Weißwein um. Alle am Tisch quietschten entsetzt; Margret sprang auf. Sogleich eilten zwei Kellner herbei, um Tischtuch und Glas austauschen. Außer ein paar nassen Flecken auf Margrets Bluse und Lisbeths Kleid war offenbar nichts passiert. Lisbeth schien sich dennoch wortreich zu entschuldigen – dabei streichelte sie Margret über den Arm, die lediglich abwinkte. Die beiden schienen sich gut zu verstehen.

»Das ist mal wieder typisch«, hörte sie Liliane leise kommentieren. »Diese Frau ist dermaßen chaotisch.«

Und du bist gehässig.

Marlene fand es an der Zeit, Stellung zu beziehen. Ihre Sympathie für Liliane war in den vergangenen Stunden kontinuierlich gesunken.

»Ich habe am Nachmittag mit Lisbeth in einer Kleingruppe zusammengearbeitet und sie sehr professionell erlebt. Sie arbeitet sehr konzentriert, scheint die Studien zu BELCOSMA fast auswendig zu kennen und bringt die Dinge auf den Punkt.«

Nicht dass dabei ein persönliches Wort zwischen ihnen gefallen wäre. Dennoch, die Zusammenarbeit war konstruktiv gewesen.

»Mag sein. Im täglichen Leben ist sie eine Katastrophe«, beharrte Liliane.

Das Servieren von Kabeljau mit Gemüse-Gnocchi an einer Kräutersoße brachte das Gespräch zum Erliegen. Marlene suchte bereits nach Stoff für Small Talk, als sich Lorraine, die bisher nur zugehört hatte, einschaltete.

»Lisbeth mag ein bisschen ungeschickt sein, aber sie ist sehr hilfsbereit. Zugegeben, ich kenne sie noch nicht so lange, aber als ich vor einem halben Jahr bei *Rasmussen* im Marketing begonnen habe, war sie diejenige, die ich nahezu um jede Uhrzeit anrufen konnte, wenn ich mich mit etwas nicht auskannte. Sie ist sogar einmal für zwei Tage nach Brüssel geflogen und hat mit mir dieses Konzept ausge–«

»Das ist ihr Job«, fiel ihr Liliane ins Wort. »Dafür sie wird sie bezahlt.«

»Ja, aber sie ist wirklich sehr –«

Lorraine erhielt nicht die Chance, ihren Satz zu beenden.

»Hattest du gar keine Angst, mit ihr allein in einem Zimmer zu sein?« Elena schaute die ältere Kollegin aus großen blauen Augen an. »Ich meine, nach dieser Geschichte mit Siri Christiansen ... Ich bin lieber vorsichtig und meide ihre Nähe. Nicht dass sie mich auch noch begrapscht!«

Marlene, die gerade eine der spärlich dosierten Haute-Cuisine-Gnocchi zum Mund balancierte, hielt in der Bewegung inne. Spontan tauchten Bilder vor ihrem inneren Auge auf: Lisbeths Hand auf ihrem Oberschenkel. Lisbeths Lippen auf den ihren. Um was ging es hier?

»Marlene kennt die Geschichte nicht.« Liliane sah sie aus dunklen, tiefliegenden Augen bedeutungsschwer an und senkte die Stimme. »Lisbeth Jacobsen ist eine Lesbe. Sie hat vor einiger Zeit eine Kollegin aus der Zentrale in Dänemark sexuell belästigt. Das war ein Riesentheater – ich meine, nicht dass irgendetwas offiziell bekannt geworden wäre, aber man hört ja so einiges durch die üblichen Kanäle ... Das Ganze ging bis zur Geschäftsführung und beinahe vor Gericht. Letztendlich wurde sich dann aber innerhalb des Unternehmens auf eine Lösung geeinigt – Siri bekam zum Glück eine Beförderung und Lisbeth wohl einen fetten Eintrag in ihre Personalakte. Sie stand ganz knapp vor dem Rausschmiss. Na ja, wie gesagt, Karriere wird sie bei *Rasmussen* wohl keine mehr machen.«

»Eigentlich war sie ja sogar mal für Thorbens Stelle vorgesehen, heißt es.« Elena hatte ihren Teller geleert und tupfte sich mit der Serviette die Mundwinkel sauber. »*Head of European Marketing*. – Aber nach dieser Sache konnte man wohl nicht anders, als sie bestenfalls zu seiner rechten Hand zu machen. Wie auch immer, ich bin froh, dass Thorben die Stelle inne hat. Er mag zwar noch nicht so viel Erfahrung in der Pharmabranche haben und ist relativ jung, aber er ist ein cooler Typ.«

Das Gnocchi lag wie ein zähes Stück Gummi in Marlenes Mund. Sie zwang sich, es hinunterzuwürgen, dann legte sie das Besteck zur Seite. Ihr Magen war wie zugeschnürt.

Sexuelle Belästigung.

In Gedanken sah sie sich wieder in dieser Bar an der Theke stehen und auf ihre Cola warten. Und Lisbeth, die auf sie zusprang, sie als *Girlfriend* bezeichnete und ungefragt küsste.

Du bist eine faszinierende Person, du bist offen und warmherzig, du bist eine grandiose Küsserin ... und ich möchte dich wiedersehen.

Jedes einzelne dieser schmeichelhaften, wenn in ihrem Falle auch verschwendeten Worte war ihr im Gedächtnis geblieben.

Unweigerlich drehte sie sich in Richtung Nebentisch. Lisbeth hatte ihren Teller schon geleert und war erneut dabei, irgendeine Geschichte zum Besten zu geben, über die alle lachten. Eine ihrer Hände lag auf dem nackten Arm von Mila, der hübschen holländischen Kollegin, die zu ihrer Linken saß.

Ah ja. Ich bin also so faszinierend wie Margret, wie Mila ... und wie offensichtlich vor einiger Zeit diese Siri.

Marlene schüttelte über sich selbst den Kopf. Sich weiter Sorgen zu machen, dass sie Lisbeth durch ihre Abfuhr gekränkt hatte, war wohl unnötig. Diese Frau Jacobsen war offensichtlich eine routinierte Verführerin, die mit ihrer sehr offensiven Art zwar schon einmal gehörig auf die Nase gefallen war, aber nichts daraus gelernt hatte.

»Mir gegenüber verhielt sie sich immer sehr korrekt«, mischte Lorraine sich nun ein. »Zugegeben, an ihre sehr körperliche Art muss man sich erst einmal gewöhnen ... dass sie einen oft berührt. Aber ich habe darin nichts Sexuelles entdecken können. Es gibt eben Menschen, die wenig Distanzverhalten haben.«

»Ja, Lorraine, du kannst dir das natürlich auch schönreden.« Liliane klang süffisanter denn je. »Aber glaube mir, ich weiß genau, was Siri mir damals erzählt hat ...«

Marlene konnte das Gerede über die Frau, von der sie nicht nur geküsst worden war, sondern deren Kuss sie auch bereitwillig erwidert hatte, keine Sekunde länger ertragen.

Marlene wandte sich auffordernd an ihren dicken Kollegen, der dem Wortwechsel bisher nur schweigend zugehört hatte.

»Robert, erzähl mir doch etwas über die irische Niederlassung. Wie viele seid ihr und was genau ist dein Job?«

Seine Antwort fiel so einschläfernd aus, wie sein gesamtes lethargisches Auftreten vermuten ließ. Am Nebentisch klirrten die Gläser, und Marlene zwang sich, nicht hinzuhören, als Lisbeth erneut irgendeine Anekdote zum Besten gab, über die alle um sie herum Tränen lachten.

Kopenhagen, Christianshavn

Lisbeth drückte die blau lackierte, schmale Türe auf und betrat die Wohnung. Sie stellte ihren Trolley unter das Garderobenbrett und schlüpfte aus ihrem Mantel. Die angenehme Wärme, die in der Wohnung herrschte, und die leisen Jazzklänge, die aus dem Wohnzimmer drangen, ließen die Anspannung der vergangenen Tagen sofort von ihr abfallen.

Endlich zu Hause.

Es roch nach frischgebackenem Kuchen.

»Lis? Bist du es?«

Merle stand im Türrahmen, nur wenige Schritte von ihr entfernt. Sie trug eine Trainingshose, die ihr um die schmale Taille schlackerte, und einen überweiten Pulli. Das glatte braune Haar fiel offen über die Schultern.

»Wer sonst?« Lisbeth trat auf ihre Schwester zu und fiel ihr regelrecht in die Arme. »Hallo, Süße.« Sie legte das Kinn auf Merles Schulter und hielt sie für geraume Zeit eng umschlungen. Haar kitzelte ihr im Gesicht, aber es störte sie in diesem Moment nicht.

»So schlimm?«

Langsam lösten sie sich voneinander.

»Mehr als nur schlimm. Ich kann dir gar nicht sagen, wie diese Leute mir alle auf den Keks gehen.«

»Du solltest endlich kündigen.«

Merle nahm sie an der Hand und zog sie mit sich ins Wohnzimmer. »Setz dich erst mal. – Magst du ein Stück Mandelkuchen?«

»Du hattest Zeit, um zu backen? Seit wann bist du denn heute schon zu Hause?«

Merle hob die Schultern.

»Seit zwei, zweieinhalb Stunden. Zwei Termine sind ausgefallen, und mein Chef meinte, ich solle heimgehen.«

»Netter Chef.«

»Nun, in der Praxis herumsitzen und warten, dass die Zeit vergeht, bringt wohl nichts.«

Seit Merle als Masseurin in einem Institut für Physikalische Medizin tätig war, das quasi ums Eck lag, war sie wesentlich entspannter. Endlich konnte sie ihren Arbeitsplatz mühelos allein erreichen, auch wenn Lisbeth sie nicht begleitete. Der Zuwachs an Selbstständigkeit, die für sie nicht so selbstverständlich war wie für die meisten jungen Frauen ihres Alters, tat ihr spürbar gut.

Lisbeth ließ sich auf das schwarz-weiß gestreifte Sofa fallen, streifte die Schuhe ab und zog ihre Füße hoch. Erschöpft schloss sie die Augen.

»War es so furchtbar?« Sie fühlte Merles Hand auf ihrem Arm. »Was ist passiert?«

»Nichts Bestimmtes. Das Übliche.«

»Mach mir nichts vor«, kam es von Merle. »Ich bin zwar von Geburt an blind, aber wie du weißt, merke ich alles.«

Lisbeth öffnete die Augen wieder und seufzte. »Ach Merle, mich nerven die Kollegen. Das dumme Gerede. Die vielsagenden Blicke hinter meinem Rücken, die ich fühle. Die Tuscheleien ... all das. – Ich meine ... es ist jetzt über ein Jahr her, verdammt! Wie lange wird mich das denn noch verfolgen?«

»Immer, solange du dort arbeitest.« Ihre Schwester war noch nie dafür bekannt gewesen, um den heißen Brei herumzureden. »Du solltest da endlich kündigen.«

»Das werde ich ja, sobald ich einen neuen Job gefunden habe.«

»Davon redest du seit über einem Jahr, Lis!«

»Ja, und ich bewerbe mich auch immer wieder. Aber es ist eben nicht so einfach, einen gleich gut dotierten Job zu bekommen. Ich bin zu spezialisiert. Seit elf Jahren arbeite ich in der Pharmabranche, und das Einzige, womit ich mich beschäftige, ist Epilepsie! Es gibt verdammt wenige Firmen mit einer dänischen Niederlassung, die Antiepileptika vertreiben. Wo also soll ich mich bewerben? – *Ich* bin ja durchaus bereit, meinen Horizont auszudehnen. Aber die HR-Leute, die meinen Lebenslauf sichten, sehen nur, dass ich im Grunde jahrelang ein und dasselbe gemacht habe. Die trauen mir nicht zu, dass ich mich in Kardiologie, Pulmologie, Endokrinologie oder was auch immer einarbeiten kann!« Sie seufzte resigniert. »Letztens stand ich so knapp davor, dass sie mich trotzdem nehmen, weißt du noch? Dieses Vorstellungsgespräch bei *Bayer Healthcare*. Ich glaube zwar nicht, dass die Antibabypille angesichts der demographischen Entwicklung ein Berufsfeld mit Zukunft ist, aber zumindest für die nächsten Jahre hätte ich dort gerne im Marketing gearbeitet. Doch dann ...«

»Ich weiß, was jetzt wieder kommt, Lis, du hast es mir schon x-mal erzählt.« Merle strich ihr sanft über die Wange. »Am Ende hast du eine Absage bekommen und die andere aus der Endrunde den Job. Seither denkst du, dass *Bayer* sich bei *Rasmussen Pharma* auf informellem Wege Referenzen über dich eingeholt hat. Und auf diese leidige Geschichte mit Siri gestoßen ist. – Das ist paranoid, Lis!«

»Das ist überhaupt nicht paranoid! Das machen diese Leute in meiner Branche doch die ganze Zeit: sich in *Human-Resources*-Zirkeln austauschen.«

»Trotzdem. Hast du vielleicht schon einmal daran gedacht, dass es an etwas anderem lag? Womöglich war die andere Frau dem Geschäftsführer einfach sympathischer, oder sie haben gemeinsame Freunde oder dieselbe Leidenschaft für Golf oder Segeln ... Es gibt tausende Gründe, Lis, und es ist unsinnig, dass du dir schon den Kopf zerbrichst über mögliche Absagegründe, bevor du dich überhaupt irgendwo bewirbst!«

»Das tue ich nicht!«

»Doch, das tust du! Und mit jedem Misserfolg wirst du träger und deprimierter und bewirbst dich kaum noch. Stattdessen stresst du dich weiterhin für *Rasmussen* und kommst jeden Tag nach Hause wie ein geprügelter Hund.«

»Nun übertreib mal nicht.«

»Ich höre das doch an deiner Stimme! Die klingt nach Feierabend, als würdest du bei Wasser und Brot in einem dunklen Kellerloch sitzen … à propos Wasser und Brot, magst du jetzt ein Stück von meinem Kuchen?«

»Ja, gut … wenn er nicht zu süß ist.«

»Er ist perfekt, glaube mir!«, antwortete Merle lachend und stand auf. Lisbeth hörte sie in der Küche hantieren. Kurze Zeit später kehrte sie mit zwei Tellern mit Kuchenstücken wieder.

»Also, erzähl mir von deiner Tagung.« Merle hatte wieder auf dem Sofa Platz genommen. »Hat dich diese schreckliche Liliane wieder angemeckert? Hat dich irgendwer auf Siri angesprochen? Oder wurdest du komplett ignoriert?«

»Nichts von allem. Es war einfach nur … das Übliche. Da gibt es Leute, mit denen ist es so, als hätte es die Geschichte mit Siri nie gegeben, und andere benehmen sich, als wäre ich irgendein giftiges Insekt.«

Vor Lisbeths innerem Auge tauchte Marlenes Gesicht auf, umrahmt von ihrer beeindruckenden kastanienbraunen Lockenmähne. Dass Liliane die neue Kollegin im Detail über alles informiert hatte, war so sicher wie das Amen in der Kirche.

An diesem Abend, in diesem Restaurant. Als sie später in den Bus zurück zum Hotel gestiegen waren, hatten sich kurz ihre Blicke getroffen, und da hatte sie es in Marlenes Augen gelesen. Den Argwohn. Die vermeintliche Erkenntnis. Am nächsten Tag, als sie sich wieder zu Kleingruppen zusammenfinden mussten, schien Marlene sehr darauf bedacht, bloß nicht mehr mit ihr in einem Team zu landen.

Obwohl sie damit gerechnet hatte, fand sie das verletzend. Außerdem war es ärgerlich, dass ausrechnet jene Person, die genauso strukturiert und rational an Aufgaben heranging wie sie selbst, jetzt nicht mehr in ihrer Gruppe mitarbeitete. Im

Gegensatz zu vielen anderen neigte Marlene bei der Arbeit im Team weder zur Selbstdarstellung noch zur Passivität. Und vor allem zickte sie nicht wie ein verschämter Backfisch herum, wenn es anschließend darum ging, ihre am Pinboard notierten Ergebnisse und Stichworte zu präsentieren.

Überhaupt war Marlene eine interessante, kluge Frau. Eine, die nicht nur sehr attraktiv war, sondern auch Humor hatte. Eine, die zwar etwas kühl und zurückhaltend wirken konnte, aber leicht aus der Reserve zu locken war ...

»Hej, spuck es aus. Ich spüre ganz genau, dass dir irgendetwas im Kopf herumspukt ...«

Sie hatte nicht vorgehabt, ihrer Schwester von Marlene zu erzählen, doch in diesem Moment siegte in Lisbeth die Traurigkeit über die Vernunft. Sie wollte sich von der Seele reden, was am Flughafen passiert war, auch wenn sie genau wusste, dass Merle sie danach für verrückt halten würde. Womit sie leider nur zu recht hatte. Eine wildfremde Frau zu küssen war ganz sicher keine Meisterleistung an Umsicht.

»Es gibt eine neue Kollegin, Marlene aus Österreich. Sie ist, also, ich finde sie sehr sympathisch.«

Merles Handy, das auf dem Tisch zwischen ihnen lag, begann zu läuten. Als Lisbeth es ihr entgegenschob, erhaschte sie einen Blick auf das Display. PATRICK. Vor zweieinhalb Jahren hatte Merle den smarten IT-Spezialisten in einem Spa-Ambulatorium kennengelernt. Patrick hatte seine verspannte Rückenmuskulatur durch ein paar Stunden Massage lockern lassen, und Merle war die Masseuse, die ihm zugeteilt worden war. Seitdem waren die beiden ein Paar.

»Hallo, mein Liebster ...« Merle verschwand mit dem Handy in ihrem Zimmer und damit außer Hörweite.

Lisbeth nahm das Stück Kuchen in die Hand, biss herzhaft hinein – und verzog augenblicklich das Gesicht. Ungenießbar. Sie zwang den Bissen hinunter, dann schob sie den Teller in die Mitte des Tisches. Miss Marple steckte ihren flachen Kopf durch den Türspalt. Als die graue Perserkatze Lisbeth entdeckte, schob sie sich durch die angelehnte Türe und sprang schnurrend zu ihr auf die Couch. Lisbeth streichelte das Tier ausgiebig.

Wie konnte Marlene sofort wissen, dass sie Katzenbesitzerin war? Vermutlich hatten sie ganz einfach ein paar von Miss Marples langen Haaren an ihrem Blazer verraten.

Was wohl bedeutet, dass mich Marlene durchaus sehr genau angeschaut hat.

Sah sie Männer auch auf diese Weise an? Definitiv nicht.

»Patrick hat noch Karten fürs Jazzhouse heute Abend bekommen. Er holt mich in einer Stunde ab.«

Merle strahlte über das ganze Gesicht.

»Vermutlich sehen wir uns dann also erst am Sonntag wieder. – Ich hoffe, du bist nicht enttäuscht? Oder wolltest du ...«

»Nein, nein«, wehrte Lisbeth ab. Sie war tatsächlich enttäuscht, da sie auf einen gemütlichen gemeinsamen Couchabend gehofft hatte, andererseits aber mehr als froh, dass Merle mit Patrick glücklich war und ihn ihre Behinderung offenbar nicht störte. Sie hatte ihre Schwester oft in Tränen aufgelöst erlebt, weil irgendein Junge oder später auch Mann, den sie toll fand, ihre Gefühle allein deshalb nicht erwiderte, weil er sich keine Beziehung mit einer Blinden vorstellen wollte.

»Ich bin ohnehin k.o. von meiner Reise und will das Wochenende über eigentlich nur ausspannen.«

Auch das war nicht ehrlich. Sie hatte im Stillen bereits geplant, am Samstag oder Sonntag, wenn es das Wetter zuließ, mit Merle am Amagar Strand die letzten Sonnenstrahlen vor dem Winter einzufangen. Dafür würde sie sich wohl um andere Gesellschaft bemühen müssen – oder eben auch alleine fahren.

»Okay, gut.« Merle schien erleichtert. Wie so oft in den vergangenen Monaten hatte Lisbeth wieder das Gefühl, dass sich Merle für sie und ihr Wohlbefinden verantwortlich fühlte – fast so, als wäre *sie* die vier Jahre ältere Schwester. »Ich nehme Kuchen mit zu Patrick. Er freut sich sicher!«

»Das würde ich mir noch überlegen.« Merle war schon dabei, den Weg in Richtung Küche anzutreten. Lisbeth nahm sie am Arm und zog sie zurück zum Sofa. »Du willst deinen Freund doch noch länger behalten, oder?«

»Stimmt damit etwas nicht?«

»Probier doch mal.« Lisbeth brach ein Stück davon ab und schob es ihrer Schwester in den Mund. Merle verzog angewidert das Gesicht und spuckte den Bissen ungeniert in ihre Hände. »Das ist echt widerlich! Wie kann das sein?«

»Zu süß ist er jedenfalls nicht«, witzelte Marlene müde.

Merle legte ihre Stirn in Falten.

»Also, ich weiß ganz genau, dass ich die Dose genommen habe, in der sich normalerweise immer der Zucker befindet. Aber ... wer hat sie zuletzt nachgefüllt? Warst das nicht du?«

Lisbeth setzte die empört maunzende Miss Marple von ihrem Schoß zurück aufs Sofa und ging in die Küche. Kurze Zeit später kam sie mit schuldbewusstem Gesicht wieder.

»Tut mir leid. Falsch befüllt. Ich habe nicht aufgepasst ...«

Merle schüttelte den Kopf und seufzte.

»Typisch meine Schwester. – Verstehst du jetzt, weshalb ich damals so skeptisch war, mit dir in eine WG zu ziehen? Weil du einfach schusselig bist in solchen Dingen. Irgendwann wirst du uns beide noch vergiften!«

»Übertreib mal nicht.« Lisbeth tätschelte lachend Merles Arm. »Ich werde jetzt auspacken, und dann gönne ich mir ein Vollbad.«

Sie holte ihren Trolley und war schon dabei, die Klinke zu ihrem Zimmer hinunterzudrücken, als sie die Stimme ihrer Schwester hinter sich vernahm.

»Wolltest du mir nicht noch etwas erzählen? Von einer Marlene aus Österreich?«

Lisbeth schüttelte den Kopf.

Der Augenblick war vorüber.

»Nicht wichtig. Mach dich lieber fertig – und sag mir, wenn du Hilfe bei der Kleiderwahl oder mit dem Make-up brauchst.«

In der Nähe von Leibnitz, Südsteiermark

Marlene lenkte ihren Audi A4 über die schmalen Straßen, die zwischen den steilen Weinbergen ins südsteirische Hinterland führten. Sie kannte die Gegend wie ihre Westentasche. Hier war sie aufgewachsen, hatte bis kurz nach der Matura am Weinbauernhof der Eltern gelebt – und fühlte sich doch immer wieder fremd, wenn sie zurückkam. Ihre Entscheidung, trotz elterlichen Protestes nach Wien zu ziehen, um dort das heißersehnte Medizinstudium zu beginnen, hatte sie in den knapp zwei Jahrzehnten, die sie nun schon in der Stadt lebte, nie bereut. Dass ihr Studium ohne Abschluss geblieben war, dagegen schon.

Einer Karriere als Ärztin trauerte sie allerdings nicht hinterher. Sie hatte schließlich einen anderen Weg eingeschlagen und bekam ein Gehalt, das dem eines Oberarztes am Krankenhaus kaum nachstand. Doch in einem Land zu arbeiten, in dem Titel und Herkunft noch immer mehr galten als der persönliche Einsatz, war gerade anfangs nicht immer leicht gewesen. Es hatte viele Bewerbungsgespräche gegeben, bei denen sie sich für den fehlenden Titel rechtfertigen musste.

Eben bog sie rechts in den Hof ab und parkte ihren Dienstwagen gewohnheitsmäßig unter dem Maronibaum, der zwischen Haupthaus und Nebengebäude stand. Sie hatte noch nicht einmal den Zündschlüssel abgezogen, als wie aus dem Nichts eine etwas ältere Frau im traditionellen Dirndlgewand auftauchte und heftig gegen die Beifahrertür klopfte.

Marlene ließ die Scheibe herunter.

»Hier kannst du heute nicht parken.«

Was für eine Begrüßung.

»Und warum nicht?«

»Weil jetzt dann eine Geburtstagsgesellschaft kommt. Zwanzig Leute. Die brauchen Parkplätze. Und die bringen Geld.«

Marlene verzichtete auf einen Kommentar, ließ den Wagen erneut an und parkte ihn etwas abseits hinter dem Haus neben einem rostigen alten Kleinbus mit slowakischem Kennzeichen.

Ihre Mutter stand in der Küche der Buschenschank und war gerade dabei, eine riesige Speckplatte herzurichten, während am Herd ein Topf mit roten Käferbohnen vor sich hinbrodelte.

»Warum kommst du erst jetzt? – Vor zwei, drei Stunden hätte ich dich schon braucht. Ich musste mich hier abhetzen mit allem, ganz ohne Hilfe.«

Marlene betrachtete die Frau, deren im steirischen Dialekt hervorgebellte Sätze wie ein einziger Vorwurf klangen. Optisch war das eindeutig ihre Mutter: Sie teilten dieselben Gesichtszüge inklusive derselben vollen Lippen. Das Haar hatte dieselbe Farbe, abgesehen von den grauen Strähnen, die bei ihr allerdings noch fehlten. An diesem Tag trugen sie sogar dieselbe Frisur, einen locker geflochtenen Zopf. Marlenes dunkle Augenbrauen wären ebenso buschig wie die ihrer Mutter – hätte ihre Kosmetikerin die Fülle nicht schon längst durch konsequentes Auszupfen gebändigt. Für ihr Alter war Marianne Brunner gut in Form; kein Kilo zu viel saß auf ihren Rippen, lediglich im Gesicht war sie über die Jahre etwas voller geworden.

Und trotz aller äußerlichen Ähnlichkeiten – es gab keine Person, der sich Marlene fremder fühlte. Sie hatte ihre Mutter seit frühester Kindheit als strenge, unwirsche und unzugängliche Frau in Erinnerung, gegenüber der sie und ihre Schwester Hanni eher Angst als Vertrauen empfanden. Für Liebkosungen und Scherze war immer der Vater zuständig gewesen.

»Ich bin gestern Abend erst aus Brüssel zurückgekommen.«

»Hier. Stell das in die Speisekammer.« Die Mutter drückte ihr die fertig dekorierte Jausenplatte in die Hand, und Marlene setzte sich gehorsam in Bewegung.

»Immer in der Weltgeschichte herumsausen, während daheim die Arbeit liegen bleibt«, hörte sie im Weggehen. Als sie wieder in die Küche zurückkam, seihte die Mutter gerade die Käferbohnen ab.

»Hast du jemanden organisiert, der dir heute in der Buschenschank hilft? Beim Bedienen?«

»Wen denn? – Momentan sind alle mit der Lese beschäftigt, da brauche ich nicht einmal fragen.«

Dann ist mein Schicksal für den Rest des Tages wohl besiegelt.

»Marina hilft mir.« Marlenes skeptischen Blick deutend, ergänzte sie: »Ich zwinge sie nicht. Sie hat das freiwillig angeboten. Ich leg was aufs Taschengeld drauf. Sie sollte ohnehin schon da sein. Ich habe ihr gesagt, fünfzehn Uhr. Jetzt ist es fast halb vier Uhr. In einer halben Stunde kommen die Gäste.«

»Wo sind Michael und Sebastian?«

»Deine Neffen sind bei ihrem Vater am Weinberg und helfen mit. Ich hätte für zwei wilde Buben jetzt sowieso keine Zeit.«

Marlene nickte. Sie überlegte gerade, ob sie ihren Koffer aus dem Auto holen und ihre eleganten Halbschuhe gegen bequeme Turnschuhe tauschen sollte, als ihr etwas einfiel.

»Ich habe den Kleinbus hinter dem Hof gesehen. Hat Jakob heuer Erntehelfer aus der Slowakei? – Er hatte doch immer diese ungarischen Brüder und ihre Truppe …«

»Die sind abgewandert zu einem der großen Winzer. Wegen dreißig Cent mehr Stundenlohn. Keine Loyalität, die Leute.« Ihre Mutter hatte die Bohnen inzwischen in eine große Schale gegeben. Jetzt hackte sie mit verbissener Miene auf eine Zwiebel ein. »Aber keine Sorge, dein Schwager ist mit den Slowaken anscheinend sehr zufrieden. Da kriegt er jetzt endlich, was sich bei den Ungarn nicht ergeben hat.«

Marlene runzelte die Stirn. Ihre Mutter sprach in Rätseln. Das war im Prinzip nichts Neues, doch ließ sie aufhorchen, dass die Stimme diesmal von Süffisanz nahezu getränkt war.

»Und das wäre?«

Die Ältere drehte sich langsam zu ihr um.

»Was kann das wohl sein, Marlene? Vielleicht etwas, was du deinem Mann nicht mehr ausreichend gegeben hast und was er sich deshalb woanders gesucht hat?«

Marlene schnappte nach Luft. Sie fühlte, wie ihr das Blut in den Kopf stieg.

»Was weißt du schon!«, fauchte sie erbost. »Das war sicher nicht das Problem ...«

Sie biss sich auf die Zunge. Auf keinen Fall wollte sie ihrer Mutter durch die Darlegung von Details zusätzlichen Nährstoff für bissige Bemerkungen über ihre Beziehung mit Alexander geben. Zudem war jede Diskussion mit der Frau, die sie zur Welt gebracht hatte, aber nie darüber hinweggekommen war, dass kein Bub herausgekommen war, sowieso zwecklos. Ihre Mutter würde sie nie verstehen. Wollte es auch gar nicht.

Gleichzeitig sickerte nun die Anspielung in ihr Bewusstsein. Anscheinend gab es in der slowakischen Gruppe der Erntehelfer also Frauen. Und Jakob schien demnach zweieinhalb Jahre nach Hannis Tod seine sexuellen Bedürfnisse wiederzuentdecken.

Marlene wusste im Moment selbst nicht, wie sie dieser Entwicklung gegenüberstehen sollte. Sie wünschte sich für ihren Schwager, dem bei ihrer letzten Begegnung vor zwei Wochen noch immer die Tränen in die Augen getreten waren, als er von Hanni sprach, eine liebe Frau an seiner Seite. Aber unverbindlichen Sex? – So, wie die Mutter es darstellte, klang es fast nach einer Art von mobilem Bordellservice.

Wenn schon. Es ist nicht unsere Sache, sondern allein Jakobs.

Sie wollte den Satz gerade laut sagen, kam aber nicht dazu. Ein schlankes Mädchen im Teenageralter stürmte in die Küche, die Wangen gerötet, das lockige dunkelbraune Haar zerzaust.

»Tante Marlene!« Sie fiel ihr in die Arme. »Endlich bist du da!«

»Endlich bist *du* da«, echote es prompt. Anders als der freudige Tonfall der Jugendlichen klang die Antwort hart und sarkastisch. »Kannst du keine Uhr lesen?«

»Entschuldige, Oma.« Marlenes Nichte löste sich aus der Umarmung. »Ich hab noch … ich war noch … egal, jetzt bin ich da.« Sie setzte ein sonniges Lächeln auf, das Marlene unweigerlich an Hanni erinnerte. Die Kleine wurde ihrer Mutter immer ähnlicher. Mit ihren Sommersprossen und dem neuen Haarschnitt, der die Locken tanzen ließ, sah sie fast aus wie Hannis Abbild. »Sag mir, was kann ich tun?«

»Dich umziehen. In zerrissenen Jeans und einem Pulli mit diesem Aufdruck bedienst du hier nicht!«

NOTHING BUT SEXY.

Erst jetzt las Marlene den plakativen roten Schriftzug auf dem hellgrünem Sweatshirt. Sie grinste. Marina grinste in wortlosem Einverständnis zurück, ihre Oma verzog keine Miene.

»Ich zieh mich um. Bin gleich da.«

Marlene beschloss, die beiden in der Buschenschank zu unterstützen. Die Mutter rechnete sowieso mit ihrer Mitarbeit, nachdem sie nun schon einmal hier war, doch der Grund, weshalb sie es wirklich tat, war ein anderer. Sie wollte mit Marina ein paar Worte wechseln, ohne ihren Vater und die Geschwister um sich herum. Wenn sie gemeinsam bedienten, würden sie hin und wieder einen Moment für sich haben.

Es galt das, was Marina am Telefon angesprochen hatte, zu diskutieren. Wenn sie ihr nicht zuhörte und mit Rat zur Seite stand, gab es hier wohl keinen, der dafür in Frage kam.

*

Die Kellertüre stand offen, als Marlene im fahlen Scheinwerferlicht der Außenbeleuchtung Stunden später über den Hof schlenderte. Trotz der Strickjacke, die sie trug, fröstelte sie. Es hatte spürbar abgekühlt und leichter Nebel war aufgezogen.

Die Gäste waren bereits wieder nach Hause gefahren. Marina hatte sich in ihr Zimmer verabschiedet, die Mutter putzte noch die Küche.

Im Keller brannte Licht. Marlene stieg die steilen Steinstufen nach unten. Was sie sah, hatte nichts mehr gemein mit jenem dunklen, von Spinnen bevölkertem Raum, in dem einst ihr Vater den Wein in Holzfässern lagerte. Jakob hatte das Gewölbe zeitgemäß in eine futuristisch anmutende Halle von stählernen Behältern und Maschinen verwandelt. Der hölzerne Boden, der unter jedem Schritt ächzte und knirschte, war durch blanken Beton ersetzt worden.

»Hallo, Jakob.«

»Oh. – Marlene.«

Ihr Schwager, breitschultrig, groß und mit einem blauen Arbeitsanzug bekleidet, war gerade dabei, die Pressmaschine zu reinigen. Als er auf sie zutrat, um sie mit einem Wangenkuss zu begrüßen, roch sie an ihm Schweiß und Maische.

»Du bist also doch gekommen«, stellte er fest.

»Hat dir Marina nicht davon erzählt? – Sie rief mich an und bat mich zu kommen. Sie wollte mit mir reden.«

Er fuhr sich mit der rechten Hand durchs volle braune Haar.

»Sie war sich nicht sicher, ob du wirklich kommst.«

»Das hatte ich ihr schon am Telefon zugesichert.«

Er machte einen Schritt auf die Presse zu, drehte sich dann aber wieder zu ihr um und schien mit sich zu ringen. Sie kannte Jakob lange genug, um ihm die Zeit zu geben, die er brauchte. Er war kein großer Redner, war es noch nie gewesen. Hanni hatte das nie gestört. Sie hatte das Reden für sie beide übernommen.

»Ich habe ihr gesagt, sie soll mit dir sprechen«, platzte es jetzt aus ihm heraus. »Ich weiß nicht, wie ich damit umgehen soll. Was ich erlauben soll und was nicht ... Was ich ihr sagen soll. Ich dachte, du weißt es besser. Als Frau.«

Marlene setzte sich auf einen Stapel Paletten, in denen die Weinflaschen geliefert wurden.

»Marina ist fünfzehn, Jakob. Sie wird erwachsen. Und sie ist seit vier Monaten mit diesem Nikolas zusammen.«

»Du hast ihr also erlaubt, dass sie bei dem Kerl übernachtet?«

Seinem Tonfall war unschwer zu entnehmen, was er davon hielt. Marlene seufzte.

»Es steht mir wohl kaum zu, ihr etwas zu erlauben oder zu verbieten. Du bist der Erziehungsberechtigte, Jakob, nicht ich. – Was ich ihr gesagt habe, ist, dass sie die Pille nehmen und auf ein Kondom bestehen soll. Und dass sie grundsätzlich nur Dinge tun soll, die sie wirklich will. Außerdem habe ich ihr geraten, demnächst mal zum Gynäkologen zu gehen. – Mehr kann ich dazu nicht sagen, Jakob. Ich denke, sie ist bis über beide Ohren verliebt und egal, ob du es ihr erlaubst oder nicht – sie wird es sowieso tun. Aus meiner persönlichen Sicht halte ich es für besser, wenn sie es nicht heimlich mit ihm treiben muss, in irgendeinem Auto auf irgendeinem einsamen Parkplatz.«

Jakob schien nachzudenken. Nach einer Zeit, die Marlene wie eine halbe Ewigkeit vorkam, nickte er langsam.

»Er ist schon achtzehn«, wandte er dennoch ein.

»Mädchen sind früher reif als Burschen, und in Marinas Alter ist es ganz normal, dass sie sich zu Älteren hingezogen fühlen.«

»Hanni und ich, wir waren beide neunzehn, als wir uns kennengelernt haben. Und vorher«, er wirkte etwas verlegen, fuhr aber fort, »gab es für uns beide niemand anderen in dieser Art.«

Marlenes Mundwinkel zuckten. Nicht dass Jakobs Geständnis sie überraschte. Was sie etwas amüsierte, war, dass ein Mann von bald vierzig immer noch so herumdruckste, wenn es um Sexuelles ging.

»Ihr wart die Ausnahme.«

»Früher waren andere Zeiten.« Jakob schien sich nicht so leicht überzeugen zu lassen. »In unserer Jugend war man nicht so.«

Marlene konnte ihr Amüsement nicht länger verbergen. Sie rutschte vom Palettenstapel und klopfte ihm auf die Schulter.

»Diese Illusion muss ich dir rauben, lieber Schwager. Ich war vierzehn. Jünger als deine Tochter.«

Sie konnte an seinen Gesichtszügen sehen, wie ihn diese Offenbarung aus der Bahn warf. Er öffnete den Mund, schloss ihn, öffnete ihn wieder, starrte sie an – und sagte schließlich: »War das damals mit dem Koppendorfer Adi? Das war doch der Erste, mit dem du herumgezogen bist, wenn ich mich recht erinnere.«

»Das, mein lieber Jakob, wird mein großes Geheimnis bleiben.« Sie lächelte charmant, fügte dann aber ernst hinzu: »Mach dir keine Sorgen um Marina. Sie ist ein verantwortungsvolles, selbstbewusstes junges Mädchen. Sie will genauso wenig schwanger werden, wie du jetzt schon Großvater werden willst, glaube mir. Und lass ihr die Liebe zu diesem Nikolas. Lade ihn mal ein, lern ihn kennen. Vielleicht ist er ja sogar sympathisch.«

Jakob verzog das Gesicht, lachte dann aber.

»Vielleicht sollte ich das wirklich tun, nach der Lese. Momentan geht es hier rund.«

Marlene nickte.

»Ich weiß. – Zufrieden mit der Ernte dieses Jahr? Wird es ein guter Jahrgang?«

»Das Wetter war nicht ideal, aber es gab schon schlechtere Sommer. Man wird sehen.«

»Ich bin sicher, es sind auch dieses Jahr wieder einige gute Tröpfchen dabei. – Übrigens habe ich meinem neuen Chef schon die Weine vom Brunnerhof ans Herz gelegt, als er mich nach Empfehlungen fragte. Ich hab ihm zwei, drei Flaschen zum Verkosten versprochen. Wäre super, wenn du mir etwas zusammenstellen könntest.«

Jakobs Gesichtszüge erhellten sich schlagartig.

»Du machst also auch schon in der neuen Firma Werbung für uns?«

»Selbstverständlich.« Sie warf einen Blick auf die noch nicht ganz gesäuberte Weinpresse. »Ich will dich nicht länger von der Arbeit abhalten. Sehen wir uns morgen beim Frühstück?«

»Kommt darauf an, wann du aufstehst. Morgen wollen wir am Heckenberg den Welschriesling ernten.«

Als Marlene kurze Zeit später wieder im Hof stand, war das Licht in der Buschenschank erloschen. Offensichtlich lag ihre Mutter schon im Bett. Sie beschloss, es ihr gleichzutun.

*

Nach Stunden starrte sie noch immer in die Dunkelheit. Zum x-ten Mal griff sie nach ihrem Handy, das auf dem Nachtkästchen lag. 1:34 Uhr. Zehn Minuten später als zuvor.

Ihr Schlaf war nie besonders gut, wenn sie am Brunnerhof übernachtete. Zu viele Erinnerungen, die sie umgaben. Und dann die Mutter. Ein einziger stiller Vorwurf an das Kind, das von Geburt an nicht die Erwartungen erfüllt hatte. Bissige Bemerkungen, an die sie längst gewohnt sein hätte müssen, die aber dennoch verletzten wie Messerstiche.

Ihre Mutter hatte ein unglaubliches Talent dafür, wunde Punkte auszuloten, sogar solche, die sie selbst nicht einmal andeutungsweise erwähnt hatte.

War es denn so offensichtlich, dass in den letzten Jahren ihrer Ehe mit Alexander kaum mehr Sex vorgekommen war? Stand ihr dieser Umstand so deutlich ins Gesicht geschrieben?

Und natürlich konnte es für ihre Mutter nur einen Schuldigen geben: Nicht Alexander, sondern sie, die sich dem armen Mann verweigerte und ihn in die Arme einer anderen trieb.

Vermutlich hat sie ja recht. Genauso ist es gewesen.

Die Bitterkeit über ihr Eingeständnis trieb Marlene Tränen in die Augen.

Hannis Brustkrebsdiagnose, ihre schlechte Prognose, ihr langsames, von Schmerzen begleitetes Sterben. Das Bestreben Alexanders, eines der führenden Onkologen des Landes, ihrer Schwester die bestmögliche Therapie zukommen zu lassen. Er hatte sie nicht retten können.

Nach Hannis Tod lebten sie knapp eineinhalb Jahre nebeneinander her. Er hielt an den meisten Abenden irgendwo einen Vortrag, saß in irgendeiner Fachgruppe oder war auf einer wichtigen Sitzung. Sie schlief meist im Hotel, weil ihr damaliger Job ihr eine Reisetätigkeit in ganz Österreich abverlangt hatte.

Am Wochenende war er meist auf Fortbildungen und sie in der Steiermark, um sich um Hannis Kinder zu kümmern – ein Versprechen, das sie ihrer Schwester quasi noch am Sterbebett gegeben hatte. Manchmal besuchte auch sie Kongresse, makabererweise dieselben wie ihr Mann, doch sie waren oft in verschiedenen Hotels einquartiert und begrüßten einander wie Fremde, falls sich ihre Wege bei einem Symposium oder zwischen den Messeständen kreuzten.

Dass sie kaum noch Zeit zusammen verbrachten, wurde erst zum Thema, als Alexander sie eines Tages unerwartet mit dem Eingeständnis konfrontierte, sich in eine andere verliebt zu haben.

Zuvor hatte er sich kein einziges Mal bemüht, ihre Ehe zu retten. Nie hatte er sie gefragt, was los war, wie es ihr ging. Hatte sie nicht darin unterstützt, den völlig zerstörten Schwager psychisch aufzurichten und drei Kinder wieder zum Lachen zu bringen.

Ich habe dich geliebt, Marlene.

Sie hörte Alexanders angenehme, volle Stimme so deutlich, als würde er hier neben ihrem Bett stehen.

Auf diesen Satz, den er von sich gab, nachdem sie ihre Unterschrift unter die Scheidungspapiere gesetzt hatte, war ihr keine Erwiderung eingefallen.

Je länger ihr der letzte Akt ihrer Ehe durch den Kopf ging, desto größer wurde ihr Ärger – zum einen auf Alexander, zum anderen auf sich selbst. Nachdem sie sich eine weitere halbe Stunde von der einen auf die andere Seite gewälzt hatte, sah sie ein, dass sie zuerst ihre Emotionen unter Kontrolle bringen musste, wenn sie Schlaf finden wollte.

Marlene stand auf, schlüpfte in Jeans und Turnschuhe und zog Strickjacke und Pullover über das übergroße T-Shirt, das ihr als Nachthemd diente. So leise wie möglich schlich sie sich die hölzerne Treppe hinunter und nach draußen.

Es hatte spürbar abgekühlt. Fröstelnd zog sie die Strickjacke über der Brust zusammen, während sie den Weg in Richtung der zum Hof gehörigen Fischteiche einschlug. Der Vollmond ersetzte ihr die Taschenlampe.

Leichter Nebel lag über den Wiesen links vom Hof. Rechterhand erstreckten sich die Weinberge in Hanglage.

Die feuchte Wiese gab unter jedem Schritt nach. Das wenige Zentimeter hohe Gras durchnässte den Saum ihrer Jeans.

Sie atmete tief durch, als sie an ihrem Ziel angekommen war. Unbewegt und starr lagen die zwei Teiche im nächtlichen Grau. Auf ihrer Oberfläche spiegelte sich der Mond.

Marlene lehnte sich gegen die alte Eiche, den einzigen Baum zwischen Fischteichen und Wiese, und blickte aufs Wasser. Die kalte Luft füllte ihre Lungen und ihr Hirn mit Sauerstoff. Alexanders Stimme verlor an Präsenz.

Stattdessen sah sie sich und Hanni als Kinder in den Teichen zwischen all den Karpfen schwimmen, die ihr Vater züchtete, während Algen ihnen an den Füßen kitzelten. Es hatte sie nie gestört.

Sie hörte Hannis Lachen, ihre Stimme.

Sie vermisste sie. Immer noch. Und es gab niemanden, mit dem sie je darüber reden konnte, dass der Tod ihrer Schwester ihr ganzes Leben aus den Angeln gehoben hatte.

Wieder ein helles Lachen.

Diesmal war es zu real, um ihrer Erinnerung zu entspringen. Marlene hörte Schritte auf der feuchten Wiese. Schritte, die sich näherten. Noch einmal Lachen. Ein Mann und eine Frau. Stimmen.

Instinktiv versteckte sie sich hinter dem dicken Stamm.

Dann sah sie die beiden: Jakob, ihren Schwager, Hand in Hand mit einer Frau. Sie blieben nur wenige Meter von der Eiche entfernt stehen und küssten sich.

Marlene betrachtete die Unbekannte aus ihrem Versteck heraus. Die Frau war sehr zierlich, nicht besonders groß und ziemlich jung. Marlene schätzte sie im Mondlicht auf allerhöchstens Mitte zwanzig. Sie hatte dunkles, bis zum Gesäß reichendes Haar und ein hübsches, ebenmäßiges Gesicht.

Das Paar setzte seinen Weg fort, ohne Marlene zu bemerken. Es steuerte auf einen Bauwagen zu, der am Ende des hinteren Teiches stand und als Fischerhütte benutzt wurde. Jakob lagerte darin Fischfutter und Netze. Allerdings gab es darin auch ein altes Sofa, einen Tisch und zwei Stühle.

»Heute kalt«, hörte sie die Frau mit starkem Akzent sagen, während sie sich an ihren Begleiter schmiegte. »Mir sehr kalt.«

Jakob blieb stehen, zog seine Jacke aus. Die Sanftheit, mit der er sie der jungen Frau um die Schultern legte, trieb Marlene fast die Tränen in die Augen.

»Ich mach es dir gleich warm, Schatzerl.«

So viel also zum Thema slowakischer Bordellservice.

Mutter liegt mehr als falsch. Wer auch immer diese Frau ist – Jakob hat Gefühle für sie.

Marlene sah die beiden im Bauwagen verschwinden, dann machte sie sich auf den Rückweg zum Haus. Sie kämpfte mit den Tränen.

Sie fühlte sich einsam und ungeliebt. Seit zwei Jahren hatte sie – abgesehen von zwei One-Night-Stands mit Männern, die ihr nichts bedeuteten – keinen Sex mehr gehabt. Seit über vier Jahren hatte ihr niemand mehr gesagt, dass er sie liebte.

Und die einzige Person, die ihr in letzter Zeit auf erotische Weise näher gekommen war: eine Frau.

Ich bin so ein Freak.

Die Erinnerung an Lisbeths Lippen überkam sie so stark, dass ein wohliger Schauder durch Marlenes Körper lief. Sie schüttelte sich, um ihn loszuwerden. Als sie in ihrem früheren Kinderzimmer ankam, war ihr dennoch so heiß, dass sie es eilig hatte, Jeans, Strickjacke und Pullover loszuwerden.

Wiener Hofburg, *European Congress of Neurology*

Die zwei Neurologen, beide mittleren Alters, der eine offenbar ein Südländer, der andere eher blasser, waren mit den Worten »Hier soll es den besten Kaffee geben« an den Stand von *Rasmussen Pharma* gekommen und hatten zielstrebig die Kaffeemaschine anvisiert. Schon fanden sie sich in einem lebhaften Fachgespräch über BELCOSMA®, das neue vielversprechende Antiepileptikum, wieder.

Während Marlene die Tassen füllte, beobachtete sie ihre Kollegin von der Seite. Lisbeth verband in fließendem, fast akzentfreiem amerikanischen Englisch Fakten und Daten zu stimmigen Verkaufsargumenten und übergab sie den beiden Herren, die bereitwillig an ihren Lippen hingen, trotz deren leicht kritisch anmutenden Zwischenfragen mit viel Enthusiasmus. Ihre Augen leuchteten, die Gestik war lebhaft. Mit ihrem offenen hellblonden Haar und dem eleganten weinrot gemusterten Etuikleid war sie ein echter Blickfang.

Das erwartete Dankeschön der Ärzte für den duftenden Kaffee in Pappbechern mit BELCOSMA®-Schriftzug blieb aus. Die Herren waren zu sehr in ihr Gespräch vertieft, um Marlene überhaupt zur Kenntnis zu nehmen. Inzwischen ging es längst nicht mehr um BELCOSMA®, sondern um die prunkvollen historischen Räumlichkeiten der Wiener Hofburg, in der die Neurologische Gesellschaft diese Messe abhielt, das herbstliche Wetter und mehr.

Marlene stand eine Weile dabei in der Absicht, irgendwann galant in das Gespräch einzusteigen, gab aber schließlich auf. Die beiden hatten sowieso nur Augen und Ohren für Lisbeth Jacobsen.

Sie händigte ein paar vorbeischlendernden Ärzten Werbematerial für das BELCOSMA®-Symposium am Nachmittag aus. Während sie die ausliegenden Flyer neu sortierte, wuchs ihr seit den Morgenstunden – genauer gesagt: seit Punkt acht Uhr früh – erwachter Ärger. Lisbeth Jacobsen konnte mit jedem plaudern, scherzen, lachen. Mit dem Standbauer, mit den Kollegen vom Nachbarstand und natürlich mit den Ärzten, die zwischen ihren Symposien vorbeikamen, um Kaffee und Informationen zu holen, genau in dieser Reihenfolge.

Nur mit ihr, da redete sie kaum.

Mehr noch: Sie verhielt sich wie ein Eisblock. Da verzogen sich ihre Mundwinkel kein einziges Mal zu einem Lächeln. Wenn Marlene sie etwas fragte, war die Antwort sachlich – und vor allem knapp.

Als sie vor rund einer Woche erfahren hatte, dass sie Lisbeth beim Standdienst auf diesem europäischen Kongress unterstützen würde, hatte sie das mit gemischten Gefühlen zur Kenntnis genommen. Einerseits war ihr Lisbeths abweisendes Verhalten bei der Tagung noch in wacher Erinnerung, andererseits hatte sie die vage Hoffnung, dass sich im Laufe des Tages die Gelegenheit für ein klärendes Gespräch ergeben könnte.

Dass sie eine Frau geküsst und mit ihr geflirtet hatte, die sich dann auch noch als Kollegin mit eindeutigem Ruf entpuppte, war ihr nach wie vor unangenehm. Als noch unangenehmer empfand sie jedoch die Missstimmung, die zwischen ihnen herrschte. Sie mussten zusammenarbeiten, würden sich in Zukunft regelmäßig treffen – also wollte sie mit Lisbeth gut auskommen. Die steife Sachlichkeit, die die Dänin ihr gegenüber an den Tag legte, fiel für Marlene nicht einmal ansatzweise in die Kategorie »gut auskommen«.

Ein Gong ertönte, der das Ende der Pause ankündigte. Die Ärzte schlenderten in Richtung der Seminarsäle zurück. Minuten später waren sie wieder am Stand alleine.

»Du bist eine gute Verkäuferin«, versuchte Marlene erneut

das Gespräch aufzunehmen. »Warst du eigentlich nie im Außendienst tätig?«

Lisbeth, die auf ihrem Smartphone herumtippte, sah kurz auf.

»Du kennst meinen Lebenslauf und daher auch die Antwort. Ich habe dir am Flughafen erzählt, dass ich nach meinem Auslandsaufenthalt gleich im Marketing untergekommen bin.«

Marlene unterdrückte ein Seufzen.

Wie lange will sie so noch weiter kommunizieren?

»Ich finde nur, du wärest eine gute Verkäuferin. Du machst das brillant, diese Gespräche ... mit deinem Fachwissen und deinem Charme.«

Kaum ausgesprochen, biss sie sich auch schon auf die Zunge.

Mit deinem Charme, hatte sie gesagt. Womöglich hatte sie sich damit schon wieder zu weit aus dem Fenster gelehnt.

»Eventuell weil ich schon seit mehr als einem Jahrzehnt für Antiepileptika zuständig bin«, erwiderte Lisbeth. Erstmals klang sie nicht sachlich, sondern fast schon bissig. »Da scheint dann doch etwas Fachwissen hängengeblieben zu sein.«

Sie tippte weiter auf ihrem Handy. Ein paar Minuten verstrichen – Minuten, in denen sich Marlene wiederholt verzweifelt fragte, wie sie in ein vernünftiges Gespräch kommen konnten.

Am Nebenstand hörte sie das heitere Gelächter der Kollegen vom Mitbewerb. Würde bei ihnen beiden jetzt den ganzen Tag über das Kontrastprogramm zu deren guter Laune ablaufen?

»Apropos«, begann Marlene schließlich neu. Wenn Lisbeth schon nicht auf eine lockere Unterhaltung einstieg, dann möglicherweise auf ein Fachgespräch. »Mich hat vor ein paar Tagen ein Neurologe vom Wagner Jauregg-Klinikum in Linz auf eine kanadische Studie angesprochen, zu BELCOSMA. Angeblich hätte sich hier eine signifikant erhöhte Rate von akutem Leberversagen als Nebenwirkung gezeigt. Ich habe davon nie vorher gehört. Kannst du mir etwas dazu sagen?«

»Dass es bei einer dauerhaften Einnahme von Tendamat in

sehr seltenen Fällen zu Leberschäden kommen kann, hat sich schon in der Zulassungsstudie gezeigt.« Lisbeth wählte erstmals den Wirkstoff, nicht den Namen, unter dem das Medikament im Handel erhältlich war. »Wir wissen das, die Europäische Behörde weiß das, die amerikanische Zulassungsbehörde FDA weiß es – und BELCOSMA ist trotzdem zugelassen. Weil es offenbar marginale Einzelfälle waren. Nichts, was statistisch signifikant und damit durchaus wichtig gewesen wäre.«

Die Art und Weise, wie Lisbeth ihre Frage beantwortete – leicht belehrend und ohne auf den eigentlichen Punkt zu kommen, ließ Marlenes sprichwörtlichen Geduldsfaden reißen.

»Herrgott, du musst mich wirklich nicht belehren, was statistisch signifikant bedeutet!«, platzte es verärgert aus ihr heraus. »Im Übrigen habe ich nicht von der Zulassungsstudie gesprochen, die ich selbstverständlich auch kenne, sondern nach dieser kanadischen Studie gefragt. Aber wenn du mir darauf keine Antwort geben willst …«

»Warum fragst du nicht euren *Medical Director*? Oder sonst irgendjemanden vom *Medical Department*? – Ich bin vom Marketing!«

Schlaumeier. Als ob ich das nicht wüsste …

»Natürlich habe ich das schon getan, aber Dr. Robert Jahn, unser medizinischer Leiter in Österreich, meinte nur, die Studie sei vollkommen bedeutungslos und euer *Medical Department* in der *Rasmussen*-Zentrale war auch nicht sehr auskunftsfreudig. Es hieß, die Studie sei vom *New England Journal of Medicine* abgewiesen und stattdessen in einer anderen, weniger renommierten Fachzeitschrift publiziert worden. Statt sie mir gleich zu nennen, haben sie mir kommentarlos ein Link zu einer Website mit einer Publikationsliste geschickt, der nicht zu entnehmen war, welches diese kanadische Studie ist.«

Marlene merkte, dass auch in ihrer Stimme nun dieses leichte Timbre an Bissigkeit mitschwang. Sie hatte ihr Statement leise begonnen, war aber gegen Ende hin lauter geworden. Da die

Kollegen vom Nebenstand neugierig herübersahen, neigte sie sich zu Lisbeth und fügte leise und beherrschter als zuvor hinzu: »Und nachdem mir gesagt wurde, dass du diejenige bist, die uns Marketingleuten in allen Ländern weiterhilft, wenn wir Fragen haben, wende ich mich jetzt an dich. Ist das etwa zu vermessen?«

Lisbeth starrte ins Leere. Nachdem nach einer gefühlten Minute immer noch kein Wort von ihr kam, gab Marlene auf.

»Okay«, sagte sie knapp. »Dann nicht. – Ich merke, dass deine *Job Description* mir gegenüber entweder falsch war oder aber mich nicht mit einschließt.«

Sie wandte sich brüsk ab und sortierte erneut die Folder auf dem Podest, obgleich diese sich nicht ungeordneter präsentierten als zuvor.

Auch dieser Tag wird vorübergehen. Noch rund sieben Stunden, und du bist sie wieder für eine Weile los.

»Hast du gerade behauptet, ich weigere mich, dir zu helfen?« Diesmal kam Lisbeth zu ihr. Auch sie sprach mit gedämpfter Stimme, sich der Aufmerksamkeit der Kollegen vom Nachbarstand bewusst. »Willst du damit etwa sagen, ich mache meinen Job nicht korrekt?«

Marlene stieß einen gequälten Seufzer aus.

»Nein, das will ich nicht! – Hörst du mir eigentlich zu?«

»Deutsch ist nicht meine Muttersprache, wenn ich dich daran erinnern darf! Tut mir leid, dass ich nicht jedes Wort exakt verstehe! Von deinem vorherigen Satz habe ich fast nichts verstanden! Du sprichst zu kompliziert!«

»Bisher ist mir nicht aufgefallen, dass mein ach so komplexes Deutsch ein Problem für dich wäre, aber gut, ich kann es auch ganz einfach formulieren: Du benimmst dich gerade total kindisch. Und ich verstehe nicht, warum.«

Wieder sagte Lisbeth nichts, sondern starrte nur vor sich hin. Marlene rechnete nicht mehr mit einer Erwiderung. Umso überraschter war sie, als plötzlich kam: »Die Studie stammt von

Petersen und Connelly. Die Rate an Patienten mit letalem akuten Leberversagen war in dieser Studie im Gegensatz zur Zulassungsstudie signifikant erhöht, aber es gab hier methodische Mängel – beispielsweise waren fünf Patienten einbezogen, deren Leberwerte schon von Beginn an im Grenzbereich waren. Das waren Patienten, die laut Fachinformation kein BELCOSMA bekommen sollten. Petersen hat außerdem eine Vorgeschichte mit *Rasmussen Pharma* – er war ursprünglich einer der Studienärzte für die Tendamat-Studien in Phase II zur Dosisfindung, aber es gab zwischen ihm und der Firma Probleme, weil er sich angeblich nicht an gewisse Auflagen gehalten hat, darum wurde ihm die Mitwirkung entzogen. So kann seine Folgestudie, die vermutlich über irgendwelche dunklen Kanäle vom Mitbewerb finanziert worden ist, auch eine Art Racheakt sein. Im Konzern gilt sie als irrelevant, was sie wegen der methodischen Mängel wohl auch ist.«

Na bitte. Geht doch.

Marlene drehte sich zu Lisbeth um.

»Danke.«

Lisbeth tippte schon wieder auf dem Handy.

*

Die Zeit bis zur Mittagspause verstrich quälend langsam. Da Lisbeth weiterhin an Kommunikation nicht interessiert zu sein schien, beschäftigte sich auch Marlene mit ihrem Smartphone. Sie surfte auf Facebook, hauptsächlich, um zu sehen, was Marina und Sebastian dort trieben. Ihr eigenes Profil hatte sie sich vor einem Jahr nur wegen ihrer Nichte und dem Neffen zugelegt. Die beiden hatten darauf gebrannt, sich mit ihr auf diese Weise digital zu verbinden, und nach anfänglichem Zögern hatte sie erkannt, dass es auch seine Vorteile hatte:

Zumindest bekam sie so einen guten Einblick in die Freundeskreise der beiden und die Themen, die sie beschäftigten.

Sie scrollte ein paar Minuten durch die wenig bewegenden Meldungen. Marina hatte ein Plakat von irgendeinem Stadl-Fest nahe Leibnitz gepostet, mit der Frage: Wer von euch geht da hin? – Drei Freundinnen hatten bereits begeistert zugestimmt.

Marlene musste unwillkürlich grinsen, wenn sie daran dachte, was Jakob wohl über das rege Sozialleben seiner Tochter dachte. Wenn sie sich an ihre gemeinsame Jugend erinnerte, sah sie ihn immer in der Rolle des Einzelgängers. Er war im Gegensatz zu seinem lebenslustigen älteren Bruder ständig dem Vater zur Hand gegangen. Die Moseggers hatten ihren Winzerhof rund fünf Kilometer von Marlenes Elternhaus entfernt. Den Hof übergeben hatte der Mosegger dann gemäß der Tradition an seinen Ältesten, während der Jüngere mit der Ausbildung im Weinbau wohl im Regen gestanden wäre – hätte er sich nicht ausgerechnet in eine der Töchter jenes Nachbarn verliebt, der keinen männlichen Erben hatte. Marlene erinnerte sich gut daran, wie Jakob Hanni ein halbes Jahr umworben hatte, ehe sie ihn erhörte.

Und jetzt war seine Tochter gerade einmal fünfzehn und lebte ihm vor, was er in seiner Jugend möglicherweise verpasst hatte: Abends ausgehen. Partys. Clubs. Küsse. Und jetzt wohl auch Sex.

Im Prinzip das Leben, das auch sie in Marinas Alter geführt hatte. Heimlich. Dutzende Male hatte sie sich spät aus dem Haus geschlichen, weil unten an der Straße ein Freund mit Führerschein und Auto auf sie wartete, um mit ihr die Nacht durchzufeiern.

Eigentlich ein Wunder, dass ich nicht erwischt worden bin.

Wahrscheinlich hatte Jakob derzeit ohnehin keine freie Minute, um sich weiter mit Marinas Partyleben auseinanderzusetzen. Die Weinlese. Und natürlich diese schwarzhaarige Schönheit.

Sogar ihr introvertierter Schwager hatte es geschafft, wieder ein Verhältnis anzufangen. Nur ihr gelang das nicht. Zweimal

Sex in sechsundzwanzig Monaten. Schlimmer noch: zweimal lausiger Sex. Bei beiden One-Night-Stands hatte sie ihren Orgasmus vorgetäuscht, um den Akt nicht unnötig in die Länge zu ziehen.

Lisbeth tippte immer noch SMS. Oder was auch immer. Einer spontanen Eingebung folgend, gab Marlene deren Namen in die Suchfunktion von Facebook ein. Es gab mehrere Lisbeth Jacobsen, und Marlene scrollte sich durch die Profilbilder, ehe sie auf diejenige stieß, die sie suchte.

Sie klickte es an und hatte das Foto einer fröhlich lachenden Lisbeth in Jeans, einem orangefarbenen Sweatshirt und Turnschuhen vor sich, die auf irgendeinem Geländer balancierte; im Hintergrund waren ein weiter Strand und das Meer zu erkennen.

Lisbeth hatte an ihrem Profil für Fremde so gut wie alles gesperrt. Marlene sah keine Statusmeldungen und Fotos – abgesehen von früheren Profil- und Hintergrundbildern. Sie klickte sich durch beides. Stadtmotive von Kopenhagen, das Meer, ein idyllischer nordischer Strand. Dünenlandschaft. Außer dem Foto mit Sweatshirt und Jeans am Strand gab es noch eines, das sie im Trägerhemd an einem Eisstand zeigte, und ein weiteres, auf dem sie nicht alleine abgebildet war: Sie saß auf einer Picknickdecke und hatte den Arm um eine junge Frau gelegt, die langes, mittelbraunes Haar hatte und attraktiv aussah – wenngleich auch nicht ganz so attraktiv wie Lisbeth. Trotzdem, irgendetwas irritierte Marlene an ihr. Dann erkannte sie, was es war: der Blick. Die Frau posierte für ein Foto, doch ihre Augen waren weder ganz offen noch ganz geschlossen. Ein unvorteilhafter Schnappschuss?

Wer war diese Frau? Die Freundin?

Aber hatte Lisbeth nicht gesagt, sie sei Single?

Marlene überflog noch einmal alle Angaben im Profil. Lisbeth hatte Betriebswirtschaft an der *Copenhagen Business School* studiert. Sie hatte Ende Juni Geburtstag. Sie las Bücher von Ken Follet, Paulo Coehlo und Hening Mankell. Sie mochte

Jazz Musik. Norah Jones. Diana Krall. Und viele andere, die auch Marlene in ihrer CD-Sammlung hatte. Aber es ging ihr um anderes: Sie suchte nach einem Hinweis – irgendeinem Hinweis – der zeigte, wie es um Lisbeths sexuelle Präferenz bestellt war. Sie fand keinen. Lisbeth Jacobsen präsentierte sich in ihrem Profil als das nette Mädchen von nebenan, nicht als die Lesbe, die in Verruf geraten war wegen sexueller Belästigung. Lisbeth, die Lesbe, die sie in einer Bar küsste, einfach so.

»Entschuldigen Sie, könnte ich einen Kaffee haben?«

Die Mittagspause war angebrochen. Die Ärzte strömten aus den Sälen und auf die Stände zu, auf der Suche nach Essbarem. Die neue Vorgabe des Messebetreibers, die jegliche Bewirtung außer mit Kaffee aus Gründen vermeintlicher Bestechung untersagte, hatte sich anscheinend noch nicht herumgesprochen.

Marlene steckte ihr Handy weg und kümmerte sich um die Getränke. Lisbeth war schon wieder im Gespräch, diesmal mit einer Gruppe junger Neurologinnen.

Eineinhalb Stunden später war der Spuk wieder vorbei; die Ärzte saßen erneut in den Seminaren – und Lisbeth mit ihrem Handy auf dem Drehstuhl. Marlene fühlte sich allmählich hungrig. Es war vierzehn Uhr, und sie hatte seit dem Frühstück nichts mehr zu sich genommen außer Kaffee. Sie erhob sich.

»Lisbeth, ich geh kurz nach draußen und kaufe etwas zu essen. Soll ich dir etwas mitbringen?«

»Danke, nein.«

»Hier auf der Messe ist es aber schwer, Essbares zu finden. Die Ärzte bekommen ja Lunchpakete via Kongressservice, aber belegte Brötchen werden an den Ständen nicht mehr ausgegeben. Seit vergangenem Jahr gibt es diese Regelung –«

»Bei Kongressen in Dänemark gilt das schon länger«, fiel Lisbeth ihr ins Wort. »Du musst mir nichts dazu erklären.«

»Soll ich dir nicht doch eine Kleinigkeit mitbringen? Es liegen noch vier Stunden vor uns.«

»Danke, nein«, wiederholte Lisbeth, diesmal mit Nachdruck.

Marlene nahm ihre Tasche, schlüpfte in den Mantel und machte sich ohne ein weiteres Wort auf den Weg nach draußen.

*

»Hier. Nimm das. Ich will nicht, dass du irgendwann bewusstlos vom Stuhl fällst, weil dein Kreislauf nicht mehr mitmacht.«

Marlene legte die in eine weiße Papiertüte verpackte Semmel direkt vor Lisbeth auf den Tisch.

»Was ist das?«

Lisbeth sah kurz von ihrem Handy auf, das sie noch immer in den Händen hielt.

Bin gespannt, wie lange ihr Akku das noch mitmacht.

»Eine Extrawurstsemmel mit Gurkerl.« Marlene blickte kurz in Lisbeths skeptisches Gesicht. »Verzeih, ich weiß, du verstehst mich neuerdings nicht. – Das ist ein Brötchen mit einer österreichischen Brühwurst aus Rind- und Schweinefleisch, belegt mit einer halbierten Essiggurke.«

Lisbeth verdrehte genervt die Augen. Dann drückte sie Marlene die Tüte in die Hand.

»Ich mag nicht.«

»Okay, wenn du lieber verhungern willst …«

Kopfschüttelnd packte Marlene ihre eigene Semmel aus und ging hinüber zu den Kolleginnen vom Mitbewerb. Mit einer davon hatte sie vor rund zehn Jahren bei einer anderen Firma zusammengearbeitet. Zumindest würde sie dort nettere Unterhaltung haben als mit der Frau, die offensichtlich beschlossen hatte, sie zu hassen, warum auch immer.

*

Um halb sechs Uhr abends begannen die Kollegen an den Ständen um sie herum, ihre Folder und Prospekte wegzupacken. Allen war klar, dass die Ärzte nach 18 Uhr, wenn sie aus den letzten Seminaren des Tages kamen, keinen Blick mehr auf das Werbematerial der pharmazeutischen Industrie werfen würden.

Lisbeth räumte die BELCOSMA®-Zeigekarten in eine Box. Marlene kam mit den Foldern, die auf einem der Stehtische ausgelegen waren, und wollte sie dazulegen. Als sich ihre Finger berührten, zuckte Lisbeth so vehement zusammen, als hätte sie ein starker Stromschlag getroffen, und zog ihre Hände abrupt zurück.

Marlene hatte den ganzen Tag geschwiegen und ihren Ärger einigermaßen unter Kontrolle gehalten. Jetzt gelang es ihr nicht länger.

»Wirklich, es reicht! Hör auf, so zu tun, als wäre ich giftig!«

»Es ist nur zu deinem Besten«, brachte Lisbeth hervor. Sie schickte sich an, weiter Folder einzusammeln, doch Marlene packte sie an beiden Schultern.

»Lass das!« Lisbeth wand sich, gab aber angesichts der neugierigen Blicke vom Nachbarstand auf.

»Zu meinem Besten?«, echote Marlene, deren Hände noch immer auf ihren Schultern lagen. »Bist du völlig deppert, oder wie? – Glaubst du wirklich, ich gehe davon aus, dass du dich bei nächstbester Gelegenheit auf mich stürzt und mir die Kleider vom Leibe reißt, hier, mitten auf dem Messegelände?«

»Du kennst die Geschichte mit Siri Christiansen. Liliane hat sie dir inzwischen erzählt.«

»Ich glaube nicht jedes Gerücht, das die Runde macht.«

»Das ist kein Gerücht. Es ist die Wahrheit.«

»Bekanntlich gibt es immer mehrere Wahrheiten. Erzähl mir deine Version, damit ich mir ein besseres Bild machen kann.«

»Ich habe dir schon gesagt, ich darf darüber nicht sprechen.«

»Ja, hast du, aber es ist ein vollkommen stures, kindisches Verhalten – genauso wie die Tatsache, dass du meine Wurstsemmel ignorierst. Dein Magenknurren übertönt schon das Geräusch der Kaffeemaschine … Also bitte, Lisbeth, erzähl mir endlich, was das für eine dumme Geschichte ist, mit der ich gleich so eindringlich vor dir gewarnt wurde!«

Lisbeth drehte ihren Kopf kurz zur Seite.

»Du verstehst mich nicht«, sagte sie dann leise. »Wenn ich sage, ich *darf* darüber nicht sprechen, ist das auch so. Ich musste damals ein Papier unterschreiben, das mir untersagt, mit Leuten vom Konzern oder auch späteren Arbeitgebern darüber zu reden.«

»Bitte?« Marlene kniff ungläubig die Augen zusammen.

Siri bekam zum Glück eine Beförderung, und Lisbeth wohl einen fetten Eintrag in ihre Personalakte.

Sie erinnerte sich genau an die Worte der französischen Kollegin. »Aber … jeder scheint darüber Bescheid zu wissen …«

»Siri musste das Papier auch unterschreiben«, stellte Lisbeth nüchtern klar. »Der Maulkorb gilt für uns beide. – Liliane hat damals ein paar Monate im Marketing bei uns in der Zentrale gearbeitet, um dadurch ihre Karrierechancen in Frankreich zu verbessern. Sie und Siri haben sich in dieser Zeit befreundet. Den Rest kannst du dir denken. Liliane hat ja nicht unterschreiben müssen, dass sie darüber schweigt.«

Sie lächelte flüchtig, aber ihre Augen blickten resigniert an Marlene vorbei ins Leere.

Gleich fängt sie an zu weinen.

Marlenes Ärger war verflogen. Ihre Fassungslosigkeit blieb.

»Diese ganze Geschichte … hat jedenfalls nichts mit mir zu tun«, sagte sie nach einer Weile.

Lisbeth blinzelte verwirrt.

»Nein, natürlich nicht.«

»Und warum benimmst du dich mir gegenüber dann wie eine Kratzbürste? Warum hast du mich auf dieser Tagung vor drei Wochen gemieden, und warum warst du heute den ganzen Tag so entsetzlich zu mir? – Du sagst, das sei zu meinem Besten.

Das ist nett von dir, aber ich kann dir versichern: Ich fühle mich durch dein Verhalten nicht wirklich gut.«

»Tut mir leid.« Lisbeth fuhr sich mit dem Handrücken verschämt über die Augen. »Ich dachte wirklich, es wäre besser ... auf Abstand zu gehen.«

»Besser für dich oder besser für mich? Ich verstehe ehrlich gesagt nicht, was du mir damit sagen willst.«

»Besser für uns beide. Wir hatten einen eher ungewöhnlichen Start ... so als Kolleginnen. Ich meine, das wussten wir damals noch nicht, aber ... ich hätte es wirklich nie getan, wenn ich gewusst hätte, wer du bist.«

»*Es* nie getan? Sprich es nur aus. – Im Übrigen habe ich dich auch geküsst, schon vergessen? Vielleicht darf ich ja demnächst auch so einen Verschwiegenheitswisch unterschreiben!«

Lisbeth lachte kurz auf, doch aus ihren Augen rollten nun Tränen.

Marlene reagierte spontan und ohne weiter darüber nachzudenken: Sie zog Lisbeth in ihre Arme und drückte sie an sich. Die zierliche Frau gab ihren anfänglichen Widerstand schnell auf. Marlene fühlte, wie es an ihrer Halsbeuge feucht wurde. Aus den Augenwinkeln nahm sie wahr, dass die frühere Kollegin interessiert herüberschaute, aber es war ihr im Augenblick egal. Sie wollte nicht, dass Lisbeth weiterhin auf Distanz blieb. Sie wollte die Frau zurück, mit der sie zweieinhalb Stunden Spaß gehabt hatte, mit der sie gut reden und scherzen konnte. Nur die Küsse, die sollten der Vergangenheit angehören, natürlich.

Vielleicht würde es fürs Erste helfen, Lisbeth zum Lachen zu bringen.

»Ich bin mir ziemlich sicher, dass ich spätestens nach dieser Umarmung die perfekte Kandidatin für dieses Papier bin«, flüsterte sie ihr ins Ohr. »Du solltest unbedingt zu Jasper Lund gehen und melden, dass ich dir körperlich nahegekommen bin.«

»Lieber nicht.« Lisbeth befreite sich aus der Umarmung. Ihre

Stimme klang todernst. »Dann gelte ich als Serientäterin, und genau das will ich vermeiden.«

»Du warst gerade das *Opfer. Mein* Opfer.«

Lisbeth lächelte schwach.

»Ich denke, bei meiner Vorgeschichte wird er das anders sehen. – Trotzdem, danke, Marlene.« Sie verschwand mit der Schachtel Werbematerial in der Kammer und kam mit ihrem Mantel wieder heraus. »Es tut mir Leid wegen heute. Du hast recht, ich habe mich kindisch verhalten. Aber nach dem, was du mir im Hotel gesagt hast ... da war für mich klar, dass ich Abstand wahren muss. Ich hatte nicht den Eindruck, dass du weiter an meiner Gesellschaft interessiert bist.«

Marlene nickte langsam. Sie wusste noch sehr gut, was für ein wirres Zeug sie in diesem Gang zwischen Seminarraum und Toiletten gebrabbelt hatte – sinnlose Worte, die ihrer eigenen Verunsicherung entsprungen waren, und mit denen sie Lisbeth offensichtlich verletzt hatte.

»Ich hatte da nicht unbedingt eine Sternstunde. Wenn ich jetzt darüber nachdenke, könnte ich mich selbst dafür ohrfeigen. Ich hätte anders mit der Situation umgehen sollen, aber konnte es zu diesem Zeitpunkt nicht.«

»Und jetzt kannst du es?«

Eine berechtigte Frage.

Lisbeths Blick ruhte auf ihr.

»Ich denke, wir hatten beide eine gute Zeit in dieser Lounge. Wir sind beide erwachsen. Wir wissen beide, dass das ... zwischen uns nicht mehr vorkommt. Also gibt es keinen Grund, sich nicht zu mögen – oder?«

Lisbeth lächelte.

»Zu mir sagen, ich soll es beim Namen nennen, aber du selbst umschreibst es ...«

Marlene errötete.

»Erwischt«, gab sie schließlich zu. Und dann, ohne weiter nachzudenken, ohne erst sämtliche »Wenn« und »Aber« ihres

Vorschlags abzuwägen, sprach sie aus, was ihr spontan in den Sinn kam: »Darf ich dich zum Essen einladen?«

Lisbeth strich sich eine Haarsträhne aus dem Gesicht.

»Ich … ich weiß nicht. Ich …«

Ah ja, okay. Das ist dann wohl doch zu viel.

»Kein Problem, war nur so eine Idee.« Marlene gab sich Mühe, ihre Enttäuschung zu verbergen. »Vermutlich aber keine besonders gute. Ich dachte bloß …«

»Nicht dass ich prinzipiell nicht mit dir essen will. Es ist nur … ich muss raus aus diesen Stöckelschuhen. Und ich sterbe fast vor Hunger. Ich möchte es einfach nur gemütlich haben, mich auf mein Bett legen, beim Room Service einen Hamburger bestellen oder irgendetwas anderes Fettiges, Ungesundes … und entspannen. Im Restaurant ist das alles nicht möglich.«

Marlene lächelte.

»Ich habe eine bessere Idee. Wir fahren zu mir nach Hause, du kannst dich bequem auf meine Couch kuscheln, ich serviere dir einen Wein und ein Essen, das den Hamburger vom Room Service in den Schatten stellt. Und ehe dir vor Müdigkeit oder auch Langeweile die Augen zufallen, fahre ich dich ins Hotel.«

Sie rechnete mit sofortigem Protest. Doch der blieb aus.

Lisbeth schien lediglich kurz nachzudenken. Dann sagte sie: »Unterschätz aber das mit den Schuhen nicht. Ich werde sie wirklich ausziehen. – Vielleicht vergeht dir dann der Appetit?«

Marlene lachte herzhaft.

Die Frau, die sie in Kopenhagen-Kastrup kennengelernt hatte, war zurück.

Wien, achtzehnter Bezirk

Von der Hofburg bis zu jenem Viertel, in dem Marlene wohnte, waren sie im Auto rund eine halbe Stunde unterwegs, was wohl weniger an der geographischen Distanz als an den um diese Zeit ziemlich verstopften Straßen lag. Lisbeth kam es auf jeden Fall recht lang vor. Als sie zudem registrierte, dass von Marlenes Garage aus zur Wohnung obendrein rund zehn Minuten zu laufen waren, sagte sie: »Ich glaube, ich nehme für den Rückweg zum Hotel lieber ein Taxi.«

»Haben dich die paar Meter Fußmarsch schon erschöpft?« Marlene grinste und sperrte die schwere Eingangstüre eines klassizistischen Altbaus auf.

»Natürlich nicht. Ich will nur nicht, dass du zusätzliche Umstände hast wegen mir …«

»Ich habe keine Umstände.«

Sie fuhren mit dem Lift in den dritten Stock. Kurze Zeit später stand Lisbeth bei Marlene im Vorraum. Neugierig sah sie sich um. Sie war bereits des Öfteren in Wien gewesen, allerdings immer nur beruflich. Noch nie zuvor hatte sie einen der imposanten Altbauten betreten, noch nie zuvor eine solche Wohnung von innen gesehen.

Die Wände waren hoch – Lisbeth schätzte sie per Augenmaß auf fast vier Meter. Der Vorraum war in einem angenehmen Karamellton gestrichen, es gab darin einen großen, modernen Garderobenschrank mit Spiegeltüren und ein Schuhregal. Gegenüber stand die weißgestrichene, mit ihren alten Fräsungen erhaltene Kassettentüre zur Küche offen. Lisbeth erhaschte den Blick auf eine neu wirkende, helle Einbauküche und Terrakotta-Fliesen.

»Willst du nicht ablegen?«

»Oh. Doch. Ja, natürlich.«

Lisbeth, die immer noch über die hohen Wände staunte, ließ sich von Marlene aus dem Mantel helfen.

»Ich mach dir einen Vorschlag: Du besichtigst selbstständig und in Ruhe die Wohnung, während ich kurz unter die Dusche hüpfe. Danach mache ich uns Essen, und wir stoßen auf den Feierabend an. – Du kannst natürlich jetzt schon ein Glas Wein haben und zum Anstoßen dann das zweite ...«

Das leichte Lächeln, das ihre Lippen umspielte, ließ Marlenes Gesicht entspannt wirken. So schnell hatte sich die Kluft zwischen ihnen also wieder geschlossen. Lisbeth war erleichtert. Natürlich wusste sie zu gut, dass sie selbst durch ihr abweisendes Verhalten maßgeblich zu den entstandenen Spannungen beigetragen hatte. Allerdings war ihre Zickigkeit nur die Reaktion auf Marlenes Auftritt im Hotel. Erst der Schock über das unerwartete Wiedersehen, dann dieses gezierte *Das gestern war ein Versehen, ein Ausrutscher ...*

Natürlich war es das, daran hatte sie nach Marlenes klaren Worten vor dem Abflug sowieso nicht mehr gezweifelt.

Egal.

Jetzt war sie hier in ihrer Wohnung und fühlte sich, als wäre ihr eine schwere Last von den Schultern genommen worden. Sie konnten wieder miteinander kommunizieren wie normale Menschen.

»Ein Glas Wasser wäre fein. Mit dem Wein warte ich, bis du frisch geduscht bist.«

Sie schickte ihren Worten ein Lächeln hinterher, das Marlene sofort erwiderte.

Sie ist schön, wenn sie lächelt.

Lisbeth biss sich sogleich auf die Lippen. Das wiederum war ein für ein kollegiales Verhältnis eher unpassender Gedanke. Andererseits – Marlene war nun mal eine attraktive Frau. Die hohen Wangenknochen und die dunklen Augen machten ihr

Gesicht interessant, und sie verstand es, ihr Aussehen durch ein geschicktes Make-up und entsprechendes Styling zu unterstreichen. Auf den ersten Blick hatte der Goldschmuck, für den sie eine Vorliebe zu haben schien, Lisbeth eher abgestoßen. Inzwischen fand sie ihn passend – für Marlene. Er lockerte ihren ansonsten eher konservativen Kleidungsstil auf und verlieh ihren Hosenanzügen eine zusätzliche feminine Note.

»Also – wir sehen uns in zehn Minuten. Dein Wasser steht auf dem Esszimmertisch.«

»Zehn Minuten? So schnell bist du?«

Marlene hob amüsiert die Augenbrauen.

»Achtunddreißig Jahre Erfahrung in Sachen Körperpflege, was soll ich sagen? – Übung macht den Meister!«

Sie lachten beide.

Das Glas Wasser in der Hand, schlenderte Lisbeth schließlich durch die Wohnung. Drei Räume, einer davon ein schmales Durchgangszimmer, das offenbar als Arbeitszimmer diente. Neben dem Schreibtisch mit Laptop und Drucker stand ein Wäschegestell, auf dem verschiedenfarbige Dessous zum Trocknen aufgehängt waren. Ausgerechnet Unterwäsche! Lisbeth starrte wie hypnotisiert auf die schmal geschnittenen Spitzenhöschen und fühlte, wie ihr die Röte in den Kopf stieg. Die Vorstellung von Marlene in diesen Höschen machte sich vor ihrem inneren Auge breit, ohne dass sie es verhindern konnte.

Hastig trank sie einen Schluck Wasser in der Hoffnung, die verbotenen Bilder damit hinunterspülen zu können.

Sie durchquerte das Arbeitszimmer und warf einen Blick in das daran angrenzende hintere Zimmer. Marlenes Schlafzimmer. Eine natürliche Scheu hielt sie davon ab, es zu betreten. Sie sah ein Doppelbett aus dunklem Holz mit weinroter Überdecke und einen Teil des dazu passenden Kleiderschranks. Auf dem Nachtkästchen entdeckte sie neben einem Wecker mit digitalen Leuchtziffern ein gerahmtes Foto von drei Kindern. Ein Mädchen im Teenageralter und zwei Jungen. Das Mädchen war hübsch und sah Marlene ein bisschen ähnlich, die Jungen hatten Pausbacken und wirkten bäuerlich.

Lisbeth erinnerte sich daran, dass Marlene in der Lounge einen Anruf ihrer Nichte erhalten hatte.

Und danach war sie traurig, und wir haben uns zum dritten Mal geküsst, diesmal richtig.

Sie schüttelte sich, als könnte sie die Erinnerung an diesen Kuss abschütteln wie ein lästiges Insekt, das sich auf ihr niedergelassen hatte ...

Dann ging sie zurück in das Zimmer, das vom Vorraum aus zu betreten war und in dem ein ausladendes cremefarbenes Sofa aus zwei Rundelementen stand, das auf den ersten Blick nur aus verschiedenen großen Kissen zu bestehen schien. Es sah gemütlich aus. Der alte Parkettboden knackte unter ihren Füßen, als Lisbeth sich dem Sofa näherte, und ihr wurde bewusst, dass sie wohl besser die Schuhe ausziehen sollte. Ihre spitzen Absätze würden ansonsten weitere Kerben im Holz hinterlassen.

Als Marlene schließlich aus dem Badezimmer kam, trug sie Jeans und eine saloppe dunkle Bluse. Ihr Haar hatte sie zu einem lockeren Zopf geflochten.

Sie setzte sich zu Lisbeth auf das Sofa und reichte ihr eines von den zwei Weingläsern, die sie in den Händen hielt.

»Zum Wohl. – Danke, dass du mitgekommen bist.«

»Ich danke dir für die Einladung.«

Der Wein schmeckte fruchtig und vollmundig. Er prickelte auf Lisbeths Zunge.

»Lecker. Was ist das?«

»Morillon. So nennt man den Chardonnay in der Steiermark.«

Lisbeth nahm einen weiteren Schluck.

»Ich kenne mich nicht so besonders gut aus mit Wein«, gab sie schließlich zu.

Marlene lächelte. Lisbeth sah, dass sich dabei an ihren Augenwinkeln kleine Falten bildeten. Sie mochte diese kleinen Falten.

»Dann war es ja gut so, dass ich den Wein in der Flughafen-Lounge ausgesucht habe.«

»Ich hätte mich schon beschwert, wenn ich nicht einverstanden gewesen wäre.«

»Nein.« Marlene stellte ihr Glas schwungvoll auf den kleinen Tisch vor ihnen. Sie grinste breit. Die Fältchen hatten sich vertieft. Lisbeth gefielen sie noch immer. »Dir war in diesem Moment alles recht, meine Liebe. Du warst viel zu sehr damit beschäftigt, mich anzuflirten, um Entscheidungen über Getränke treffen zu können.«

Sie lachte herzlich über ihre eigene Aussage. Lisbeth lachte nicht. Die Erinnerung an die Stunden in der Lounge und die Küsse machten sie verlegen.

»Hej.« Marlenes Hand, die flüchtig über ihren Arm strich, zwang sie, ihr wieder in die Augen zu sehen. »Kannst du nicht inzwischen darüber lachen? Ein bisschen zumindest? – Ich dachte, wir hätten das jetzt aus der Welt geschafft.«

Lisbeth rang sich ein Lächeln ab, merkte aber selbst, dass es ihr nicht besonders gut gelang.

»Ich wundere mich nur, warum du plötzlich so locker damit umgehen kannst. Eigentlich solltest du wohl diejenige sein, die lebenslang bis zu den Zehenspitzen erschüttert ist. In Brüssel warst du das auch noch. Ist mittlerweile irgendetwas passiert, was ich wissen sollte?«

Marlene wirkte einen Moment lang perplex, dann schien sie zu begreifen.

»Du meinst, ob sich jetzt plötzlich meine sexuellen Präferenzen geändert haben?« Sie feixte, dann schüttelte sie den Kopf. »Wohl kaum! Aber mir ist selber aufgefallen, wie blöd ich mich verhalten habe. Ein bisschen Küssen und Flirten sollte nun wirklich nicht meine Welt aus den Angeln heben, denke ich. – Also, lass uns das Ganze doch locker nehmen und gemeinsam darüber lachen.«

Lisbeth nickte stumm, und Marlene erhob sich.

»So. Ich widme mich dem Essen. Du bleibst hier und erholst dich.«

»Nein, ich helfe dir natürlich!«

»Nein, natürlich nicht. Du hast vorher selbst gesagt, dass du müde bist und dich entspannen willst. Nun ist Gelegenheit dazu. Denn wenn ich erstmal mit dir bei Tisch sitze, will ich selbstverständlich Aufmerksamkeit und Unterhaltung. Also: Jetzt hast du noch die Chance, die Energiereserven aufzufüllen. Danach nicht mehr.«

»Du bist ganz schön dominant. Aber ich nehme an, das hat dir sicher schon einmal jemand vor mir gesagt.«

Marlene grinste.

»Nein. – Ich entdecke diese Eigenschaft erst jetzt an mir. Es scheint, als bringst du bei mir ungeahnte Wesenszüge hervor.«

Und damit sind wir schon wieder beim Thema. – Aber gut, wenn sie das Ganze wirklich mit Humor nehmen will ...

»Ja, wer weiß das besser als ich selbst?« Lisbeth sandte ihr einen Blick entgegen, der keinen Zweifel daran ließ, auf was sie anspielte. »Nicht nur Wesenszüge, sondern auch Taten ...«

Marlene drohte ihr scherzhaft mit dem Zeigefinger.

»Treib es nicht an die Spitze, ich warne dich!«

Damit verschwand sie in der Küche.

*

Lisbeth starrte eine ganze Weile auf den dunkel schimmernden Wein, den sie noch immer in den Händen hielt.

Ja, natürlich. Sie konnten das alles mit Humor nehmen, darüber lachen, sich gegenseitig damit necken, dass sie sich einmal so nahe gekommen waren, körperlich. Für Marlene war es das wohl rückblickend: ein kleiner Schock zunächst, aber letztendlich ein Spaß. Vielleicht würde sie sogar irgendwelchen Freundinnen davon erzählen, wie sie in einer Flughafen-Lounge eine fremde Frau geküsst hatte, und diese Freundinnen würden aufgekratzt verlegen genau jene Frage stellen, die alle Heterofrauen beschäftigte: Und, wie war's?

Oh, ganz nett, ziemlich aufregend sogar, würde Marlene antworten. Aber ein bisschen Küssen und Flirten sollte wirklich nicht meine Welt aus den Angeln heben, denke ich.

Je mehr Lisbeth über Marlenes Worte nachdachte, desto seltsamer empfand sie deren Formulierung. Lag es daran, dass Deutsch eine Fremdsprache für sie war und sie zu viel in etwas hineinlegte, oder hatte Marlene tatsächlich einen Konjunktiv gewählt? *Sollte. Denke ich.*

Wäre es nicht einfacher gewesen, schlicht zu sagen: Ein bisschen Küssen und Flirten heben eine Welt nicht aus den Angeln?

Lisbeth nahm einen großen Schluck.

Das ist das Problem bei mir. Ich interpretiere schon wieder viel zu viel in etwas hinein. Meine Wünsche nämlich. Und das war schon einmal der Anfang vom Ende.

Gut, sie würde künftig mit Marlene lachen, würde sich von ihr mit ihrem ungewöhnlichen Kennenlernen necken lassen. Wenn Marlene es unbedingt so wollte. Aber die Wahrheit war: Sie konnte nicht wirklich darüber lachen. Kein bisschen sogar. Und das hatte längst nicht nur mit der leidigen Vorgeschichte mit Siri zu tun, die dem Ganzen sowieso schon einen bitteren Beigeschmack verlieh, sondern vor allem mit ihren Emotionen. Sie mochte Marlene. Sehr sogar. Sie hatte sie sogar gemocht, als sie ihr am Messestand die kalte Schulter zeigte und Marlene sich dennoch so tapfer um Kommunikation bemühte. Sie mochte Marlenes Lachen und ihre angenehme, volle Stimme. Sie mochte den Geruch des Pfirsichshampoos, das ihr auch an diesem Tag wieder in die Nase gestiegen war, als sie an ihrer Halsbeuge weinte.

Sie wusste aber auch, dass dieses simple *Mögen* schnell in etwas anderes umschlagen konnte, sollten sie mehr Zeit zusammen verbringen. Sie konnte es einfach nicht steuern.

Gut, ich werde sie nicht so oft sehen. Ein paar Mal im Jahr, auf Kongressen und auf Tagungen. Es ist ja nicht so, als ob ich mich mit ihr privat treffe. Das heute und hier, das ist die absolute Ausnahme.

Beruhigt durch diese Feststellung, schlenderte Lisbeth in Richtung Küche. Marlene stand am Herd und gab Olivenöl in eine Pfanne. Auf einem Schneidebrett daneben lagen bereits kleingeschnittene Tomatenstücke und Knoblauch.

»Das sieht nicht nach einem Hamburger aus.«

»Messerscharf erkannt. – Magst du Garnelen?«

»Gerne.«

Lisbeth stellte ihr leeres Weinglas auf die Küchentheke.

»Kann ich dir nicht helfen?«

»Nein, alles schon erledigt.« Marlene gab den Knoblauch in das heiße Öl. Es spritzte leicht, und Lisbeth wich zurück. Dabei prallte sie gegen Marlene, die gerade den Backofen angeschaltet hatte.

»Entschuldige.« Sie trat hastig einen Schritt zur Seite.

»Sag mal – du kommst mir plötzlich so klein vor ...« Ein verblüffter Blick wanderte über sie hinweg. Marlene sah dabei so verwirrt aus, dass Lisbeth unwillkürlich lachen musste.

»Ich *bin* klein, Marlene! Meine High Heels haben dich bisher nur in die Irre geführt.«

»Wie groß bist du?«

»Ein Meter dreiundsechzig.«

»Zehn Zentimeter kleiner als ich!« Marlene wirkte aufrichtig entsetzt, was Lisbeth erneut zum Lachen brachte. »Ich dachte immer, ihr Dänen wäret alle größer! Von Natur aus! Das ist doch bei den Skandinaviern so, oder?«

»Und ich dachte immer, nur die Deutschen sind so direkt, während die Österreicher gerne um die heiße Suppe herumreden. Aber offenbar sind wir beide keine typischen Vertreterinnen unserer Nation.«

»Offenbar.« Marlene gab schmunzelnd die abgetauten Garnelen in die Pfanne. »Und übrigens, es heißt Brei, nicht Suppe. Das Sprichwort, meine ich.«

»Sprichwörter und Redewendungen sind mein Untergang.«

»Übertreib nicht.« Marlene füllte ihre Weingläser nach. »Dein Deutsch ist fast perfekt.«

»Fast. Du sagst es. – Damit es ganz perfekt wird, muss ich mehr Zeit mit dir verbringen.«

Shit!

Hatte sie das wirklich gesagt? – Genau *das* wollte sie ja eigentlich nicht, aus Gründen puren Selbstschutzes!

»Das musst du wohl.«

Marlene stieß lächelnd mit ihr an.

*

»Magst du noch irgendetwas? Einen Kaffee? Schokomousse?«

Sie waren nach dem Essen wieder auf das Sofa gewechselt. Lisbeth ließ sich in die Kissen fallen und fasste sich theatralisch an den Bauch.

»Marlene, ich platze fast! Zwei Portionen Garnelen, dazu das Knoblauchbrot, und dann noch deine Schokomousse! Du wirst mich aus deiner Wohnung rollen müssen!«

»Unsinn. Dein Kleid schlackert, du hast noch Kapazitäten.«

»Wenn du das sagst, *Miss Bossy*. Ich fühle mich nur gerade nicht danach.«

Marlene lachte herzlich, und Lisbeth betrachtete wieder einmal versonnen die kleinen Falten an ihren Augen. Lachfalten.

»Was ist?« Ihrem Gegenüber war der Blick nicht entgangen. »Habe ich irgendetwas im Gesicht?«

Lisbeth wusste auch ohne Spiegel, dass sie errötete. Besser das Thema wechseln.

»Wie lange wohnst du schon in dieser Wohnung?«

»Etwa ein Jahr. – Du wirkst überrascht.«

»Ja. Die Wände sind so leer. Keine Bilder. Es wirkt wie in einem Möbelhaus – schön, aber ein bisschen unbewohnt.«

Marlene nickte langsam. Sie nippte an ihrem Wein, sagte aber nichts.

In der Hoffnung, mit ihren direkten Worten keinen wunden Punkt berührt zu haben, legte Lisbeth automatisch die Hand auf Marlenes Arm.

»Entschuldige ... ich wollte damit nicht deinen Einrichtungsstil kritisieren, ich dachte nur ...«

»Du dachtest richtig.« Marlene stellte ihr Weinglas zurück auf den Tisch. »Es ist hier tatsächlich noch ziemlich karg. Und das liegt weniger an meinem Einrichtungsstil als daran, dass mir die Muse gefehlt hat, die Wohnung gemütlicher zu gestalten. Es war einfach zu viel los in den vergangenen Monaten.«

Was genau war denn los?

Die Frage brannte Lisbeth auf den Lippen, doch stattdessen fragte sie: »Wo hast du vorher gewohnt?«

»Außerhalb. Gießhübl. Du wirst noch nie davon gehört haben.« Lisbeth schüttelte wie zur Bestätigung den Kopf. »Teure Gegend, im sogenannten Speckgürtel. Mitten in den Weinbergen und doch gut an Wien angebunden.«

Die Neugierde war stärker als ihre höfliche Zurückhaltung.

»Alleine?«

»Wie?« Marlene, die gedankenverloren in den Raum gestarrt hatte, zuckte zusammen.

Okay, kein gutes Thema.

Doch es war wohl zu spät, die Frage zurückzuziehen, und die Antwort interessierte Lisbeth immer noch.

»Ob du dort alleine gewohnt hast.«

Marlene fuhr sich mit der Zunge über die Lippen, dann schien sie sich zu einer Antwort durchzuringen.

»Mein Mann hatte ... hat dort ein Haus. Wir haben uns scheiden lassen.«

Lisbeth nickte. Das war also der Grund, weshalb Marlene so zurückhaltend reagierte.

»War er Millionär?«

»Um Himmels Willen, wie kommst du denn darauf?«

»Du hast gesagt, eine teure Gegend.«

»Unsinn.« Marlene lachte leise, aber Lisbeth, deren Hand noch immer auf ihrem Arm ruhte, konnte ihre innere Anspannung spüren. »Wir sprechen von einer gefragten Wohnlage in Österreich, nicht von Beverly Hills. – Mein Mann ist Arzt, kein Hollywoodstar.«

»Die Scheidung ist noch nicht lange her, oder?«

Marlene sah sie überrascht an.

»Wenn du den Zeitpunkt meinst, zu dem ich die Scheidungspapiere unterzeichnet habe – nein, das ist noch nicht lange her. Fünfeinhalb Monate und drei Tage, um genau zu sein.«

»Du vermisst ihn noch sehr.«

Noch mehr Überraschung in Marlenes Blick.

»Wie kommst du denn darauf?«

»Du nennst ihn noch deinen Mann, nicht deinen Ex-Mann. Und du zählst die Tage seit der Scheidung.«

»Ich sollte das vermutlich nicht mehr.« Marlene fuhr sich mit den Fingern durchs Haar und starrte wieder ins Leere. Lisbeth entschied, dass es höchste Zeit war, das sensible Thema ad acta zu legen.

»Die Musik im Hintergrund. Diana Krall. Ich mag ihre Stimme.«

Erleichtert spürte Lisbeth, wie sich Marlenes Armmuskulatur entspannte.

»Ich weiß.«

»Woher?«

Marlene lächelte.

»Ich habe dein Facebook-Profil studiert.«

»Oh.«

Lisbeth nahm nach geraumer Zeit ihre Hand von Marlenes

Arm. Die ehrliche Antwort verursachte ihr leichtes Unbehagen. Marlene war immer noch eine Arbeitskollegin, eine, die sie eigentlich auf Distanz halten sollte. Small Talk ja, ein Blick in ihr Privatleben nein. Im Geiste ging sie durch, welche Informationen sie öffentlich sichtbar gemacht hatte.

Marlene schien ihr Unbehagen zu spüren. »Sorry. Ich wollte dich nicht stalken«, sagte sie leise. »Tut mir leid.«

»Schon okay.« Lisbeth schluckte und wusste, dass ihre Miene das Gegenteil von dem ausdrückte, was sie da sagte. »Es ist nur … ich nutze Facebook nur privat. Ich habe einige Freunde in Deutschland und in den USA, und auf diese Weise kann ich ein bisschen an ihrem Leben teilhaben.«

»Zweihundertdreiundsiebzig Freunde, ich habe es registriert.«

Vermutlich sollte ich meine Privatsphäre-Einstellungen noch einmal überdenken.

»Ich habe im Gegensatz dazu nur neun.«

Marlene schien ihr Unbehagen nicht zu bemerken – oder bewusst zu übergehen. Wie auch immer, Lisbeth glaubte aus dieser dahingesagten Bemerkung die eigentliche Intention des Gesprächs über ihre Social-Web-Aktivitäten herauszuhören.

»Wie ich schon sagte, klammere ich Berufliches bei Facebook bewusst aus. Dafür gibt es andere Plattformen. Ich befreunde mich nicht mit Kollegen.«

»Verstehe. Gilt das grundsätzlich oder nur für Facebook?«

Lisbeth sah einen Anflug von Enttäuschung über Marlenes Gesicht huschen, wollte etwas Verbindliches sagen, etwas, das Marlene nicht kränkte oder zurückwies, doch ihr Kopf war wie leer. Also sagte sie nichts.

Sie konnte fühlen, wie sich über ihr Zusammensein ein unsichtbarer Schleier peinlicher Beklommenheit legte. Spätestens als Marlene nach dem Wein griff und ihr nachschenken wollte, obwohl ihr Glas noch halb voll war, wusste sie, dass auch sie jetzt die plötzliche Missstimmung spürte.

»Danke, für mich nicht mehr.« Sie warf einen Blick auf ihre

Armbanduhr und erhob sich. »Es ist ohnehin schon spät. Ich muss ins Bett. Kannst du mir bitte ein Taxi rufen?«

»Ich habe dir doch gesagt, ich fahre dich.« Marlene war bereits auf dem Weg in den Vorraum und holte ihre Mäntel aus dem Garderobenkasten. »In welchem Hotel bist du?«

»Renaissance Hotel Vienna. – Aber ich kann wirklich ein Taxi ...«, beteuerte Lisbeth, doch da schwenkte Marlene an der Tür schon demonstrativ den Autoschlüssel und sie gab auf.

Zehn Minuten später, nach einem sehr schweigsamen Fußmarsch durch die stillen, dunklen Gassen in Richtung Garage, fand sie sich auf dem Beifahrersitz wieder.

»Danke für den netten Abend«, sagte Lisbeth, in der Hoffnung, das seltsame Schweigen damit zu durchbrechen. »Ich bin schon lange nicht mehr so phantastisch bewirtet worden.«

»Bitte, gern geschehen.«

Marlene sah gebannt auf die Straße, obgleich der nächtliche Verkehr dieses Maß an Aufmerksamkeit wohl kaum erforderte.

Toll, Lisbeth. Vermasselt.

Aber vielleicht war es ja besser so. Distanz wahren, hatte sie sich vorher nicht selbst dazu ermahnt? Trotzdem, der dicke Kloß, der sich in ihrer Kehle bildete, sagte ihr das Gegenteil.

Sch... darauf.

Lisbeth schob ihre linke Hand über die Automatik-Armatur und berührte flüchtig den Oberschenkel von Marlene, die daraufhin kurz zu ihr herüber sah.

»Tut mir leid wegen vorhin. Ich bin da übersensibel, wegen dieser Sache, du weißt schon. Es war nicht böse gemeint und schon gar nicht speziell auf dich bezogen. Ich ... ich mag dich.«

Ein kurzes Nicken war die Antwort.

Schweigend fuhren sie weiter. An einer roten Ampel, als Lisbeth schon nicht mehr daran glaubte, die vertraute Atmosphäre zwischen ihnen wiederherstellen zu können, sagte Marlene plötzlich in die Stille hinein: »Ich bin nicht mehr traurig wegen Alexander. Wegen meines Mannes ... ich meine, Ex-

Mannes. – Enttäuscht und etwas desillusioniert, das trifft es wohl am besten. Durch die Heirat mit ihm dachte ich, am Ziel zu sein: Mein Mann, einer der bedeutendsten Onkologen Österreichs, zahlreiche weitere Ärzte, Politiker, Rechtsanwälte und ein paar Promis um uns herum. Ich sagte mir: Jetzt hast du es geschafft, Marlene. Du hast alles erreicht, was du willst. Im selben Augenblick habe ich aber schon gewusst, dass es nun nur noch bergab gehen kann. Und da bin ich jetzt: bald vierzig und geschieden, mit einem Job, den ich annehmen musste, weil mein Mann auch beruflich keinen Kontakt mehr mit mir wollte.«

Die Ampel sprang auf grün, und Marlene drückte aufs Gas – für Lisbeths Begriffe etwas zu kräftig, doch sie sagte nichts. Sie musste erst einmal verarbeiten, was da herausgebrochen war.

»Wie meinst du das mit dem Job?«

Sie verstand an Marlenes Offenbarung vieles nicht, und das lag nicht an mangelndem Sprachverständnis. Marlene hatte ihr gerade einen Teil von sich offenbart, mit dem sie erst einmal zurechtkommen musste. Er widersprach völlig dem ersten Eindruck, den sie von ihr gehabt hatte. Intuitiv hielt sie es für besser, nach etwas Greifbarem zu fragen, als weiter in Marlenes offensichtlich sehr widersprüchliche Psyche vorzudringen.

»Alexander hat dafür gesorgt, dass die Onko-Produkte von Aegidius nicht mehr in der Krankenhausapotheke gelistet sind, und stattdessen der Mitbewerb voll und ganz zum Zuge kam. Da das Allgemeine Krankenhaus bisher unser größter Kunde war, brachen meine Umsätze dramatisch ein. In der Firma wusste natürlich jeder von der Trennung, es war nicht schwer, eins und eins zusammenzuzählen. Sie legten mir also dringend nahe, zu gehen, im Sinne des Geschäftserfolgs. Ich war über ein halbes Jahr arbeitslos, ehe ich über Kontakte von früher von der Stelle bei *Rasmussen Pharma* erfuhr.«

Lisbeth dachte nach. Sie begriff nun, weshalb Marlene so dermaßen in Panik geraten war, als sie sich am Tag nach ihrer ersten Begegnung wieder über den Weg liefen.

Dieser neue Job ist wichtig für mich. Ich möchte auch nicht, dass hier Gerüchte die Runde machen.

Also rührte Marlenes Abweisung wohl tatsächlich nicht daher, dass sie etwas gegen sie hatte, umso mehr aber aus jener Angst, die auch in ihr selbst verwurzelt war: der Angst, im Firmenumfeld aufgrund einer Sache, die im Privaten geschehen war, angreifbar zu sein. Und trotzdem wollte Marlene offensichtlich mit ihr befreundet sein.

Erstaunlich.

Lisbeth gab sich einen Ruck. Den Kopf aus dem Fenster zu strecken bedeutete schließlich nicht, sich gleich hinauszustürzen.

»Hast du meine Profilfotos angeschaut?«

»Ja ... entschuldige, ich weiß, das war nicht okay.«

Marlene hatte ihre Frage völlig falsch aufgefasst.

»Das Foto mit der Frau ... mit den braunen Haaren ... also, das ist Merle. Meine Schwester.«

»Tatsächlich? Ihr seht euch gar nicht ähnlich!«

Lisbeth glaubte einen Hauch von Erleichterung zu hören, was sie überraschte. »Ja, ich weiß. Vermutlich ist sie als Neugeborenes vertauscht worden, und irgendeine blondlockige Frau ist jetzt an ihrer Statt in Midtjylland oder in Esbjerg aufgewachsen.« Sie schmunzelte, als sie Marlenes irritierten Blick bemerkte. »War ein Scherz. – Merle geht äußerlich nach meinem Vater, und ich sehe unserer Mutter ähnlich.«

Marlene war in die Hotelzufahrt abgebogen. Das Auto kam direkt vor dem Haupteingang zum Stehen.

»Wir sind da.«

»Ja.«

Lisbeth nahm es durchaus zur Kenntnis, dass sie am Ziel der kurzen Reise angelangt waren – allein, ihre Glieder wollten ihr in diesem Augenblick nicht gehorchen.

»Ich sollte wohl aussteigen.«

»Vermutlich.«

Auch Marlene bewegte sich nicht, sondern sah sie einfach

nur an. Wie viel Zeit auf diese Weise verging? – Lisbeth wusste es nicht. Sie versank in einem Paar schöner, dunkler Augen, unfähig zu jedweder Handlung.

Dann hupte ein Taxi hinter ihnen, und der Zauber zerstob.

Entschlossen beugte sie sich zu Marlene und verabschiedete sich mit zwei Wangenküssen.

»Also dann. Wir sehen uns morgen am Messestand. – Wieder Punkt acht?«

»Morgen hast du mit meiner Kollegin Carola Roth das Vergnügen. Ich war nur für heute eingeteilt. Für morgen habe ich einen Termin in Graz.«

»Wie?«

Lisbeth ärgerte sich selbst darüber, dass ihr Tonfall genau das widerspiegelte, was sie empfand: Enttäuschung.

Der Taxifahrer hinter ihnen hupte erneut, diesmal mit deutlichem Nachdruck.

»Ich sollte wohl wirklich ... aussteigen.«

»Vermutlich. Es sei denn, du willst Bekanntschaft mit einem Wiener Taxifahrer machen.«

Lisbeth verzog das Gesicht.

»Immer dieser Stress! – Danke für den Shuttle Service zum Hotel. Aber du weißt, ich hätte auch ein ...«

»Sei still!«

Und ehe Lisbeth es verhindern konnte, ehe sie überhaupt wusste, wie ihr geschah, gab ihr Marlene einen sanften Kuss. Mitten auf den Mund. Einfach so. Danach lächelte sie sie einfach nur an. Und hinter ihnen ließ der Taxifahrer seinen Daumen auf der Hupe ruhen. Das Ergebnis war ohrenbetäubend und lockte den Hotelpagen nach draußen.

Lisbeth sprang aus Marlenes Auto, ohne ein weiteres Wort zu verlieren. Sie hörte, wie sie davonfuhr, sah sich aber nicht um, sondern stürmte in ihr Zimmer. Dort befreite sie sich von ihrer Kleidung und nahm erst einmal eine kalte Dusche.

Danach schrieb sie Marlene ein SMS.

GLAUBST DU, DU MACHST DAS MIT EINER FREUNDSCHAFT AUF DIESE WEISE EINFACHER?

Sie bekam keine Antwort.

Universitätsklinik für Neurologie, Graz

Seit einer Dreiviertelstunde saß Marlene inzwischen auf dem harten braunen Klappstuhl vor dem Büro des Primararztes. Um die Zeit sinnvoll zu nutzen, beantwortete sie ein paar Firmenmails, die sie im Laufe des Vormittags erhalten hatte, doch ihre Laune verschlechterte sich zunehmend.

Nach mehr als fünfzehn Jahren im Pharma-Außendienst hätte sie das Warten auf Ärzte gewohnt sein müssen, doch sie konnte Situationen wie diese noch immer nicht mit stoischer Gelassenheit ertragen. Der Termin war schon seit drei Wochen vereinbart und es ärgerte sie, dass der Arzt ihn anscheinend nicht so verbindlich erachtete wie sie. Sie hätte Verständnis gehabt, wäre er zu einem Notfall ans Krankenbett gerufen worden, bezweifelte dies in seinem Fall aber sehr. Der ärztliche Leiter dieser Station war bekannt dafür, dass er die Behandlung von Patienten ausschließlich seinen Ober- und Assistenzärzten überließ, während er nur dann aktiv wurde, wenn es Gelder abzuholen gab – bevorzugt von der pharmazeutischen Industrie.

Sie ging ins Internet, doch der Empfang war in diesem Teil des Gebäudes nicht besonders gut. Die Seiten bauten sich nur langsam auf. Verärgert griff Marlene nach ihrem Kaffee im Plastikbecher, den sie sich aus dem Automaten ums Eck gelassen hatte, stellte ihn aber nach dem ersten Schluck angewidert zurück auf den Tisch. Er war inzwischen kalt geworden.

Gerade überlegte sie, ob sie zum zweiten Mal bei der sowieso schon sichtlich genervt wirkenden Sekretärin nachfragen sollte, ob es beim Herrn Primarius noch länger dauere, als ihr Handy mit dem klassischen Piepton ein SMS ankündigte.

Es war von Lisbeth.

HALLO, WAS MACHST DU? – ICH STERBE GERADE VOR LANGEWEILE. DIE MITTAGSPAUSE IST UM, DIE ÄRZTE SIND WIEDER BEI DEN VORTRÄGEN, CAROLA ROTH REDET NICHTS MIT MIR.

Marlene musste unwillkürlich schmunzeln. Carola Roth, die für das Migränemittel von *Rasmussen Pharma* als Produktmanagerin verantwortlich zeichnete, war nicht sehr kommunikativ. Marlene wusste das trotz ihrer noch recht jungen Bekanntschaft – sie teilten das Büro miteinander.

HERZLICH WILLKOMMEN IN MEINER WELT, schrieb sie zurück. JETZT WEISST DU, WIE DAS IST: AM MESSESTAND HERUMHÄNGEN MIT EINER KOLLEGIN, DIE NICHTS SPRICHT ... ☺

Auf eine Erwiderung musste sie nicht lange warten.

JETZT SPRECHE ICH JA WIEDER MIT DIR. PASS NUR AUF, DASS ES DIR NICHT ZU VIEL WIRD. ICH REDE EINE MENGE.

TATSÄCHLICH?, tippte Marlene. BISHER HIELT ES SICH IM RAHMEN ... ABER DA DU QUASI AM ANDEREN ENDE EUROPAS ZU HAUSE BIST, MACH ICH MIR DA KEINE SORGEN.

GEOGRAPHIE IST NICHT SO DEINE STÄRKE, kam es prompt zurück. ABER IMMERHIN KANNST DU GUT KOCHEN.

Marlene schmunzelte erneut, tippte: DANKE, DASS DU IMMERHIN EINE MEINER QUALITÄTEN ZU SCHÄTZEN WEISST.

Diesmal dauerte es etwas, bis Lisbeth antwortete. Dann kam: EIN BISSCHEN VIEL KNOBLAUCH VIELLEICHT. ICH RIECHE IMMER NOCH DANACH. WOLLTEST DU MICH VOR VAMPIREN SCHÜTZEN?

Lisbeth hatte recht mit dem Knoblauch. Sie war ebenfalls mit einer Knoblauchfahne aufgewacht, vor der sie sich selbst schon ekelte. Erst nach zwei Tassen Kaffee, Zähneputzen und zwei Minzkaugummis hatte sie ihren Atem olfaktorisch in Griff bekommen. SORRY!, tippte sie zurück und hatte den Finger schon auf *Senden*, als sie den Text nochmals änderte.

ES WAR ZU DEINEM EIGENEN SCHUTZ. ICH WOLLTE VERHINDERN, DASS DU CAROLA ROTH KÜSST.

Diesmal ließ die Antwort auf sich warten. Als nach fünf Minuten immer noch nichts retour gekommen war, meldeten sich bei Marlene Gewissensbisse. Hatte sie es übertrieben? War der Scherz völlig falsch bei Lisbeth angekommen?

SORRY, wollte sie zurückschreiben, doch im selben Augenblick ertönte der Piepston. Lisbeth hatte nur ein einziges Wort geschrieben.

EIFERSÜCHTIG?

Diesmal war sie es, die zögerte.

Es ist ein Scherz zwischen uns, nichts weiter.

Letztendlich war es genau dieser Gedanke, der sie bewog, ein SELBSTVERSTÄNDLICH zu tippen. Sie hatte das SMS gerade versendet, als sie den Primararzt über den Gang schlendern sah. Er ging an ihr vorbei, ohne sie eines Blickes zu würdigen, und hatte schon die Klinke zu seinem Büro in der Hand, als sie begriff, dass sie ihre Chance nutzen musste, falls sie nicht noch eine Stunde warten wollte, bis der gnädige Herr vielleicht seine Mails gecheckt oder ein paar Telefonate geführt hatte.

»Herr Primarius Prof. Müller? – Marlene Brunner von *Rasmussen Pharma*, wir haben einen Termin.«

»Ach ja ... ja, wirklich?« Er fuhr sich durch sein schütteres graues Haar, wirkte verwirrt. Offensichtlich hatte er seinen Terminkalender tatsächlich nicht im Blick – oder verstand es meisterhaft, seine Respektlosigkeit in Sachen Wartezeit zu kaschieren. »Nun gut, gut. Was bringen Sie denn Schönes? Möchten Sie etwas sponsern? Den Frühjahrskongress des Fachbereichs vielleicht?«

Manchmal fällt es schwer, freundlich zu bleiben.

»Besprechen wir das doch in Ihrem Büro«, schlug Marlene

galant vor. Während er ihr nun ebenso galant die Türe aufhielt, gelang es ihr noch, mit einem gezielten Griff in ihre Tasche das Handy lautlos zu stellen.

*

Als sie rund eine Stunde und ein überraschend zufriedenstellendes Gespräch später das Büro des Arztes verließ, hatte Marlene neun Anrufe und drei SMS auf ihrem Handy. Nichts davon war von Lisbeth. Doch für Enttäuschung blieb keine Zeit. In ihr herrschte blanke Panik. Die Anrufe und Nachrichten stammten allesamt von Marina. Der Inhalt der SMS klang nach Alarmstufe feuerrot.

SMS 1: RUF MICH AN.

SMS 2: WARUM RUFST DU NICHT AN?!

SMS 3: HIER IST DIE HÖLLE LOS!

Noch auf dem Weg zum Auto rief sie die Nummer des Handys auf, dass sie Marina vor einem halben Jahr zum Geburtstag geschenkt hatte. Sie hatte damals ihre Zweifel gehabt, ob das Geschenk für eine Fünfzehnjährige nicht etwas übertrieben war, zumal Jakob alles andere als begeistert schien. Jetzt war sie froh, Marina direkt ans Ohr bekommen zu können.

Ihre Nichte hob sofort ab.

»Oh mein Gott, ich bin so froh, dass du anrufst!«, platzte sie statt einer Begrüßung heraus. »Die Hölle ist über uns hereingebrochen, es ist voll schrecklich!«

Gänsehaut breitete sich über Marlenes ganzen Körper aus und ließ sie frösteln.

»Ist was mit Sebastian oder Michael? – Um Gottes Willen!«

Im Geiste sah sie ihre Neffen schon auf der Intensivstation. Ein Autounfall. Ein Sturz. Ein Zwischenfall im Weinkeller.

»Es ist was mit Oma! Sie dreht gerade völlig durch! Sie tobt wie eine Irre!«

Marlene fiel ein Stein der Erleichterung vom Herzen. Sie blieb stehen, atmete tief durch.

»Aber Marina. Das ist doch nichts Neues ... geh ihr halt aus dem Weg. Die Oma ist nun mal so. Sie regt sich leicht auf. Aber irgendwann beruhigt sie sich auch wieder.«

»Nein, Marlene! Diesmal ist es ganz schlimm! Es ist anders als sonst! Du musst sofort kommen, bitte!«

»Du weißt doch, dass ich arbeiten muss.« Marlene war beim Auto angelangt. Sie warf ihre Handtasche achtlos auf den Beifahrersitz, dann nahm sie hinter dem Steuer Platz, das Handy ans Ohr geklemmt. »Weswegen regt sie sich denn auf?«

»Na, wegen Lale. Weil sie bei uns eingezogen ist, gestern.«

»Lale?« Marlene stellte das Gerät auf Freisprechen und ließ den Wagen an.

»Na, Papas Freundin. – Die Oma will jetzt den Pfarrer holen, du weißt schon, nicht unseren, sondern den, den die Kirche dann wieder weggeholt hat von der Pfarre. Den, der die Teufelsaustreibungen macht.«

Wie ferngelenkt bog Marlene auf die nächste Straße ab.

Lale. Papas Freundin. Bei uns eingezogen. Teufelsaustreibung.

Sie wusste gar nicht, auf was sie zuerst reagieren sollte.

»Also diese Lale wohnt jetzt bei euch?«

Am Ende der Leitung war ein kurzes Zögern zu spüren.

»Ich glaube ... ja. So kann man das sagen.«

Marlene erinnerte sich an Jakobs Gesichtsausdruck und die Emotion in seiner Stimme, als er seine junge Begleiterin *Schatzerl* genannt hatte. Dennoch ... sie zog bei ihm ein? Am Hof? Das war allerdings eine rasante Wendung!

»Und wie geht es dir damit?«, erkundigte sich Marlene vorsichtig.

»Damit, dass sie jetzt in Mamas und Papas Bett schläft?«

»Ja.«

Erneutes Zögern am Ende der Leitung.

»Ist schon okay, denke ich.« Marinas Stimme klang dennoch unschlüssig. »Ich meine, es ist seltsam, wegen Mama ... aber okay. – Ist ja nicht wirklich meine Sache, oder?«

Jetzt war es Marlene, die zögerte. Marina klang im Moment sehr reif und erwachsen. Dennoch tat sie sich schwer, ihr diese Entspanntheit gegenüber der für sie gewiss auch nicht einfachen, neuen Situation abzunehmen.

»Du hast in einem Punkt recht, Marina: Mit wem dein Vater schläft, ist nicht deine Sache. Dass sie jetzt bei euch wohnt, ist aber was anderes. Ich finde es gut, wenn du das wirklich so akzeptieren kannst, aber wenn es für dich doch ein Problem ist, solltest du mit deinem Vater darüber reden. Es ist auch euer Zuhause. – Wie gehen denn deine Brüder damit um?«

»Oh, die mögen Lale! Sie hängen wie die Kletten an ihr.« Marina machte eine kurze Pause. »Nur im Augenblick ... also, Michael sitzt in der Küche und heult, und Sebastian hat sich in sein Zimmer eingeschlossen. Lale weint, der Papa hat sich im Weinkeller verschanzt ... und alles nur, weil Oma so schrecklich herumschreit und von der Hölle spricht, in der wir alle landen werden! – Kannst du wirklich nicht kommen? Bitte? Auf dich hört sie doch noch am ehesten!«

Marlene seufzte leise. Sie war inzwischen fast auf der Höhe der Autobahn-Auffahrt in Richtung Wien, fuhr aber daran vorbei und wählte stattdessen den Weg in Richtung Süden.

»Dass deine Oma in irgendeiner Weise auf mich hört, bezweifle ich zwar. Aber gut, in rund vierzig Minuten bin ich da.«

»Danke!« Die Erleichterung in Marinas Stimme war unüberhörbar.

*

Marina hatte nicht übertrieben: Am Hof war der Teufel los – oder besser gesagt, die Teufelin. Die Haustüre stand trotz der herbstlichen Temperaturen offen, als Marlene in den Hof fuhr, und auf der an die Hausmauer gebauten Sitzbank lag ein prall gefüllter altmodischer Koffer. Ein Schirm lehnte daneben. Vor der Bank standen zwei geschlossene große Pappkartons. Aus dem Hausinneren drangen derbe Flüche.

Neugierig öffnete Marlene einen der Kartons und warf einen Blick hinein. Zu ihrer Überraschung entdeckte sie einige Teller des geliebten Gmundner Porzellans, auf dem ihre Mutter gewöhnlich nur an Festtagen das Essen servierte, sorgfältig in Noppenfolie gewickelt, dazu die kleinen Weingläser aus Ungarn und eine handgeschnitzte Marienstatue, die bisher unter dem Jesuskreuz in der Stube gestanden hatte.

Irritiert runzelte sie die Stirn.

Was soll das werden?

Sie trat über die Schwelle, bog aber sogleich scharf nach links ab in jenen Teil des Hauses, den Hanni und Jakob nach ihrer Heirat ausgebaut hatten. Sie hatten sich damals beim Ausbau große Mühe gegeben und keine Kosten gescheut. Die einstigen Stallungen waren nur noch am Gewölbedecke ersichtlich. Das Ergebnis war ein stilvolles, lichtdurchflutetes Ambiente mit großen Panoramafenstern zu den Weinbergen hin und kleinen, altertümlichen Fenstern hinaus zum Hof.

»Tante Marlene!« Michael sprang vom Esstisch auf, als sie die Wohnküche betrat, und fiel ihr stürmisch in die Arme. An seinen Augen sah sie, dass er tatsächlich geweint hatte. »Die Oma sagt, wir kommen alle in die Hölle. Wegen Lale.«

»Die Oma redet manchmal dummes Zeug.«

»Sie ist gerade dabei, auszuziehen«, erklang Marinas Stimme hinter ihr. »Marlene, danke, dass du da bist …«

Sie begrüßten sich mit einer innigen Umarmung.

»Wo will sie denn hinziehen?«

Die Nichte zuckte mit den Schultern.

»Keine Ahnung. Sie hat irgendetwas von Robert gesagt.«

»Na, ihr Bruder wird sich freuen!« Marlene schüttelte ungläubig den Kopf. »Wo ist dein Vater?«

»Immer noch im Weinkeller. Du weißt ja, wie er ist ...«

Wenn es zu heiß wird, läuft er weg.

Sie kannte Jakob lange genug, um zu wissen, wie er reagierte – zumal wenn es sich um Stress mit seiner Schwiegermutter handelte.

»Ich rede mit ihm.«

»Rede lieber erst mit Oma. Weil sie ja ausziehen will. Sie hat schon die Koffer gepackt.«

»So? Womit will sie denn so schnell flüchten? Mit dem Traktor?« Trotz des Ernstes der Lage musste Marlene beinahe lachen. Jahrzehntelang hatte der Vater auf seine Frau eingeredet, sie solle den Führerschein machen. Marianne Brunner aber hatte sich beharrlich geweigert. Sie habe den Mopedführerschein, der reiche ihr völlig, damit könne sie schließlich auch Traktor fahren.

»Nein, ich will erst mit deinem Vater sprechen, dann kümmere ich mich um das Problem dort drüben.«

Sie deutete in Richtung der Haushälfte, in der sie aufgewachsen war, weiterhin dröhnte lautes Schimpfen von dort.

»Aber ... Lale ist bei ihm.«

»Egal.«

Marlene fand Jakob tatsächlich im Weinkeller. Er saß auf einem umgestülpten kleinen Weinfass und hatte den Arm um eine ziemlich unglücklich wirkende junge Frau gelegt. Marlene erkannte in ihr sofort die schwarzhaarige Schönheit wieder, mit der sie ihn vor einigen Wochen an den Fischteichen gesehen hatte. Jetzt, im hellen Licht der Neonröhren, erschien ihr die Frau noch jünger. Wie alt mochte sie sein? Zwei-, dreiundzwanzig? Mehr Jahre gab ihr Marlene nicht mehr.

»Hallo.«

Die beiden zuckten zusammen und starrten sie sekundenlang an wie zwei ertappte Kinder. Marlene hätte ihren Schwager in am liebsten umstandslos an den Schultern gepackt und geschüttelt.

Jakob, du bist ein erwachsener Mann! Reagiere nicht wie ein Schulbub, dem gleich die Leviten gelesen werden!

»Hallo, können wir kurz reden?«

»Ich wusste nicht, dass du kommst«, sagte Jakob anstelle einer Begrüßung. Er wirkte nicht sonderlich erfreut, sie zu sehen, und Marlene konnte sich denken, was ihm durch den Kopf ging: Jetzt kommt auch noch sie, um mir Vorhaltungen zu machen.

Die Erkenntnis versetzte ihr im Stillen einen kleinen Schlag in die Magengrube. Sollte er sie nicht inzwischen gut genug kennen, um zu wissen, dass sie sich nie auf die Seite ihrer Mutter schlug, wenn er mit ihr Konflikte hatte?

»Nun, ich bin da«, erwiderte sie ruhig. Sie rechnete angesichts seines wenig entgegenkommenden Verhaltens nicht damit, dass er Lale und sie einander vorstellte, und war umso erstaunter, als er schließlich dennoch genau das tat.

»Lale, das ist Marlene ... meine Schwägerin. Frühere Schwägerin. Marlene, das ist Lale.«

Die junge Frau sah sie kaum an, als sie ihr die Hand reichte. Ihr Händedruck war schwach.

»Lass uns beide bitte einen Augenblick alleine, okay?«

Lale zögerte kurz, nickte dann aber. Als die Türe am oberen Stiegenende hinter ihr zugefallen war, ergriff Marlene das Wort, da Jakob keine Anstalten machte, irgendetwas zu sagen.

»Sie wohnt jetzt also hier.«

»Ja.«

»Ist das jetzt ... etwas Fixes?«

»Ja.«

»Das heißt, du liebst sie.«

Jakob schwieg.

Marlene nahm ungefragt neben ihm auf dem alten Weinfass Platz.

»Ich bin nicht deine Feindin, Jakob. Wohne zusammen, mit wem auch immer du willst. Ich möchte nur wissen, auf was ich mich einlasse, wenn ich in ein paar Minuten meiner tobenden Mutter gegenübertrete.«

Sekunden verstrichen, ehe Jakob erwiderte: »Es ist wegen Lale.«

Marlene unterdrückte den Impuls, theatralisch aufzustöhnen.

Ja, natürlich ist es wegen Lale, wegen was denn sonst?

Warum, verdammt, war die Kommunikation mit diesem Mann immer so zäh?

»Was ist es? Ist sie ihr zu jung? Ist es, weil sie Slowenin ist?«

Wieder dauerte es, bis Jakob zu einer Antwort bereit war.

»Sie ist keine Slowenin«, sagte er schließlich.

»Sondern?«

»Sie kommt aus Syrien. Sie ist ein Flüchtling.«

Marlene dachte nach. Allmählich kam Licht ins Dunkel, was das Wüten ihrer Mutter betraf. Die Drohung, den Pfarrer zur Teufelsaustreibung zu holen. Sie kannte ihre Mutter und ihr engstirniges, traditionelles Denken zu gut.

»Ich verstehe – sie ist Muslimin«, nannte sie den Stein des Anstoßes beim Namen. »Keine Christin.«

»Sie ist ein Flüchtling«, sagte Jakob. »Es ist schwierig für sie.«

»Nimmst du sie deshalb hier auf? Weil sie dir leid tut?«

Jakob sah sie an, und der plötzliche Ärger in seinem Blick war kaum zu ignorieren.

»Ich mag sie. Ich will, dass sie hier wohnt.«

»Gut.« Marlene erhob sich. »Dann geh hinauf und sag deiner ehemaligen Schwiegermutter genau das. In diesen Worten.«

Jakob rührte sich nicht. Seinen angespannten Gesichtszügen konnte sie entnehmen, wie es in ihm arbeitete.

»Ich bin nicht so wie du«, sagte er nach einer Weile. Es klang nicht sehr positiv.

»Wie bin ich denn?«

»Streitsüchtig.«

»Streitsüchtig?« Marlene starrte ihren Schwager ungläubig an. Sie konnte sich nicht erinnern, ein einziges Mal mit ihm gestritten zu haben. Sie hatte an ihm immer geschätzt, dass er Hannis große Liebe gewesen war, hatte ihn nach ihrem Tod unterstützt und immer wieder die Vermittlerin gespielt, wenn es mit der Mutter Missstimmungen gab. »Ich fürchte, das musst du mir näher erklären, Jakob!«

Er erhob sich, begann irgendetwas an der Pressmaschine zu begutachten. Sie blieb, wo sie war. Den Gefallen, ohne Erklärung zu gehen, wollte sie ihm nicht tun.

»Du willst immerzu mit ihr streiten«, hörte sie ihn schließlich sagen, ohne dass er ihr dabei ins Gesicht sah. »Seit ich dich kenne, ist das so. Deine Mutter ist schwierig, ja. Aber so ist sie halt. Sie hatte kein einfaches Leben. Nach Hannis Tod ... wir ... sie hätte dich gebraucht, hier am Hof. Sie ist nicht mehr die Jüngste. Du bist jetzt ihr einziges Kind. Aber du bist in Wien geblieben.«

Marlene glaubte im ersten Augenblick, sich verhört zu haben. Was sollte das werden?

»Ich habe in Wien mein Leben, Jakob! Einen Beruf, Freunde ... Zu dem Zeitpunkt, als Hanni starb, hatte ich sogar noch einen Mann, wenn ich dich erinnern darf.«

Langsam drehte er sich um. Seine Gesichtszüge waren für sie unergründlich.

»Danach hättest du kommen können. Nach der Trennung. Wir hätten dich gebraucht. Nicht nur an den Wochenenden.«

Fassungslos schüttelte Marlene den Kopf. Der Ärger hatte sich in ihr zu einem schweren Klumpen zusammengeballt und raubte ihr fast den Atem.

»Als was, Jakob? Als was hätte ich am Hof wohnen sollen? Als Schwester deiner verstorbenen Frau, die eure Kinder großzieht? Als Hilfskraft im Weinbau? Oder hätte ich gemeinsam mit meiner Mutter die Buschenschank führen sollen?«

»Was ist daran so schlecht?«

Sie sah ihm direkt in die Augen. Fast hoffte sie, endlich den versteckten Schalk darin zu erkennen, der verriet: Es war alles ein Scherz. Er hatte sie nur necken wollen. Nichts davon war ernst gemeint. Doch in seinem Blick lag nichts als Verständnislosigkeit.

Der Klumpen Ärger in ihrer Kehle drängte hinaus. Sie wollte nicht die Beherrschung verlieren, nicht dem Vorwurf, streitsüchtig zu sein, zusätzliche Nahrung geben. Sie wollte nur noch weg.

»Denk einfach darüber nach, was du gerade gesagt hast«, warf sie ihm vor die Füße. »Vielleicht fällt dir irgendwann auf, was für einen Blödsinn du da verzapft hast.«

Zwei Stufen auf einmal nehmend, hastete sie die steile Treppe nach oben. Sie warf die Türe zum Keller geräuschvoll zu und lief auf den Hof, vorbei an Lale, die wie ein dunkler Schatten an der Mauer lehnte.

Zu dem Koffer und den zwei Kartons vorm Hauseingang hatte sich inzwischen ein prallgefüllter, mit blauer Pressschnur zugebundener Plastiksack gesellt. Ihre Mutter trat eben hinaus, gekleidet mit Mantel und Hut. Genau in demselben Aufzug pflegte sie sonntags in die Kirche zu gehen.

»Marlene! Gut, dass du hier bist«, sagte sie. »Ich werde von meinem eigenen Hof vertrieben, kannst du dir das vorstellen?!«

»Niemand vertreibt dich, Mutter. Im Übrigen ist es nicht mehr dein Hof, sondern Jakobs. Ihr habt damals übergeben, du erinnerst dich vielleicht.«

»Das war ein Fehler. Dein Vater würde sich im Grab umdrehen, wenn er das jetzt miterleben würde!«

»Was genau? Dass Jakob wieder eine Frau auf den Hof holt, zweieinhalb Jahre nach Hannis Tod? Hast du mir neulich nicht erklärt, er als Mann hätte eben ganz normale Bedürfnisse?«

»Er kann eine Frau herholen, aber doch nicht so eine!« Ihre Mutter deutete mit dem Zeigefinger quer über den Hof in Richtung Lale. »Eine Mohammedanerin! – Wir sind ein christliches Haus. Eine christliche Familie. So eine hat nichts bei uns zu suchen! Nicht hier am Hof, nicht in unserem Land.«

»Ja, Mutter. Lass dich demnächst für die FPÖ aufstellen, vielleicht schaffst du es sogar bis in den Gemeinderat.« Sie schüttelte fassungslos den Kopf.

»Mit so einer lebe ich nicht unter einem Dach!«

»Wenn du das sagst.«

Damit drängte Marlene sich an ihr vorbei ins Hausinnere.

»Wo gehst du hin?«

»Mich von den Kindern verabschieden. Ich fahre nach Wien zurück!«

»Aha, du lässt deine Familie also wieder einmal im Stich. Das ist ja nichts Neues, das war ja schon immer so. – Aber gut, wenn du sowieso fährst, dann kannst du mich auch gleich bei Robert vorbeifahren. Ich ziehe jetzt zu ihm und Anna, solange dieses fremdländische Weibsstück bei uns auf dem Hof ist!«

Marlene atmete tief durch, zwang sich zur Ruhe. Sie hatte so dermaßen genug von all dem!

»Weißt du was, Mutter: Bitte doch Jakob darum! Vielleicht ist er sogar froh, dich loszuwerden? Vielleicht winselt er dich aber auch auf Knien an, zu bleiben. Wie auch immer. Aber lasst mich zukünftig aus euren Streitereien heraus!«

*

Es war kurz vor zweiundzwanzig Uhr, als Marlene in ihrer Wohnung in Wien ankam. Sie fühlte sich müde und ausgelaugt und wollte nur noch ins Bett, daher nahm sie schnell eine Dusche und schlüpfte ins Nachthemd.

Der seidene Bezug schmiegte sich angenehm an ihre Haut, als sie unter die Bettdecke kroch. Erschöpft vergrub sie ihren Kopf im Kissen.

Auf der Rückfahrt aus der Steiermark hatte sie in Gedanken das Gespräch mit Jakob immer wieder Revue passieren lassen.

Sie verstand im Grunde noch immer nicht, was ihn trieb. Was hatte er denn erwartet? Dass sie Hannis Platz einnahm, sang- und klanglos?

Je mehr sie sich den Kopf darüber zerbrach, desto bewusster war ihr geworden, dass ihr Schwager zu ihrem Job und ihrem Leben keinerlei Zugang hatte. Er sah in ihr die Schwester seiner Frau, die ihre traditionelle Rolle als Ehefrau und Mutter immer verweigert und sich aus dem Familienbund davongestohlen hatte. Für ihr Leben und ihre Karriere brachte er weder Respekt noch Verständnis auf. Von Jugend an hatte sie hart kämpfen müssen, um etwas aus sich zu machen – und alles, was er in ihr sah, war eine Frau, die immerzu Streit suchte.

Der Piepston ihres Handys riss sie aus ihren trübsinnigen Gedanken.

OMA ZIEHT JETZT DOCH NICHT AUS, schrieb Marina.

Natürlich nicht.

Marlene wollte das Handy schon wieder aufs Nachtkästchen zurücklegen, als sie zwei weitere ungelesene Kurznachrichten entdeckte. Von Lisbeth.

KEINE SORGE. SIE IST NICHT MEIN TYP ☺

Marlene scrollte weiter zurück. Aha, das also war Lisbeths Erwiderung auf ihre scherzhafte Bestätigung, dass sie SELBSTVERSTÄNDLICH eifersüchtig war.

Vor eineinhalb Stunden schon hatte sie in einer weiteren SMS vorsichtig nachgefragt: WAR DAS ZUVIEL? – SORRY. ICH HABE ES NUR AUS SPASS GESAGT.

Marlene konnte sich gut vorstellen, was Lisbeths Schlussfolgerung war, nachdem sie um diese Uhrzeit immer noch nicht reagiert hatte. Vermutlich zermarterte sie sich den Kopf, ob sie nicht wieder einmal mit einer Kollegin zu weit gegangen war.

ENTSCHULDIGE, ICH HABE DEINE SMS GERADE ERST ENTDECKT, schrieb sie daher schnell noch zurück. BIN EBEN ERST ZU HAUSE ANGEKOMMEN. BIST DU SCHON ZURÜCK IN KOPENHAGEN?

Sie musste nicht lange warten, bis das Handy piepste.

SEIT ZEHN MINUTEN! FLUG WAR ÜBERBUCHT. BIN JETZT UM 200 EURO ENTSCHÄDIGUNG VON DER AIRLINE REICHER, ABER GENERVT. – WAS FÜR EIN ÄTZENDER TAG!

Marlene überlegte sich kurz, ob sie einen kleinen Scherz bezüglich der Wartezeiten an Flughäfen machen sollte, entschied sich dann aber anders.

MEIN TAG WAR AUCH ÄTZEND. DAS SCHÖNSTE DARAN WAREN DIE SMS MIT DIR.

Die Antwort dauerte keine Minute.

FÜR MICH AUCH.

Und kurze Zeit später: ES KANN MORGEN NUR BESSER WERDEN.

DEFINITIV, schrieb Marlene zurück. WEIL ICH MORGEN EINEN BÜROTAG HABE UND DANN ENDLICH WOCHENENDE IST.

SAME HERE, kam es von Lisbeth. WIR SOLLTEN JETZT WOHL SCHLAFEN.

KLINGT NACH EINER GUTEN IDEE. – DANN GUTE NACHT, tippte Marlene.

DIR AUCH GUTE NACHT. TRÄUM SÜSS.

Marlene lächelte, als sie Lisbeths letztes SMS für diesen Tag las. Sie legte das Handy nun endgültig weg, löschte das Licht und schloss die Augen.

Es war ein schönes Gefühl zu wissen, dass jemand auf dieser Welt gerade an sie dachte. Auch wenn dieser Jemand rund tausend Kilometer weit weg war und es sich dabei um eine Frau handelte …

Kopenhagen, Nyhavn

Wie in der Gegend um den Nyhavn herum üblich, war das Lokal vollbesetzt mit Touristen und Einheimischen; die Lärmkulisse an Stimmen und Gelächter übertönte fast die Klaviermusik im Hintergrund.

Sie hatten einen Tisch am Fenster zugewiesen bekommen, und hier saßen sie nun: Lisbeth gemeinsam mit ihrer Schwester Merle, deren Freund Patrick und Maja.

Ihretwegen war die Wahl überhaupt erst auf ein Lokal in dieser belebten, von Touristen zu Tode fotografierten Gegend gefallen. Lisbeth wusste von früheren Besuchen, dass ihre Cousine das alte malerische Viertel mit den bunten Häusern auf der einen Seite und den weniger farbenfrohen Gebäuden auf der anderen Seite des Kanals liebte. Maja war in Aalborg, einer Stadt im Norden des Landes, aufgewachsen und wohnte dort noch immer. Mittlerweile unterrichtete sie dort an einer Grundschule. In Kopenhagen verband sie an diesem Wochenende den Besuch bei einer ehemaligen Studienfreundin mit einem Cousinentreffen.

In diesem Augenblick saß sie Lisbeth gegenüber direkt am Fenster und schaute immer wieder erwartungsvoll hinaus auf die belebte Gasse. Trotz des trüben Wetters waren zahlreiche Menschen unterwegs; auf dem Kanal schipperte gelegentlich ein mit Touristen besetztes Boot vorbei. Seit sie sich bei einer nahen U-Bahn-Station getroffen hatten, redete Maja fast ohne Pause: von ihren Eltern, ihren beiden Brüdern, dem Schulalltag … Lisbeth mochte ihre fast zehn Jahre jüngere Cousine, empfand ein längeres Zusammensein aber stets als ziemlich anstrengend.

»Soll ich dir die Speisekarte vorlesen?«, erkundigte sich Lisbeth bei ihrer blinden Schwester, in der Hoffnung, damit Majas Redeschwall einen Moment lang zu durchbrechen.

»Patrick hat es mir gesagt. Ich weiß schon, was ich möchte.«

Der Kellner kam und nahm die Bestellungen auf, aber kaum war er weg, begann Maja wieder zu erzählen. Lisbeth hatte bei ihr stets das Gefühl, einem Radio gegenüberzusitzen. Sie war froh, als sich Patrick schließlich einklinkte und ein paar Fragen stellte. Sie mochte das an ihm: seine Art, in dieser Offenheit und mit ehrlichem Interesse auf Menschen zuzugehen, egal, welchen ersten Eindruck sie ihm vermittelt haben mochten. Sie sah von Merle, die sichtlich berührt seiner Stimme lauschte und sich leicht gegen ihn gelehnt hatte, zu Patrick und dachte sich, dass ihre Schwester wohl keinen besseren Partner hätte finden können. Sie hoffte für beide, dass diese Liebe ewig andauern möge. Wie so oft, wenn sie die beiden betrachtete, spürte sie aber auch leisen Neid.

Seit der Trennung von Marie hatte sie diese Vertrautheit mit einer anderen Person nicht mehr erlebt.

Merle und Maja sprachen über eine gemeinsame Bekannte, die Lisbeth nur dem Namen nach kannte, so nutzte sie die Chance und zog ihr Smartphone aus der Tasche.

NEBEL, NEBEL, NEBEL. TROTZDEM WAR ICH AM KUTSCHKERMARKT BEI MIR IN DER NÄHE. DORT IST SCHON WEIHNACHTSSTIMMUNG ... GEHE JETZT AN DIE POWER POINT PRÄSI FÜR DIE AUSSENDIENSTTAGUNG NÄCHSTE WOCHE.

KLINGT SUPER, schrieb Lisbeth an Marlene zurück. ICH MEINE DIE WEIHNACHSSTIMMUNG, NICHT DIE PRÄSENTATION ☺. BIN MIT ZWEI TUSSIS UNTERWEGS, DIE ÜBER EINE ABLÄSTERN, DIE ICH NICHT KENNE.

ZWEI LESBISCHE?, kam es prompt von Marlene.

Lisbeth schmunzelte in sich hinein.

KEIN GRUND, WIEDER EIFERSÜCHTIG ZU WERDEN. SIND BEIDE HETEROSEXUELL UND VERGEBEN.

DAS HEISST GAR NICHTS, schrieb Marlene sofort zurück.

IN DIESEM FALL SCHON: DIE EINE IST MEINE COUSINE, DIE ANDERE MEINE SCHWESTER.

Der Kellner brachte die Getränke, sie stießen miteinander an. Nachdem Maja ihren Gesprächsfaden wiederaufgenommen hatte, konnte Lisbeth einen neuen Blick auf ihr Handy werfen.

ALLMÄHLICH GLAUBE ICH WIRKLICH, DASS DU DAS LEBEN EINER NONNE FÜHRST!, hatte Marlene zurückgesimst.

Lisbeth suchte gerade nach einer passenden Erwiderung, als Maja sagte: »Sag mal, was machst du da die ganze Zeit? Wollten wir uns nicht treffen, um uns zu unterhalten?«

»Entschuldige.« Lisbeth wurde rot. Auch, wenn sie Majas belangloses Geplapper nicht interessierte – sie sahen sich nur maximal zwei-, dreimal im Jahr. Es war in der Tat unhöflich, ihr für diese paar Stunden keine Aufmerksamkeit zu schenken.

»Ja ja, so geht das schon seit zwei Wochen«, schaltete sich Merle ein. »Tagein, tagaus hängt sie am Handy wie eine Süchtige. Manchmal sitzt sie neben mir auf dem Sofa und schaltet das Handy auf lautlos, weil sie hofft, dass ich das Tippen dann nicht so mitbekomme, aber ich höre es *immer* …«

»Wie eine Süchtige, sagst du?«, wiederholte Maja sichtlich amüsiert. »Wohl eher wie ein verliebter Teenager!«

»Unsinn«, wehrte Lisbeth ab. Sie sah zum Fenster. »Schau mal, Maja, gerade läuft ein historisches Segelboot ein!«

»Lenk nicht ab.« Maja warf nur einen flüchtigen Blick nach draußen und wandte sich sofort wieder ihr zu. »Sag, bist du etwa verliebt? – Erzähl von ihr, ich will alles wissen!«

»Ich bin nicht verliebt«, widersprach Lisbeth entschieden. »Patrick, wie schmeckt dir eigentlich dein dunkles Bier?«

Patrick machte den Mund auf, doch er kam nicht dazu, etwas zu sagen. Maja fasste sich theatralisch an die Stirn.

»Oh mein Gott, wie plump war das denn? – Merle, deine Schwester lügt so geschickt wie meine Schüler.« Sie lehnte sich mit verschränkten Armen über den Tisch. »Also, Lisbeth. Wer ist sie?«

»Niemand.« Lisbeth wand sich unter Majas investigativem Blick und ärgerte sich zugleich selbst, weshalb sie so ausweichend reagierte. Sie gab sich einen Ruck, richtete sich auf. Schließlich hatte sie nichts zu verbergen! »Niemand, der mir nahe steht. – Nur eine Arbeitskollegin aus Österreich, die neu in der Firma begonnen hat und an einer sehr schwierigen Präsentation arbeitet. Sie hat viele Fragen, ich helfe ihr.«

»Und machst bei jedem SMS ein so seliges Gesicht, als wäre Ostern und Weihnachten auf einmal«, bemerkte Maja prompt. Lisbeth konnte sehen, wie Merles Gesichtszüge starr wurden.

»Das bildest du dir ein«, stellte sie klar, doch es war zu spät. Der in ihrer Schwester erwachte Argwohn hatte neue Nahrung bekommen.

»Begleitest du mich bitte zur Toilette?« Merle erhob sich.

Mit ihrer Schwester an der Hand schob sie sich Augenblicke später durch das volle Lokal, bemüht, gefährlichen Tischecken oder den Ellbogen der Gäste an der Bar auszuweichen.

Kaum hatte sich die Türe der Damentoilette hinter ihnen geschlossen, machte sich Merle nicht länger die Mühe, ein dringendes biologisches Bedürfnis vorzuschieben.

»Habe ich da richtig gehört, Lis? Eine Arbeitskollegin? Du schreibst dir seit über vierzehn Tagen ständig SMS mit einer *Arbeitskollegin*? – Bist du eigentlich völlig bescheuert?«

»Es ist nicht das, was du denkst.«

»Ach, nein?« Merles Stimme war getränkt von Sarkasmus. »Was ist es denn dann? – Und komm mir bloß nicht mit dieser Schottergeschichte, die du gerade unserer Cousine erzählt hast! Vergiss nicht – ich kenne die Geschichte mit Siri, ich weiß, wie du sein kannst. Maja nicht.«

»Und dabei soll es auch bleiben. Das mit Marlene ist wirklich etwas anderes. Sie ist hetero…«

Merle schlug sich die Hand gegen die Stirn.

»Merkst du eigentlich, was da du da redest? Was ist daran bitte anders? Siri hatte vorher auch nur etwas mit Männern, aber das hat dich ja wohl nicht davon abgehalten, ihr den Hof zu machen! Und wir wissen beide, wie es geendet hat.«

»Ich mache Marlene nicht den Hof. Ich will nichts von ihr.«

»Fünf SMS in einer Stunde? – Du nimmst dich wohl gerade selbst auf den Arm!«

»Wir machen Spaß. Wir wissen beide, das wir nichts davon ernst meinen.«

»Bitte?« Merle wurde zunehmend aufgebrachter. »Nichts *wovon* ernst meinen? Was um Himmels Willen schreibt ihr euch?«

»Nichts.« Lisbeth biss sich auf die Lippen.

Vielleicht hat Merle Recht. Ich sollte vorsichtiger sein.

»Lisbeth. Lass das. Bitte! Steck das Handy weg und schraub deinen Umgang mit dieser Frau auf ein Minimum herunter. Was du am wenigsten brauchen kannst, ist irgendeine Form der Wiederholung dieser unschönen Geschichte. Ich meine es nur gut mit dir. Wirklich!«

»Ich weiß.« Lisbeth erschrak selbst darüber, wie belegt ihre Stimme klang.

Gemeinsam gingen sie zum Tisch zurück. Als das nächste SMS kam, reagierte sie nicht darauf.

Wien, achtzehnter Bezirk

Freitag, 16.30 Uhr. Marlene schloss ihre Wohnungstüre auf, stellte ihre Laptop-Tasche auf den Boden und die Plastiktüte mit den Lebensmitteleinkäufen in die Küche.

Endlich Wochenende.

Eigentlich sollte ich mich freuen.

Allein – die Freude wollte sich nicht so wirklich einstellen. Ihre Wohnung war kalt, leer und wohl noch immer das, was Lisbeth *unpersönlich* genannt hatte. Sie hatte sich nach wie vor nicht aufraffen können, ihr etwas mehr Flair zu verleihen.

Marlene hängte ihren Mantel weg und drehte die Heizung auf. Morgen Vormittag war sie mit Susanne zum Brunch verabredet. Endlich. Da Susanne als *Medical Director* eines US-amerikanischen Pharmakonzerns ebenso viel unterwegs war wie sie, und dies teilweise auch an Sams- und Sonntagen, war ein gemeinsamer Termin zu einer Herausforderung geworden.

Was den Rest des Wochenendes betraf – sie hatte keine Idee, wie sie es über die Runden bringen sollte, und ärgerte sich selbst darüber. Die Freundinnen von früher waren meist mit ihren Männern und Kindern beschäftigt, der gemeinsame Freundeskreis, den sie mit Alexander gepflegt hatte, war ihr seit der Trennung abhandengekommen. Lust, in die Steiermark zu fahren, verspürte sie seit ihrem vorläufig letzten Besuch auch nicht. Offenbar gab es zudem wenig Grund zur Besorgnis: Bei ihren jüngsten Telefonaten mit Marina hatte sie den Eindruck gewonnen, die Situation am Hof normalisiere sich von Tag zu Tag. Lale wohnte fest bei Jakob und ihre Mutter hatte das Familienporzellan wieder ausgepackt und zurück in die Vitrine gestellt. Zudem schien Lale ihre Rolle anstandslos zu erfüllen: Sie kochte für die

Familie, wusch die Wäsche, putzte das Haus und unterstützte Jakob im Keller, wenn er ihre Hilfe brauchte. Marina fand sie bisher nach eigener Aussage *ganz okay* und ihre zwei Brüder schienen von ihr absolut begeistert.

Sie kümmert sich auch, dass Sebastian und Martin die Hausaufgaben machen, hatte Marina erzählt. Marlene hatte darauf nicht viel gesagt, doch dass eine Frau, die nur wenig älter war als ihre pubertierende Nichte und nur gebrochen Deutsch sprach, sich um die Hausaufgaben ihrer Neffen bemühte, imponierte ihr insgeheim.

Nichtsdestotrotz, in den vergangenen Monaten hatte sie sich gewünscht, weniger am Hof gebraucht zu werden, und jetzt, da dies offenbar der Fall war, schien ein Teil ihrer Freizeitgestaltung weggebrochen. Das entstandene Vakuum war nicht so schnell zu füllen.

Ein Buch lesen.

Ja, vielleicht lag darin die Lösung. Sie hatte das schon lange nicht mehr getan, wusste nicht einmal mehr, was gerade an Belletristik *en vogue* war. Ihr fiel ein, dass Lisbeth laut ihrem Facebook-Profil gerne und viel las, und griff automatisch zum Smartphone.

Keine neue Nachricht. Sie wusste nicht, weshalb, aber eines stand fest: Seit vergangenen Sonntag war das lockere Geplänkel, das ihre Tage versüßt hatte, abrupt zum Erliegen gekommen. Sooft sie die letzten SMS durchgegangen war, so unverständlich war ihr die plötzliche digitale Stille. Sie hatten sich doch nur geneckt, wie all die Tage zuvor. Oder war Lisbeth etwa doch beleidigt, weil sie ihr das Leben einer Nonne unterstellt hatte?

Dreimal hatte sie den Gesprächsfaden wieder aufgenommen. Doch Lisbeths Antworten waren nur sehr knapp und nüchtern ausgefallen, und so hatte Marlene schließlich aufgegeben.

Die SMS fehlten ihr. Es war schön gewesen, mit einem GUTE NACHT aus Dänemark einzuschlafen und einem GUTEN MORGEN, AUSGESCHLAFEN? aufzuwachen.

Eigentlich kann es mir ja egal sein. Sie ist eine Kollegin, weiter nichts.

Allein – es war ihr nicht egal. Ihre Gedanken kreisten darum, während sie die Lebensmittel in den Kühlschrank räumte, und sie trug sie mit sich, während sie den Müll hinunterbrachte.

Zurück in der Wohnung, war sie zu einem neuen Anlauf entschlossen – den letzten seiner Art. Sie wollte nicht einfach aufs digitale Abstellgleis geschoben werden, ohne überhaupt zu wissen, womit sie das verdient hatte.

HALLO, WAS IST EIGENTLICH MIT DIR? BIST DU AUS IRGENDEINEM GRUND SAUER AUF MICH?

Einige Minuten verstrichen, ehe eine Antwort retour kam.

DAS ALLES HIER IST EINE EINZIGE KATASTROPHE. FLUG GESTRICHEN, FOLGEFLÜGE ÜBERBUCHT, DAS NÄCHSTE FREIE HOTEL 15 KM VOM STADTZENTRUM WEG UND INTERNET GEHT AUCH NICHT.

Marlene blinzelte. Sie las die Kurznachricht ein zweites Mal. Okay. Was auch immer das bedeuten mochte – es war nicht die Antwort, die sie auf ihre Frage erwartet hatte.

WO BIST DU?

BAHNHOF BUDAPEST, kam es zurück. MUSS SCHAUEN, DASS ICH NACH BRATISLAVA KOMME. HAT MAN MIR GESAGT. VON DORT AUS KANN ICH NACH KÖLN UND VON DA NACH KOPENHAGEN.

DAS KLINGT NACH EINEM ALPTRAUM, schrieb Marlene zurück. Etwas anderes fiel ihr angesichts der Vorstellung, welche Reise Lisbeth noch bevorstand, nicht ein.

ES FÄNGT GERADE AN ZU SCHNEIEN. MIR IST KALT, MEINE FÜSSE TUN WEH. ICH HASSE DAS ALLES!

Das Szenario, das Lisbeth schilderte, wurde immer schlimmer.

KAUF DIR UM HIMMELS WILLEN EINEN WARMEN MANTEL!

GEHT NICHT. SITZE AM BAHNHOF FEST. MEIN ZUG FÄHRT GERADE EIN. KEINE ZEIT MEHR.

Einige Minuten verstrichen. Marlene nutzte sie, sich eine Kanne Tee zu machen und die Vorhänge zuzuziehen. Es war dunkel geworden und hatte zu regnen begonnen.

Das Handy piepte.

TOLL! DIE BAHN NACH BRATISLAVA HAT VERSPÄTUNG. DER ZUG, DER GERADE KAM, IST DER NACH WIEN. ICH DREHE DURCH.

Marlene fällte ihre Entscheidung binnen Bruchteilen von Sekunden. Sie rief Lisbeth an.

»Ist im Moment ganz schlecht.« Lisbeth war äußerst kurz angebunden.

»Es ist der allerbeste Zeitpunkt«, sagte Marlene. »Du steigst jetzt in diesen Zug nach Wien, bist in zweieinhalb Stunden hier, und dann sehen wir weiter.«

Das Schweigen, das ihren Worten folgte, wurde nur vom gelegentlichen Knacken in der Leitung unterbrochen.

»Das kann ich nicht tun«, sagte Lisbeth schließlich.

»Warum nicht?«

Wieder Schweigen.

»Sind wir nun Freundinnen oder Kolleginnen, oder habe ich irgendetwas verbrochen?«

»Nein, natürlich nicht. Aber ...« Lisbeth ließ den Satz unvollendet.

»Aber?«, hakte Marlene daher vorsichtig nach.

»Ich kann nicht.«

»Was nicht? In den Zug steigen?«

»Der Zug fährt in einer Minute, steht auf dieser Tafel.«

»Dann los, steig bitte ein! Ich hole dich am Bahnhof in Wien ab.«

»Marlene, ich ...«, begann Lisbeth erneut.

»Lisbeth! STEIG SOFORT IN DIESEN ZUG, okay?!«

*

Dass Marlene zuletzt jemanden zur Bahn gebracht oder abgeholt hatte, war lange her. Zudem war es ein anderer Bahnhof gewesen. An dem, wo die Züge aus Ungarn ankamen, fehlte ihr jeder Hinweis auf ein Parkhaus oder einen Parkplatz. Sie kurvte zweimal um das gesamte Gelände herum, was Zeit kostete, sah noch immer keinen Abstellplatz und steuerte ihren Wagen schließlich aus purer Verzweiflung in ein Gewirr kleiner Gassen. Weitere Minuten vergingen, bis sie eine enge Parklücke fand, in die sie sich unter Aufbietung ihres gesamten fahrtechnischen Könnens nahtlos einfädelte.

Mit einer Viertelstunde Verspätung kam sie nass geregnet und vom Laufen verschwitzt am Bahnhof an. Kalter Wind pfiff ihr um die Ohren, der Bahnsteig war menschenleer.

Sie rief Lisbeths Nummer auf.

»Wo bist du?«

»Wo bist *du*? Ich habe gewartet …«

»Kein Parkplatz, sorry. Also, wo bist du?«

»Unten bei dieser Bäckerei.«

Damit hastete Marlene auch schon die Treppenstufen hinunter. Im Untergeschoss gab es einige Läden und Imbissstände. Lisbeth lehnte an der Wand zwischen Bäckerei und Kebabstand und nagte an einer trockenen Semmel. Marlene musste fast lachen, als sie ihren Aufzug sah. Die Frau, die sie bisher nur in elegantem Business-Outfit kannte, trug zwei Blazer übereinander und hatte sich unterhalb des Rocksaums einen grauen Pulli um die Beine geschlungen, die in dünnen Seidenstrümpfen steckten. Ihre Hochsteckfrisur befand sich in einem Zustand völliger Auflösung; das Make-up war verschmiert.

Lisbeth wirkte sichtlich mitgenommen, aber auch verärgert.

»Ich habe gedacht, du hast es dir anders überlegt. Ich habe so lange gewartet!«

Sie klang wie ein vorwurfsvolles, trotziges Kind.

»Ja, tut mir leid.« Marlene begrüßte sie mit zwei Wangenküssen, das Gesicht war eiskalt. »Hallo erstmal.«

Lisbeth nuschelte etwas, was Marlene nicht verstand, aber auch nicht weiter für wichtig erachtete. Eilig übernahm sie den Trolley, weil die Arme bereits unter der Last ihrer Tragetasche einzuknicken schien. Im Auto drehte sie die Heizung sofort auf Maximum. Lisbeth zitterte trotzdem die gesamte Fahrt lang vor Kälte. Sie sprach kein Wort.

Direkt vor ihrer Wohnung hielt Marlene mitten auf der Straße und drückte Lisbeth den Hausschlüssel in die Hand.

»Hier. Steig aus. Du kennst dich aus. In dieser Gegend ist alles zugeparkt, ich muss in die Garage fahren. Bin in ein paar Minuten bei dir.«

»Mein Akku-Aufladegerät. Ich hab das im Hotel vergessen. Ich kann meine Mails nicht abrufen.«

Lisbeths Zähne schlugen aufeinander.

Im ersten Augenblick glaube Marlene, sich verhört zu haben. Hinter ihr kündigten helle Scheinwerfer an, dass sich ein Auto näherte.

»Lisbeth. Das ist jetzt egal. Steig aus und geh hoch in die Wohnung. Bitte.«

»Das ist nicht egal!«, begehrte Lisbeth auf. Sie schien den Tränen nahe. »Das sind die Firmenmails … mein Akku …«

»Wir lösen dieses Problem später. Versprochen.«

Marlene kam sich vor, als würde sie mit einer Dreizehnjährigen sprechen. Erleichtert nahm sie zur Kenntnis, dass Lisbeth ihrer Aufforderung schließlich Folge leistete.

Als sie einige Minuten später in ihre Wohnung kam, kauerte Lisbeth mit angezogenen Beinen auf der Couch, den Kopf in eines der Kissen gebettet.

»Magst du einen Tee? Ein heißes Bad?«

»Ich habe den Akku im Hotel vergessen. Ich muss da anrufen. Die Batterie ist leer. Ich kann meine Mails nicht abrufen.«

Wenn das dein einziges Problem ist.

Marlenes Augen verfolgten eine Laufmasche, die an Lisbeths Knöchel begann und sich bis über das Knie zog.

Irreparabel.

»Du kannst dort morgen anrufen und Bescheid geben, dass sie es dir nachschicken sollen. Und wenn es etwas Dringendes gibt – *Rasmussen* hat weltweit dasselbe Notebook-Modell in Betrieb, du kannst also gerne meinen Akku nehmen.«

Ihr aufgelöster Gast willigte nur zögernd ein.

*

Als Lisbeth am nächsten Morgen die Augen aufschlug, schaute sie auf eine Vitrine mit Weingläsern und Kochbüchern. Deutschsprachigen Kochbüchern, wie sie sogar ohne Kontaktlinsen erkannte.

Langsam richtete sie sich auf und rieb sich den Schlaf aus den Augen. Sie wusste nur zu gut, wo sie sich befand: in der Wohnung einer Frau, zu der sie sich hingezogen fühlte, bei der es sich aber um ihre Kollegin handelte. Um ihre heterosexuelle Kollegin. Lisbeths Blick fiel auf den Laptop, der aufgeklappt und quasi einsatzbereit auf dem Esszimmertisch stand. Langsam setzte auch die Erinnerung an den Vorabend wieder ein.

Nun ja.

Sie hatte sich redlich bemüht, Distanz zu wahren, sogar gestern noch. Weil Merle nun mal recht hatte. Aber was bei ihren Bemühungen herauskam, war eine schlechte, unfreundliche Kopie ihrer selbst, mit der sie sich nicht identifizieren konnte.

Es muss einen anderen Weg geben.

Lisbeth zog die Vorhänge zurück und sah hinaus in die trübe Suppe, die sich ihr bot. Noch immer Regen. Aber zumindest war sie hier, in einer warmen Wohnung, nicht an irgendeinem verschneiten Flughafen.

Im Vorraum standen Marlenes Hausschuhe. Offensichtlich war sie schon außer Haus. Lisbeth trottete ins Badezimmer und nahm eine Dusche. Während ihr das Wasser über den Körper lief, erinnerte sie sich, dass sie gestern in dieser Wanne gelegen hatte, im heißen Schaumbad, und dass Marlene währenddessen alle paar Minuten ins Badezimmer gekommen war.

Während sie Zähne putzte, hörte sie, wie die Wohnungstüre aufgesperrt wurde. Sie spülte sich den Mund aus und schlüpfte in einen bereitgelegten Morgenmantel aus dunklem, weichem Frottee. Er duftete leicht nach Pfirsich, so wie Marlenes Haar.

Als sie aus dem Bad kam, stand Marlene in der Küche und räumte Lebensmittel in den Kühlschrank. Es roch nach frischen Semmeln.

»Marlene.« Lisbeth überwand mit ein paar schnellen Schritten die Distanz zwischen ihnen und schlang die Arme um ihren Oberkörper. Marlene erwiderte die Umarmung, ohne auch nur einen Augenblick zu zögern.

»Tut mir leid wegen gestern! Ich war unausstehlich.«

»Du warst müde und in schlechter Stimmung.« Zu Lisbeths Bedauern löste Marlene sich wieder aus der Umarmung, eine Haarsträhne streifte dabei ihr Gesicht. Es war feucht – vermutlich vom Regen. »Du hast dich trotzdem nicht davon abbringen lassen, deine Mails zu checken, und du hast mir unterstellt, ich wäre eine Art Lüstling.«

»Eine Art … was? – Das kann ich nicht gesagt haben, ich verstehe nicht einmal das Wort!«

Lisbeth ließ sich auf dem kleinen Küchenstuhl nieder.

»Du hast es auch nicht wortwörtlich gesagt.« Marlene grinste. »Aber du hast mir Hintergedanken unterstellt, weil ich es gewagt habe, ins Badezimmer zu kommen, während du nackt in der Wanne lagst. Dabei wollte ich doch eigentlich nur verhindern, dass du vor Müdigkeit einschläfst und ertrinkst!« Sie schaltete die Espressomaschine ein und stellte zwei Tassen bereit. Während der dunkle Kaffee floss, drehte sie sich noch einmal zu Lisbeth um: »Und nur, um das noch einmal klarzustellen: ich habe schon öfters eine nackte Frau gesehen!«

»Ja, aber keine so schöne.«

Der Scherz löste sich wie von selbst von Lisbeths Lippen, wenngleich der Gedanke, dass Marlene sie am Vorabend nackt gesehen hatte, ihr eine leichte Röte über das Gesicht legte.

Marlene lachte und fuhr ihr mit der Hand durchs offene Haar, während sie den Espresso servierte.

»Da magst du recht haben. Vielleicht wirklich keine so schöne.« Sie zog sich den zweiten Stuhl an den kleinen Küchentisch und nahm Platz. »Du hast mich gestern an diese mürrische Katze erinnert, von der meine Nichte gelegentlich Fotos auf Facebook postet … Grumpy Cat. Du hattest denselben Gesichtsausdruck.«

»Tut mir wirklich leid. Ich war unmöglich, ich weiß.«

»Es war interessant, auch diese Seite von dir kennenzulernen: Grumpy Lisbeth.«

»Ich sollte dir wohl dankbar sein, dass du mich nicht gleich am Bahnhof zurückgelassen hast …«

»Oh, einen Moment lang hatte ich mir das natürlich überlegt.« Marlene zwinkerte ihr belustigt zu. »Aber dann fiel mir ein, dass Grumpy Cat Millionen mit diesem Gesicht macht. Da hab ich mir gedacht: Nehme ich sie doch lieber mit, vielleicht kann ich Grumpy Lisbeth ebenso gut vermarkten …«

Lisbeth lachte nun auch. »Du bist unmöglich.« Ernst fügte sie hinzu: »Ich mach es wieder gut, versprochen.«

»Wie denn?« Marlene legte den Kopf schief.

Lisbeth überlegte. Sie sah sich um, als suche sie nach einer Lösung.

»Ich kann deine Wohnung putzen.«

Klar, es war kein besonders intelligenter Vorschlag, aber etwas anderes fiel ihr im Moment nicht ein.

»Du kannst doch meine Putzfrau nicht arbeitslos machen. Sie braucht das Geld.«

»Ich könnte dich zum Essen einladen, heute Abend.«

»Ausgeschlossen. Ich habe für heute Abend schon eingekauft. Ich werde für dich kochen.«

»Oder ich könnte dich massieren.«

Marlene stellte ihre Espressotasse geräuschvoll zurück auf den Unterteller und fuhr sich mit der Zunge über die Lippen. Sie bedachte Lisbeth mit einem langen, unergründlichen Blick und sagte dann langsam: »Könntest du das?«

»Ja. Meine Schwester ist professionelle Masseuse, sie hat mir einiges bei...« Lisbeth verstummte abrupt. Erst jetzt war ihr bewusst geworden, was sie da sagte. »Oh.«

Marlene schmunzelte amüsiert und erhob sich. Sie nahm zwei Teller und Besteck aus dem Küchenkasten. Auf dem Weg ins Wohn- und Esszimmer gab sie Lisbeth einen leichten Kuss auf die Stirn. »Du bist süß.«

Lisbeth schaute ihr nach und unterdrückte ein Seufzen.

Disziplin, ermahnte sie sich selbst und erinnerte sich daran, dass Marlene ihr auch schon gestern einen ebensolchen Kuss auf die Stirn gegeben hatte, als sie auf der Couch lag, eingegraben in das Bettzeug, dass sie ihr fürsorglich hergerichtet hatte.

*

Lisbeth war froh, dass nicht jeder Mensch Dänisch verstand. Die Tatsache, dass sie Merle nur Bruchstücke der Wahrheit servierte und ihren eigentlichen Aufenthaltsort in dem kurzen Telefongespräch völlig ausklammerte, hätte Marlene sonst zu Recht irritiert.

Sie legte auf und legte ihr Handy auf den Tisch zurück.

»Und? Ist deine Katze nun versorgt?«

Marlene schenkte ihr unaufgefordert frischen Orangensaft nach, wofür Lisbeth mit kurzem Nicken dankte.

»Ja, Merle wird das Wochenende zu Hause verbringen.«

»Zu Hause? Du meinst, in deiner Wohnung?«

»Meine Wohnung ist auch ihre Wohnung. Wir leben dort zusammen.«

»Oh.« Marlene wirkte überrascht, was Lisbeth nachvollziehen konnte. Sie kannte diese Reaktion zur Genüge und wusste schon, was gleich kommen würde: Und das geht gut?

»Und das geht gut? Zwei erwachsene Schwestern in einer Wohngemeinschaft? – Ihr müsst euch ja blendend verstehen.«

»Es geht gut, aber natürlich streiten wir auch mal. Manchmal haben wir verschiedene Ansichten.«

»Worin?«

Lisbeth kaute nachdenklich an ihrer Unterlippe, ehe sie antwortete. Sie wollte Marlene nicht einfach so von ihnen erzählen, wollte nicht, dass sie und Merle wieder in Schubladen gesteckt würden: die eine behindert und die andere, die ihr durch den Alltag half. Eine Art Pflegerin. Wie auch immer ihre Beziehung auf andere wirkte – so war es nicht. Ganz und gar nicht.

»Zu Ordnung, zum Beispiel«, sagte sie schließlich knapp.

»Ist deine Schwester so unordentlich?«

»Nein. Im Gegenteil.«

Marlene hob die Augenbrauen, dann deutete sie auf Lisbeths sorgfältig zusammengefaltetes Bettzeug und den Koffer, der dezent in einer der Ecken stand.

»Noch ordentlicher als du? Geht das?«

»Oh ja. Pedantisch ordentlich.«

Weil sie es sein muss, um sich im Alltag zurechtzufinden.

»Und das hältst du aus?«

»Na ja … eben, deshalb kracht es ja ab und zu zwischen uns.« Lisbeth zwinkerte und entschied sich zu einem Themawechsel, der ihr unverfänglich schien. »Hast du Geschwister?«

»Eine Schwester. Magst du noch etwas? Eine Semmel? Noch etwas Obstsalat?«

»Äh … nein, danke, ich bin satt.« Lisbeth sah Marlene nach, wie sie jäh mit Tellern und Teekanne in der Küche verschwand, und fragte sich, was sie gerade falsch gemacht hatte. Sie hatten während des ganzen Frühstücks locker geplaudert. Und plötzlich schien die Stimmung zu kippen.

Als sie nach fünf Minuten immer noch nicht zurück war, folgte ihr Lisbeth in die Küche. Marlene lehnte mit dem Rücken an der Spüle, die Hand vor den Augen. Man sah, dass sie weinte, und der Anblick schnitt Lisbeth ins Herz.

»Hej.« Sie ging hinüber, nahm Marlenes Hände in die ihren. »Was ist?«

»Nichts.« Marlene schluckte, bemüht, die Fassung wiederzuerlangen. Lisbeth merkte deutlich, wie unangenehm ihr die Tränen waren. Trotzdem ließ sie nicht locker.

»Habe ich etwas Falsches gesagt?«

»Nein. Ich ...« Marlene schüttelte den Kopf und zog entschlossen die Nase hoch. »Es hat nichts mit dir zu tun. Es ist nur ... meine Schwester. Sie ist tot.«

*

Marlene weinte – wegen Hanni, wegen ihrer gescheiterten Ehe, wegen ihrer Familie, von der sie sich nicht respektiert fühlte. Aber hauptsächlich eben wegen Hanni. Es war, als hätte Lisbeth mit ihrer einfachen, unschuldigen Frage die Tür zu jener Kammer geöffnet, in die sie ihren ganzen Schmerz hineingepackt hatte.

Sie ließ sich von Lisbeth in die Arme schließen, mit Bedacht zum Sofa bugsieren und in die Polster schieben. Lisbeth schmiegte sich eng neben sie, strich ihr sanft die Tränen aus dem Gesicht.

Und Marlene begann wie von selbst zu erzählen. Erst stockend, dann immer flüssiger. Von Hannis ersten Symptomen, der Erkrankung, dem wochenlangen Hoffen und Bangen. Von Alexanders Bemühungen, die letztendlich jedoch auch nicht zum Erfolg geführt hatten.

»Hanni und ich waren fast unzertrennlich als Kinder. Wir haben alles zusammen gemacht, hatten dieselben Freunde. Dann kam die Pubertät, und alles wurde anders.«

»Warum?«

»Weil ich unzufrieden wurde. Hanni dagegen … sie war immer zufrieden. Sie wollte nie weg aus der Steiermark, hat ihr Leben dort gesehen. Es hat sie nie gestört, dass nichts wirklich Großes passieren würde … dass es immer so dahinginge, mit allen Traditionen, allen Festen, allen Feiern, Jahr für Jahr. Immer dieselben Leute, dieselben Gespräche. Für Hanni war Stabilität alles.«

»Ist in deinem Leben etwas Großes passiert?«

Marlene sah Lisbeth durch ihren Tränenschleier überrascht an, blinzelte ein paar Mal. Im ersten Augenblick hörte sich Lisbeth harmlose Frage fast ein wenig spöttisch an, doch in deren Augen erblickte sie nichts außer aufrichtiges Interesse.

»Ich habe den Hof verlassen. Das war für meine Eltern sicher etwas sehr Großes. In meiner Familie sind seit Generationen alle entweder selbst Weinbauern oder mit Weinbauern verheiratet. Abgesehen von einem Pfarrer.«

»War es für dich ein großer Schritt?«

Marlene überlegte. Noch nie hatte jemand sie nach diesen Dingen gefragt; tatsächlich Interesse gezeigt, was der Wandel, den sie vollzogen hatte, für sie persönlich bedeutete. Folglich hatte sie die Antworten nicht gleich parat.

Lisbeth ließ ihr Zeit. Sie lag einfach nur da, den Kopf auf dasselbe Sofakissen gebettet, und sah sie an, ihr Gesicht war so nah, dass Marlene den Atem auf ihrer Haut spüren konnte.

Sie ist so hübsch, ging es ihr unwillkürlich durch den Kopf, und sie wunderte sich selbst, weshalb sich ihr dieser Gedanke immer wieder aufdrängte.

»Ich bin in dem Wissen aufgewachsen, die Erwartungen nicht zu erfüllen«, sagte sie dann. »Nach Hanni wollte meine Mutter unbedingt einen Buben, einen Hoferben. Nach mir konnte sie keine weiteren Kinder bekommen. Da war es schon einmal eine große Enttäuschung, dass ich eine Tochter war, kein Sohn. Und dann auch noch ein Mädchen, das sich nicht wie eines benahm.

Eines, das wild war, neue Hosen zerschliss und gute Schuhe verschrammte, ewig mit den Burschen raufte ... und Bücher las. Das alles hat noch nie zuvor ein Mädchen in unserer Familie getan, am wenigsten wohl meine Mutter.«

»Sie hat sich selbst Grenzen gesetzt.«

Und tut es immer noch, dachte Marlene spontan.

»Dass ich nach Wien ging zum Studieren, hat mein Vater mit der Zeit akzeptiert, meine Mutter nie. Es war letztendlich eine Art Lossagung von meinem Elternhaus. Als ich das Medizinstudium aufgab, hatte ich den Eindruck, sie triumphiere fast.«

»Das klingt nicht sehr nett.«

»Nein.«

»Warum hast du dein Studium nicht abgeschlossen?«

»Mein Vater bekam einen Schlaganfall, ab da brauchte er Pflege. Hanni war schwanger, Jakob, mein Schwager, hatte gerade den Hof übernommen ... alle brauchten plötzlich Unterstützung. Ich habe das nicht geschafft – Studium, Nebenjob ... und dazu am Hof zu helfen. Gleichzeitig hat eine Freundin mir von ihrem tollen Leben als Pharmareferentin vorgeschwärmt. Ich sah damals nur das viele Geld und das Auto, und es schien mir als bestmöglicher Weg, etwas in medizinischer Richtung zu machen, ohne das Studium und die Ungewissheit, ob ich überhaupt gleich eine Stelle bekomme. Turnusärzte gab es in Österreich damals im Überfluss. Man musste ewig auf einen Ausbildungsplatz warten. Heute ist es umgekehrt.«

»Heute kommen die jungen Ärzte aus Österreich nach Dänemark, um da zu arbeiten, und die dänischen gehen in die USA oder nach Norwegen.«

Marlene schmunzelte.

»Tja, der Fluss des Geldes.«

»Und die Zukunftschancen.«

»Das auch.«

Schweigend lagen sie eine Weile nebeneinander. Marlene wusste im Nachhinein nicht, wie viel Zeit zwischen ihren letzten

Worten und der Erkenntnis, *wie* nahe Lisbeth bei ihr lag, verstrichen waren. Ihre Oberkörper berührten sich fast und als Lisbeth die Position etwas veränderte und dabei ihr Bein berührte, wurde Marlene darüber hinaus bewusst, dass die Frau neben ihr noch immer den blauen Frotteebademantel am Leib trug. Noch hielt das dazugehörige Gürtelband ihn züchtig zusammen, aber ... Sie fühlte, wie ihr allein bei dem Gedanken, Lisbeth könne darunter womöglich nackt sein, das Blut in den Kopf stieg. Langsam richtete sie sich auf, straffte die Schultern. Lisbeth blieb liegen, sah sie von unten herauf an – und lächelte so unschuldig, dass Marlene nicht anders konnte, als dieses Lächeln zu erwidern.

»Möchtest du dir nicht etwas anziehen?«, erkundigte sie sich dann vorsichtig.

»Stört dich mein Anblick in deinem Morgenmantel?«

»Ich bin mir nicht sicher«, gab Marlene zu – und schob, als sie Lisbeths fragenden Blick bemerkte, nach: »Meine Oma ist die letzten Jahre ihres Lebens in ihrem graugemusterten Bademantel und Holzpatschen durchs Haus geschlichen ...«

»Uahhrggg!« Lisbeth setzte sich lachend auf. »Du machst mir Angst mit dieser Schilderung! Ich ziehe mich an. Aber ich muss dich warnen: nicht noch mal diese unbequemen Business-Sachen von gestern.«

»Sondern?«

»Einfach eine schwarze Gymnastikhose und ein bequemes Sweatshirt. Ich trage das abends auch im Hotelzimmer, wenn ich alleine bin. – Okay?«

»Alles besser als der Bademantel.«

Lisbeth öffnete ihren Koffer und nahm ein paar Kleidungsstücke heraus. Ehe sie im Badezimmer verschwand, drehte sie sich nochmals kokett zu Marlene um.

»Eigentlich sollte es dir egal sein, was ich trage, oder nicht?«

Marlene grinste nur.

Als sie die Badezimmertüre hinter Lisbeth ins Schloss fallen hörte, sackten ihre Mundwinkel nach unten. Es sollte ihr tatsächlich egal sein, ob Lisbeth nackt, in Frottee oder Reizwäsche vor ihr herumturnte. Ob sie dicht neben ihr lag oder ihre Beine sich berührten.

Nur – sie empfand anders. Lisbeths Atem brachte ihre Haut zum Kribbeln, als liefen lauter Ameisen darüber. Ihre Berührungen waren sanft und tröstlich – und so zärtlich, dass sie sich wünschte, sie würden nicht nur für kurze Augenblicke währen. Und wenn Lisbeth sie ansah, war es so, als blicke sie ihr direkt in die Seele.

Marlene ging in die Küche und wusch ab, was nicht für den Geschirrspüler geeignet war. Danach ließ sie kaltes Wasser über ihre Hände laufen in der Hoffnung, dass es die Hitze, die sie plötzlich in sich fühlte, zum Abkühlen brachte.

Sie hoffte umsonst.

*

Lisbeth fühlte sich so wohl wie schon lange nicht mehr und wurde genau aus diesem Grund zugleich von schlechtem Gewissen geplagt. Ein erwartungsvoller Hauch von Aufregung und ungestilltem Verlangen haftete an ihr, seit sie auf diesem Sofa gelegen und Marlenes Tränen getrocknet hatte. Das letzte Mal hatte sie so empfunden, als sie Marie kennenlernte. Marie, die dann ihre Lebenspartnerin wurde, ihre Liebe, für viele Jahre.

Und genau das machte ihr Sorgen. Dass sie etwas für jemanden empfand, für die sie nichts empfinden durfte. Weil dieser Jemand eine Arbeitskollegin war und allein schon deshalb rein faktisch in die Kategorie »Siri Christiansen« fiel – Tabu-Zone!

Ich bin nicht allein schuld an dem, was ich fühle, sagte sie sich und sah Marlene dabei zu, wie sie zwei Schalen mit dampfender Suppe servierte. Lisbeth konnte sich nicht erinnern, dass irgendeine Frau je derartige Mühe betrieben hatte, sie kulinarisch zu verwöhnen. Allein die festlich gedeckte Tafel war ein Anblick, der ihr Herz höher schlagen ließ.

»Warte, etwas fehlt noch!« Marlene nahm einen Kerzenleuchter aus der Vitrine und platzierte ihn auf dem Tisch. Mit einem Streichholz entzündete sie alle fünf Kerzen, dann sah sie Lisbeth, die ihr Tun still verfolgt hatte, lächelnd an:

»Tattaaaa! – Was sagst du?«

»Ich bin sprachlos.«

Marlenes Lächeln vertiefte sich. Sie wirkte zufrieden.

»Gut, dann – ah, nein, warte. Noch etwas vorab.« Sie hastete in die Küche, kam mit zwei Gläsern roséfarben schimmerndem Sekt wieder und drückte eines davon Lisbeth in die Hand.

»Zum Wohl.« Marlenes dunkle, tiefgründige Augen waren mit einer Intensität auf sie gerichtet, die Lisbeth Gänsehaut bereitete. »Es ist wunderschön, dass du hier bist. Ich bin froh, dass dein Flieger aus Budapest nicht fliegen wollte ...«

»Ich bin froh, wie tapfer du hinnimmst, dass ich deine Wochenendpläne vollkommen torpediert habe.«

Die Gläser klirrten beim Anstoßen. Der Sekt prickelte auf Lisbeths Zunge.

»Was ist das? – Ich glaube nicht, dass ich das schon einmal getrunken habe ...«

»Schilcher Frizzante. Schilcher wird aus einer besonderen Rebsorte gemacht, die es nur bei uns in der Steiermark gibt.«

»Ist das ... von eurem Hof?«

Marlene schüttelte den Kopf. »Ausnahmsweise nicht. Der Schilcher ist typisch für die Weststeiermark. Unser Hof liegt im Süden, und Jakob hat sich als Kellermeister auf andere Rebsorten spezialisiert. – Übrigens hast du mein Wochenende nicht torpediert. Was ich sagte, war ernst gemeint. Ich könnte mir nichts Schöneres vorstellen, als dich bei mir zu Gast zu haben.«

Marlenes Augen glänzten, und die Alarmleuchten in Lisbeths Innerem blinkten feuerrot.

Mach einen Scherz, Lis.

»Nichts Schöneres, als eine Kollegin zu Gast zu haben, die das erste Mal privat in Wien ist und den ganzen Tag auf dem Sofa herumlungert? – Irgendetwas stimmt nicht mit dir, Marlene!«

Marlene lachte herzhaft. Wunschgemäß.

»War das nicht dein eigener Vorschlag? – Ich hatte zumindest die Idee, ins Leopoldmuseum zu gehen oder Schloss Schönbrunn zu besichtigen, wie brave Touristen das gewöhnlich tun.«

Lisbeth verzog das Gesicht.

»Es hat den ganzen Tag in Strömen geregnet! Ich bin glücklich hier, in der Wohnung.«

»Wir können ja morgen noch etwas unternehmen, vor deinem Abflug.«

»Können wir.«

Die Kürbissuppe schmeckte köstlich. Leise Jazzmusik erfüllte den Raum. Die Kerzen flackerten. Marlene erzählte irgendeine Banalität und lachte darüber.

Und Lisbeth dachte: *So ist also das Leben mit ihr. Warm, gemütlich, mit schöner Musik und einem liebevoll zubereiteten Essen. Ihr Ex muss ein Trottel gewesen sein …*

»Hast du für deinen Mann oft gekocht?«

Die Frage war ihr über die Lippen gekommen, ehe sie es verhindern konnte. Marlenes Lachen verstummte abrupt, und Lisbeth versetzte sich in Gedanken selbst eine Ohrfeige.

Bin ich beim Flirten so aus der Übung? – Aber nein. Im Grunde ist es ja gerade gut so, die Stimmung herunterzukühlen, oder nicht?

»Alexander war abends nicht sehr oft zu Hause. Wir haben uns meistens auswärts zum Essen getroffen, waren häufig eingeladen.«

Sie löffelten die Suppenschüsseln leer.

»Warum fragst du?«, wollte Marlene dann unvermittelt wissen.

»Weil ich wirklich nicht verstehen kann, wie er jemanden, der so vorzüglich kocht, gehen lassen konnte.«

»Scherzkeks.« Marlene verschwand mit den Suppenschüsseln in der Küche und kam mit einer Fleischplatte und einem bunt gemischten Salat wieder. »Im Übrigen habe ich noch andere Qualitäten außer meiner Fähigkeit, passables Essen auf den Tisch zu bringen. – Das sind mit geriebenen Kürbiskernen panierte Putenschnitzel.«

»Sieht mehr als nur passabel aus und riecht hervorragend.« Lisbeth betrachtete das Fleisch und dann Marlene, die eine Scheibe davon vorsichtig auf ihrem Teller drapierte. »Im Übrigen kann ich bisher nicht alle deiner Qualitäten und Fähigkeiten beurteilen.«

Marlene bedachte sie mit einem amüsierten Seitenblick.

»Du kannst es nie lassen, oder?«

Lisbeth schmunzelte.

»Ich meinte beispielsweise deine sportlichen Fähigkeiten oder dein Verständnis für Kunst und Kultur. Keine Ahnung, was du schon wieder dachtest.«

»Natürlich nicht.« Marlene schüttelte amüsiert den Kopf, ehe sie sich Lisbeth gegenüber niederließ.

»Phantastisch«, kommentierte Lisbeth nach den ersten Bissen. »Du solltest ein Restaurant aufmachen, weißt du das?«

»Du wirst lachen, als Teenager war das war tatsächlich mein großer Traum.«

»Vor dem Medizin-Studium?«

»Lange davor.«

»Was hat deinen Plan durchkreuzt?«

Marlene hob die Schultern.

»Die Unzufriedenheit, schätze ich. Ich hab dir ja zur Genüge davon erzählt: Klein-Marlene, die immer mehr wollte ...«

»Und die jetzt immerhin mit einer Frau beim Essen sitzt, die sie für absolut bezaubernd und wunderschön hält.«

Marlene, die eben dabei war, ein weiteres Stück von ihrem Schnitzel abzuschneiden, stoppte in der Bewegung.

»Wer wen? Du mich? Ich dich?«

Oh Gott, was rede ich nur für einen Unsinn, Merle würde mich umbringen …

»Du mich. Ich dich. Wir uns beide«, sagte Lisbeth und schob ihren Worten ein unverfängliches Lächeln hinterher. »Ist es nicht so?«

»Vermutlich.« Marlene lächelte jetzt auch, doch ihr Lächeln wirkte spürbar verhalten.

Beherrsch dich, Lisbeth. Ruiniere es nicht.

Lisbeth suchte nach einem Thema, als Marlene wieder das Wort ergriff.

»Warum habt ihr euch getrennt, deine Ex-Freundin und du?«

Lisbeth fiel vor Schreck über die unerwartete Wendung des Gesprächs die Gabel aus der Hand. Marlene kommentierte es mit einem sichtlich amüsierten Blick.

»Kein besonderer Grund«, erwiderte Lisbeth ausweichend. »Wieso fragst du?«

»Weil du mich die ganze Zeit nach diesen Dingen fragst und ich dir bisher brav geantwortet habe. Deshalb. Jetzt bist du dran.«

Das klang ziemlich fair. Trotzdem …

Unruhig rutschte Lisbeth auf ihrem Stuhl hin und her.

»Wir haben uns auseinandergelebt.«

»Nach wie vielen Jahren?«

»Acht.«

»Und wie viele Jahre ist das jetzt her? Eure Trennung, meine ich?«

Lisbeth ließ ihr Besteck sinken.

»Wird das eine Art Inquisition?«

»Siehst du irgendwo Folterwerkzeuge?« Als Lisbeth nichts erwiderte, ließ auch Marlene ihr Besteck sinken. Sie legte ihre Hand auf Lisbeths. »Hör zu. Du musst mir das nicht erzählen, wenn das so ein wunder Punkt ist«, sagte sie ernst. »Lass es uns einfach vergessen und über irgendetwas anderes reden, okay? – Wie gefällt dir beispielsweise die CD? Jazz aus Lateinamerika.

Die Gruppe heißt …«

»Komm, lass das.« Lisbeth schüttelte den Kopf. Sie wollte nicht kindisch sein. Marlene hatte ihr Vertrauen geschenkt, was war dabei, sich nun zu öffnen?

Marlene ist nicht wie Siri.

»Marie und ich hatten uns kurz nach meiner Rückkehr aus Hamburg kennengelernt, auf einer Geburtstagsparty. Wir zogen schnell zusammen und waren einige Jahre sehr glücklich. Dann hatte Marie plötzlich Wünsche, die sich nicht erfüllten, rutschte in eine Lebenskrise, und ich habe es erst bemerkt, als sie mir schon entglitten war. – Unsere Trennung liegt mittlerweile drei Jahre zurück. Nichts also, was noch sehr frisch ist.«

Es war Marlene anzusehen, dass ihr viele Fragen durch den Kopf gingen. Geduldig wartete Lisbeth, welche davon sie stellen würde.

»Und danach?«

Lisbeth verstand nicht.

»Danach?«

»Nach Marie. – Du sagtest, es sei drei Jahre her …«

»Oh.« Lisbeth starrte auf das verbliebene Salatblatt und die Krümel, die sich von der Panier gelöst hatten.

»Entschuldige«, hörte sie Marlene leise sagen. »Ich verstehe, da ist die Geschichte mit … also, diese Sache, worüber du nicht sprechen darfst. Ich ziehe die Frage zurück.«

Du lieber Himmel, was hat Liliane ihr bloß erzählt?

Lisbeth schluckte.

»Mit Siri war nichts«, sagte sie mit kratziger Stimme. »Ich meine … nicht das, was du vielleicht denkst. Ich hatte kein Verhältnis mit ihr.« Als Marlene nichts sagte, präzisierte sie: »Auch keinen Sex.«

»Nein?« Marlene war sichtlich irritiert.

»Nein, natürlich nicht.«

»Wozu dann all das Aufheben?«

Lisbeth hob die Schultern.

»Frag nicht mich. Frag Siri. Oder nein, stopp – frag sie lieber nicht.«

»Gibt es denn noch mehr zu erfahren?«

Lisbeth verdrehte die Augen.

»Bitte, Marlene ...«

»Schon gut. Ich bin still.«

Sie wechselten das Thema, sprachen nun tatsächlich über Musik, über Wein, über Reisen, die sie unternommen hatten. Um kurz vor Mitternacht, nach ein paar Gläsern Wein, als sie schon längst auf das Sofa gewechselt hatten, fragte Marlene plötzlich unvermittelt: »Du hattest also wirklich über drei Jahre keinen Sex mehr?«

Lisbeth schleuderte ihr statt einer Antwort eines der Kissen ins Gesicht.

*

Marlene wusste nicht, wo ihr plötzlicher Stimmungsumschwung herrührte. Gerade hatte sie auf der Fahrt von der Stadt zum Flughafen Schwechat noch mit Lisbeth geredet und gescherzt. Jetzt, da sie das Auto im Parkhaus abgestellt hatte und neben ihr in Richtung Abflughalle ging, fühlte sie sich merkwürdig niedergeschlagen.

»Ich kann wirklich kaum glauben, dass ich ein ganzes Wochenende in Wien verbracht habe, ohne einen Schritt vor die Wohnungstüre zu setzen«, hörte sie Lisbeth neben sich sagen.

»Ja, wirklich erstaunlich. Aber das Wetter war eben auch sehr schlecht.« Marlene bemühte sich um einen neutralen Klang. Es gab keinen Grund für Sentimentalitäten. Sie verabschiedete eine Kollegin, mit der sie sich gut verstand, weiter nichts. »Du musst eben ein weiteres Mal kommen«, schob sie dennoch beherzt nach. »Dann, wenn es sonniger ist.«

Und jetzt haben wir noch nicht einmal richtig Winter.

»Oder du kommst nach Kopenhagen«, sagte Lisbeth. »Nicht erst im Frühling, sondern vielleicht noch im Dezember? – Wir haben schöne Weihnachtsmärkte und viele Möglichkeiten zum Eislaufen.«

»Ist das eine Einladung?«

»Natürlich, was sonst? – Du hast mir ein tolles Wochenende gemacht. Lass mich das auch für dich tun.«

Marlenes Stimmung hellte sich schlagartig auf. Sie überlegte.

»Anfang Januar haben wir die große Jahrestagung in Berlin, nicht wahr? Und dann kommen ein paar nationale Kongresse auf mich zu ...« Lisbeth nickte. »Vielleicht wäre Dezember gar kein so schlechter Zeitraum. Lass uns ein Datum suchen, wenn ich meinen Kalender zur Hand habe.«

»Gerne. Schick mir einfach ein SMS.«

»Wenn du mir in Zukunft wieder antwortest?«

Sie standen vor dem Eingang zur Handgepäckkontrolle. Lisbeth hatte ihre Papiere bereits in der Hand. In Marlenes Kehle saß ein dicker Kloß.

»Ich werde dir antworten, ganz sicher.« Lisbeth lächelte. Mit ihrem offenen blonden Haar sah sie aus wie ein Engel.

»Nimm ein Taxi vom Flughafen nach Hause, okay?« Marlene verstand sich selbst nicht ganz. Warum sagte sie so etwas? »Ich will nicht, dass du erfrierst, nachdem du dir von mir absolut keinen Mantel ausleihen wolltest.«

»Ich hätte den blauen Bademantel anziehen können. Aber den mochtest du ja nicht hergeben«, scherzte Lisbeth.

Marlene verzog den Mund, doch auch ohne Spiegel wusste sie: Das Ergebnis ihrer Bemühungen war nicht überzeugend.

»Also, dann ... danke für alles, Marlene. Es war wunderbar.«

Lisbeth beugte sich zu ihr, um sie zu umarmen, doch Marlene stand starr wie vom Blitz getroffen. Alles, was sie in diesem Moment in sich aufnahm, war Lisbeth, die gleich durch die Absperrung verschwinden würde, ohne ...

Ohne was?

»Lisbeth, ich ... ich ...« Die Worte wollten nicht kommen. Der Kloß drückte ihr fast die Luft ab.

Lisbeths Blick war erwartungsvoll auf sie gerichtet.

Und dann gewann etwas Namenloses, Unbegreifliches in Marlene die Oberhand, etwas, das nichts mit Vernunft zu tun hatte. Sie riss Lisbeth mit einer Heftigkeit an sich, die der Überraschten einen erschrockenen Laut entlockte, presste sie gegen die nächstgelegene Wand und küsste sie leidenschaftlich.

Bruchteile von Sekunden lang leistete Lisbeth Widerstand, dann ergab sie sich.

Das Küssen war genauso schön wie damals in Kopenhagen. Mehr noch: erregend. Diesmal gestand es sich Marlene ein, und dieses Eingeständnis ließ auf den ersten Kuss einen zweiten folgen, auf den zweiten einen dritten ... Sie konnte nicht aufhören, konnte nicht genug kriegen von diesen sanften zarten Lippen, die sich so gut an den ihren anfühlten.

Schließlich war es Lisbeth, die dem Küssen ein Ende bereitete. Sie schob Marlene leicht zur Seite und starrte sie an.

»Ich muss jetzt wirklich los.«

»Ja. Ja, klar.« Marlene nickte benommen. Ihr Puls raste.

Lisbeth verschwand durch die Absperrung, ohne sich noch einmal nach ihr umzudrehen.

Zwanzig Minuten verstrichen, ehe Marlene es schaffte, sich hinters Steuer zu setzen und nach Wien zurückzufahren. Alles in ihr war in Aufruhr.

Welcher Teufel hatte sie da geritten? Was nur war in sie gefahren? Warum hatte sie Lisbeth geküsst? Stand sie jetzt plötzlich auf Frauen? Hatte sie damit ihre Freundschaft zerstört? War es für Lisbeth überhaupt Freundschaft?

Zurück in der Wohnung, war sie war zu nichts fähig. Die Fragen, die ihr durch den Kopf gingen und auf die sie keine Antworten fand, machten ihr Kopfschmerzen.

Gegen dreiundzwanzig Uhr bekam sie eine SMS von Lisbeth.

BITTE MACH JETZT KEINEN SCHERZ.

ICH BIN GERADE WEIT VON JEGLICHEM SCHERZ ENTFERNT, schrieb sie sofort zurück. ICH WEISS NICHT, WAS DA PASSIERT IST.

Minuten verstrichen. Qualvolle Minuten. Dann Lisbeth.

BIST DU IMMER NOCH HETEROSEXUELL?

Gute Frage.

WIE GESAGT, ICH WEISS NICHT, WARUM ICH DAS GETAN HABE. SORRY.

Sie wusste nicht, was sie Lisbeth anderes antworten sollte.

DU MACHST DAMIT EINE FREUNDSCHAFT SEHR SCHWER, kam es zurück.

Marlene gab auf. Sie ging in die Küche und leerte den Geschirrspüler, als hinge die Welt davon ab. Als sie ihr Handy wieder zur Hand nahm, wartete schon ein neues SMS von Lisbeth.

DU VERSTEHST, DASS DAS FÜR MICH AUF DIESER BASIS UNMÖGLICH IST?

JA, NATÜRLICH.

Sie verstand. Auch wenn es ihr in diesem Augenblick Tränen in die Augen trieb. Lisbeth wurde trotzdem präzise.

ICH MUSS DIE EINLADUNG ZURÜCKZIEHEN. SORRY. ES GEHT SO NICHT.

BITTE TU DAS NICHT. GIB MIR ZEIT, tippte Marlene, doch sie schickte das SMS nicht mehr ab. Stattdessen öffnete sie sich eine Flasche Wein und trank zügig zwei Gläser hintereinander. Danach fühlte sie sich kurzfristig besser.

Wien, Spittelberg

Die Weihnachtsmusik vom Stand links vermischte sich mit dem zünftigen Après-Ski-Gassenhauer vom Glühweinstand rechts zu einem undefinierbaren Geräuschkegel aus Blechbläsern und klassischer Gitarre. Es roch nach gebrannten Mandeln, dem Fett, in dem die Langos herausgebacken wurden, und muffigen Pelzmänteln. Letztere gehörten zwei ältere Damen, die sich vor Marlene im Schneckentempo die überfüllte Gasse zwischen den Ständen entlang schoben.

Marlene versuchte sich auf den lila Steppanorak zu konzentrieren, in dem Susanne steckte. Zum wiederholten Male fragte sie sich, wie es die Freundin geschafft hatte, sie an einem Freitagabend zu einem Besuch des beliebten und stets überfüllten Weihnachtsmarkts am Spittelberg zu überreden.

»Gehen wir hier hinein!« Susanne zog sie am Mantelärmel durch einen Torbogen. Im Innenhof des Biedermeierhofs war es etwas ruhiger, doch auch hier drängten sich in dicke Jacken und Mäntel gehüllte Leute um einen Glühweinstand.

»Was magst du? Schilcherglühwein? Apfelpunsch? Normalen Glühwein?« Die Freundin zückte bereits ihre Geldbörse.

»Ich hasse Glühwein.«

»Mein Gott, was ist das heute für eine Freude mit dir!« Susanne knuffte sie freundschaftlich in die Seite. »Da gelingt es zum ersten Mal seit Wochen, uns zu treffen, und dann hast du schlechte Laune!«

»Ich habe keine schlechte Laune. Es ist der Stress.«

»Ja ja, den haben wir alle. Ich bin in derselben Branche, schon vergessen? – Also. Bleib jetzt einfach hier stehen, und ich bringe dir etwas.«

Marlene lehnte sich gegen die Hausmauer und beobachtete die Menschen. Ein paar hatten schon zu viel getrunken und lachten etwas zu schrill und zu laut. Andere bahnten sich mit mehreren vollgefüllten, dampfenden Tassen vom Ausschank hier einen Weg durchs Gedränge oder hielten angestrengt Ausschau nach ihren Freunden. Marlene dachte daran, dass sie jetzt auch in Kopenhagen sein könnte, an einem Weihnachtsmarkt. Mit Lisbeth. Wenn sie nicht alles vermasselt hätte mit ihrer unüberlegten Aktion, deren Beweggründe ihr noch immer schlaflose Nächte bescherten.

Da Susanne noch immer in der Schlange der Wartenden stand, warf sie einen Blick auf ihr Handy. Kein SMS.

Die Hoffnung stirbt zuletzt.

Zum x-ten Mal seit Lisbeths Abflug vor rund drei Wochen las Marlene ihren SMS-Austausch nochmals durch.

BIST DU IMMER NOCH HETEROSEXUELL?

Sie hatte diese Frage nun schon Dutzende Male gelesen, ebenso ihre Antwort darauf. Es war jene Frage, die sie sich stellte, bevor sie nachts die Augen schloss, und auch dann, wenn sie am nächsten Morgen im Badezimmer vor dem Spiegel stand.

Jetzt, da sie die Frage inmitten der fröhlichen Menschen um sich herum nochmals durchlas, ärgerte sie sich zum ersten Mal darüber. Was fragte Lisbeth sie da eigentlich? Um was ging es letztendlich? Warum war es denn so wichtig, wie sie sich definierte? Sie mochte Lisbeth, das ließ sich nun wirklich nicht verleugnen, und die Tatsache, dass sie Lust hatte, sie zu küssen und zu berühren, war für sie selbst schon schwierig und überraschend genug. Warum musste sie sich unbedingt einer Kategorie zuordnen?

Sie wollte wütend sein auf Lisbeth, die eine Festlegung von ihr verlangte, deren Sinn sie nicht verstand. Doch es gelang ihr nicht. Nach diesem kurzen Aufflackern von Unverständnis fühlte sie sich genauso leer und ratlos wie zuvor.

Wie es Lisbeth wohl geht?

Vielleicht bedauerte sie den Kontaktabbruch ebenso sehr wie sie selbst?

Marlene zog ihren Handschuh aus. Sie musste es wissen. Jetzt.

HALLO, tippte sie mit kalten Fingern. WIE GEHT ES DIR?

»Hier! Eine Tasse skandinavischer Adventspunsch für dich, mit Mandelsplittern und Rosinen!«

Wie passend.

Marlene ließ das Handy in ihrer Tasche verschwinden und nahm eine dampfende Tasse entgegen.

»Wir haben uns jetzt Ewigkeiten nicht gesehen«, griff Susanne den Gesprächsfaden wieder auf. »Eigentlich seit du bei *Rasmussen Pharma* angefangen hast. Das ist über drei Monate her. – Sag schon, wie gefällt dir die Rückkehr ins Epileptika-Business? Ist dieses BELCOSMA wirklich so ein Wunderzeug oder bloß ein Therapeutikum mehr am Markt? Gib mir ein Update, du weißt, ich habe jetzt nichts mehr damit zu tun!«

Marlene griff das Thema bereitwillig auf. Es war besser, über BELCOSMA zu sprechen als über ihr Seelenleben. Nebenbei nippte sie an ihrem Getränk.

»Was du von dem Job erzählst, klingt im Grunde ja ganz okay«, sagte Susanne schließlich. »Warum aber bist du dann so unruhig? Ist es noch wegen Alexander?«

»Nein, das ist vorbei.«

Susanne betrachtete sie aus zusammengekniffenen Augen.

»Ich hab's!«, rief sie plötzlich und verschüttete dabei ihren Glühwein. »Du hast jemanden kennengelernt! – Sag schon! Wer ist es, was macht er beruflich, wie lange läuft das schon … und die wichtigste Frage: Kenne ich ihn?«

Susanne, neununddreißig, in führender Position und im beruflichen Alltag für Besonnenheit und stets von Vernunft geleitete Entscheidungen bekannt, stand vor ihr wie ein zappelnder Teenager. Marlene fühlte sich unwohl.

»Ich habe niemanden kennengelernt.«

»Wirklich nicht? – Schade.« Susanne wirkte aufrichtig enttäuscht. »Liegt da vielleicht das Problem mit dir? Dass du niemanden kennenlernst? – Du musst mehr weggehen! Seit dem offiziellen Aus mit Alexander hast du dich ja völlig zurückgezogen. Man sieht dich auf keinen Events mehr, du gehst nicht mehr golfen …«

»Um diese Jahreszeit war das noch nie mein Sport!«

»Ach komm, du weißt, was ich meine.« Die Freundin gab sich nicht so leicht geschlagen. »Ist es, weil du Angst hast, Alexander und seiner Neuen über den Weg zu laufen?«

Ja. Nein. Keine Ahnung.

Marlene hob die Schultern.

»Mein Leben ist im Moment vermutlich in einer Umbruchsphase«, sagte sie ausweichend. »Ich weiß derzeit einfach nicht, was ich will.«

»Du brauchst wieder einen Mann an deiner Seite.« Susanne nahm ihr die leer getrunkene Tasse ab. »Ich gebe das hier schnell zurück, und dann kehren wir irgendwo ein und reden in Ruhe weiter.«

Ich will das nicht.

Marlene war selbst überrascht, wie heftig sich ihr Innerstes dagegen sperrte, mit Susanne über ihr Single-Dasein zu diskutieren. Dabei hatte sie sich auf das Treffen mit ihr gefreut. Und letztendlich ging es doch immer um dasselbe Thema, wenn sie das Berufliche hinter sich gelassen hatten: Männer. Gemessen an Susanne, die in schöner Regelmäßigkeit alle zwei bis drei Jahre mit einem Neuen an ihrer Seite erschien, den sie schon längst nicht mehr Freund, sondern Lebensabschnittspartner nannte, hatte sie schon immer ein biederes Leben geführt.

»Die Lokale hier in der Gegend sind total überfüllt«, warf Marlene ein.

»Deshalb habe ich auch in einem französischen Bistro in der Kaiserstraße reserviert.« Mit diesen Worten plus den Glühweintassen verschwand Susanne in Richtung Abgabestelle.

*

Die Portion *Beef tartar* war ausreichend groß und gut gewürzt, das dazu servierte Knoblauchbrot frisch und der Wein reich an Tannin. Dazu hatte Susanne glücklicherweise ein Thema gefunden, dass sie mindestens genauso interessierte wie das Liebesleben ihrer Freundin, nämlich deren Familienturbulenzen.

Marlene hatte früher am Hof Weinverkostungen für ihren Freundes- und Bekanntenkreis organisiert, nicht zuletzt, um Jakobs Geschäfte weiter zu beleben. Bei einigen dieser Gelegenheiten war Susanne mit von der Partie gewesen. Seither kannte sie Jakob und die Kinder, hatte Marlenes Mutter persönlich kennengelernt und auch Hanni, als sie noch am Leben gewesen war. Als langjährige Freundin wusste sie, dass Marlene kein einfaches Verhältnis zu ihrer Mutter hatte, auch wenn nie wirklich Details zur Sprache kamen. Marlene verstand selbst nicht genau, warum sie sich, was ihr Verhältnis zu ihrer Familie betraf, Susanne nie so hatte offenbaren können wie Lisbeth.

Es hatte sich ein lockerer Plauderton eingebürgert, wenn sie mit Susanne darüber sprach, was am Hof vor sich ging. Marlene spielte die Alleinunterhalterin, wenn sie die absurdesten Geschichten ihrer Mutter zum besten gab – beispielsweise deren theatralischen Versuch, wegen Lale den Hof zu verlassen, und Susanne war ein dankbares, leicht zu erheiterndes Publikum.

Auch jetzt lachte sie bei Marlenes farbenfroher Schilderung der »Ich-wohne-nicht-mit-einer-Mohammedanerin-unter-einem-Dach«-Story Tränen und Marlene wurde wieder einmal nur zu gut bewusst, dass es tatsächlich viel lustiger war, die Geschichten bei einem Glas Wein zu erzählen, als sie zu erleben.

»Und diese Lale ist wie alt, sagtest du? Anfang zwanzig?«

»Ich weiß es immer noch nicht genau, aber ich kann dir versichern: Sie sieht sehr jung aus.«

»Und sie weiß wahrscheinlich gar nicht, wie ihr geschieht in der Fremde, auf dem Land, mit einer Sprache, die sie kaum versteht ... Dein Schwager ist für sie sicher der große Held und deine Mutter eine böse Furie, vor der sie sich fast in die Hose macht!«

Susanne lachte über ihre eigenen Worte. Marlene lachte nicht.

»Vor ein paar Wochen hätte ich wohl auch so gedacht«, gab sie zu. »Aber als ich vergangenes Wochenende da war, hatte ich einen anderen Eindruck.«

»Du warst wieder dort? Trotz allem, was dir Jakob an den Kopf geworfen hat?«

Marlene hob zögernd die Schultern.

»Es sind auch Hannis Kinder. Ich habe meiner Schwester am Sterbebett versprochen, mich um sie zu kümmern. Da breche ich meine Versprechen nicht, nur weil mein Schwager gerade einen Hormonrausch mit Nebenwirkungen erlebt.«

»Dass er dich *streitsüchtig* genannt hat, ist ja wohl kaum mit einem Hormonrausch zu begründen!« Susanne tupfte sich die Überreste der Steaksoße aus den Mundwinkeln. »Aber erzähl, was ist dein Eindruck von dieser Frau? Ist sie hinter seinem Geld her? Will sie die Staatsbürgerschaft? Oder zumindest eine dauerhafte Aufenthaltsgenehmigung?« Erschrocken klatschte sie sich die Hand auf den Mund. »Um Gottes Willen! Ich höre mich schon an wie deine Mutter!«

Marlene verzog das Gesicht.

»Keine Sorge, da fehlen noch die Worte *Hölle*, *Teufel* und *Pfarrer* in deiner Rede. – Ehrlich gesagt, ich denke, sie mag ihn. Interessanterweise wirkte Jakob bei meinem letzten Besuch viel selbstbewusster als früher ... nicht wie ein Weichei, dem beim kleinsten Tobsuchtsanfall meiner Mutter die Knie schlottern. Und das, obwohl er mir gegenüber noch ganz anders sprach ... Aber wie auch immer, was Lale betrifft, dachte ich erst genau dasselbe wie du: jung, schüchtern und sich anklammernd.« Marlene nahm einen tiefen Schluck Wein. »Mittlerweile habe ich aber einen anderen Eindruck gewonnen.«

»Deine Stimme klingt nicht sehr positiv.«

Ein Abwinken leitete Marlenes Antwort ein. »Ob positiv oder negativ – die Zeit wird zeigen, was es tatsächlich ist. Ich bin ein bisschen skeptisch, das ist alles. Lale mag noch recht jung sein, aber sie ist blitzgescheit. Als ich sie das erste Mal Deutsch reden hörte, radebrechte sie. Inzwischen benutzt sie den Konjunktiv. Grundsätzlich denke ich, sie weiß genau, was sie will, und Jakob hat sich ihren Plänen zu fügen.«

»Und deine Mutter?«

»Wettert lange nicht mehr so über sie wie beim Einzug. Lale arbeitet hart am Hof, und so etwas sieht meine Mutter gerne. Vorausgesetzt natürlich, es geht um körperliche Arbeit. Etwas anderes kann sie ja bekanntlich schwer nachvollziehen.«

»Klingt insgesamt doch eigentlich nach einer Erfolgsgeschichte. Jakob hat eine neue Frau an seiner Seite, die Kinder mögen sie, deine Mutter ist sowieso nie zufrieden …«

»Wie gesagt, es wird sich zeigen, was daraus wird.«

»Fest steht jedenfalls, dass du jetzt nicht mehr so oft am Wochenende hinfahren musst, um nach den Kindern zu sehen, und dich wieder mehr deinem eigenen Leben widmen kannst!« Susanne verschränkte triumphierend die Arme vor der Brust. »Womit wir schon beim wichtigsten Thema des Abends wären. – Also ich hätte da zwei Kandidaten im Angebot, auf die dein Suchprofil passt, nämlich …«

»Mein … wie bitte? Sagtest du Suchprofil?«

»Ganz richtig.« Die Freundin grinste breit. »Wer kennt deinen Männergeschmack besser als ich?«

»Ich selbst vermutlich.«

Marlene hatte bei der Idee, dass Susanne sie wieder an den Mann bringen wollte, noch immer kein gutes Gefühl. Ob das mit Lisbeth oder allgemein ihrer momentanen sexuellen Verwirrung zu tun hatte, konnte sie nicht mit Sicherheit sagen.

»Beruflich erfolgreich, mit gehobenem Einkommen, gesellschaftlich, groß, einigermaßen sportlich, mit Stil und Auftreten – das ist es doch, oder?«

Marlene schwieg. Was Susanne da mit wenigen Worten auf den Punkt brachte, klang sogar in ihren eigenen Ohren plötzlich grauenvoll oberflächlich.

»Jedenfalls, der eine ist ein Freund von Daniel. Er kennt ihn vom Squash her. Frank ist Rechtsanwalt, seinem Vater gehört die Kanzlei, er wird sie übernehmen. Ist ein bisschen jünger, so Mitte dreißig, aber ich kann dir verraten: Je älter du wirst, desto mehr lernst du einen Jüngeren zu schätzen …«

Susanne redete weiter, doch Marlene hörte ihr nicht mehr zu. Sie fühlte sich auf einmal schrecklich elend und vollkommen fehl am Platz. Was war nur mit ihr los? – Noch vor Kurzem war sie auf diese Gespräche begeistert eingestiegen.

Sie nutzte die Tatsache, dass die Freundin so in ihren eigenen Monolog vertieft war, und warf einen schnellen Blick auf das Handy. Lisbeth hatte auf ihr SMS nicht reagiert.

»… und hat sich zwei Jahre lang für *Ärzte ohne Grenzen* engagiert. Was sagst du?«

Marlene zuckte mit den Schultern.

»Ich weiß nicht.«

Im Grunde hatte sie nicht die leiseste Ahnung, was Susanne von ihr hören wollte.

»Herrgott, was willst du eigentlich? – Ich habe dir gerade zwei Gustostückerl von Junggesellen präsentiert!«

»Ich weiß nicht«, wiederholte Marlene resigniert. Als Susannes Blick noch immer fragend auf ihr ruhte, schob sie nach: »Vielleicht möchte ich zur Abwechslung einmal jemanden, der mich liebt und weniger die Tatsache, dass ich mich praktischerweise selbst ernähre und gesellschaftlich eine gute Figur mache.«

Susanne lehnte sich über den Tisch und legte ihr vorsichtig die Hand auf die Stirn.

»Fieber hast du keines«, stellte sie fest. »Aber trotzdem sagst du komische Sachen. – Wie auch immer, Thomas wirst du auf jeden Fall bei meiner Silvesterparty kennenlernen. Ich bin sicher, ihr werdet euch auf Anhieb sympathisch sein.«

»Thomas? – Ich dachte, er hieße Frank …«

»So heißt der junge Rechtsanwalt. Thomas ist der Chirurg, von dem ich dir erzählt habe. – Himmel, Marlene, hast du mir überhaupt zugehört?«

Kopenhagen, Christianshavn

Schon als die ersten Gäste in der Wohnung eintrudelten, hatte sich Miss Marple ins Badezimmer verzogen. Jetzt, da die Party deutlich fortgeschritten war und draußen immer mehr Raketen mit lautem Zischen und Krachen am Himmel explodierten, war sie hinter die Waschmaschine geflüchtet. Große, erschrockene Katzenaugen starrten Lisbeth an, die sich kurz vor der heiteren Partygesellschaft ins Bad zurückziehen wollte. Fünf Minuten für sich sein. Fünf Minuten einfach nur dasitzen, ohne den Zwang, zu lachen, mitzufeiern und eine Fröhlichkeit zur Schau zu stellen, die sie nicht empfand. Lisbeth sank auf den Fliesenboden und lehnte sich gegen die Duschkabine.

Weihnachten hatten Merle und sie bei den Eltern in Frederiksberg verbracht. Lisbeth hatte die Zeit genossen, andererseits war sie mit dem Gefühl abgereist, dass sie so eine Beziehung, wie sie ihre Eltern hatten – so vertraut, zufrieden und stabil – wohl nie haben würde. Ihre Eltern waren seit knapp vierzig Jahren miteinander glücklich, während sie auf maximal acht Jahre Stabilität zurückblicken konnte. Auf der kurzen U-Bahn-Fahrt zurück in die Wohnung nach Christianshavn hatte sie mit Merle darüber zu sprechen versucht, doch die hatte wenig Verständnis für ihre Sorgen.

Himmel, du bist keine fünfundsechzig, hatte sie ihr vorgehalten. Träumst du echt davon, den Rest des Lebens mit ein und derselben Frau auf dem Sofa zu sitzen und Socken zu stricken?

Ach komm, du weißt, was ich meine, hatte sie geantwortet.

Merle hatte nur den Kopf geschüttelt. Vermutlich war sie gedanklich schon bei einem Treffen mit Patrick.

Die Silvesterparty bei ihnen zu Hause war die Idee ihrer

Schwester gewesen. Sie feierten seit Jahren Silvester bei Freunden. Öffentliche Plätze waren für Merle aufgrund ihrer Blindheit immer eine Herausforderung, aber zu Silvester ein Horror. Diesmal hatte Merle entschieden, dass sie die Gastgeberinnen sein sollten, und so wurden die freien Tage zwischen Weihnachten und Silvester großteils damit zugebracht, alles zu planen und Getränke und Lebensmittel in die Wohnung zu schleppen.

Die meisten der zwanzig Gäste waren Freunde von Merle. Von ihrer Seite waren nur Agnes und Lea, ein lesbisches Pärchen, sowie Aksel, mit dem sie eine Sandkastenfreundschaft verband, zur Party gekommen.

Miss Marple steckte ihren Kopf vorsichtig hinter der Waschmaschine hervor. Zögernd näherte sie sich Lisbeth, schnupperte und begann schließlich den Kopf an ihr zu reiben. Lisbeth strich ihr über das Fell und erntete ein Schnurren.

Na bitte. Zumindest ein weibliches Wesen, das meine Berührungen schätzt.

Im selben Augenblick piepte ihr Handy. Lisbeth hatte es nur deshalb mit ins Bad genommen, weil sie keine Armbanduhr trug und trotz ihrer schlechten Stimmung den Jahreswechsel nicht verpassen wollte.

HALLO, WIE GEHT ES DIR?

Seit über zwei Wochen kam fast täglich immer wieder dieselbe SMS. Lisbeth hatte noch kein einziges Mal geantwortet. Es war ihr ein Rätsel, was Marlene damit bezwecken wollte. Hatte sie ihr nicht klipp und klar gesagt, dass kein Kontakt mehr möglich war? Warum konnte Marlene einfach nicht begreifen, dass ihre Küsse sie nicht kalt ließen und sich das für sie nicht einfach als großer Spaß abtun ließ?

Pieppiep. HALLO, WIE GEHT ES DIR?

Es vibrierte in ihrer Hand. Marlene hatte binnen einer Minute exakt dasselbe SMS noch einmal geschickt.

Lisbeth legte das Handy zur Seite und widmete sich ganz Miss Marple, die sich auf ihren Oberschenkeln mit kleinen

Milchtritten ein kleines Schlafnest zu richten versuchte. Unmengen von grauen, langen Haaren verteilten sich über das schwarze Kleid und erinnerten Lisbeth unwillkürlich daran, wie Marlene sie bei ihrem allerersten Treffen daran sofort als Katzenbesitzerin erkannt hatte.

Pieppiep. Ein weiteres Mal. HALLO, WIE GEHT ES DIR?

Lisbeth schüttelte den Kopf und nahm das Gerät zur Hand. Eigentlich hatte sie sich geschworen, nicht zu reagieren. Doch allmählich wurde ihr das hier jetzt zu albern.

IST DEINE SILVESTERPARTY SO LANGWEILIG, DASS DU NICHTS BESSERES ZU TUN HAST, ALS DIESE SMS ZU VERSCHICKEN, schrieb sie zurück.

Die Antwort ließ nicht lange auf sich warten.

IST DEINE SILVESTERPARTY SO LANGWEILIG, DASS DU NICHTS BESSERES ZU TUN HAST, ALS DIESE SMS ZU LESEN?

Lisbeth verzog unwillig das Gesicht. Der Punkt ging wohl an Marlene.

Sie ermahnte sich selbst, dass es besser war, keinen neuen Kontakt zu suchen, und legte das Handy zur Seite. Miss Marple rollte sich auf ihrem Schoß zusammen.

Pieppiep. WO BIST DU?

IN KOPENHAGEN, schrieb Lisbeth zurück. IN MEINER WOHNUNG.

ALLEINE?

Marlene hatte an das Wort eine ganze Zeile von Smileys mit vor Entsetzen aufgerissenen Augen angehängt.

DU WIRST ES VIELLEICHT NICHT GLAUBEN, ABER ICH HABE FREUNDE, tippte Lisbeth.

WAS HAST DU AN?, kam es prompt.

Leichte Wut flammte in Lisbeth auf. Was sollte das?

BIST DU BETRUNKEN?, fragte sie zurück.

NEIN. WIESO?

Ein paar Sekunden später ein weiteres SMS.

OKAY, VIELLEICHT DOCH. EIN BISSCHEN. ICH WÄRE GERNE BEI DIR. STATTDESSEN HÄNGE ICH AUF DIESER PARTY HERUM UND LANGWEILE MICH MIT EINEM CHIRURGEN, DER MIR AN DIE WÄSCHE WILL.

Sofort stand Lisbeth ein Bild vor Augen: Marlene in der Lounge und der interessierte Blick, mit dem sie diesen Amerikaner an der Bar abgecheckt hatte. Jetzt stand sie vermutlich mit Goldohrringen und in irgendeiner eleganten Designerklamotte inmitten von Ärzten, Juristen und Co. und hielt Ausschau, an wessen Seite sich ihr wohl der gesellschaftliche Aufstieg bot, von dem sie wahrscheinlich noch immer träumte.

Lisbeth ärgerte es selbst, dass ein früheres vertrauensvolles Eingeständnis nun diese negative Assoziation in ihr hervorrief. Aber noch mehr ärgerte sie sich über Marlene. Warum schrieb sie ihr von diesem Chirurgen?

TRINK NOCH EIN GLAS, UND DANN VIEL SPASS MIT IHM. IN DIESEM SINNE: EIN GUTES NEUES JAHR. ICH FEIERE JETZT WEITER.

Stattdessen blieb sie sitzen und starrte aufs Display. Durch die geschlossene Badezimmertüre hörte sie das laute Gelächter der anderen.

Piep-piep. ICH VERMISSE DICH.

Fuck you, Marlene!

HÖR AUF DAMIT, schrieb Lisbeth zurück.

ES IST DIE WAHRHEIT. ICH VERMISSE DICH SCHRECKLICH.

Lisbeth biss sich auf die Lippen, um nicht laut zu schreien. Sie musste diesem SMS-Wechsel ein Ende bereiten. Sofort.

MARLENE, DU BIST BETRUNKEN. Eine andere Erklärung konnte es für all das nicht geben. LIES MORGEN BITTE IN RUHE DURCH, WAS DU DA SCHREIBST. DANN VERSTEHST DU, WESHALB ICH DIR AB JETZT NICHT MEHR ANTWORTEN WERDE. ICH BIN EIN MENSCH MIT GEFÜHLEN. ES IST KEIN SPASS MEHR.

Sie setzte Miss Marple, die mit kläglichem Miauen protestierte, auf den Badezimmerboden zurück. Im grellen Badezimmerlicht zupfte und klopfte sie sich die Katzenhaare ab, dann frischte sie ihr Make-up auf und ging zurück ins Wohnzimmer, wo Patrick bereits Sekt ausschenkte.

*

Lisbeths Handy zeigte kurz vor vier Uhr früh an, als sie die letzten Gäste verabschiedete. Das Wohnzimmer sah aus, als hätte eine Bombe eingeschlagen: Am runden Esstisch und auf dem kleinen Glastisch vor dem Sofa gab es keine einzige freie Stelle mehr. Überall standen Gläser, teilweise noch halb befüllt, leere Bierflaschen, Pappbecher und Teller, auf denen teilweise noch angebissene Bratwürste oder die Überreste von Tiramisu lagen, dicht an dicht.

Mit resigniertem Seufzen begann sie das Einmalgeschirr in einen Müllsack zu stopfen. Als sie anschließend Porzellan und Gläser in die Küche trug, um den Geschirrspüler zu füllen, hörte sie von irgendwoher Merle kichern.

Warum mache ich das hier eigentlich allein?

Merle mochte nicht die allergrößte Hilfe sein, unterstützen konnte sie sie bei gewissen Arbeiten aber sehr wohl.

In dem Vorhaben, ihre Schwester und deren Freund für die Aufräumarbeiten mit ins Boot zu holen, trat sie auf den Gang. Die Türe zu Merles Zimmer stand halb offen. Durch den breiten Türspalt sah Lisbeth die beiden heftig miteinander mitten im Raum schmusen. Sie wollte gerade davonschleichen, als Patrick sich aus der Umarmung löste.

»Also, Schatz, vergiss deinen Neujahresvorsatz nicht. Du wirst mit ihr reden, ja?«

»Jaaa«, kam es von Merle gedehnt. Sie versuchte ihn erneut

an sich zu ziehen, doch er stieg nicht auf ihr Ablenkungsmanöver ein.

»Wann?«

»Patrick, ich … komm, lass uns nicht jetzt darüber reden.« Merle suchte seinen Mund. Doch er richtete sich auf und hielt ihre Hände fest, ehe sie sich wieder um seinen Nacken schlingen konnten.

»Merle, ich liebe dich. Ich will, dass wir endlich den nächsten Schritt machen und zusammenziehen. Wir sind keine Studenten mehr, die über Jahre in Wohngemeinschaften leben und sich für ein Treffen verabreden. Ich möchte von der Arbeit nach Hause kommen und dich in die Arme nehmen können. – Nach unserem letzten Gespräch dachte ich, du willst das auch.«

»Jaaaa, will ich doch auch. Aber es ist einfach schwierig … Ich weiß nicht, wie ich Lisbeth das beibringen soll. Die Miete hier ist nicht gerade ein Schnäppchen. Sie kann das allein nicht auf Dauer tragen. Das war doch mit ein Grund, weshalb ich hier eingezogen bin, nachdem Marie abgerauscht ist.«

»Sie kann sich ja eine neue Mitbewohnerin suchen. Es gibt genug Leute in dieser Stadt, die für ein Zimmer in dieser Lage mehr Geld locker machen als für eine normale WG.«

Na, wunderbar. So viel zum Thema Studentenleben.

Patrick schloss es für sich aus, hielt aber für selbstverständlich, dass sie mit siebenunddreißig Lenzen noch willens war, mit einer wildfremden Person Wohn- und Badezimmer zu teilen!

Und überhaupt … Merle will ausziehen?

»Ich habe einfach kein gutes Gefühl, Lisbeth allein zu lassen. Die letzten Jahre waren einfach viel für sie. Die Sache mit Marie, die Trennung, dann das mit Siri und die beruflichen Probleme, die daraus resultierten … und zur Zeit wirkt sie wieder so deprimiert.«

»Ich weiß. Ich weiß das alles. Aber du kannst nicht dein eigenes Leben für deine Schwester opfern.«

Lisbeth hatte genug gehört. Sie wollte nur noch weg, nichts

mehr von all dem hören. Gerade wollte sie auf Zehenspitzen den Rückzug antreten, als Patrick den Kopf in ihre Richtung drehte. Sie starrten sich an. Lisbeth konnte in seinen Augen lesen, wie unangenehm ihm die Tatsache war, dass sie Zeugin dieses Gesprächs geworden war.

»Lisbeth ist wieder so passiv und hat sich sehr zurückgezogen. Seit ihrer letzten Geschäftsreise ist gar nichts mehr mit ihr anzufangen. Sie geht kaum noch aus und wirkt traurig. Ich spüre das.« Merle hatte in der Aufregung ihre Anwesenheit noch nicht bemerkt. »Ich kann das überhaupt nicht verstehen. Ich meine, auf diese Weise wird sie nie eine neue Frau kennenlernen! – Momentan ist vielleicht kein so guter Zeitpunkt, auszuziehen. Lass uns das etwas aufschieben, vielleicht um zwei, drei Monate. Ich habe einfach Angst, sie alleine zu lassen. Ich habe Angst, dass ... Ich habe ...« Erst jetzt schien sie zu merken, dass Patrick ihr auf die Schulter klopfte. Merle zuckte zusammen. »Sie ... sie steht hinter mir, oder?«

»Nicht ganz«, schaltete sich Lisbeth nun ein. »Aber ich war nah genug daran, um die verbalen Perlen eures Gesprächs mitzubekommen. Tut mir leid, dass ich im Moment nicht die Stimmungsmacherin bin, die du dir als Mitbewohnerin erträumst. Aber keine Sorge, ich stehe deinen Plänen nicht im Weg. Wenn du ausziehen willst, zieh aus.«

»Lisbeth!« Merle machte ein paar langsame Schritte auf sie zu.

»Ich will nicht darüber reden«, fuhr Lisbeth sie unwirsch an. Ihre Laune war im Keller. »Es ist vier Uhr früh, ich habe keine Nerven für ein Gespräch dieser Art. Macht, was ihr wollt.«

Lisbeth ließ die Küche, wie sie war, und flüchtete in ihr Zimmer. Sie sperrte von innen ab.

Ohropax waren eine gute Sache, um weder Merles Rütteln an der Tür zu hören noch die letzten Raketen, die draußen noch krachend am Himmel zerstoben. Verzweifelt glitt sie unter die Bettdecke. Sie fühlte sich schrecklich.

Das neue Jahr begann ähnlich schlimm, wie das alte dank Marlenes SMS zu Ende gegangen war. Und wieder würde es nichts Positives für sie bereithalten, da war Lisbeth sich sicher.

Berlin, Westin Grand Hotel

Du wirst doch professionell sein. Es ist seitdem doch einige Zeit vergangen. Ich bin sicher, Siri trägt dir nichts mehr nach.

Thorben Hilsteds Worte hallten in Lisbeth wider, während sie den USB-Stick mit ihrer Präsentation über die fürs neue Jahr geplanten Fortbildungsevents und Marketingaktivitäten in die Handtasche steckte und ihr Hotelzimmer verließ.

Im Foyer vor dem Sitzungssaal hatten sich bereits einige Kollegen zum Willkommenskaffee versammelt. Es war zwei Uhr nachmittags; die meisten von ihnen waren gerade erst in Berlin, dem Austragungsort der diesjährigen europäischen Marketingtagung, eingetroffen. Lisbeth entdeckte Marlene, die von Liliane in Beschlag genommen war, und schluckte trocken.

Professionell agieren sollte sie wohl auch, was Marlene anbelangte. Marlene, die sich am Neujahrstag mit einer SMS des Inhalts: TUT MIR LEID WEGEN GESTERN. ICH WAR BETRUNKEN bei ihr entschuldigt hatte. Sie hatte nichts darauf erwidert. Im Bewusstsein darüber, dass sie sicher noch einmal mit ihr reden wollte, hatte sie das bevorstehende Gespräch in Gedanken mehrmals durchgespielt, um gewappnet zu sein.

Marlene: Tut mir leid, ich hab den Bogen da wirklich überspannt, ich wollte nur Spaß machen, obendrein finde ich es nett, dich zu küssen ... ich weiß nicht, warum, mir ging das noch nie zuvor so mit einer Frau, ich bin schließlich heterosexuell.

Lisbeth (lässig): Schon gut, Schwamm darüber, ich war zugegebenermaßen überrascht ... Klar weiß ich, dass du heterosexuell bist, aber wir sollten das mit dem Küssen echt lassen.

Marlene (erleichtert): Du bist mir also nicht mehr böse? Ein Glück, ich mag dich, lass uns doch weiter Freundinnen sein.

Lisbeth (cool): Natürlich, kein Problem, wir sind ja Kolleginnen, ich finde dich auch nett, passt schon.

Danach würde sie immer spärlicher auf etwaige SMS antworten, irgendwann würde Marlene von selbst die Lust auf eine Freundschaft verlieren und ihr Kontakt würde genau so sein, wie es von Anfang an richtig gewesen wäre: kollegial und professionell.

Im Moment allerdings stellte Marlene für sie das geringere Problem dar. Thorben hatte auf dem gemeinsamen Flug nach Berlin beiläufig fallen lassen, dass Siri Christiansen ebenfalls vor Ort war. Schlimmer noch: dass sie in Zukunft immer mit von der Partie sein würde, federführend, da aufgrund einer von der Konzernspitze in die Wege geleiteten Umstrukturierung Teile seiner Arbeit als *Head of European Marketing* in eine neue Position einflössen, weshalb er künftig noch mehr in die strategische Ausrichtung der Marketingagenden miteingebunden sei, und zwar nicht länger nur für BELCOSMA® und seinen Vorläufer, sondern auch für die Migränesparte und das Parkinsonmittel. (Thorsten verstand es, sein Licht auf gar keinen Fall unter den Scheffel zu stellen.) Die neue Position jedenfalls werde Siri Christiansen bekleiden, die mit ihren Erfahrungen am US-amerikanischen *Rasmussen*-Standort nach Ansicht von Konzernchef Jasper Lund die allerbesten Qualifikationen für den Job mitbrächte …

Auch wenn Thorben versichert hatte, dass er weiterhin ihr Vorgesetzter bliebe, lag Lisbeth die Nachricht wie ein Stein im Magen. Siri Christiansen, mit Sekretariatsausbildung, überholte sie in Sachen Karriere und bekam aus unerfindlichen Gründen eine Position, die ihr, Lisbeth, trotz Studiums und über einem Jahrzehnt einschlägiger Berufserfahrung nicht einmal angeboten worden war.

Obendrein würden sie künftig Projekte und Planungen miteinander abstimmen müssen. Thorben sah darin kein Problem. Ihre Bedenken tat er mit genau jenem Satz ab, der ihr seither im

Kopf herumspukte – weil er genau das zum Ausdruck brachte, was sich in allen Köpfen seit dem Vorfall festgesetzt hatte: Siri, das unschuldige Opfer. Lisbeth, die Täterin. *Sexual harassment*. Ein Ausdruck, der sie verfolgte.

Warum kam eigentlich niemand auf die Idee, dass sie Siri etwas nachtrug?

Lisbeth begrüßte ein paar Kollegen und holte sich eine Tasse Kaffee. Sie hielt ein wenig Small Talk mit Margret, der englischen Kollegin, und Magnus, dem Norweger. Nebenbei schielte sie immer wieder zu Marlene hinüber, die sie anscheinend noch nicht bemerkt hatte. Umwerfend sah sie wieder aus, die österreichische Kollegin, mit ihrem glänzenden kastanienbraunen Haar, das von einer silbernen Spange zusammengehalten wurde, und im flaschengrünen Blazer zur grauen Jeans. Lisbeth musste sich zwingen, nicht andauernd hinzustarren.

»Oh, da kommt Siri«, hörte sie dann plötzlich Magnus neben sich sagen, und Marlene war vergessen. Lisbeths Knie wurden weich, ihr Herz raste, und sie hatte nur einen Gedanken: Bleib weg von mir.

Zu ihrer Erleichterung wurde ihr Wunsch erhört. Siri bog zielstrebig nach rechts ab – und steuerte auf Liliane zu.

Und damit auch auf Marlene.

*

»Liliane, wie schön, dich zu sehen!« Eine dünne, mittelgroße Frau mit dunklem Pagenkopf und einem Teint, an dem ein Sonnenstudio gut verdient haben musste, platzte in Marlenes Gespräch mit der französischen Kollegin. Liliane riss kurz die Augen auf, quiekte dann zu Marlenes Irritation wie ein aufgeregtes Meerschweinchen, und schon lagen sich die beiden in den Armen.

»Unglaublich, du siehst immer jünger aus! Wie machst du das nur, bei deinem Arbeitspensum?«

»Dasselbe könnte ich dich fragen«, gab der Pagenkopf zurück.

»Die Staaten tun dir offensichtlich gut. Du siehst absolut blendend aus!«

Die beiden Frauen tauschten weitere Komplimente aus – ein Schauspiel, das Marlene stumm und mit leisem Staunen verfolgte, ehe sich die Damen daran zu erinnern schienen, dass noch eine Dritte in ihrer Runde stand.

»Das ist Marlene, unsere neue Kollegin aus Österreich«, stellte Liliane sie nun der Unbekannten vor. Die dünne Frau im klassisch schwarzen Hosenanzug streckte ihr eine knochige Rechte entgegen. Ihr Händedruck war fest und bestimmend.

»Hallo, ich bin Siri Christiansen. Ich werde in Zukunft gemeinsam mit Thorben das europäische Marketing leiten.«

Marlene starrte die Frau, die ungefähr in ihrem Alter sein mochte, sekundenlang einfach nur an.

Das ist Siri Christiansen? DIE Siri Christiansen?

Bemüht, ihre Fassungslosigkeit zu kaschieren, gab sie ein wenig originelles »Schön, dich kennenzulernen« von sich.

Siri verwickelte Liliane in einer tiefergehendes Gespräch, das sich eher persönlich als beruflich anhörte, und Marlene wandte sich höflich ab. Sie hielt nach jener Person Ausschau, die sie zu treffen gehofft hatte, seit sie vor einer Viertelstunde im Foyer eingetroffen war. Doch Lisbeth war nirgends zu entdecken.

Zehn Tage waren seit Silvester vergangen, der Nacht, in der sie, ermutigt von ein paar Gläschen zu viel, ihr Gefühlschaos und ihre Empfindungen in ein paar SMS gepackt hatte. Sie war Lisbeths Aufforderung gefolgt und hatte diesen SMS-Wechsel seither nicht nur einmal, sondern unzählige Male durchgelesen. Alles, was sie ihr geschrieben hatte, war ehrlich gemeint gewesen. Trotzdem hatte sie anderntags alles auf ihre Trunkenheit geschoben – zumindest Lisbeth gegenüber. Sie hatte gehofft, ihr mehr als nur angespanntes Verhältnis zueinander würde sich wieder einrenken, dann aber eingesehen, dass dem nicht so war.

Marlene betrat gezielt als eine der letzten den Sitzungssaal. Sie hoffte, Lisbeth auf diese Weise noch am Eingang abfangen zu können, ehe sie für die nächsten Stunden auf ihre Stühle verbannt waren und einen Frontalvortrag nach dem anderen über sich ergehen lassen mussten. Das lange Warten brachte ihr schließlich einen Sitzplatz in der ersten Reihe ein, aber nicht das erhoffte Gespräch. Als sie sich umdrehte, um ihre Tasche über die Stuhllehne zu hängen, entdeckte sie Lisbeth am Ende des Raums in der letzten Reihe. Offensichtlich war sie lange vor ihr im Saal gewesen.

Marlene fiel es schwer, sich auf Umsatzzahlen und -erwartungen zu konzentrieren. Ihre Gedanken kreisten weiterhin nur um Lisbeth. Was in aller Welt sprach gegen einen Kontakt?

Sie ist eine Frau. Und ich bin nicht lesbisch.

Marlene sagte sich den Satz seit Tagen in Gedanken vor in der Hoffnung, dass die Sehnsucht endlich verschwand und sie innerlich endlich wieder zur Ruhe kam. Bisher vergebens.

Da riss Lisbeths Stimme sie aus ihren Gedanken. Lisbeth? Dass Thorben inzwischen seine Sprecherrolle abgegeben hatte, war an ihr vorübergegangen. Nun stand ausgerechnet Lisbeth dort vorne, in einem pastellrosa Rock und beigefarbener Jacke, und präsentierte eine Liste von internationalen Kongressen, auf denen *Rasmussen Pharma* mit einem in BELCOSMA® gebrandeten Stand und einem Symposium vertreten sein würde.

Sie wirkte angespannt und nervös, was Marlene überraschte. Im vergangenen Herbst in der Kleingruppe war Lisbeth bei der Präsentation der erarbeiteten Ergebnisse die Selbstsicherheit in Person gewesen. Diesmal schien sie durch die Präsentation zu hasten, als wäre sie auf der Flucht. Kaum hatte sie geendet, als Siri Christiansen, die ebenfalls in der ersten Reihe gesessen hatte, nach vorne ging, einen USB-Stick in der Hand.

Allein deren Anblick schien Lisbeth in Schockstarre zu versetzen. Sie stand da, reglos, leichenblass, und wirkte neben Siri trotz ihrer Stiefel mit den Sieben-Zentimeter-Absätzen klein und hilflos.

»Lisbeth, zieh doch bitte deinen USB-Stick ab.« Siri bedachte sie mit einem Lächeln, das Marlene nur übertrieben freundlich nennen konnte. »In meiner neuen Funktion als Marketing-Verantwortliche für Europa möchte ich an dieser Stelle noch etwas ergänzen.«

Es verstrichen ein paar Sekunden, ehe sich Lisbeth aus ihrer Starre löste. Als sie den Stick nahm, zitterten ihre Hände.

Marlene versetzte der Anblick einen Stich ins Herz. Was um Himmels Willen war zwischen diesen beiden Frauen vorgefallen, das aus Lisbeth jetzt einen Schatten ihrer selbst machte?

Sie warf einen Blick auf die Agenda. Siri Christiansens Ergänzung war darin nicht erwähnt.

»Was Lisbeth hier präsentiert hat, war als Basis sehr hilfreich und hat sicher in Grundzügen einen gewissen Überblick über unsere BELCOSMA-Aktivitäten gegeben«, leitete Siri ihre Präsentation ein und machte sich damit bei Marlene schlagartig unsympathisch. »Ich habe mir erlaubt, noch ein paar weitere Recherchen zu machen und werde jetzt etwas Fleisch an die Knochen bringen, damit ihr euch auch wirklich vorstellen könnt, wie wir mit BELCOSMA künftig auftreten werden.«

Bereits bei den ersten drei Slides verbreitete sich in Marlene Überraschung. Statt das Standardlayout des Konzerns zu übernehmen, hatte Siri ein interaktives Wunderwerk in BELCOSMA®-Farben an die Wand geworfen, das um keine technische Finesse verlegen war. Doch entgegen ihrer vielversprechenden Ankündigung lieferte die hagere Frau mit den Katzenaugen inhaltlich kaum Neues.

Nach drei Slides hielt sie inne und bedachte Lisbeth, die immer noch mit steinerner Miene seitlich des Laptops stand, mit einem belustigten Lächeln.

»Möchtest du noch etwas hinzufügen, Lisbeth, oder ist dir dein Stuhl zu unbequem?«

Ein paar Kollegen lachten verhalten. Lisbeth sah ein paar Sekunden lang aus, als wäre sie einer Ohnmacht nahe. Dann schlich sie mit gesenktem Kopf an den Stuhlreihen vorbei zurück zu ihrem Sitzplatz.

Marlene widerstand nur schwer dem Drang, ihr zu folgen und sie aus diesem Saal zu bugsieren, um sie draußen tröstend in die Arme zu schließen.

*

Eine Stunde blieb zwischen dem Abschluss des letzten Vortrags und der Abfahrt des Busses zum Restaurant. Marlene ignorierte ihr Bedürfnis nach einer warmen Dusche und etwas Entspannung, die sich unter diesen Umständen sowieso nicht einstellen würde. Lisbeth war gleich nach der Sitzung davongestürmt. Unter einem Vorwand brachte Marlene nun an der Rezeption die Zimmernummer in Erfahrung. Kurz darauf klopfte sie an Lisbeths Türe.

Was will ich eigentlich von ihr?

Sie wartete.

Spaß: ja. Vertrautheit: ja. Freundschaft: definitiv. Küssen: nun ja ... Und weiter?

Was wollte Lisbeth? Wenn sie überhaupt irgendetwas von ihr wollte.

Marlene dachte an das, was Küsse gewöhnlich nach sich zogen, und schüttelte den Kopf. Lisbeth war attraktiv, Lisbeth küsste gut, Lisbeth roch gut ... aber trotzdem. Der Gedanke, mit einer Frau Sex zu haben, schien ihr auch in diesem Augenblick noch immer abwegig. Sie wüsste ja nicht einmal, wie sie es anstellen sollte ...

Was denke ich da eigentlich? Lisbeth will sowieso nichts dergleichen von dir. Sie will ja nicht einmal Kontakt.

Sie wollte gerade ein zweites Mal klopfen, als die Tür sich einen Spalt weit öffnete.

Lisbeths geröteten Augen war anzusehen, dass sie geweint hatte. Marlene schob sofort einen Fuß in den Türspalt, beseelt von der Sorge, sie könne ihr die Tür vor der Nase zuschlagen. Die Befürchtungen waren unbegründet. Lisbeth griff nach ihrer Hand und zog sie ins Zimmer. Kaum war die Tür hinter ihnen ins Schloss gefallen, begannen erneut Tränen zu fließen. Marlene zog die Weinende einfach nur in ihre Arme. Lisbeth fühlte sich so zierlich, weich und vertraut an!

Während sie ihr sanft über den Rücken strich und ihren Haaransatz mit kleinen Küssen bedeckte, wurden die Tränen weniger und Marlene gelang es, Lisbeth zum Bett zu lotsen und ihr die Stiefel abzustreifen.

Schließlich lagen sie nebeneinander und sahen sich an. Marlene erinnerte sich noch gut an eine ähnliche Situation. Doch damals hatte sie geweint, wegen Hanni, und Lisbeth war für sie da gewesen.

»Du hast übrigens einen schrecklichen Frauengeschmack«, durchbrach sie schließlich die Stille. »Was, um Himmels Willen, hat dich an dieser Siri so begeistert? – Ihr Charakter kann es ja wohl nicht gewesen sein ...«

Lisbeth brachte immerhin ein winziges Lächeln zu Stande.

»Sie kann auch anders«, erwiderte sie, klang dabei jedoch wenig überzeugend. Nach einer kleinen Pause schob sie nach: »Vielleicht habe ich damals gewisse Seiten an ihr nicht wahrnehmen wollen.«

»Das geht uns allen so, wenn wir verliebt sind, oder?« Marlene spielte mit einer von Lisbeths blonden Strähnen. »Und diese Frau ist also künftig deine Vorgesetzte?«

»Thorben sagt nein, aber ich glaube ihm erst, wenn ich ein Organigramm sehe. So oder so – sie hat eine bessere Position als ich. Und das ist umso demütigender, wenn man bedenkt, dass sie vor ihrem Abgang in die Staaten meine Sekretärin war.«

»Sie war was? Deine Sekretärin? Du hast mit deiner Sekretärin …?«

Lisbeth schnitt ein Gesicht.

»Beruhig dich, Marlene. Im Grunde hatte ich überhaupt nichts mit ihr außer ein paar netten Worten und dass ich ihr Avancen gemacht habe.« Sie ließ ihre Hand nun durch Marlenes Haar gleiten. »Du und ich, wir haben mehr miteinander gemacht … als ich damals mit Siri.«

»Tatsächlich?«

»Wir haben damals ein Büro geteilt, Siri und ich. Ich mochte sie, wir haben uns so gut miteinander verstanden, dass wir uns auch irgendwann privat getroffen haben. Damals war ich relativ frisch von Marie getrennt.« Lisbeth seufzte. »Ich genoss es, dass Siri mir Komplimente machte und mit mir zu flirten begann, da habe ich zurückgeflirtet. Ich war mir meiner Sache sicher.« Sie schluckte trocken. »Ich bin nicht übergriffig, Marlene. Ich bin auch keine Draufgängerin. Ich weiß, gerade du hast allen Grund, anders über mich zu denken, aber ich stürze mich normalerweise nicht auf eine Frau, die ich attraktiv finde, das musst du mir glauben! Und Siris Blicke, ihre Worte sagten mir … Sie stand an diesem Tag vor dem Schrank mit den Ordnern, wir waren allein im Zimmer, sie sah in diesem Rock ziemlich sexy aus.« Lisbeth holte tief Atem. »Da habe ich ihr an den Hintern gefasst und sie in den Nacken geküsst. – Sie ist wortlos aus dem Büro gegangen, und eine Stunde später saß ich im Personalbüro, wegen sexueller Belästigung. Siri saß vor dem HR Manager wie ein traumatisiertes Vergewaltigungsopfer und hat die ganze Zeit nur geheult und davon geredet, wie sehr sie sich schäme … Tja, und da meine sexuelle Orientierung nie ein Geheimnis gewesen ist, lag für alle der Sachverhalt klar auf der Hand: Lisbeth Jacobsen, die sexuell belästigende Lesbe; Siri Christiansen, das heterosexuelle arme Opfer.«

»Hast du dich nicht verteidigt?«

»Wie denn? – Ich war einfach nur sprachlos. Ich wusste ja gar nicht, wie mir geschah!«

»Siri war deine Sekretärin, sagst du? Und dennoch ist ihr eine Stelle in den USA angeboten worden? – Das überrascht mich. Bisher dachte ich immer, in solchen Fällen wird der Täter ins Exil verbannt und das Opfer vor Ort quasi entschädigt ...«

Lisbeth fuhr sich mit der Zunge über die Lippen.

»Die Stelle in den USA ist erst mir angeboten worden«, sagte sie leise. »Ich war dafür wegen meiner Sprachkenntnisse und Auslandserfahrung bestens qualifiziert, konnte sie aber nicht annehmen, weil ... aus familiären Gründen. Siri war ungebunden und hat ihre Chance sofort wahrgenommen. – Tja, und wie du siehst, mit Erfolg. Jetzt hat sie eine bessere Position als ich.«

Aus familiären Gründen.

Marlene fragte sich, was sich hinter dieser Aussage wirklich verbarg, doch es schien ihr jetzt nicht der richtige Moment, um nachzuhaken. Lisbeth war immer noch sichtlich mitgenommen.

»Du solltest dir einen anderen Arbeitgeber suchen.«

Marlene streichelte ihr über die tränenfeuchte Wange.

»Wenn das so einfach wäre.«

Lisbeth schloss die Augen.

»Du bist so unglaublich hübsch«, flüsterte Marlene, rutschte dicht an sie heran und zeichnete mit dem Finger ihr Profil nach. Sie wollte nicht, dass Lisbeth weiterhin so traurig war, wollte sie aufmuntern, sie den Schmerz über die erfahrene Demütigung vergessen lassen ... Sanft berührten sich ihre Lippen.

Lisbeth erwiderte den Kuss, vertiefte ihn. Augenblicke später lag Marlene halb auf ihrem zierlichen Körper und versank regelrecht in ihrem Mund. Lisbeths Zunge, die die ihre liebkoste, Lisbeths Arme, die sich um ihren Nacken schlangen ... Marlenes Puls raste. Sämtliche Bedenken und Rationalisierungen waren vergessen. Lisbeth zu spüren, sie zu berühren war alles, was in diesem Augenblick für sie zählte.

Ohne ihre Lippen zu lösen, schob sie ein Bein zwischen Lisbeths Schenkel und begann ihr sanft über die Brüste zu streicheln.

*

Die Vorbehalte, Marlene wieder gegenüberzutreten, das demütigende Zusammentreffen mit Siri … der Tag war furchtbar gewesen. Aber jetzt hatte er sich zu erhellen begonnen.

Bei Marlenes erstem Kuss war Lisbeths Ratio noch präsent. Sie wusste, dass sie ihn nicht zulassen sollte, ahnte, dass es langfristig nur Übles nach sich ziehen konnte, und fürchtete schon jetzt die Konsequenzen. Aber trotzdem erwiderte sie den Kuss, weil Marlene zu küssen einfach so wunderbar war, weil es ihren Kummer vergessen machte, zumindest in diesem Moment, und weil die Empfindungen, die Marlenes Küsse und Berührungen hervorriefen, zu schön waren, um aufzuhören.

Die Stimme der Vernunft verstummte völlig, als Marlene ihr schließlich über die Brüste streichelte.

Lisbeth lag da, die Augen geschlossen, und ließ sie gewähren. Die Augen zu öffnen hätte bedeutet, sich der Realität zu stellen und sich darüber bewusst zu sein, dass die Frau, die jetzt hastig ihre Bluse aufknöpfte, eine Kollegin war, noch dazu eine, die auf Männer stand. So jedoch spürte sie jede Berührung auf ihrer nackten Haut und bog sie sich bereitwillig vor, als Marlene schließlich nach ihrem BH-Verschluss tastete.

Dann lagen Marlenes Hände auf ihrem Busen. Lisbeths Körper begann zu glühen. Ihre Brustwarzen hatten sich schon aufgerichtet, noch ehe die andere mit geschickten Fingern daran herumzuspielen begann.

Sie küssten sich. Lisbeth spürte den heißen Atem auf ihrer Haut, als Marlene sich auf einem unsichtbaren Weg von den

Lippen über die Halsbeuge nach unten küsste. Dann umschloss Marlenes Mund einen ihrer aufgerichteten Nippel, und Lisbeth dachte gar nichts mehr, außer, dass das, was ihre unverhoffte Bettgenossin da tat, ziemlich gut war – so gut, dass die Erregung von ihrem ganzen Körper Besitz ergriff und Puls und Atem beschleunigte.

Sie spürte, wie sich die Hitze in ihr aufbaute und bald die Oberhand ergreifen würde. Sie wehrte sich nicht. Drei Jahre lang war sie nicht mehr zum Höhepunkt gekommen – zumindest nicht mit jemandem zusammen. Das musste der Grund sein, weshalb nun allein die Berührung ihrer Brüste und leidenschaftliche Küsse sie dem Gipfel entgegentrieben.

Dann biss Marlene in ihre Halsbeuge; ein elektrisierender Schauder jagte durch Lisbeths Körper, und sie kam – mit einem kurzen Aufstöhnen bäumte sie sich auf, zitternd und nach Luft schnappend. Nachdem eine letzte Welle der Erregung sie noch einmal zum Erbeben gebracht hatte, ließ sie sich zurück in die Kissen fallen. Sie fühlte, wie Marlene zur Seite rollte und ihren Körper freigab.

Lisbeth öffnete die Augen.

Zeit, in die Wirklichkeit zurückzukehren.

Marlene lag auf dem Rücken, die Augen weit offen, und starrte an die Zimmerdecke. Ein Blick reichte, und Lisbeth war sich plötzlich sicher, dass alles zwischen ihnen – ihre Freundschaft, ihre Gefühle füreinander, ihr berufliches Zusammenspiel – nur noch schlimmer werden würde.

Sie richtete sich langsam auf, köpfte mit zittrigen Fingern ihre Bluse zu.

»Vielleicht solltest du jetzt besser gehen«, sagte sie, um einen neutralen Tonfall bemüht.

Marlene drehte sich zu ihr um.

»Willst du mich etwa rausschmeißen?«

Ihre Stimme klang heiser, und in ihren Augen stand eine Betroffenheit, die Lisbeth einen Schlag in die Magengrube versetzte.

Toll. Erst lässt du dich von ihr befriedigen, dann jagst du sie vor die Tür wie einen räudigen Hund.

»Wir sind zu weit gegangen, haben die Grenze überschritten«, sagte sie leise. »Wenn wir weiterhin zusammenarbeiten wollen, sollten wir versuchen, das zu vergessen. Ich weiß allerdings nicht, ob es mir gelingt.«

»Die Grenze, von der du sprichst, haben wir schon bei unserer ersten Begegnung überschritten. Und ich kann dir versichern: Ich kann das, was gerade passiert ist, sicher nicht vergessen!«

Lisbeth schloss gequält die Augen.

Wenigstens eine klare Aussage.

»Dann werde ich kündigen«, entschied sie brüsk.

Marlene setzte sich ruckartig auf.

»Was ist eigentlich mit dir los?« Sie klang verärgert. »Egal was ich sage, egal was ich tue, egal, wie sehr ich dir versichere, dass ich dich mag – du stößt mich immer wieder weg.«

»Verstehst du das denn nicht?« Lisbeth schüttelte ungläubig den Kopf. »Ich will einfach keine Probleme. Je intensiver unser Kontakt ist, desto ...«

Sie verstummte. Sie wollte nicht aussprechen, was sie fühlte, wollte sich nicht noch mehr offenbaren.

Aufgebracht schlug Marlene mit der flachen Hand auf die Bettdecke.

»Es geht dabei aber nicht nur um *dich* und *deine* Gefühle, Lisbeth! Es geht auch um mich! Wenn du dich von mir distanzierst, verletzt mich das. Und dein Verhalten, jetzt in diesem Augenblick, tut mir weh. Furchtbar weh. – Kannst du dir eigentlich vorstellen, wie es mir gerade geht? Mag ja sein, dass das, was eben passiert ist, eine kleine unbedeutende Episode in deiner persönlichen sexuellen Historie darstellt, aber für mich ist das anders. Für mich ist es ein erstes Mal, ich bin ...«

Ihre Stimme riss ab. Lisbeth sah ihre Tränen und fühlte sich auf einmal noch schrecklicher als zuvor. Marlene hatte völlig recht. Es ging hier nicht nur um sie allein.

Vorsichtig legte sie ihr die Hand auf die Schulter.

»Was bist du?«, fragte sie leise.

Marlene sah sie lange an. »Durcheinander«, erwiderte sie schließlich. »Ich bin in dieses Zimmer gegangen mit der Gewissheit, dass ich mir Sex mit einer Frau nicht vorstellen kann, und jetzt …« Sie hob hilflos die Schultern.

»Und jetzt – siehst du das mit den Männern anders?«

»Ich weiß nicht.« Marlene zuckte nochmals mit den Schultern. »Ich weiß im Moment gar nichts.«

Lisbeth nickte. Sie hatte es nicht anders erwartet, war aber dennoch leicht enttäuscht.

Das ist der Grund, weshalb ich auf Distanz gehe, Marlene.

Trotzdem streichelte sie über Marlenes Rücken, während diese sich leicht gegen sie lehnte und nach ihrer Hand griff. Eine Weile sagte keine von beiden etwas.

Lisbeth sah schließlich auf ihre Armbanduhr.

»Du solltest hinunter ins Foyer gehen«, sagte sie dann leise. »Der Bus zum Restaurant fährt in fünf Minuten.«

Marlene drückte ihre Hand.

»Du wohl auch«, erwiderte sie. »Wir arbeiten immer noch bei derselben Firma, schon vergessen?«

Lisbeth lächelte – zum ersten Mal, seit Marlene das Zimmer betreten hatte.

»Ich habe mich bei Thorben entschuldigen lassen. Er hat es aufgrund der Umstände verstanden.«

»Gut. Dann werde ich mich jetzt auch entschuldigen.«

»Nein. Bitte nicht.« Lisbeth streichelte ihr über das ernste Gesicht. »Du musst hingehen, bitte. Eine von uns sollte da sein. Sonst wirft das nur neue Fragen auf … Gerüchte … ich möchte das nicht. Um unserer beider Willen.«

»Ich kann jetzt nichts essen.«

»Egal. Aber bitte fahr mit. Bitte! Du weißt nicht, was sonst geredet wird.«

Marlene seufzte.

»Ich glaube nicht, dass irgendwer auf die Idee kommt …«

»Trotzdem«, fiel ihr Lisbeth entschieden ins Wort. »Außerdem … gib mir etwas Zeit für mich. Und nimm sie dir auch für dich selbst.«

Ein trauriges, flüchtiges Lächeln glitt über Marlenes Gesicht. »Zeit für mich selbst? Beim Abendessen mit zwanzig Leuten? Ernsthaft?«

»Bitte …«

»Schon gut.« Marlene erhob sich und zog sich die Stiefel an. »Und was ist mit uns? Sehen wir uns noch? Oder reist du heute Nacht heimlich ab, nur um mich nicht mehr treffen zu müssen?«

»Unsinn.« Lisbeth schloss sie in die Arme und drückte sie an sich. »Reden wir später, ja?«

»Wann?«

»Wir werden sehen.«

*

Noch nie zuvor hatte Marlene eine andere Frau beim Höhepunkt gesehen, einige simulierte weibliche Orgasmen in Erotikfilmen ausgenommen. Und jetzt hatte sie den Orgasmus einer anderen nicht nur hautnah erlebt – das Zittern ihres Körpers, der schnelle, erregte Atem, sondern sogar hervorgerufen.

In Marlenes Kopf herrschte ein wildes Durcheinander an Emotionen und Gedanken, als sie auf wackligen Beinen zu den Kollegen in den Bus stieg und rund fünfzehn Minuten später in einem Restaurant im weiteren Umfeld des Hotels zügig den angebotenen Aperitif leerte. Sie nahm an der langen Tafel Platz, ohne ihren Tischnachbarn viel Beachtung zu schenken, und dachte einzig an Lisbeth und das, was da gerade passiert war.

Bin ich immer noch heterosexuell?

Die Frage geisterte in ihrem Kopf herum, und sie hatte keine Antwort darauf. Was war sie denn sonst, wenn sie achtunddreißig Jahre lang Männer begehrte? Und dann gab ihr in einer Flughafen-Lounge eine Unbekannte einen im Grunde unbedeutenden Kuss und legte damit einen Schalter in ihrem Kopf um?

»... deine Präsentation war heute ganz hervorragend, Siri. Du verstehst einfach etwas davon, Inhalte aufzubereiten.«

Die Bemerkung ließ Marlene, die lustlos in ihrer Vorspeise herumstocherte, aufhorchen. Sie sah sich um. Elena, die Kroatin, saß ihr gegenüber, Siri zwei Plätze weiter. Dazwischen Liliane.

Na, wunderbar. Die ideale Tischgesellschaft für den heutigen Abend.

»Nun, ich finde es sehr wichtig, dass Dinge nachhaltig im Gedächtnis bleiben. Daher habe ich eine Agentur engagiert, um die Präsentation so einprägsam wie möglich zu gestalten«, erwiderte Siri mit einer Selbstverständlichkeit, die Marlene überraschte. »Ich werde auch in Dänemark verstärkt mit Agenturen zusammenarbeiten. Low-Budget-Lösungen hattet ihr in den vergangenen Jahren eindeutig genug ...«

Sie schickte ihren Worten ein vielsagendes Lächeln hinterher.

Marlene, die selbst schon mit Agenturen zusammengearbeitet hatte, überschlug in Gedanken, was die Erstellung der komplexen Präsentation vom Nachmittag wohl gekostet haben mochte. Sie fragte sich zudem, woher das Budget für weitere Präsentationen dieser Art kommen sollte.

»Ich habe mit Jasper Lund persönlich gesprochen«, gab Siri nun auch schon Antwort auf die nicht gestellte Frage. »Und ihm gesagt, ich nehme die Stelle nur an, wenn das Budget dementsprechend bemessen ist. Er war erst etwas zögerlich, hat dann aber eingesehen, dass es von Vorteil ist, mir an dem Punkt entgegenzukommen.« Wieder trat dieses vielsagende Lächeln auf ihre Lippen. »Es liegt ja im Interesse von *Rasmussen Pharma*, dass mein Wissen um gewisse Praktiken innerhalb des Konzerns in der Branche nicht die Runde macht.«

Marlene stockte das Blut in den Adern, als sie begriff, was diese Frau da in Wahrheit andeutete.

Sie hat ihn erpresst – mit dieser alten, abgeschmackten Sexual-Harassment-Geschichte.

Die Unterschrift unter eine Schweigeverpflichtung war anscheinend nur für Lisbeth verbindlich.

Der Hauptgang wurde serviert, und Marlene traktierte die Rinderfiletschnitte auf Erbsenpüree genauso lust- und appetitlos wie die Vorspeise zuvor. Ihr Körper und Geist standen noch unter dem Eindruck des sexuellen Erlebnisses im Hotel. Sie war erregt gewesen, keine Frage. Sie war es in gewisser Weise noch immer. Wieder dachte sie an Lisbeth und das Zittern ihres Körpers. Es berührte und verwirrte sie noch immer, dass sie und das, was sie tat, der Anlass für dieses Zittern gewesen waren.

Gut, ich küsse sie gern, ich berühre sie gern … obwohl sie eine Frau ist. Ich bin gerne mit ihr zusammen. Ich vermisse sie. – Was sagt mir das jetzt?

Sie trank einen Schluck Wein in der Hoffnung, zu einer Erkenntnis zu gelangen. Stattdessen dachte sie jetzt an Alexander und all jene Männer, mit denen sie zuvor zusammengewesen war. Der Sex mit ihnen hatte Spaß gemacht. Und von keinem war sie mies behandelt worden, vom Zeitpunkt der Trennung abgesehen.

Wieso also plötzlich eine Frau?

»Sobald ich meinen Schreibtisch in der Zentrale bezogen habe, werde ich ein paar Aufgabengebiete innerhalb der Abteilung neu verteilen«, hörte sie Siri jetzt sagen. »Ich finde beispielsweise, dass die Reiseaktivitäten unter die Lupe genommen werden sollten. Im Moment reist Thorben als Chef verhältnismäßig wenig auf Kongresse und Sitzungen, während Lisbeth pausenlos unterwegs ist. Man sollte sie in dieser Hinsicht mehr entlasten.«

Marlene wurde hellhörig. Das waren ja völlig neue Ansätze!

»Thorben wird aber wenig Interesse daran haben, in ganz Europa Kongresse zu besuchen«, schaltete sich nun Margret ein, die Engländerin, die bisher das Gespräch schweigend verfolgt hatte. »Erstens hält er vom Schreibtisch aus die Fäden sicher besser in der Hand, als wenn er an drei von fünf Tagen in anderen Ländern unterwegs ist, zweitens ist er doch jetzt Vater von Zwillingen geworden.«

»Ich spreche gar nicht von Thorben«, entgegnete Siri und zeigte erneut ihr breites Zahnpastawerbungslächeln. »Ich rede von Lisbeth und mir. Ich denke, eine Länderaufteilung wäre ein guter Ansatz. Ich würde Skandinavien, Frankreich, Großbritannien, Spanien, Italien und meinetwegen auch Deutschland übernehmen. Lisbeth könnte dann im Osten unterwegs sein. Rumänien, Ungarn, Serbien, Kroatien …«

»Oh, danke, Kroatien!« Elena stöhnte affektiert, während Marlene allmählich begriff, um was es hier ging: um Ausbooten in Reinform. Sie konnte sich Siris Gerede keine Sekunde länger anhören und verschwand in Richtung Toilette.

Im Vorraum zog sie ihr Handy aus der Tasche. Sie hoffte auf ein SMS von Lisbeth, hatte aber stattdessen eine Kurzmitteilung von Marina auf dem Display.

RUF MICH AN!!!! NEWS!!!! WICHTIG!!!

Da ihre Unlust, an den Tisch zurückzukehren, ausgeprägter war als ihr Verlangen, sich mit den Problemen pubertierender Nichten auseinanderzusetzen, entschied sie sich für letzteres.

»Marina, was gibt es?«

»Cool, dass du gleich zurückrufst.« Marinas Stimme klang nicht nach Katastrophenstimmung.

Gut so.

»Papa wird dich sowieso noch persönlich anrufen, aber ich dachte, ich bereite dich schon mal seelisch darauf vor.«

»Und worauf?«

Marlene war vollkommen ahnungslos, befürchtete automatisch aber Schlimmes.

»Papa will Lale heiraten.«

»Oh.« *Das geht ja schnell.* »Hat deine Großmutter nun schon wieder die Koffer gepackt?«

Marina kicherte.

»Keine Ahnung, ich habe noch nichts herumstehen gesehen. Aber so genau weiß ich nicht, was sie treibt. Seit Papa ihr das mit ihm und Lale mitgeteilt hat, redet sie nichts mehr mit uns.«

Die übliche Hofidylle also.

»Und wann soll die Hochzeit stattfinden?«

Marinas Antwort kam prompt.

»Nächsten Samstag, am Standesamt in Leibnitz.«

»Nächsten Samstag?«, echote Marlene ungläubig. Sie hatte frühestens mit einer Planung um Ostern herum gerechnet.

»Ja, sie haben nicht viele dazu eingeladen. Eigentlich nur die Familie ... also uns. Du kommst doch, oder?«

»Ich weiß nicht, ich ...«

Sie brach ab. Die Vorstellung, dabei zu sein, wenn Jakob nicht einmal drei Jahre nach dem Tod ihrer Schwester deren Nachfolgerin heiratete, war durchaus beklemmend.

Wie auch immer. Es ist Jakobs Sache, nicht meine.

»Papa wird dich noch selber einladen, ehrlich«, sagte Marina jetzt. »Aber du weißt ja, wie er ist. Er zögert alles hinaus, besonders, wenn er Schiss hat!«

»Vor mir etwa?«

Marina kicherte wieder.

»Ich glaube schon ...«

Super. Ich bin in Jakobs Augen also nicht nur streitsüchtig, sondern auch noch eine, vor der man sich fürchten muss.

»Also, wenn dein Vater mich tatsächlich dabeihaben will, dann werde ich auch dabei sein. Vorausgesetzt, er schafft es, mich einzuladen!«

»Das wird er, ganz sicher. – Ich freu mich, dass du kommst! Du warst immerhin seit Weihnachten nicht mehr da.«

Sie verabschiedeten sich voneinander und legten auf. Marlene ging auf die Toilette und wusch sich anschließend die Hände. Dabei betrachtete sie sich kritisch im Spiegel.

Ich bin noch immer dieselbe. Auch, wenn ich ...

Die Erinnerung an das sexuelle Intermezzo jagte ihr einen Schauer neuerlicher Erregung durch den Körper. Ihre Wangen färbten sich zartrot, als sie Lisbeth vor sich sah, zitternd vor Lust und mit entblößtem, wohlgeformten Busen.

Während sie den Lippenstift auffrischte, traf Marlene zwei Entscheidungen: Erstens, sie hatte keine Lust mehr, sich Gefühle krampfhaft auszureden. Zweitens, sie würde das selbstgefällige Geschwätz von Siri, Liliane und Konsorten nicht länger kommentarlos hinnehmen.

Eilig schrieb sie eine SMS an Lisbeth.

HALLO, KANN ICH NACH DER RÜCKKEHR INS HOTEL BITTE NOCH KURZ BEI DIR VORBEIKOMMEN?

Sie stellte sich schon auf ein WARUM, WIESO, WILL ABSTAND ein, doch stattdessen kam ein JA zurück. Ermutigt von Lisbeths klarer Antwort, schob sie nach: WAS MACHST DU?

FERNSEHEN, schrieb Lisbeth. DAS LENKT MICH AB.

ICH DENKE DIE GANZE ZEIT, schrieb Marlene. AN DICH. AN UNS.

Diesmal verstrichen Minuten, ehe eine Reaktion kam.

JETZT BRINGT WOHL FERNSEHEN AUCH KEINE ABLENKUNG MEHR. JETZT DENKE ICH AUCH …

Marlene lächelte bei dem Gedanken, dass sie vermutlich auf dem Bett lag und tatsächlich keinen Film mehr verfolgen konnte. Dann wurde ihr bewusst, dass Lisbeths Gedanken vermutlich in eine ganz andere Richtung gingen als die ihren.

DENK NICHT ZUVIEL, schrieb sie. WARTE, BIS ICH KOMME, OKAY?

OKAY, kam zurück, doch sie konnte den Zweifel aus diesen vier Buchstaben deutlich herauslesen.

Als sie zurück an den Tisch kam, löffelten die Kollegen bereits *Mousse au Chocolat*. Marlene kostete einen Löffel davon.

»Die US-amerikanische Arbeitsweise ist halt eine ganz andere«, klärte Siri ihre Kolleginnen gerade auf. »Die Amerikaner nehmen den Job einfach viel wichtiger. Persönliche Bedürfnisse werden mehr hintenan gestellt. – Wenn ich erst einmal die Abteilung leite, werde ich den Ablauf effizienter gestalten. Dass Lisbeth beispielsweise mittags einfach mal eine Stunde weg ist, um Einkäufe zu erledigen, oder sich nach dem Wochenende spontan frei nimmt, weil sie irgendeinen Botendienst für ihre Mutter übernehmen muss – also, das geht dann nicht mehr.«

Liliane und Elena nickten beifällig. Margret sagte nichts.

Marlene legte den Löffel nieder. Sie sah Siri direkt ins Gesicht.

»Ich nehme an, du hast auch schon einen guten Plan, wie du Lisbeth die Arbeitsstunden abgelten wirst, die sie andererseits an Wochenenden auf Flughäfen oder in Hotels verbringt.«

Ihr Englisch klang holprig, das wusste sie selbst. Spitzfindige Bosheiten zu verteilen überschritt ihre sprachliche Kompetenz. Siri verstand sie trotzdem. Und ihr Gesichtsausdruck verriet deutlich, dass sie auch die Intention begriff, die hinter der vermeintlich neutralen Frage steckte. Sie starrte Marlene an, brauchte offensichtlich einige Sekunden, um sich zu erholen.

»Die Details sind noch nicht ganz ausgearbeitet«, sagte sie dann ausweichend und wollte sich wieder ihrer *Mousse* zuwenden, doch Marlene ließ nicht locker.

»Nun, vielleicht solltest du noch einen weiteren Termin mit Jasper Lund ausmachen und um höheres Budget bitten. Die vielen Überstunden, die du Lisbeth unter diesen Bedingungen auszahlen müsstest, könnten kostspielig werden.«

Siri funkelte sie nun offen feindselig ab, doch Marlene war das egal. Sie hatte den Fehdehandschuh geworfen und würde diesen Kampf auch ausfechten. »Aber da musst du dir ja keinen Stress machen. Noch bist du nicht Abteilungsleiterin, sondern Thorben unterstellt. Genauso wie Lisbeth. Das macht euch zu Kolleginnen. Und auch in Dänemark ist es sicherlich so, dass nicht eine einzelne Mitarbeiterin den Ton angibt.«

Siri betrachtete sie aus verengten Augen. Offenbar versuchte sie zu verstehen, was hier vor sich ging. Marlene hielt ihrem Blick amüsiert Stand.

»Du magst mich nicht.«

Okay, Siri war immerhin direkt. Damit konnte sie umgehen.

»Ich mag generell keine Personen, die andere in deren Abwesenheit in den Dreck ziehen«, erwiderte sie kalt.

Elena und Liliane starrten sie an, als wäre sie zum Alien mutiert. Und plötzlich bekam Marlene Unterstützung.

»Ich finde auch, dass es allmählich reicht, Siri«, ergriff Margret in ihrem feinen, korrekten Oxford-Englisch das Wort. »Seit du hier auf der Bildfläche erschienen bist, versuchst du dich auf Lisbeths Kosten zu profilieren. Wir wissen alle mehr oder weniger, was zwischen euch vorgefallen ist – dafür hast du ja gesorgt. Nicht Lisbeth. Die ganze Geschichte ist lächerlich, dein Verhalten war es ebenso und ist es immer noch. Hör auf, deine Spielchen zu spielen. Du hast schon genug angerichtet.«

Siri funkelte Margret nun genau so hasserfüllt an wie zuvor Marlene. »Ich hoffe, du bist dir bewusst, dass du gerade deine Karriere bei *Rasmussen* in den Sand setzt«, entgegnete sie bissig.

Margret lachte herzhaft.

»Oh Siri, ich wünschte, ich könnte deine Worte aufzeichnen! – Weißt du eigentlich, wie egal mir das ist? Ich bin sechsundfünfzig, da werde ich sowieso bald mit einer Abfertigung in die Pension verabschiedet. Wie du meine Karriere zerstören willst, ist mir also schleierhaft. Auf jeden Fall werde ich nicht länger mit dir an diesem Tisch sitzen.« Sie wandte sich explizit an Marlene. »Begleitest du mich noch an die Bar? – Wir können dort ein Gläschen trinken, ehe der Bus zum Hotel zurückfährt.«

Fünf Minuten später stießen sie abseits mit einem Cabernet Sauvignon an.

»Lisbeth ist einer der nettesten Menschen, den ich kenne, aber sie hat manchmal einfach keine gute Menschenkenntnis, wie die Sache mit Siri beweist.« Margret warf ihr mit grauen Strähnen durchzogenes Haar in den Nacken und nahm einen Schluck aus ihrem Glas. »Gut ausgesucht«, kommentierte sie dann. »Du bist eine Weinkennerin, nicht wahr?«

Marlene lächelte. Sie erzählte der englischen Kollegin, die so plötzlich zu einer Verbündeten geworden war, gerne von der Steiermark und dem Weingut ihres Vaters. Das war auf jeden Fall besser, als darüber zu sinnieren, dass Lisbeth nicht generell einen schlechten Geschmack hatte, was Frauen betraf. Sie zumindest wollte sich nicht in diese Kategorie einordnen lassen.

*

»Tut mir leid, ich bin schon im Schlafanzug«, lauteten Lisbeths erste Worte, als sie Marlene eine knappe Dreiviertelstunde später die Türe öffnete. »Aber wenn es dich stört, kann ich mir was anderes überziehen …«

Marlene betrachtete die zierliche Frau, die ihr da barfuß und im zartrosa Nachtoutfit gegenüberstand, und musste unwillkürlich lächeln. Lisbeths Oberteil war mit weißen Mäusen bedruckt.

»Rattenscharf«, neckte sie grinsend, doch Lisbeth verstand nicht einmal das Wort, geschweige denn seinen Doppelsinn, und so verstärkte ihre Bemerkung lediglich die Verunsicherung, die ihr ins Gesicht geschrieben stand.

»Komm, setzen wir uns.«

Marlene wies auf das Bett als einzige Sitzmöglichkeit. Lisbeth setzte sich auf die Kante und knipste das TV-Gerät aus.

»Wie war euer Abend?«

Ihre steife Höflichkeit stand im Kontrast zu dem unschuldigen Aufzug und der Nervosität, die ihre ineinander verkrampften Hände verrieten.

»Interessant«, sagte Marlene. »Ich habe mir Siri zur Feindin gemacht und Margret zur Freundin.«

»Oh Gott.« Lisbeth griff sich an die Stirn. »Bitte sag jetzt nicht, dass es mit mir zu tun hat …«

»Natürlich hat es mit dir zu tun«, gab Marlene unumwunden zu. »Aber ich bin ehrlich gesagt nicht hier, um mit dir über Siri zu sprechen. Ich bin hier, um über uns zu sprechen.«

Lisbeth ließ sich rückwärts aufs Bett fallen. Ihr Mäuse-Shirt spannte sich über der Brust, und Marlenes Blick fiel unwillkürlich auf die Rundungen und Spitzen, die sich unter dem Stoff deutlich abzeichneten.

»Mach es kurz, okay?« Lisbeth hatte ihren Blick gen Zimmerdecke gerichtet. »Ich bin erwachsen, ich halte das aus, ich weiß, es war ein Ausrutscher deinerseits, ich sollte …«

»Du solltest mir erst einmal zuhören, ehe du zu falschen Schlussfolgerungen kommst«, fiel ihr Marlene ins Wort. Sie atmete tief durch. *Bitte, gib mir eine Chance. Gib mir diese Chance oder ich werde wahnsinnig.* »Also. Ich habe nachgedacht. Ich kann und will nicht so tun, als wäre da nichts zwischen uns. Ich möchte … lass es uns versuchen, okay?«

Der Blondschopf im Mäuse-Shirt bewegte sich nicht.

»Lisbeth?«

Lisbeth drehte den Kopf in ihre Richtung.

»Was genau willst du versuchen, Marlene?«

»Uns. Ich will es mit uns versuchen.« Marlene schluckte. Warum machte sie ihr alles so schwer? »Eine Beziehung«, präzisierte sie schließlich tapfer, da immer noch keine Reaktion kam. »Ich will eine Beziehung mit dir.«

Da setzte sich Lisbeth ruckartig auf.

»Bist du nicht heterosexuell?«

Marlene seufzte.

»Vermutlich nicht ganz so, wie ich dachte – oder?«

Von Lisbeth kam nichts. Der Teppichboden des Hotelzimmers hatte ihre gesamte Aufmerksamkeit.

»Muss ich denn irgendetwas sein?«, schob Marlene nach. »Muss ich in eine Schublade passen, damit du mir glaubst, dass ich dich mag … sehr mag?«

Lisbeth hob den Kopf.

»Ich zweifle nicht daran, dass du mich magst«, erwiderte sie leise. »Ich zweifle auch nicht daran, dass du mich gerne küsst, mich gerne berührst. Aber im Gegensatz zu dir weiß ich leider, wie diese Liebesgeschichten zwischen einer lesbischen Frau und einer, die gewöhnlich auf Männer steht, enden.«

Aha?

»Wie denn?«

»Die Hete bricht der Lesbe das Herz.«

Marlene lachte hell auf, verstummte aber, als sie sah, dass Lisbeth keine Miene verzog. Meinte sie das wirklich ernst? – Anscheinend.

»Du erzählst das vermeintliche Ende von Geschichten, ehe sie überhaupt richtig angefangen haben«, stellte sie nüchtern fest. »Und nimmst ihnen dadurch unbewusst die Option, dass sich alles ganz anders entwickeln könnte.«

»Vielleicht. Vielleicht auch nicht.«

Da beschloss Marlene, Lisbeths Zweifel auf andere Art zu beseitigen. Sie zog sie zu sich heran und küsste sie. Lisbeth stieg bereitwillig darauf ein, und Marlene dachte zum wiederholten Male, dass die Frau in ihren Armen ihr die besten Küsse schenkte, die sie je im Leben bekommen hatte. Weder versenkte hier jemand die Zunge so tief im Rachen, dass man fast einen Erstickungsanfall bekam, noch hetzte man von einem schlatzigen, feuchten Kuss zum nächsten. Das Beste aber war, dass Lisbeth einfach auch nur küssen konnte, minutenlang – ohne ihr dabei schon fast die Kleider vom Leib zu reißen oder anderweitig zu signalisieren, dass für sie diese Küsserei eigentlich nur Mittel zum Zweck war.

Es war schließlich Marlene selbst, die ihre Hand unter Lisbeths Mäuseschar gleiten ließ, um den Umstand auszunutzen, dass sich darunter kein BH befand.

Lisbeth löste sich aus der Umarmung.

»Du bist unverbesserlich, nicht wahr?«

In Marlenes Augen blitzte der Übermut.

»Ich bin ja gerade erst auf den Geschmack gekommen. Mal ausprobieren, ob es mir mit meinen magischen Händen wieder gelingt, dich …«

»Stopp, stopp, stopp!« Lisbeth fasste lachend nach ihren Händen und hielt sie fest. »Bilde dir bloß nichts darauf ein. Ich war ausgehungert, das ist alles.«

»Ich weiß.« Marlene schmunzelte. »Drei Jahre ohne Sex.«

»Du merkst dir wirklich alles.«

Ermutigt von der plötzlichen Heiterkeit, wagte sie den großen Schritt. »Ich könnte die Nacht mit dir verbringen.«

»Nein.« Lisbeth war schlagartig ernst geworden, auch wenn sie noch immer Marlenes Hände hielt. »So läuft das nicht mit mir. – Ich möchte, dass du erst darüber nachdenkst, ob du wirklich willst.«

Marlene hob die Augenbrauen.

»Habe ich das vorhin nicht klar und deutlich gesagt? Ich habe schon darüber nachgedacht, vorhin in diesem Restaurant, und im Übrigen auch davor schon so manche lange Nacht, wenn meine Gedanken darum kreisten, warum du den Kontakt zu mir abgebrochen hast. – Ich will dich, Lisbeth.«

Lisbeth sagte eine ganze Weile nichts. Ihre Daumen kreisten über Marlenes Handrücken.

»Das ist nicht so, als wenn du kurz einmal eine Affäre mit einem Mann beginnst, verstehst du?«, durchbrach sie dann ernst die Stille. »Es ändert sich für dich so einiges. Du gehörst plötzlich zu einer Art … Randgruppe. Die Leute betrachten dich anders. Vielleicht werden nicht alle deine Freunde gut darauf reagieren. Und was ist mit deiner Familie? – Überleg dir das alles bitte ganz genau, Marlene.« Sie machte eine kurze Pause, setzte dann hinzu: »Für Affären bin ich übrigens nicht die Richtige. Mit Unverbindlichkeiten kann ich nichts anfangen. Entweder ganz oder gar nicht.«

»Ich habe das Wort *Affäre* im Zusammenhang mit dir nie in den Mund genommen«, stellte Marlene leise klar. »Aber gut, ich werde noch einmal in mich gehen, wenn dir das wichtig ist.« Sie stand auf. »Und was ist, wenn ich zu demselben Ergebnis komme? Dass ich dich will?«

Lisbeth erhob sich ebenfalls vom Bett und gab ihr einen kleinen Kuss auf die Lippen.

»Dann schreibst du mir ein SMS, wann dein Flieger in Kopenhagen landet, und ich werde dich persönlich abholen!«

»Gut. Ich nehme dich beim Wort. – Aber was ist morgen? Wir haben noch einen ganzen Tag voller Vorträge und Präsentationen vor uns. Setzt du dich dann wieder ans andere Ende des Saals?«

»Nur, wenn du dich neben Siri niederlassen willst. Ansonsten ist der Platz neben dir morgen fest vergeben.«

Sie küssten sich noch einmal zärtlich, ehe Marlene den Weg zu ihrem eigenen Hotelzimmer antrat.

Flughafen Kopenhagen-Kastrup und Christianshavn

Lisbeth fuhr direkt nach der Arbeit los. In dem Bemühen, bloß nicht zu spät zum Airport zu kommen, traf sie schließlich zwanzig Minuten vor der Landung des Fliegers aus Österreich ein. Der Flieger mit Marlene, die ihr Anfang der Woche einfach ihre Flugdaten durchgegeben hatte, als wäre ihr Besuch das Selbstverständlichste der Welt.

Etwas über zwei Wochen waren vergangen, seit sie sich in Berlin in einer ruhigen Ecke des Hotels fernab von fremden Blicken mit einem innigen Kuss voneinander verabschiedet hatten und später am Flughafen, in Begleitung einiger ebenfalls abreisender Kollegen, noch einmal sehr formell. In diesen zwei Wochen hatten sie viele SMS geschrieben und ein paar Mal telefoniert – und dabei so ziemlich über alles geredet, außer über ihre Gefühle füreinander. Lisbeth hatte absichtlich einen weiten Bogen um dieses Thema gemacht, vor lauter Angst, Marlene könnte es sich doch noch einmal überlegt haben. Dann war gänzlich unerwartet das SMS mit den Flugdaten gekommen, und jetzt plagten Lisbeth ganz andere Sorgen.

Okay, wenn sich Marlene an ihre Vereinbarung hielt, dann war dies wohl die Bestätigung, dass sie es sich *nicht* anders überlegt hatte, sondern immer noch eine Beziehung mit ihr wollte. Das hieß dann wohl auch, dass sie Sex haben würden, oder etwa nicht? Was aber war, wenn Marlene das nun doch nicht so gefiel? Wenn sie sich wieder Männern zuwandte?

Lisbeth war noch immer voller Zweifel, ob das, wozu in Berlin die Weichen gestellt worden waren, ihrem Seelenleben langfristig wirklich gut tat. Die eineinhalb Jahre vor dem endgültigen Beziehungsende mit Marie hatten Narben hinterlassen, die noch immer zwickten und den erlittenen Schmerz in Erinnerungen riefen.

Nervös schaute Lisbeth, die inmitten einer kleinen Menschentraube in der Wartehalle am Terminalausgang stand, auf die Uhr. Eine Viertelstunde nach der offiziellen Ankunftszeit.

Hatte sie es sich in letzter Sekunde anders überlegt?

Lisbeths Herz machte einen Sprung vor Freude und Erleichterung, als sie Marlene kurze Zeit später erblickte. In Mantel und Schal gehüllt, einen großen Koffer hinter sich herziehend, kam sie im Strom der Ankommenden durch den Ausgang in die Wartehalle und strahlte. Was tun? Lisbeth war so nervös, dass sie keinen klaren Gedanken fassen konnte. Sie waren schließlich noch kein Paar, im Prinzip war doch alles offen …

»Endlich! Eineinhalb Stunden Flug können grausam lang sein …« Marlene schlang ihr ohne zu zögern die Arme um den Nacken und küsste sie innig. Lisbeth küsste genauso innig zurück und war dankbar, dass ihr damit jede Entscheidung über die passende Begrüßung abgenommen worden war.

»Ich habe dich auch vermisst«, hauchte sie, als sie wieder Luft bekam.

»Das hoffe ich.« Marlene warf ihre wilde Lockenmähne in den Nacken und lächelte sie an. Sie griff nach ihrem Koffer. »Wo hast du dein Auto geparkt?«

Wumms. Die erste Ernüchterung, sicherlich.

Lisbeth dachte an Marlenes eleganten Firmen-Audi, als sie verlegen sagte: »Ich habe kein Auto. Wir fahren mit der Metro.«

»Kein Problem.«

Nebeneinander durchquerten sie die Halle und schlugen den Weg zu den Gleisen ein.

»Du hast wirklich kein Auto? Gar keines? Wie bewegst du dich denn fort?«

Marlene klang so ehrlich entsetzt, dass Lisbeth automatisch lachen musste.

»Metro, S-Bahn, Zug. Fahrrad. Zu Fuß.«

»Interessant. – Steht dir denn kein Dienstwagen zu?«

»Keine Ahnung, ich habe mich nie darum bemüht und lieber auf Gehaltserhöhungen gesetzt.« Lisbeth löste eine Fahrkarte und drückte sie Marlene in die Hand. »Ich habe nicht einmal einen Führerschein.«

Wumms, Ernüchterung Nummer zwei.

Marlene schaute so perplex, als sei ihr gerade vorgeschlagen worden, im Eiswasser zu baden.

»Demontiere ich gerade das Bild, das du von mir hattest?«

»Unsinn. Ich bin nur überrascht. Bei uns in Österreich ist ein Dienstwagen ab einer gewissen Position selbstverständlich – zumindest in unserer Branche. Im Übrigen hat das Bild, das ich von dir habe, wirklich nichts mit Autos zu tun.«

Welches Bild hast du denn von mir?

Wieder überkam Lisbeth die Angst, in ein Fettnäpfchen getreten zu sein und etwas zu hören, was sie eigentlich gar nicht wissen wollte. Zum Glück fuhr im selben Moment die U-Bahn ein und unterbrach ihr Gespräch.

Sie ergatterten zwei Sitzplätze nebeneinander. Marlene stellte den Koffer zwischen ihre Beine. Sie griff nach Lisbeths Hand.

»Was hast du geplant für dieses Wochenende?«

Lisbeth fuhr sich nervös mit der Zunge über die Lippen. Die Selbstverständlichkeit, mit der Marlene in der U-Bahn mit ihr Händchen hielt, brachte sie innerlich genauso ins Schleudern wie diese Frage. Was sie geplant hatte?

Wumms, Ernüchterung Nummer drei.

Nämlich nichts von all dem, was Marlene sich wahrscheinlich vorstellte: ein tolles Sightseeing-Programm. Ein romantisches Candle-Light-Dinner. Vielleicht Konzertkarten …

Die ganze Woche über war sie erst spät aus dem Büro gekommen; es gab derzeit sehr viel zu tun. Der einzige Abend, an dem sie etwas früher nach Hause gekommen war, hatte damit geendet, dass sie und Merle endlich die seit Silvester fällige

Aussprache führten – mit dem Ergebnis, dass sie nun vor dem ungelösten Problem stand, wie sie sich ihre Wohnung künftig ohne den schwesterlichen Mietanteil leisten sollte.

»Oh, Christianshavn ... bei der nächsten Station müssen wir aussteigen, richtig?«

»Richtig.«

Zum Glück schien Marlene die Frage nach dem Wochenendprogramm fürs Erste vergessen zu haben.

Eine knappe Viertelstunde später schloss Lisbeth die Wohnungstüre auf. Marlene zog ihren Mantel aus und sah sich neugierig um. »Schön. Auch ein Altbau, aber stilistisch vollkommen anders. Hier ist alles ein bisschen schmäler als bei uns in Wien. – Wo darf ich meinen Koffer abstellen?«

»Am besten im Wohnzimmer.« Lisbeth ging voraus und machte Licht. Marlene folgte ihr.

»Oh, das muss Miss Marple sein!« Sie beugte sich zu dem Tier, das dösend auf dem Sofa lag, und kraulte es im Nacken. Die Katze rieb begeistert ihren Kopf an Marlenes Hand. »Sie ist nicht gerade schüchtern, oder?«

»Nein.« Lisbeth trat unruhig von einem Fuß auf den anderen.

Ich muss es ihr sagen. Jetzt!

»Marlene, ich gebe dir später eine Wohnungsführung. Jetzt ist nicht so viel Zeit. Wir werden um acht Uhr erwartet. Aber wir sollten uns vorher noch umziehen ...«

»Oh, du führst mich zum Essen aus? – Das ist super, ich sterbe nämlich schon fast vor Hunger!« Marlene, die noch immer Miss Marple streichelte, lächelte sie freudig überrascht an.

Natürlich, das war sie sicher von ihren Männern so gewohnt. Und auf eine tolle Einladung zum Abendessen in einem gehobenen Restaurant folgte dann der Sex. Quasi als eine Art Dankeschön.

Wumms, Ernüchterung Nummer vier. Das hier läuft leider etwas anders.

»Ähm … nicht direkt.« Lisbeth atmete tief durch. »Wir … also ich bin heute Abend auf einer Geburtstagsfeier eingeladen. Agnes wird vierzig. Ein runder Geburtstag also, da konnte ich einfach nicht so knapp vorher absagen. Als ich ihr zugesagt habe, ahnte ich ja nicht, dass du dieses Wochenende kommen würdest … dass du überhaupt je kommen würdest. Jedenfalls, wir müssen da heute hin. Vielleicht auch nur für zwei, drei Stunden. Es gibt auch etwas zum Essen, keine Sorge.«

Marlene hob die Schultern.

»Kein Problem, lass uns hingehen. – Ich hätte dich wirklich vorher fragen sollen, ob du Zeit hast.«

Panik. Panik. Panik. Jetzt denkt sie, sie ist nicht willkommen.

»Ich … ich freu mich so, dass du hier bist, ehrlich. Das mit der Party ist ungünstig, ich weiß, aber ich … ich … wir können das mit dem romantischen Essen morgen nachholen, wirklich.«

Im Geiste ging Lisbeth bereits die Liste der Restaurants durch, die dafür Frage kamen und hoffentlich kurzfristig noch einen Tisch frei hatten.

Gott, ich bin so eine Nuss. Ich habe wirklich nichts vorbereitet.

»Aber wir sollten uns jetzt dann umziehen. – Das Badezimmer ist vorne links. Ich bin gleich zurück, okay?«

»Okay …«

Sie fühlte Marlenes verwunderten Blick im Rücken, als sie in ihr Zimmer flüchtete.

*

Was, um Himmels Willen, war nur mit Lisbeth los? – Marlene kraulte weiterhin die Katze, die inzwischen lautstark schnurrte, und versuchte sich einen Reim auf das seltsame Verhalten zu machen. Schon am Flughafen hatte sie den Eindruck gehabt, dass Lisbeth nur in den Kuss einstieg, weil sie ihn initiiert hatte, nicht, weil sie sie wirklich küssen wollte.

Ja, sie hatte in der Tat kurzfristig gebucht. Vermutlich wäre es besser gewesen, sich erst zu vergewissern, ob Lisbeth nicht schon andere Pläne hatte. Oder es sich inzwischen sowieso anders überlegt hatte. Marlene wurde schlagartig bewusst, mit welcher Selbstverständlichkeit sie davon ausgegangen war, dass Lisbeths Gefühle für sie ebenso intensiv und leidenschaftlich waren wie die ihren.

Vielleicht hatte Lisbeth in Berlin ja nur deshalb so darauf gedrungen, dass sie noch einmal darüber nachdachte, weil sie vielleicht insgeheim auf schwindendes Interesse hoffte.

Vielleicht, vielleicht ...

Sie würde Lisbeth darauf ansprechen, und zwar ganz direkt. Sie brauchte Klarheit.

»Also, ich bin dann soweit.« Lisbeth kam ins Wohnzimmer zurück, in Blue Jeans und einer lässigen Bluse. Ihr Gesichtsausdruck wurde starr, als sie sich Marlene zuwandte. »Du hast dich nicht umgezogen?«

Marlene runzelte irritiert die Stirn.

»Sagtest du nicht, wir gehen auf eine Geburtstagsparty? Ist irgendetwas an dieser schwarzen Hose und dem dunkelgrünen Blazer falsch? – Ich gehe nur noch kurz ins Bad, um mein Make-up aufzufrischen, aber das ist eine Sache von Minuten.«

Lisbeth sah aus, als würde sie jeden Moment ohnmächtig werden. Marlene hatte langsam genug. Sie erhob sich und baute sich in wenigen Zentimetern Abstand vor Lisbeth auf.

»Sag mal, was ist eigentlich los mit dir? – Wenn du dir das mit uns beiden anders überlegt hast, hättest du es mir sagen können. Ich hatte bei unseren Telefonaten nur ein anderes Gefühl ...«

Lisbeth wurde noch eine Spur blasser. Ihre Unterlippe zitterte.

»Nein. Nein, das ist es nicht. Ich freue mich, dass du da bist.«

Marlene hob die Augenbrauen. Bisher war ihr Eindruck ein anderer.

»Wirklich, ich wollte das alles«, brach es nun aus Lisbeth hervor. »Dich elegant ausführen. Dir Kopenhagen zeigen. Dir etwas bieten. Das ganze Programm. – Ich bin nur nicht dazu gekommen, und ich hatte Agnes doch schon zugesagt, und …«

Zu Marlenes Bestürzung begann sie jetzt zu weinen.

»Lisbeth. Bitte.« Marlene zog sie in ihre Arme. Es überraschte sie immer noch, wie wenig genügte, damit Lisbeth in Tränen ausbrach. »Du machst dir gerade unnötigen Stress. Ich bin mit allem zufrieden, wirklich. – Als du mich besucht hast, haben wir ein ganzes Wochenende nur in meiner Wohnung herumgelungert und hatten beide Spaß.«

Lisbeth sah mit geröteten Augen zu ihr auf.

»Das war anders, damals. Da waren wir nur Kolleginnen. Na ja, Freundinnen.«

»Das sind wir jetzt auch noch.« Marlene küsste ihr völlig zerstörtes Gegenüber auf die Stirn. »Nur, weil ich dir mit meinen magischen Händen den ersten Orgasmus nach drei Jahren Abstinenz geschenkt habe, musst du mich wirklich nicht anders behandeln«, schob sie neckend hinterher. »Entspann dich. Wir gehen auf diese Party, und wenn es da legerer zugeht, werde ich schnell in Jeans und Pulli schlüpfen und alles ist gut.«

Lisbeth legte ihr die Arme um die Taille. Mit Erleichterung stellte Marlene fest, dass ihre Anspannung tatsächlich wich.

Als Marlene fünf Minuten später fertig umgezogen das Badezimmer verließ, hatte Lisbeth tatsächlich schon wieder mehr Farbe im Gesicht.

»Ich muss dir noch etwas sagen.«

»Und zwar?«

»Das heute … wird vielleicht etwas viel für dich sein. Agnes … Also, Agnes ist lesbisch und alle ihre Freundinnen auch. Die

Party findet in einem Lesbenlokal statt. Es kommen so um die zwanzig Frauen und na ja ... nicht alle sprechen gut Englisch.«

»In anderen Worten: Du schleppst mich in eine Szenebar, und alle um mich herum werden Dänisch reden?«

»Ähmm ... ja.«

Lisbeth wirkte so zerknirscht, dass Marlene unwillkürlich lachen musste. Sie küsste sie auf den Mund.

»Ich werde es überleben. – Im Übrigen hab dir noch gar nicht gesagt, wie gut dir dein neuer Haarschnitt steht. Die paar Zentimeter kürzer bringen deine Locken super zur Geltung.«

Damit fühlte sich Lisbeth sichtlich geschmeichelt, und Marlene war froh. Offensichtlich war es ihr gelungen, die Freundin aus dem selbstgemachten Stresschaos zu lösen. Sie schlüpfte bereits in ihren Mantel, als Lisbeth sagte: »Im Übrigen habe ich *dir* noch gar nicht gesagt, dass es nicht mein erster Orgasmus seit drei Jahren war! Bilde dir also nicht zu viel darauf ein.«

Das ist die Lisbeth, die ich kenne.

Marlene fasste sich mit gespieltem Entsetzen an die Brust.

»Willst du mir damit etwa sagen, dass du etwas so Verwerfliches machst wie ... igitt ... Masturbation?«

Lisbeth lachte und gab ihr einen Klaps auf die Schulter.

»Ich sage nichts mehr dazu. Komm, lass uns gehen!«

*

Marlene nippte an ihrem Bier – dem Weinangebot hatte sie nicht vertraut –, während sie ihren Blick durch den schummrig beleuchteten Raum gleiten ließ. Ein typischer Club mit freier Fläche, Sitzecken und Musik, der im Moment noch eher nach Bar als nach Tanzlokal aussah. Die großen Lautsprecherboxen an den Wänden ließen vermuten, dass sich das mit fortgeschrittener Stunde noch ändern würde.

Interessant waren für sie vor allem Lisbeths Freundinnen. Es waren recht verschiedene Persönlichkeiten, so ihr erster Eindruck, rein optisch verkörperten die meisten aber jenes Klischeebild, das Marlene aus den Medien kannte. Wenn Lesben überhaupt im Fernsehen und auf Zeitungsfotos gezeigt wurden, waren sie kurzhaarig, sportlich und burschikos. Lisbeths Freundinnen entsprachen bis auf zwei, drei Ausnahmen diesem Bild.

Marlene verstand nun, weshalb Lisbeth so eindringlich darauf bestanden hatte, dass sie sich umzog. In eleganten Lederstiefeln und mit Perlohrringen fiel sie auch so schon genug auf. Die Frauen hier trugen meist einfach nur Turnschuhe, Jeans und Sweatshirt. Einige von ihnen hatten Piercings, was Marlene erstaunte. In ihrem Umfeld gab es schon lange keine Frauen mehr, die Nasenringe oder Tattoos zur Schau stellten.

Die Geburtstagsgesellschaft kannte sich. Alle quatschten wild durcheinander. Auf Dänisch, natürlich. Vieles wurde von der Musik verschluckt, aber das war Marlene ziemlich egal, sie verstand so oder so nichts. Anfangs hatte sie noch versucht, die Bedeutung einzelner Worte herauszuhören, aber bald schon aufgegeben. Ihre Sprachen waren einfach zu verschieden.

Lisbeth stand mitten unter ihnen und hatte offensichtlich auch viel zu erzählen. Sie wirkte äußerst lebhaft, sah jedoch immer wieder prüfend herüber. Ihre Sorge, sie könnte sich langweilen, war offensichtlich.

Marlene sandte ihr jedes Mal ein aufmunterndes Lächeln. Sie wollte nicht der Klotz am Bein sein. Außerdem: Es war interessant, Lisbeth so zu erleben, fernab der Arbeit, umringt von Freundinnen. Sie schien beliebt. Es gab keine, die nicht zumindest für ein paar Minuten das Gespräch mit ihr suchte. Je länger Marlene Lisbeth beobachtete, desto mehr kam sie zu dem Schluss, dass dieser temperamentvolle, mitreißende Wirbelwind hier der Mittelpunkt war. Ein ausgesprochen hübscher Wirbelwind obendrein.

»Hallo, ich hoffe, du langweilst dich nicht.« Agnes, das

Geburtstagskind, sprach gut Englisch und nahm neben ihr Platz. Sie hatte kurzes, blondes Haar mit ein paar grauen Strähnen und ein sympathisches Lächeln. Wie Marlene von Lisbeth wusste, war sie Geographielehrerin an einem Gymnasium.

»Nein, gar nicht. Ich finde es schön, Lisbeths Freundinnen kennenzulernen.«

»Auch wenn alle Dänisch sprechen.« Agnes grinste. »Du Arme. – Sag mal, wie lange seid ihr schon zusammen? Wann habt ihr euch kennengelernt und wo?«

Interessante Fragen.

Marlene entschied, bei der Wahrheit zu bleiben.

»Im September, in einer Flughafen Lounge am Kopenhagener Airport. Unser Flug nach Brüssel hatte Verspätung.«

»So lange schon? – Lisbeth ist wirklich eine Geheimniskrämerin; bis heute hatten wir alle keine Ahnung, dass sie wieder liiert ist!«

Das glaube ich gerne.

Eine hochgewachsene Frau mit Pferdeschwanz schlang von hinten die Arme um Agnes und sagte etwas auf Dänisch, worauf Agnes ebenso antwortete, ehe sie auf Englisch sagte: »Das ist Lea, meine Frau. – Lea, kannst du dir vorstellen, dass unsere Lisbeth seit rund einem halben Jahr mit Marlene zusammen ist?«

»Ein halbes Jahr?« Lea wirkte entsetzt. »Und jetzt erst erfahren wir davon?«

Ein halbes Jahr, nun ja … das muss Lisbeth ausbaden. Was auch immer sie ihnen als Erklärung liefern mag.

»Was machst du beruflich?«

Puh.

Dieses Gespräch wurde zum reinsten Minenfeld. Marlene konnte sich nicht vorstellen, dass Lisbeth glücklich war, wenn alle Welt erfuhr, dass sie denselben Arbeitgeber hatten.

»Ich arbeite im Marketing und im Außendienst«, antwortete sie wahrheitsgemäß. »Was machst du beruflich, Lea?«

»Ich war im Skisport aktiv. Jetzt bin ich Trainerin einer Jugendmannschaft. Österreich kenne ich ganz gut. In Tirol, in Salzburg, da bin ich schon überall gefahren, damals.«

»Natürlich kennt Lea Österreich sehr gut.« Lisbeth war dazugestoßen und setzte sich auf die Kante von Marlenes Polstersessel. »Fährst du eigentlich Ski, Marlene?«

»Ich fahre, aber ohne große Leidenschaft und deshalb eher selten.«

»Und du hast dir früher keine Skirennen im Fernsehen angesehen?«

»Nein, hätte ich?« Marlene verstand nicht, auf was Lisbeth hinaus wollte, doch Lea winkte schon verlegen ab.

»Lisbeth, bitte! Das ist zwanzig Jahre her!«

»Lea ist ... war eine Größe im Skisport. Hier in Dänemark war sie zu ihrer aktiven Zeit eine richtige Berühmtheit.«

Marlene war beeindruckt – vor allem von Leas Bescheidenheit. Sie unterhielten sich eine Weile über den Wintersport in ihren jeweiligen Ländern, ehe sich Agnes unvermittelt an Lisbeth wandte: »Du hast uns seit einem halben Jahr deine neue Beziehung verschwiegen!«

Sichtlich perplex warf Lisbeth einen schnellen Seitenblick auf Marlene, gewann aber rasch ihre Fassung wieder.

»So lange sind wir schon zusammen, Liebling?«

Liebling.

Marlene ahnte, dass Lisbeth sie damit nur necken wollte, doch selbst unter diesen Umständen gefiel ihr die Anrede. Lächelnd legte sie den Arm um Lisbeths schmale Taille.

»Mir kommt es eigentlich schon viel länger vor, Süße.«

Lea und Agnes tauschten sichtlich gerührt einen vielsagenden Blick, während Lisbeth nun ganz offensichtlich um Worte und Taten verlegen war. Sekunden später wurde die Musik laut gedreht, was die Süße erleichtert aufspringen ließ.

»Gehen wir tanzen«, schlug sie vor und streckte Marlene die Hand entgegen. Augenblicke später waren sie auch schon mitten auf der Tanzfläche.

Marlene wurde bewusst, wie lange sie schon nicht mehr so ausgelassen, frei und unbefangen getanzt hatte. Mit Alexander hatte es geheißen: Walzer am Ärzteball, am Kaffeesiederball und auch schon hin und wieder am Wiener Opernball. Für ihn waren das gesellschaftliche Verpflichtungen gewesen, für sie eine nette Abwechslung, um den steifen Tischgesprächen von Alexanders Kollegen und deren Gattinnen zu entkommen.

Wilder Freestyle zu guter Musik hatte ihr stets besser gefallen als das einstudierte Tanzparkett-Repertoire. Schon von Jugend an war sie eine derjenigen gewesen, die nächtelang durchtanzen konnten, in Landdiskos und bei Dorffesten. Auf dem Tanzboden und damit automatisch im Mittelpunkt zu stehen, war das für sie kein Problem.

Überrascht und mit zunehmender Begeisterung nahm sie jetzt zur Kenntnis, dass es Lisbeth genauso ging. Die Tanzfläche füllte sich allmählich, aber sie hatte nur Augen für Lisbeth, die sich so ganz im Einklang mit der Musik bewegte.

Sexy. Ich finde sie wirklich sexy.

Eben küssten sich zwei Frauen, und Marlenes Bedürfnis, es ihnen gleichzutun, war plötzlich übermächtig. Sie zog Lisbeth zu sich. An deren anfänglicher Zurückhaltung war zu spüren, wie sehr sie das überraschte, doch es dauerte nicht lange, und Lisbeth küsste sie zurück. Leidenschaftlich.

Marlene spürte die Hitze, die von ihr Besitz ergriff, begleitet von einem angenehmen Prickeln.

Wie Champagner auf meiner Haut.

Von da ab tanzten sie dicht beieinander, und jede von Lisbeths mal flüchtigen, mal intensiveren Berührungen ging Marlene durch und durch, schürte die Glut in ihr, die seit ihrem Erlebnis in Berlin nicht mehr erloschen war.

*

Miss Marple begrüßte sie mit vorwurfsvollem Maunzen, als sie gegen ein Uhr nachts zurück in die Wohnung kamen.

»Sie tut, als wäre sie fast verhungert.« Lisbeth betrachtete kopfschüttelnd die flauschige Perserkatze, die jetzt über das Dosenfutter herfiel, als gebe es kein Morgen. Dann wandte sie sich Marlene zu, die im Türrahmen lehnte.

»Ich hoffe, der Abend war okay für dich.«

»Ich hatte Spaß.«

Zur Bestätigung hauchte sie Lisbeth, die an ihr vorbei ins Wohnzimmer ging, einen kleinen Kuss auf die Lippen.

Drinnen ging Lisbeth unschlüssig zwischen dem Sofa und der halb geöffneten Türe zum Schlafzimmer hin und her. Plötzlich blieb sie stehen.

»Möchtest du bei mir im Bett schlafen oder lieber auf dem Sofa?«

Marlene, noch immer angenehm erregt von Lisbeths Berührungen während des Tanzens, blinzelte ungläubig.

Hat sie das jetzt wirklich gesagt?

»Was ist denn das für eine Frage? – Erst schleppst du mich in eine Lesbenbar, und dann willst du mich aufs Sofa verbannen?«

Ihr amüsierter Unterton kam bei Lisbeth nicht an. Sie sah verlegen auf den Boden.

»Ich will dich nicht überfordern.«

In diesem Moment begriff Marlene, dass diese Frau, die hier so sichtlich verunsichert vor ihr stand, die *echte* Lisbeth war. Lisbeth machte Witze, flirtete wie die Hölle und überraschte fremde Frauen mit einem Kuss, solange alles als oberflächlicher Spaß abgetan werden konnte. Die Phase des lustigen Geplänkels war nun aber vorbei und hinterließ eine Frau, die, so wie es im Moment schien, vor lauter Angst rein gar nichts riskierte.

Marlene war weit davon entfernt, es sich anders zu überlegen, doch sie war trotz aller Erregung selbst etwas nervös. Den ganzen Weg vom Lokal zurück in die Wohnung hatte sie sich insgeheim gefragt, ob sie das wirklich konnte – mit einer Frau Sex zu haben, der sie beide befriedigte. Was war, wenn sie nicht zum Höhepunkt kam? – Einen Mann konnte sie leicht täuschen, das wusste sie aus Erfahrung. Eine Frau dagegen wohl kaum.

Wie auch immer, das Sofa war keine Option. Und die Unsicherheit musste aus dem Weg geschafft werden. Sofort.

Mit drei schnellen Schritten beseitigte sie die räumliche Distanz zwischen ihnen und zog Lisbeth in einen leidenschaftlichen Kuss. Gleichzeitig ließ sie ihre Hände unter deren Bluse gleiten, streichelte über die nackte Haut am Rücken und öffnete mit geübten Fingern den BH.

Lisbeth sog scharf die Luft ein, als Marlene die Hand auf ihre Brust legte und die Fingerspitzen kreisen ließ. Bereitwillig ließ sie sich zum Sofa bugsieren.

Ihr die Bluse auszuziehen, war einfach. Die Jeans erwies sich als sperriger. Doch letztendlich gelang es Marlene, Lisbeth auch dieses lästige Kleidungsstück abzustreifen, und sie tat es so gründlich, dass der Slip gleich mit auf dem Boden landete.

Lisbeth war schön, unglaublich schön.

Fasziniert betrachtete Marlene den schlanken, aber dennoch fraulichen Körper vor sich. Sie ließ ihre Hände über Lisbeths hübsche Brüste wandern, verfolgte fasziniert, wie sich die Spitzen unter ihrer Berührung noch mehr aufrichteten.

Lisbeths Haut war so sanft, so glatt. Sie wollte mehr davon spüren. Marlene entledigte sich ihres Pullis und ihres BHs und schob sich sanft auf Lisbeths Oberkörper. Sie stöhnte unterdrückt auf, als ihr Busen Lisbeths Brüste berührte.

Ein erregendes Gefühl.

Sie küssten sich; irgendwann begann auch Lisbeth zu stöhnen, und in Marlene flackerte die Erinnerung an ihr Erlebnis im Hotelzimmer auf. Ihr war klar, dass es wirklich nicht viel brauchte, um sie in Flammen zu setzen, drei Jahre Abstinenz hin oder her. Ermutigt von dem leichten Zittern unter sich, ließ sie ihre rechte Hand weiter auf Entdeckungstour gehen, während sie mit der linken den Nacken der Freundin umschlang und sie leidenschaftlich küsste.

Lisbeths Bauch war flach und doch muskulös. Marlene ließ ihren Finger kurz um den Nabel kreisen – ein ganz entzückender Nabel. Dann glitt ihre Hand tiefer.

Bis auf einen Streifen Schamhaar war Lisbeth glattrasiert – für Marlene keine Überraschung mehr. Was sie dagegen erst jetzt bemerkte, war die Nässe zwischen Lisbeths Beinen. Sie streichelte sich die feuchten Oberschenkel entlang nach oben und genoss, wie das Becken sich ihr entgegendrängte.

Und schließlich wagte sie den nächsten Schritt, jenen Schritt, den sie zugleich ersehnte und fürchtete: sie schob ihre Hand weiter und berührte Lisbeths Geschlecht. Lisbeth reagierte sofort mit einem erregten Keuchen und schob sich noch enger an Marlene, die ihrerseits sanft über die Erhebungen zu streichen begann, die sich ihr boten.

Schließlich berührte sie die Klitoris, und sämtliche Vorbehalte gegenüber ihren eventuell nicht so ausgeprägten Fertigkeiten als Liebhaberin waren verflogen. Es war im Grunde so einfach: Sie musste nichts anderes tun als das, womit sie sich selbst Lust verschaffte.

Lisbeth kam mit einem unterdrückten Schrei, der das Wohnzimmer erfüllte und ihre eigene Erregung in ungeahnte Höhen trieb. Die Freundin zitterte noch, als sie sich erneut küssten, doch Marlene hatte nicht genug. Sie fühlte sich in ihrem Tun bestätigt. Ihre Gier nach dem, was sie noch nicht an diesem unglaublichen, vor Hitze und Leidenschaft glühenden Körper entdeckt hatte, war unermesslich.

Sie küsste sich einen pulsierenden Hals entlang, küsste ein zierliches Schlüsselbein, umschloss Brustwarzen mit dem Mund. Sie hörte an Lisbeths schneller werdendem Atem, wohin sie erneut unterwegs war, und fühlte sich in dieser Sekunde nahezu übermächtig.

Dann suchte sie Lisbeths Mitte, und diesmal zögerte sie nicht länger. Sie ließ zwei Finger hineingleiten und begann sie dabei zu bewegen. Feinfühlig rieb ihr Daumen über den Kopf der Klitoris. Ihre eigene Erregung wuchs mit jedem Laut, den Lisbeth von sich gab. Für Bruchteile von Sekunden wurde Lisbeth ganz starr, sie zitterte, und plötzlich bog sie sich mit einem erneuten Keuchen nach oben, während sich ihre Fingernägel tief in Marlenes Rücken bohrten.

Der leichte Schmerz war angenehm erregend. Marlene fühlte sich wie in einem Rauschzustand. Ihr Herz raste, ihr eigener Körper bebte, und die Jeans, derer sie sich noch immer nicht entledigt hatte, klebte an ihren Oberschenkeln. Sie auszuziehen hätte bedeutet, von Lisbeth abzulassen, und das war etwas, wozu sie sich im Moment nicht in der Lage sah. Lisbeth lag noch immer halb unter ihr, die Haut von glänzendem, salzig schmeckendem Schweiß überzogen, ihr Atem beruhigte sich nur langsam.

Dann öffneten sich ihre Augen und sie lächelte vorsichtig.

Marlene erwiderte ihr Lächeln.

Scheint so, als hätten wir die Verlegenheit jetzt endgültig aus dem Weg geschafft. Gut so.

Lisbeth suchte ihre Lippen und Marlene stieg bereitwillig auf den Kuss ein. Ihr Verlangen war noch lange nicht gestillt. Lisbeth bewegte sich unter ihr, legte die Hände an ihre Seite, an ihren nackten Oberkörper. Es war eine angenehme, zärtliche Berührung, aber dennoch … griff Marlene nach Lisbeths Händen, schob sie weg und widmete sich wieder diesen wunderschönen Brüsten, die sich ihr entgegenreckten und nach mehr zu verlangen schienen. Gleichzeitig tastete sie erneut in die Tiefe.

»Marlene … Marlene …?« Lisbeths Stimme drang leise, aber eindringlich an ihr Ohr.

»Hm?« Marlene hielt inne, suchte ihren Blick.

Verwirrung, aber auch sichtliche Erheiterung stand in Lisbeths grünen Augen.

»Darf ich … darf ich auch mal … irgendetwas machen?«

*

Als der Druck auf der Blase nicht länger zu ignorieren war, zwang sich Marlene, die Augen zu öffnen. Die weißen Vorhänge waren noch immer zugezogen, verbargen aber nicht die Tatsache, dass es draußen bereits helllichter Tag sein musste. Zum ersten Mal nahm sie das Zimmer wahr, in dem sie die Nacht verbracht hatte. Weiße Möbel auf dunklem Parkettboden, alles sehr schlicht gehalten. Ein dreitüriger Schrank, eine kleine Kommode mit Spiegel, ein Nachtkästchen und eine Stehlampe. An den Wänden hingen gerahmte Radierungen und Bleistiftzeichnungen, deren Motive jedoch aus der Entfernung und bei gedämpftem Licht nicht zu erkennen waren.

Das Holzbett, in dem sie lag, passte zum übrigen Mobiliar, es war weich und bequem. Die buntgestreifte Bettwäsche ließ sich unschwer dem Sortiment eines gewissen schwedischen Möbelhauses zuordnen und duftete nach Lisbeth.

Marlene drehte sich zu der Frau, die ihren Körper zum Beben gebracht hatte. Lisbeth lag auf dem Rücken, die Bettdecke über ihre nackten Brüste gezogen, die Augen geschlossen. Wirre blonde Locken umrahmten das schöne, schmale Gesicht. Ihr Mund war leicht geöffnet; der Brustkorb hob und senkte sich mit jedem ihrer Atemzüge.

Marlene widerstand nur schwer dem Drang, sie zu küssen. Der Blick zum altmodischen Wecker auf dem Nachtkästchen sagte ihr aber, dass sie beide nicht viel geschlafen hatten. Ihr Liebesspiel hatte sich bis in die frühen Morgenstunden gezogen, zumindest Lisbeth sollte noch ein wenig ruhen können.

So stand Marlene lieber auf, durchquerte nackt, wie sie war, das Wohnzimmer, ignorierte schlaftrunken Miss Marple, die ihr schnurrend um die Beine strich, und ging ins Badezimmer. Sie fühlte sich trotz ihrer Müdigkeit gut. Von ihren Sorgen, was den Sex mit einer Frau betraf, war sie seit dieser Nacht endgültig befreit. Sie hatte auch keinen Orgasmus gefakt, um Lisbeth nicht zu enttäuschen – er kam ganz von alleine und ohne all den Aufwand, der meist nötig gewesen war, wenn es mit einem Mann zur Sache ging.

Vielleicht war ich schon immer lesbisch und wusste es bloß nicht?

Marlene lächelte bei dem Gedanken in sich hinein.

Nein, das war gewiss nicht der Fall. Sie sah sich noch immer nicht als lesbisch. Bisexuell vielleicht. Aber vermutlich hatte das, was sie da gerade erlebte, allein mit Lisbeth und ihrer Persönlichkeit zu tun. Von den Frauen auf der Party am Vorabend fühlte sie sich jedenfalls in keiner Weise sexuell angesprochen.

Vertieft in ihre Gedanken, verließ sie das Badezimmer – und fuhr erschrocken zusammen, als sie die Gestalt bemerkte, die gerade im Begriff gewesen war, die Küche zu verlassen.

Sie erkannte die Frau von dem Foto auf Lisbeths Facebook-Seite sofort wieder. Marlene, die sich schlagartig ihrer Nacktheit bewusst wurde, war auch ohne Spiegel klar, dass sie soeben die Farbe einer überreifen Tomate annahm.

»Hej?« Merle war wie angewurzelt stehen geblieben, was Marlene durchaus nachvollziehen konnte. Sie rechnete es der Frau hoch an, dass diese nicht einmal in ihre Richtung sah.

Merle schob etwas auf Dänisch nach. Es klang wie eine Frage.

Marlene hatte eigentlich nur das Bedürfnis, schnellstmöglich zurück ins Bett zu flüchten, doch sie wollte nicht unhöflich sein.

»Ich bin Marlene«, sagte sie. »Eine Freundin von Lisbeth.«

Das klang sogar in ihren eigenen Ohren seltsam: eine Freundin. Und zwar eine, die am Samstagvormittag im Eva-Kostüm in der Wohnung herumgeisterte. Als würde ihr Aufzug nicht Bände sprechen!

Als Merle nicht reagierte, begriff Marlene, dass sie im Gegensatz zu ihrer Schwester kein Deutsch sprach. Sie wiederholte ihre Worte auf Englisch. Diesmal wurde sie verstanden.

»Schön, dich kennenzulernen.«

Merle streckte ihr die Hand entgegen. Ihre Bewegungen waren überraschend langsam, fast vorsichtig. Noch mehr überraschten sie allerdings die nächsten Worte.

»Habt ihr schon gefrühstückt? – Wenn nicht, können wir das ja gemeinsam tun. Ich war mir nicht sicher, ob jemand hier ist. Ich bin erst vor einer halben Stunde von meinem Freund gekommen, und es war so still in der Wohnung. Eigentlich wusste ich nicht einmal, dass Lisbeth Besuch hat. Woher aus Deutschland kommst du?«

Ist das jetzt wahr? Ich stehe hier splitternackt im Hausflur, und diese Frau will mit mir ein Kennenlerngespräch führen!

Sie hatte sich bisher immer für recht freizügig gehalten, bekam aber allmählich den Eindruck, dass sie gemessen an der gänzlich unbeeindruckt wirkenden Dänin ziemlich verklemmt war.

»Ich bin aus Österreich, aus Wien.«

»Oh, davon habe ich schon viel gehört. Wiener Opernball, richtig? Und die weißen Pferde in der Hofreitschule ... Lipizzaner, so heißen sie? – Lisbeth war ja schon öfter dort, beruflich.«

Und privat. Aber anscheinend hat sie das verschwiegen.

»Bist du zum ersten Mal in Kopenhagen? – Komm doch mit ins Wohnzimmer.«

Allmählich wurde die Szene wirklich absurd. Mit Offenheit konnte das hier wohl kaum mehr zu tun haben!

»Ähm ...«, kam es Marlene unwillkürlich über die Lippen.

Ein kurzes Schweigen entstand.

»Du bist ... nackt, oder?«, fragte Merle dann plötzlich.

Marlene musste sich beherrschen, um nicht loszulachen.

Natürlich, was denn sonst!?

»Ja, schon seit ich hier stehe«, gab sie zur Antwort, bemüht, sich ihre Verwirrung nicht anmerken zu lassen. »Und es ist mir ehrlich gesagt ein bisschen peinlich.«

Ein breites Grinsen breitete sich auf Merles Gesicht aus.

»Das muss es nicht. Ich bin blind.«

Wow, was für eine Antwort.

Anscheinend lag der Humor wirklich in Lisbeths Familie.

»Ich schaue jetzt einmal nach Lisbeth«, sagte Marlene. »Wir sehen uns sicher später.«

»Du mich schon«, sagte Merle lachend, während Marlene das Gefühl hatte, diesen Witz nicht richtig erfasst zu haben.

Augenblicke später schlüpfte sie zurück zu Lisbeth unter die Bettdecke.

»Wo warst du?«

Mit geschlossenen Lidern streckte Lisbeth die Hand nach ihr aus. Marlene rutschte zu ihr hinüber und küsste sie zärtlich auf die Wange.

»Ich habe gerade deine Schwester kennengelernt. Ich muss sagen, dass ich noch nie so eine coole Person erlebt habe. Ich stand nackt da und sie schlug ganz entspannt vor, doch gleich im Wohnzimmer mit ihr weiterzuplaudern. Ist das so eine typisch dänische Verhaltensweise?«

Lisbeth rieb sich die Augen, streckte sich und gähnte.

»Merle ist blind. Dein Aufzug war ihr wohl ziemlich egal.« Lisbeth rollte sich zu ihr und legte die Hand auf Marlenes Busen. »Gut zu wissen, dass du noch immer nackt bist.« Sie sah Marlene nun direkt in die Augen, ein schalkhaftes Lächeln im Gesicht. »Und ich bin jetzt wach und willig, falls es dich interessiert.«

»Willig?«, wiederholte Marlene amüsiert, während sie ihre Finger über Lisbeths Bauch gleiten ließ. »Unglaublich, was für Wörter du kennst. – Und ja … oh ja … ich kann fühlen, wie willig du bist …« Lisbeth bog sich ihr erwartungsvoll entgegen, doch Marlene hielt mit einem Mal inne.

»Wie meinst du das: Merle ist blind? Sie hat das auch gesagt. Ich hielt es für einen Witz.«

»Es ist wahr. Merle leidet von Geburt an unter LCA – Lebersche kongenitale Amaurose – wie übrigens auch unsere Mutter.«

Marlene setzte sich auf. Die Langsamkeit und Unbefangenheit – das alles ergab nun Sinn. »Mein Gott, ist mir das unangenehm«, sagte sie. »Ich dachte wirklich, sie scherzt. Ich muss mich später bei ihr entschuldigen.«

Lisbeth legte ihre Arme um Marlenes Oberkörper und bettete den Kopf auf deren Schulter.

»Nein, musst du nicht. – Behandle sie einfach ganz normal, okay? Denn meine Schwester ist ein ganz normaler Mensch, der den Alltag ziemlich gut meistert. Und jetzt«, sie begann, an Marlenes Brustwarzen herumzuspielen und sandte allein damit einen sehnsuchtsvollen Schauder durch deren Körper, »und jetzt lass uns da weitermachen, wo wir aufgehört hatten.«

»Stört es dich nicht, dass deine Schwester im Wohnzimmer sitzt und Kaffee trinkt? Taub ist sie ja wohl nicht …«

Lisbeth grinste.

»Stört mich nicht, weil ich leise sein kann. – Was dich betrifft, bin ich da allerdings nicht ganz so sicher!«

Marlene schubste sie zurück auf die Matratze und schob ihr Bein zwischen Lisbeths Oberschenkel.

»Ich werde dir gleich zeigen, wer hier die Lautere ist …«

Kopenhagen, Fredriksberg

Lisbeth schloss die Türe zu jenem Haus in einem der ruhigen Viertel von Frederiksberg auf, wo sie den Großteil ihrer Kindheit verbracht hatte. Mit schnellen Schritten durchquerte sie den hell erleuchteten Vorraum und steckte ihren Kopf zum Esszimmer hinein.

»Hallo, ich bin jetzt da. Entschuldigt die Verspätung.«

»Lisbeth, wie schön, dass du noch gekommen bist.« Ihre Mutter, die ebenso wie Merle und der Vater vor einem bereits geleerten Suppenteller saß, erhob sich und ging langsam auf sie zu. Lisbeth kam ihr entgegen und umarmte erst sie, dann ihren Vater.

»Wir haben mit dem Essen nicht auf dich gewartet, weil es hieß, bei dir könnte es später werden«, erklärte er nun. »Aber in der Küche steht noch ein Topf –«

»Ja, kein Problem, ich wusste selbst nicht, ob ich es heute noch schaffe, vorbeizukommen. Ich bin gleich bei euch.«

Lisbeth legte ihren Mantel ab, holte sich in der Küche einen Teller mit Krabbensuppe und setzte sich an den Tisch. Die sonntäglichen Familienessen waren über die Jahre zum Ritual geworden. Meist kochte ihr Vater, manchmal auch sie selbst gemeinsam mit Merle, während ihre Mutter den neuesten Klatsch aus der Nachbarschaft erzählte oder von den Aktivitäten des Blinden- und Sehbehindertenverbands berichtete, in dem sie sich seit Jahren engagierte.

»Merle hat uns schon erzählt, dass du noch jemanden zum Flughafen bringen musstest«, sagte ihre Mutter, während Lisbeth die Suppe löffelte. »Du hattest also Besuch dieses Wochenende.«

»Ja, eine Kollegin aus Österreich.«

Bei diesen gedankenlos ausgesprochenen Worten ging ein Ruck durch Merles Körper.

»Kollegin? Tatsächlich?«, wiederholte sie alarmiert, dann schüttelte sie den Kopf. »Sag bitte, dass das nicht wahr ist.«

Lisbeth erwiderte nichts.

»Stimmt etwas nicht?« Ihre Mutter klang besorgt.

»Oh, ich wusste nur nicht, dass diese Marlene eine *Kollegin* ist.« Merle betonte das Wort auf so eindeutige Weise, dass letztendlich auch ihre Eltern begriffen, um was es ging.

»Ist das eine gute Idee, Herzchen?« Ihr Vater bedachte sie mit einem sorgenvollen Blick, und Lisbeth verspürte kurz den Impuls, ihrer Schwester eine Ohrfeige zu versetzen. Sie hatte über die Geschichte mit Siri gegenüber den Eltern nie ein Wort verloren – weil sie wusste, dass diese fassungslos gewesen wären. Dabei ging es keineswegs um ihre Homosexualität, die immer akzeptiert worden war, sondern um das, was ihr Vater wohl als *klaren Menschenverstand* bezeichnet hätte. »Es ist immer alles wunderbar, so lange, bis es endet«, schob er seinen Worten auch schon hinterher. »Deshalb gibt es ja dieses amerikanische Sprichwort: *Never f...*«

»Schon gut«, fuhr ihm Lisbeth ins Wort, ungehaltener, als sie es beabsichtigt hatte. »Es ist nicht so, wie ihr denkt. Es war ein nettes Wochenende. Wir sind beide erwachsen und wissen daher ganz genau, woran wir sind. Noch dazu wohnt sie in Österreich.«

»Noch dazu«, wiederholte ihre Mutter gedankenverloren.

Ihr Vater sagte nichts, aber sie konnte ihm seine Zweifel ansehen.

Lisbeth löffelte weiter die lauwarme Suppe, doch sie schmeckte ihr noch weniger als zuvor. Sie fühlte sich elend. Nicht nur, dass die Eltern und Merle mit ihren Bedenken unweigerlich wunde Punkte berührt hatten – sie hatten sie auch dazu gebracht, etwas zu sagen, das so gar nicht dem entsprach, was sie nach diesem Wochenende fühlte.

Als sie gegen dreiundzwanzig Uhr wieder zu Hause in ihrer Wohnung war, fand sie ein SMS von Marlene, die ihr mitteilte, dass sie gut angekommen sei. Sie rief sie zurück und sprach mit ihr bis weit nach Mitternacht. Danach fühlte sie sich wieder besser.

Barcelona, Crown Plaza Hotel

Marlene sah von der Angebotsbroschüre des Hotels hoch, als sie das Klacken der KeyCard hörte. Die Türe des Hotelzimmers ging auf, und Lisbeth flog wie ein Wirbelwind herein. Sie schob ihren Koffer so schwungvoll zwischen Bett und Schrank, dass er sofort mit lautem Krachen umfiel, warf ihren Mantel auf das Doppelbett und stürzte auf den blauen Polstersessel zu. Er wackelte bedrohlich, als sie sich auf Marlenes Schoß niederließ. Nebenbei gelang es ihr, sich im Rekordtempo ihrer Pumps und der Seidenstrumpfhose zu erledigen.

Hätte Marlene je einen Zweifel an Lisbeths Absichten gehabt – spätestens, als sich deren Lippen auf sie herabsenkten und eilige Finger ihr die Bluse aufknöpften, war die Absicht klar Ihre eigenen Bedürfnisse standen Lisbeths in nichts nach, und sie ging daher nur zu gerne darauf ein.

Leidenschaftliche, tiefe Küsse – warme, zärtliche Hände an ihren Brüsten – heißer Atem auf ihrer Haut. Das Vorspiel war diesmal nach wenigen Minuten vorbei. Marlene spürte Lisbeths Erregung durch den nassen Stoff ihres Slips, als sie die Hand nach unten schob, und hielt sich nicht lange auf. Sanft ließ sie drei Finger in Lisbeth gleiten. Die Handfläche gegen die Klitoris drückend, genoss sie Lisbeths Bewegungen auf ihrem Schoß und deren Streicheln über ihre eigenen steifen Brustwarzen.

Dann warf Lisbeth den Kopf nach hinten in den Nacken, keuchte auf – und sackte Sekunden später in sich zusammen. Sie barg ihren Kopf in Marlenes Halsbeuge, während sich ihr Atem nur langsam beruhigte. Marlene strich ihr sanft über den Rücken und fühlte sich zum ersten Mal seit einer gefühlten Ewigkeit wieder vollkommen und glücklich.

»Drei Wochen sind eine zu lange Zeit«, hörte sie Lisbeth sagen. »Ich habe zuletzt gedacht, ich halte das keinen Tag länger aus.«

Marlene lachte leise. Sie gab ihr einen Kuss auf den Mund und sah ihr in die Augen.

»Hallo erstmal.«

Lisbeth errötete leicht.

»Hallo. – Bist du jetzt schockiert?«

»Unsinn.« Marlene streichelte ihr erneut über den Rücken und drückte sie enger an sich. »Ich hab dich genauso vermisst ... und auch *das* vermisst. Und du hast völlig recht: Drei Wochen sind definitiv zu lange. Aber vergangenes Wochenende, Marinas Geburtstag ...«

»... und vorletztes Wochenende wurde mein Vater siebzig«, seufzte Lisbeth leise, dann hellte sich ihr Gesicht schlagartig auf. »Aber zum Glück haben wir jetzt Frühlingstagung.«

»Auch, wenn ich tausend andere Möglichkeiten vorziehen würde, mit dir den Tag zu verbringen – das hier ist in der Tat besser, als noch länger zu warten! Haben sie dir die KeyCard zu meinem Zimmer anstandslos ausgehändigt? Ich hatte an der Rezeption jedenfalls Bescheid gesagt.«

»Ohne Zögern. Ich frage mich nur, was sich dieser junge Rezeptionist wohl gedacht hat, als ich einerseits nach der KeyCard für dein Zimmer verlangte, aber andererseits in das auf mich gebuchte weiterhin einchecken wollte ...«

»Das soll nicht unser Problem sein. Die Firma zahlt dein Zimmer so oder so. – Du hast aber doch nicht ernsthaft vor, es zu beziehen?«

»Nur falls es dir hier zu eng wird mit mir ...«

»Wird es nicht.« Marlene fuhr durch Lisbeths blondes Haar. »Ich bin glücklich, dass wir zusammen sind, und ich habe nicht vor, auch nur eine Sekunde lang auf deine Anwesenheit zu verzichten.«

»Dann ist es ja gut.« Lisbeth rutschte von Marlenes Schoß

und zog sie in Richtung Bett. »Und da wir noch eineinhalb Stunden bis zum Welcome Dinner haben, würde ich dringend vorschlagen, die Zeit effizient zu nutzen.«

*

Später lag Lisbeth nackt auf dem Bett, den Kopf in die Hände gestützt, und betrachtete Marlene, die in Bluse und Anzughose vor dem Spiegel im offenen Badezimmer stand und ihren Lidstrich nachzog.

Inzwischen hatten sie sich drei Mal gegenseitig zu Hause besucht. Ein Wochenende war sie selbst nach Wien geflogen; das andere, das nun schon wieder drei Wochen zurücklag, war Marlene wieder nach Kopenhagen gekommen.

Jeder der Besuche war wunderbar verlaufen. Marlene und sie harmonierten in so vielerlei Hinsicht. Sie hörten dieselbe Musik, schätzten beide gute Küche, lachten über dieselben Dinge. Der Sex mit ihr war berauschend. Zum ersten Mal in ihrem Leben hatte Lisbeth eine Partnerin, die so offen und freizügig mit Sexualität umging, wie sie es sich immer gewünscht hatte. Marie, ihre langjährige frühere Lebensgefährtin, auf diese Weise zu überfallen wie vorhin Marlene, wäre undenkbar gewesen. Marie legte Wert auf Gespräche und Romantik. Marlene auch, aber Lisbeth hatte bereits bemerkt, dass es durchaus Momente gab, in denen allein ihr Verlangen im Vordergrund stand.

»Was macht eigentlich Merles Wohnungssuche? Ist sie schon fündig geworden?«

»Sie suchen immer noch. Es ist nicht leicht in Kopenhagen.«

Besonders dann nicht, wenn man anscheinend wirklich gar nicht so richtig mit dem Freund zusammenziehen will und mich quasi als Vorwand für eine Verzögerungstaktik nimmt.

Lisbeth dachte an ihr jüngstes Gespräch mit Merle. Vor einigen Tagen hatte ihre Schwester die Bemerkung fallen lassen, dass die Beziehung zu Patrick dann wohl fest sei, wenn sie mit ihm erst einmal zusammenwohnte. Es hatte allerdings nicht danach geklungen, als wäre sie von dieser Vorstellung sonderlich begeistert, und Lisbeth wunderte sich immer noch, was das Problem dahinter war. Merle liebte Patrick, das spürte sie. Mit keinem war sie so lange zusammengewesen wie mit ihm.

»Patrick ist ein sympathischer Typ«, hörte sie Marlenes Stimme aus dem Badezimmer. »Es war neulich ein netter Abend mit ihm, Merle, Agnes und Lea.«

Sie hatten gemeinsam gekocht – oder, korrekt gesagt: Marlene hatte gekocht, Lisbeth geholfen und anschließend waren sie gemeinsam mit Begeisterung über das steirische Backhuhn, den Bohnensalat und den Kaiserschmarrn zum Dessert hergefallen.

»Ich soll dir von Lea und Agnes schöne Grüße ausrichten. Sie schwärmen immer noch von deinem tollen Essen. Lea sagt, sie würde dich sofort als Köchin für ihr Restaurant einstellen.«

Marlene kam aus dem Badezimmer und nahm auf der Bettkante Platz, um sich ihre Kreolen am Ohr zu schließen.

»Lea will ein Restaurant aufmachen?«

Lisbeth zuckte mit den Schultern.

»Du weißt doch, wie Promis so sind. Wenn bei diesen Schauspielern, Profisportlern oder Musikern die Karriere, die Kraft oder die Lust versiegt, betreiben sie entweder Charity oder aber ein Restaurant, das dann eine Weile ganz hip ist und die Reichen und Schönen anzieht. Lea tatsächlich schon einmal darüber nachgedacht. Die Trainertätigkeit füllt sie auf Dauer nicht wirklich aus.«

»Du weißt ja, ein eigenes Restaurant war lange mein Traum. Insofern könnte ich sie da schon verstehen.« Marlene setzte sich zu ihr auf die Bettkante. »Willst du dich nicht umziehen?«

Lisbeth schob ihren Kopf auf Marlenes Schoß.

»Wenn ich dir darauf ehrlich antworten würde, müsste ich sagen: Ich will in diesem Bett bleiben und den ganzen Abend in deinen Armen liegen. Aber wir beide wissen, dass das nicht möglich ist.«

Ohne Begeisterung nahm Marlene das auf Heftgröße gefaltete Tagungsprogramm vom Nachtkästchen.

»Lass mal sehen. Heute Abend erwartet uns ein Abendessen in einem Restaurant am Hafen, morgen haben wir von halb neun bis achtzehn Uhr Programm, später gibt es dann Abendessen im Hotel und am nächsten Tag dürfen wir uns noch bis fünfzehn Uhr mit zwei BELCOSMA-Workshops vergnügen. Bitte lass uns wenigstens darauf achten, dass wir in einer Gruppe sind ...«

Sie küsste Lisbeth auf den Haaransatz.

Lisbeth dachte an Merle und ihr ständiges Mantra, wann immer der Name Marlene bei ihnen zu Hause fiel: Sie ist nett, aber sie ist eine Kollegin. Pass auf. Du willst doch keine Wiederholung von dem, was wegen Siri geschah? Wenn das nächste Mal in deiner Zusammenarbeit mit einer Frau irgendetwas zweideutig wird, schickt *Rasmussen Pharma* dich in die Wüste.

»Wir sollten vorsichtig sein«, sagte sie nachdenklich, setzte sich auf und öffnete ihren Koffer, Marlenes verwunderten Blick im Nacken.

»Wie meinst du das?«

»Wir beide haben wegen Liebe oder Begehren schon berufliche Komplikationen erlebt.« Lisbeth nahm eine Seidenstrumpfhose und ein dunkles Kleid hervor. »Ich finde einfach, wir sollten das mit uns hier nicht an die große Glocke hängen.«

»Findest du?«

Marlene wirkte erstaunt, was Lisbeth leicht verärgerte.

Wollte Marlene sie nicht verstehen? Wussten sie nicht beide insgeheim, wie das, was sie erlebten, irgendwann enden würde? Dass es zwangsläufig enden würde? Wenn Marlene sich früher oder später wieder in einen Mann verliebte?

Die Angst griff nach Lisbeth mit kalter Hand. Sie wollte nicht, dass Marlene ihre Furcht vor dem Unvermeidlichen sah, wollte jetzt nicht mit ihr darüber diskutieren. In Marlenes

Augen stand jedoch deutlich zu lesen, dass sie eine Erklärung erwartete. Lisbeth suchte Rettung in einer Frage.

»Hast du eigentlich irgendjemanden von uns beiden erzählt? Im privaten Umfeld, meine ich.«

Sie glaubte den Schatten zu sehen, der über Marlenes Gesicht fiel.

»Momentan noch nicht – weil ich nicht einmal wüsste, wem ich von uns beiden erzählen sollte.«

Natürlich nicht.

»Deiner Familie?«

»Mein Schwager und meine Mutter haben sich noch nie sonderlich für mein Liebesleben interessiert.«

»Deine Freundinnen?«

Marlene hob die Schultern.

»Freundinnen, wie du sie hast, habe ich nicht. Die meisten Frauen, die ich kenne, sind allenfalls Bekannte. Und meine einzige beste Freundin ist pausenlos mit ihrem Job oder mit sich selbst beschäftigt ... jedenfalls treffen wir uns sehr selten. Und seit das mit uns beiden läuft, habe ich sie nicht mehr gesehen.«

Ja, natürlich. War ja klar.

Lisbeth sammelte ihre Kleidung vom Boden auf und ging damit ins Badezimmer. Sie verschloss die Türe von innen und setzte sich auf den Rand der Badewanne.

Sie atmete tief durch, dachte nach.

Als sie zehn Minuten später angezogen und zum Ausgehen gerichtet ins Schlafzimmer zurückkam, saß Marlene noch immer auf dem Bett. Sie hatte ihr Tablet auf den Knien.

»Ich finde, wir sollten heute Abend lieber an verschiedenen Tischen essen und auch morgen nicht unbedingt nebeneinander im Plenum sitzen. Ich möchte nicht, dass Gerüchte aufkommen. Halten wir den Ball flach, nach außen hin.«

»Okay. Wenn du willst.« Marlene erhob sich und legte ihre Arme um Lisbeths Nacken. »Solange ich die Nächte mit dir habe, bin ich zufrieden.«

Ja, natürlich. Auch das habe ich geahnt.

»Die kriegst du«, erwiderte Lisbeth, bemüht, sich ihre Emotionen nicht anmerken zu lassen. Denn die Nächte, die wollte sie schließlich auch …

*

»Ihr habt die Umsätze der letzten zwei Quartale gesehen. Die Umsätze unserer Migränesparte bleiben deutlich unter den Erwartungen, und besonders XARANTO, ausgerechnet das Produkt, in das wir hier die meisten Hoffnungen gesetzt haben, wird vom Mitbewerb immer mehr zurückgedrängt. Die Gründe haben wir euch bereits erläutert. – Jedenfalls, es dürfte jedem klar sein, dass selbst unser Epilepsie-Blockbuster BELCOSMA diese Verluste nicht mehr auffangen kann.« Thorben Hilsted legte eine bedeutungsvolle Pause ein, ehe er fortfuhr. »Die Geschäftsführung muss darauf reagieren, ehe es zu spät ist. Es werden deshalb einige Synergien ausgelotet werden, um Strukturen zu straffen und vorhandene Optionen noch effizienter als bisher zu nützen.«

Seine Worte zogen sekundenlange Stille im Plenum nach sich. Dann begann links hinten leises Gemurmel, das sich wie eine Welle bis in die vordersten Reihen ausbreitete.

»Verdammt, die werden uns als kleines Land sicher eingliedern«, wandte Magnus sich direkt an Marlene, obgleich seine Kollegin dazu im Moment auch nichts Beruhigendes sagen konnte. »Die werden ganz Skandinavien nur noch von Kopenhagen aus betreuen, von ein paar Außendienstlern abgesehen. – Ich habe noch einen Kredit laufen, um Himmels Willen!«

Alle hier im Saal hatten ausreichend Konzernerfahrung, um Hilsteds Worte richtig zu deuten: Auf die Verluste reagierte die *Rasmussen* Geschäftsführung mit der Einsparung von Stellen. Die Personalkosten waren schließlich mit der größte Kostenfaktor.

Lisbeth saß auf der anderen Seite des Raums zwischen Margret und Enrico, dem Spanier. Marlene suchte ihren Blick, doch die Freundin blickte mit unbewegter Miene zu Boden. Nur zu gerne hätte Marlene Lisbeths offensichtliche Verstimmung auf Thorben Hilsteds Verkündigung geschoben. Sie konnte sich vorstellen, dass Lisbeth sich um ihre Position Sorgen machte. Siri hatte sich in den vergangenen Stunden immer wieder in Szene gesetzt und ihren Aufgabenbereich wirkungsvoll in den Vordergrund gespielt. Allerdings befand sich Lisbeth schon seit dem gemeinsamen Frühstück in dieser Stimmung, und es war ihr nicht gelungen, zu ihr durchzudringen. Da ständig andere Kollegen in der Nähe waren und sie bereits vor dem Frühstück aus dem Hotelzimmer ausgecheckt hatten, hatte sich seither auch keine Gelegenheit für ein Gespräch unter vier Augen ergeben.

Thorben Hilsted erwähnte in seiner Rede weitere Maßnahmen, über die sie im Laufe der nächsten Wochen noch in Kenntnis gesetzt würden, doch Marlene hörte ihm nicht mehr zu. Lisbeths resignierte Miene beunruhigte sie.

Eine Viertelstunde später war die Tagung zu Ende. Die Gesichter waren diesmal lang, die Stimmung allgemein getrübt.

Im Hotelfoyer beim Gepäckraum, wo der Page das eingelagerte Gepäck übergab, stieß sie schließlich wieder auf Lisbeth. »Ich habe das Taxi schon bestellen lassen«, sagte Marlene, während sie ihren Koffer entgegennahm. Lisbeth nickte. Sie hatten ihre Flüge bewusst so gebucht, dass sie gemeinsam zum Flughafen fahren und dort noch einen Kaffee miteinander trinken konnten.

Der Taxifahrer lud gerade die Sachen in den Wagen, als eine elegante Mittvierzigerin aus dem Hotel stürmte, ein Suitcase mit dem Label einer kostspieligen Designermarke im Eiltempo hinter sich herziehend.

»Wartet! – Ich kann doch bei euch mitfahren, oder?«

Ohne die Antwort abzuwarten, drückte sie dem Taxichauffeur auch schon ihr kostbares Stück zum Einladen in die Hand.

Lisbeth schaffte es gerade noch, einen gequälten Blick in

Marlenes Richtung zu schicken, dann saß sie auch schon neben Lorraine auf der Rückbank. Marlene nahm schweren Herzens auf dem Beifahrersitz Platz.

Auf dem Weg zum Flughafen sprach fast nur Lorraine. Sie fürchtete, dass auch in Belgien die Position der Produktmanagerin den Einsparungsmaßnahmen zum Opfer fiel und das Marketing künftig von Frankreich mitbetreut würde.

»Hast du denn keine Angst, Marlene? – Die Organisation in Deutschland ist riesig und es gibt keine Sprachbarriere. Marketing ist da ganz einfach einzugliedern!«

Marlene drehte sich zu ihr um.

»Ich bin aber nicht nur Produktmanagerin, Lorraine. Das österreichische Key Account Management werden sie nie in deutsche Hände legen.«

»Dann musst du dir wohl wirklich keine Sorgen machen.« Lorraine schien ein paar Sekunden lang regelrecht betrübt; vermutlich hatte sie sich eine Leidensgenossin erhofft. »Aber du, Lisbeth!« Die redselige Belgierin wandte sich nun direkt an ihre dänische Kollegin. »In der Zentrale werden sicher Jobs gestrichen. Nachdem Siri jetzt zurückgekehrt ist …«

In diesem Moment kamen sie am Flughafen an, und Lisbeth sprang aus dem Taxi, als hätte sie jemand auf eine Giftspinne aufmerksam gemacht. Marlene beglich die Taxirechnung.

Gemeinsam mit Lorraine, die immer noch weiterredete, folgte sie Lisbeth in das Terminal.

Kaum hatten sie ihr Gepäck aufgegeben, war Lorraine auch schon wieder an ihrer Seite.

»Es ist noch etwas Zeit bis zum Abflug. Wir könnten einen Kaffee trinken gehen.«

Marlene, die die Kollegin nicht vor den Kopf stoßen wollte, brachte ein oberflächliches Lächeln zu Stande. Lisbeth verzog keine Miene, schloss sich ihnen aber an. Zehn Minuten später saßen sie in einem der wenig heimeligen Flughafen-Cafés bei einem Cappuccino, und Lorraine redete sich immer noch ihre

Ängste von der Seele, während Marlene sich den Kopf darüber zerbrach, wie sie sie auf galante Art loswerden konnten.

So ist das mit deiner Heimlichtuerei, Lisbeth. Für Lorraine sind wir Kolleginnen, damit gibt es zwischen uns keine Privatsphäre.

Sie nippte an ihrem Cappuccino und dachte nach.

Nein, es war gemein, Lisbeth Heimlichtuerei vorzuwerfen. Sie hatte richtig entschieden, als sie gleich zu Beginn der Tagung klarstellte, dass sie ihre enge Bindung zueinander besser verbergen sollten. Anders als in vielen US-amerikanischen Unternehmen gab es in den Verträgen von *Rasmussen Pharma* zwar keine Klausel, die Liebesverhältnisse innerhalb der Firma ausdrücklich verbot, doch das, was sie beide hatten, war noch viel zu frisch, um es der brodelnden Gerüchteküche gelangweilter Kollegen und argwöhnischer Führungskräfte auszusetzen. Marlene musste sich zudem eingestehen, dass Lisbeth recht behalten hatte mit dem Einwand, eine Beziehung mit ihr sei nicht dasselbe wie ein Verhältnis mit einem männlichen Kollegen.

Die Leute betrachten dich anders.

Inzwischen war Marlene sich nicht mehr sicher, ob sie sich dem gewachsen fühlte: plötzlich als Lesbe zu gelten.

Da Lorraine immer noch Monologe führte, griff Marlene nach ihrem Handy und schrieb eine SMS.

ICH WILL SIE LOSWERDEN. IRGENDEINE IDEE?

Lisbeths Smartphone piepte verräterisch in deren Handtasche, doch Lorraine war weit davon entfernt, den Zusammenhang zu erkennen. Lisbeth las das SMS und blickte kurz über den Tisch. Marlene rechnete damit, dass sie etwas zurückschreiben würde, doch stattdessen steckte sie das Handy wieder in die Tasche zurück und erhob sich.

»Ich muss mich kurz entschuldigen. Mir ist nicht gut.«

Tatsächlich war sie plötzlich sehr blass.

Marlene sah ihr nach, wie sie mitsamt ihrer Handtasche und dem leichten Frühlingsmantel in Richtung Toiletten verschwand.

»Möglicherweise hat sie heute zum Lunch etwas Falsches gegessen«, vermutete Lorraine. »Der Fischsalat hat meiner Meinung nach etwas seltsam geschmeckt. – Na ja, es ist ohnehin fraglich, wie lange wir noch in Hotels dieser Art einquartiert sind. Wenn sich die Umsätze weiterhin so schlecht entwickeln, werden wir wohl demnächst in einer Zwei-Sterne-Pension absteigen und beim Fastfood-Restaurant ums Eck essen …«

Marlenes Sorge um Lisbeth wuchs. Gleichzeitig sank ihre Toleranzgrenze gegenüber dem, was sie an Panikmache und düsteren Prophezeiungen noch ertragen konnte.

»Wie lange machst du schon Pharma-Marketing, Lorraine? Sagtest du nicht gestern, du seiest seit fünfzehn Jahren in der Branche? – Ich verstehe deine Sorgen, aber du und ich, wir sind lange genug dabei, um zu wissen, dass so etwas ständig passiert: ein Produkt entwickelt sich nicht plangemäß, und der Konzern reagiert prompt mit einem Stellenabbau, den er für die nächsten Jahre sowieso vorgesehen hatte, und zwar unabhängig von der Umsatzentwicklung. Vielleicht wird uns diese Krise treffen und wir verlieren unseren Arbeitsplatz. Aber ehe wir Genaueres wissen, sollten wir uns nicht jetzt schon wahnsinnig machen. – Und jetzt entschuldige mich bitte kurz, ich mache mir Sorgen, dass Lisbeth auf der Toilette zusammengeklappt ist.«

»Oh mein Gott!« Lorraine hielt sich erschrocken die Hand auf den Mund. »Natürlich, wir sollten nach ihr sehen …«

»Nein, *ich* sehe nach ihr!« Marlene merkte nicht nur an Lorraines entsetztem Gesichtsausdruck, wie harsch ihre Abfuhr geklungen hatte. Um Grade freundlicher schob sie daher nach: »Eine von uns sollte wohl die Mäntel und Getränke im Auge behalten, oder?«

»Du hast vollkommen recht …«

In der Damentoilette standen ein paar Frauen an den Waschbecken; einige Kabinentüren waren geschlossen.

»Lisbeth?«

Eine der Türen öffnete sich. Lisbeth winkte sie in die Kabine.

Kaum hatte sie hinter ihnen beiden abgeschlossen, fiel sie Marlene auch schon in die Arme. Ihre Wangen waren feucht.

»Hej.« Marlene küsste sie auf die Stirn. »Was ist los, Süße? Ist es wegen der Stellenkürzungen?«

»Auch.«

»Warum noch?«

Lisbeth schniefte.

»Merle und Patrick haben eine Wohnung gefunden. Sie hat mir das heute früh in einem SMS mitgeteilt.«

Oh.

»Das tut mir leid.« Marlene drückte sie eng an sich. Mittlerweile war sie mit der Problematik vertraut. Lisbeth hatte schon mehrmals erwähnt, dass sie die Miete schwerlich alleine tragen konnte.

»Ich bin ein egoistischer Mensch. Ich sollte mich für meine Schwester freuen, doch anstatt dessen denke ich nur an mich und meine Lage.«

Marlene hätte gerne etwas darauf erwidert, doch, was ihr im Moment einfiel, waren nichts als Plattitüden.

Es wird sich schon eine Lösung finden.

Warte ab.

»Wenn ich jetzt noch meinen Job verliere und arbeitslos bin, kann ich mir die Wohnung überhaupt nicht mehr leisten.«

»Und wenn schon.« Marlene strich ihr beruhigend durch ihr offenes Haar. »Dann ziehst du eben um.«

In Lisbeths Augen bildeten sich erneut Tränen.

»Ich liebe diese Wohnung! Ich will nicht umziehen! – Und überhaupt, weißt du, wie schwer es ist, in Kopenhagen etwas leistbares zu finden? Allein schon die Kaution ist ein Alptraum. Fünf bis sechs Monatsmieten, dann die Provision und der Umzug …« Ihre Stimme riss ab und senkte den Kopf in Marlenes Halsbeuge. »Ich habe Angst … wegen uns«, flüsterte sie.

»Wegen uns? Wieso?«

»Wenn ich einen Haufen Geld für Miete ausgeben muss, kann

ich nicht mehr so oft nach Wien fliegen. Es wird dann schwierig, dass wir uns regelmäßig sehen.«

»Wenn du nicht mehr so oft zu mir kommen kannst, werde ich einfach öfter zu dir fliegen.«

Das erleichterte Ausatmen, mit dem Marlene gerechnet hatte, blieb aus. Skepsis stand in Lisbeths Augen, als sie aufsah.

»Ich habe Angst, dass es dir zu kompliziert wird mit mir«, sagte sie leise. »Ich habe Angst, dich zu verlieren.«

Marlene schwieg. Das Gespräch nahm definitiv eine andere Wendung – eine, mit der sie nicht gerechnet hatte und die ihr auch leichtes Unbehagen bereitete. Ihre sonst stets zur Vorsicht mahnende innere Stimme riet, dass es doch besser war, einfach die Zeit miteinander zu genießen, ohne gleich die volle Komplexität ins Spiel zu bringen, die Emotionen gewöhnlich mit sich brachten.

»Du machst dir zu viele Gedanken«, erwiderte sie ebenso leise. »Du weißt doch, ich komme übernächstes Wochenende nach Kopenhagen. Mein Flug ist schon gebucht.«

Lisbeth schmiegte sich wieder an. Marlene umfasste ihren zarten Körper und fühlte das Bedürfnis, diese Frau zu beschützen – vor der Welt, vor ihren Ängsten, vor allem. Es war für sie eine völlig neue Erfahrung. Bei ihr hatte noch nie zuvor ein Partner Schutz und Geborgenheit gesucht.

»Wenn ich aufwache, geht mein erster Blick aufs Handy, um zu sehen, ob ein SMS von dir da ist. Wenn ich zu Bett gehe, will ich deine Stimme hören«, flüsterte Lisbeth an ihrem Ohr.

In der Kabine neben ihnen rauschte die Toilettenspülung. Eine unangenehme Geruchswolke drang zu ihnen herüber.

»Und das sagst du mir hier auf einer Flughafentoilette«, sagte Marlene, um einen neckenden Tonfall bemüht, doch ihre Stimme klang ungewohnt heiser.

Lisbeth befreite sich aus der Umarmung, sie fand die Situation zunehmend unerträglich. »Wir sollten zurück zu Lorraine, ehe sie einen Suchtrupp ausschickt.«

Sie erntete einen kleinen Kuss auf die Lippen.

»Vielleicht sollten wir das wirklich. Aber bitte … jetzt keine Tränen mehr. Alles wird gut, okay? Ich freue mich auf unser nächstes gemeinsames Wochenende.«

Auf dem Rückflug nach Wien dachte Marlene an kaum etwas anderes als an dieses Gespräch. Selbst in der Erinnerung brachten Lisbeths Worte ihr Herz zum Flattern – jedoch nicht nur aus Freude über die Gefühlsoffenbarung. In ihr keimte die Saat jener Ängste, die offenbar auch Lisbeth quälten.

Wie lange würden sie ihre Fernbeziehung führen können? – Es ging nicht nur um das Geld für Flüge. Es ging auch um Zeit, um Stress, um die Tatsache, dass sie trotz allem verschiedene Leben führten.

Wie lange würde sich Lisbeth überhaupt für sie begeistern? – Wenn Marlene an ihre Männerbeziehungen dachte, war stets klar gewesen, dass das anfängliche Feuer für sie nach relativ kurzer Zeit erlosch und in eine Phase gewohnheitsmäßiger Bequemlichkeit überging. Sie war die Art Frau, die ein Mann in gehobener Position gesellschaftlich gut präsentieren konnte. Sie hatte immer gespürt, wenn die Liebe den Rückzug antrat, das aber akzeptiert, weil die Vorteile der ihr zugewiesenen Rolle insgesamt überwogen.

Doch das hier war anders.

Hier ging es nur um Lisbeth und sie, nicht darum, mit Status zu glänzen. Wohl eher im Gegenteil.

Wenn Lisbeth und ich uns je trennen, ist mein Leben nicht nur ein Scherbenhaufen, sondern ein ganzes Trümmerfeld.

Der Gedanke kam ihr just, als sich in Wien-Schwechat das Gepäckband nach endloser Wartezeit endlich mit lautem Rattern in Bewegung setzte. Einen Moment lang war ihr schwindlig, und sie musste sich an einer Säule abstützen, fassungslos über ihre eigenen Empfindungen.

Seit wann bin ich so emotional?

In der Nähe von Leibnitz, Südsteiermark

Der geflochtene Kranz aus Strohblumen – weg, ersetzt durch den Farbdruck einer orientalisch anmutenden Burg, schlicht hinter Glas gerahmt. Die geschnitzte Madonna in der Ecke war einem modernen Kerzenständer gewichen. Auf der Fensterbank standen nicht mehr die kleinen Kakteen in den einst von Hanni bemalten Tontöpfen, sondern große Keramikgefäße mit verschiedenen Kräutern. Das Hochzeitsfoto von Hanni und Jakob, das über der Eckbank gehangen hatte, fehlte.

Es roch nicht mehr nach Apfelstrudel, frischem Brot oder Geräuchertem, jenem Potpourri an heimeligen Dürften, die Marlene durch ihre ganze Kindheit hindurch begleitet hatten, sondern nach Minze, Zwiebel und gebratenem Fleisch.

Meine Schwester verblasst in diesem Haus immer mehr.

Überwältigt von dieser Erkenntnis, stand Marlene sekundenlang bewegungslos mitten in der Stube. Dann rief ihr ein verzweifeltes Schluchzen in Erinnerung, weshalb sie an diesem Samstag die zweieinhalb Stunden von Wien in die Steiermark gefahren war.

»Tante Marlene! Zum Glück bist du hier!« Marina sprang von der Essbank auf und fiel ihr weinend in die Arme. Erst nach ein paar Minuten gelang es ihr, dass aufgewühlte junge Mädchen zum Sofa zu leiten.

»Was ist denn passiert?«, erkundigte sie sich behutsam, als sie nebeneinander saßen. Marinas SMS war nicht mehr zu entnehmen gewesen, als dass sie sich von allen ungerecht behandelt fühlte. Wer hinter *alle* steckte, ließ sich bisher nur vage vermuten.

»Papa lässt mich nicht mehr bei Nikolas übernachten!«

»Was?« Marlene war verwirrt. »Wieso?«

»Da steckt Lale dahinter. Sie hat ihn aufgehetzt!« Marina ballte ihre Hände zu Fäusten. »Ich hasse sie!«

»Ich verstehe nicht ganz ... Ich dachte, es hatte sich schon eingebürgert, dass du öfter bei ihm über Nacht bleibst?«

»Ja, eigentlich schon! Aber Lale hat ihm eingeredet, dass er's mir verbieten soll!«

Marlene runzelte die Stirn, bemüht, sich einen Reim auf alles zu machen. Dass Lale sich in die Erziehung der Kinder einmischte, hatte sie bereits bemerkt, bisher aber nichts offensichtlich Verwerfliches an ihren Maßnahmen gefunden. Dass Sebastian und Michael die Hausaufgaben erledigten, ehe sie draußen herumtobten, war im Grunde nichts Negatives. Seit Hannis Tod hatte Jakob die Zügel zu sehr schleifen gelassen.

»Ich liebe Nikolas so sehr!« Marina begann wieder zu weinen, und ihr Kummer schnitt Marlene regelrecht ins Herz. Sie sah sich selbst im Alter von fünfzehn Jahren, unverstanden und mit Verboten eingedeckt, deren Hintergründe auch aus jetziger Sicht noch auf Kleingeistigkeit und Willkür beruhten. »Wenn ich mit ihm keine Zeit mehr verbringen kann, wird er sich irgendwann eine andere suchen!«

Möglicherweise. Burschen in diesem Alter ...

»Das wird er nicht.« Marlene legte alle Zuversichtlichkeit der Welt in ihre Stimme. »Er liebt dich.«

»Lale hat kein Recht, mir irgendwas zu verbieten«, platzte Marina heraus. »Bitte, Marlene, rede mit Papa! Auf dich hört er! Sag ihm, dass es okay ist, wenn ich bei Nikolas übernachte! Ich bin fast erwachsen! – Und mach ihm klar, dass Lale da nichts zu sagen hat! Er hört nur noch auf sie, ich bin ihm total egal!«

»Das glaube ich nicht«, erwiderte Marlene, konnte sich aber gleichzeitig gut vorstellen, weshalb Marina zu dieser Schlussfolgerung kam. Sie hatte den Heiligabend am Hof verbracht und war Zeugin davon geworden, wie leicht es Lale fiel, Jakob zu beeinflussen – so leicht, wie es auch schon Hanni gefallen war.

Jakob war wie Wachs in den Händen einer Frau, die er vergötterte.

Vermutlich sollte ich mich nicht einmischen.

Andererseits, hier ging es um ihre Nichte. Um Hannis Tochter! Und sie hatte ihrer Schwester das Versprechen gegeben, immer für ihre Kinder da zu sein, wenn sie sie brauchten.

»Ich finde auch nicht richtig, dass dir Lale etwas verbietet, was dein Vater zuvor erlaubt hat«, gab sie daher zu. »Ich werde mit ihm reden. – Wo ist er denn?«

»Im Weingarten.« Lale stand mit einem Mal vor ihnen, wie aus dem Boden gewachsen, in Jeans, Gummistiefeln und einem fleckigen Sweatshirt. Ihre Hände waren von Erde beschmutzt. Sie trug ein Kopftuch, ganz im Stil der hiesigen Landbevölkerung, aus dem ein langer dunkler Zopf hervorschaute. Offensichtlich hatte auch sie bis eben draußen gearbeitet.

»Brauchst du nicht mit ihm reden wegen diese Sache.« Sie bedachte Marlene mit einem finsteren Blick und wandte sich an Marina. »Du, weißt du genau, warum und wieso. Du nicht musst ... musst nicht deine Tante jetzt großes Unsinn erzählen von Verbot!«

Marina sprang auf. Ihre Tränen begannen wieder zu fließen.

»Ich hasse dich!«, schrie sie Lale an. »Die Oma hat recht: Du bist die Pest!«

Sie stürmte davon und warf die Türe zum Treppenhaus hinter sich zu. Lale zuckte nur mit den Schultern und machte Anstalten zu gehen.

Jetzt oder nie.

»Lale, Marina wird sechzehn. Sie ist mittlerweile schon fast ein Jahr mit Nikolas zusammen. Ich finde nicht gut, dass ihr auf einmal verboten wird, bei ihrem Freund zu übernachten.«

Lale fuhr herum. Ihre dunklen Augen funkelten.

»Jakob hat gesagt *nein*. Ich sage *nein*. Nein ist nein!«

»Lale, wir wissen beide sehr gut, warum Jakob *nein* sagt. Nein ist nein, weil du ihm *nein* eingeflüstert hast.« Die junge

Frau brauchte nicht zu glauben, dass sie sich für dumm verkaufen ließ! Trotzdem um einen ruhigen, rationalen Tonfall bemüht, fuhr Marlene fort: »Es mag sein, dass du aufgrund deiner Religion und Herkunft anders darüber denkst. Aber in Österreich ist es normal, dass Mädchen in diesem Alter bei ihren Freunden übernachten.«

Lale verzog ihr Gesicht zu einem höhnischen Grinsen, ehe sie Marlene mit kaltem Blick durchbohrte.

»Du wie deine Mutter. Ich immer gedacht haben, du besser. Mehr schlau. Aber du genauso dumme Frau. – Religion ist für mich wie ein Mantel. Ich ihn lege an, lege ab, wie passt. Ich will nix mit Religion. Ich will ein Zuhause, verstehst du?« Sie wartete Marlenes Antwort gar nicht erst ab. »Mir egal, was Marina macht mit Freund. Wirklich egal. Aber Marina trinken … Alkohol, verstehst du? Viel. Viel Alkohol. Mit Nikolas, ihre Freund. Am Wochenende, bei Party … Marina kommt nicht nach Hause. Jakob nicht weiß, wo sie ist. Nikolas nicht sagt, wo sie ist. Wir irgendwann … Krankenhaus uns anrufen. Marina gefunden, draußen, nachts, in Graben, mit viel Alkohol und ganz kalt. Nikolas sie nicht nach Hause bringen, nicht nach ihr sehen. – Deshalb, jetzt, nein ist nein. Und wenn du«, sie deutete mit ihrem Zeigefinger ungeniert auf Marlenes »wenn du glauben … glaubst, du kommen und mir sagen, was Marina braucht und soll machen und dürfen, dann ich sage: Komm her und lebe hier. Mach du das mit Marina. Ich nie darum gebettelt, dass ich neue Mutter. Du wenn hier wohnst, du hier reden. Du nicht hier wohnst, du nicht reden. Verstanden?«

Sie reckte ihr Kinn trotzig nach vorne. Marlene fühlte sich, als hätte sie eine Ohrfeige kassiert.

Wohl auch eine verdiente Ohrfeige.

»Ich will dir deinen Platz nicht streitig machen«, stellte sie mit belegter Stimme klar. »Ich möchte für meine Nichte und meine Neffen da sein, das ist alles.«

»Du dir such … such eigene Mann, ja?« Lale bedachte Marlene, die zu perplex war, um etwas zu erwidern, mit einem beinahe schon mitleidigen Blick. »Dann du hast eigene Kinder und eigene Zuhause!«

*

»Das hat sie wirklich gesagt? Du sollst dir einen Mann suchen, dich schwängern lassen und dich nicht länger in ihr Leben einmischen?« Lisbeths Stimme zu hören, tat nach dem Erlebnis vom Nachmittag unglaublich gut, auch wenn es nur am Telefon war.

»In anderen Worten genau das.« Marlene kuschelte sich tiefer in ihr Bett. Sie war noch am Abend nach Wien zurückgefahren. Ihre Neigung, auch noch den Sonntag in der Steiermark zu verbringen, war trotz des schönen Frühlingswetters nicht mehr besonders stark gewesen. »Aber danach hat sie mich trotzdem gleich zum Abendessen eingeladen. Es gab Humus, Fladenbrot und Tomatensalat mit Koriander. Und einen ausgezeichneten Melanzani-Aufstrich.«

»Melan… was?«

Sie konnte hören, wie bei Lisbeth im Hintergrund Geschirr klapperte.

»Melanzani. Das österreichische Wort für Auberginen. – Was machst du gerade?«

»Spülmaschine ausräumen und Miss Marple füttern. Nichts Besonderes. – Du?«

»Im Bett liegen und mit dir telefonieren.«

Lisbeth lachte leise.

»Wir haben wunderbare Beschäftigungen für einen Samstagabend, findest du nicht?«

Marlene seufzte theatralisch.

»Was soll ich sagen? – Ich würde auch lieber irgendwo tanzen, aber meine wunderbare Freundin ist meilenweit von mir entfernt und räumt lieber eine Spülmaschine aus.«

Sie konnte hören, wie Lisbeth am anderen Ende der Leitung regelrecht den Atem anhielt.

»Bin ich das?«, hörte sie sie schließlich fragen, leise und fast ein wenig hoffungsvoll.

»Wunderbar? – Natürlich.«

»Deine Freundin?«

Erst jetzt wurde Marlene klar, in was sie sich hineinmanövriert hatte – in die Erwartung einer klaren Aussage.

Sei nicht blöd, Marlene.

Sie gab sich einen Ruck.

»Natürlich bist du das«, sagte sie wie selbstverständlich. »Was denkst du denn?«

Lisbeth schwieg.

»Ich denke das auch«, sagte sie schließlich.

Später, als sie sich längst voneinander verabschiedet hatten, sann Marlene über ihre Worte nach.

Es war wohl so: Lisbeth war ihre Freundin.

Sie hatte eine Freundin. Keinen Mann und keine Kinder. Eine Freundin. Mit der sie Sex hatte. Eine Freundin, mit der sie stundenlang reden konnte und der sie Dinge anvertraute, die sie sonst für sich behalten hätte. Eine Freundin, für die sie Gefühle empfand, die sie selbst aufgrund ihrer Tiefe beunruhigten.

Sie stellte sich vor, diesen Satz laut zu sagen, vor Leuten, die sie kannte: Lisbeth ist meine Freundin. Meine Partnerin.

Sie schluckte. Irgendwann würde sie es sagen müssen, doch der Gedanke bereitete ihr Unbehagen.

Rasmussen Pharma, Büroviertel Messe Wien

SOLL UM 11 UHR ZU EINER BESPRECHUNG MIT THORBEN UND SIRI. SICHER WERDEN SIE MIR SAGEN, DASS MEINE STELLE GEKÜRZT WIRD.

Lisbeths SMS war gekommen, kurz bevor Marlene selbst zu einer Betriebsversammlung aufbrechen musste. Anders als Lisbeth, die offensichtlich zu einem Einzeltermin einbestellt worden war, hatte Kurt Sandmüller, der österreichische Geschäftsführer, die gesamte Belegschaft im großen Besprechungssaal versammelt, um sich über die angekündigte Umstrukturierung zu beraten.

Dicht an dicht drängten sich die Kollegen im abgedunkelten Versammlungsraum des Gebäudekomplexes, der Teil des relativ neu errichteten Büroviertels nahe dem Wiener Prater war.

Marlene hatte als eine der Ersten das Zimmer betreten und sich damit zumindest einen Sitzplatz gesichert.

Die Stimmung im Raum war gedrückt. Die Gesichter einiger Kollegen verrieten deutlich, dass sie mit dem Schlimmsten rechneten. Marlenes einzige Sorge galt aber Lisbeth, die hunderte Kilometer entfernt von ihr in einem Büro saß und sich offensichtlich gerade selbst wahnsinnig machte.

SÜSSE, WARTE AB, schrieb sie zurück, während Sandmüller zu einer tragenden Rede über Umsatzrückgang und Markterfordernisse ansetzte, die sie bei ihrem internationalen Meeting vor rund zehn Tagen in ähnlicher Form bereits von Thorben Hilsted gehört hatte. ICH LIEBE DICH. Sie hatte die Worte bereits getippt, als ihr bewusst wurde, was sie da schrieb.

Nein. Zu gewichtig. Zu früh. Und überhaupt …

Wer wusste zu diesem Zeitpunkt schon, wohin das, was sie da zusammen hatten, führen würde? Sie kannte Lisbeth und ihre Sensibilität inzwischen gut genug, um zu ahnen, welchen Stellenwert eine derartige Aussage für sie hatte.

Wie ein Versprechen: Ich liebe dich, nicht nur in diesem Moment, sondern für immer.

Sie löschte die Worte wieder und tippte stattdessen: ICH DENKE AN DICH.

Es blieb nicht bei diesem ersten SMS. Während der einstündigen Versammlung, der Marlene nur mit halbem Ohr folgte, wechselte sie unzählige Kurzmitteilungen mit Lisbeth in dem Bemühen, sie zu beruhigen. Um Punkt elf endete ihre Sitzung, und Lisbeths vermeintliches Martyrium begann.

Marlene ging zurück ins Büro, in Gedanken nur bei Lisbeth, und fand dort Carola Roth, die jahrelang das Marketing für das Migränemittel XARANTO® betrieben hatte. Auch wenn ihr berufliches Verhältnis stets sehr nüchtern gewesen war – in diesem Augenblick überwog Marlenes Mitgefühl. Sie ging zu ihr und umarmte sie kurz.

»Es tut mir so leid, Carola.«

Die ältere Kollegin zuckte mit den Schultern.

»Ich bin schon vor drei Wochen von Sandmüller vorgewarnt worden. Dass mein Job gestrichen wird, war also keine Überraschung mehr. – Na ja, alles hat wohl einmal ein Ende.«

»Was wirst du jetzt tun?«

Wieder Schulterzucken.

»Ich weiß es noch nicht. Ich habe schon immer davon geträumt, mit meinem Mann eine Weltreise zu machen. Vielleicht werden wir uns diesen Traum erst einmal erfüllen, ehe mich das Arbeitsmarktservice in irgendwelche Sinnlos-Kurse schickt. Mit meinen fünfundfünfzig kann ich mir jedenfalls abschminken, dass mich irgendwer noch anstellt.«

Marlene erwiderte nichts. Sie wusste, dass die Kollegin die Situation realistisch einschätzte. Der Arbeitsmarkt war derzeit eng, auch in der Pharmabranche, und gerade für Marketingpositionen stand eine Heerschar ehrgeiziger junger BWL-Absolventen Schlange – Leute, die für ein Drittel des Gehalts arbeiteten und vermutlich auch noch zwanzig unbezahlte Überstunden pro Woche leisteten.

»Am Nachmittag wird Sandmüller gemeinsam mit HR die Details mit mir regeln.« Carola Roth, die bisher kaum mehr als drei Sätze mit ihr pro Tag gesprochen hatte, zeigte sich plötzlich redselig wie nie zuvor. »Ich gehe davon aus, dass mir ein gutes Abfindungspaket geschnürt wird. Damit stehe ich zumindest besser da als die meisten in meinem Alter, die in anderen Branchen tätig waren und ihren Job verlieren.«

Marlene dachte an Lisbeth. Wurde ihr in diesem Moment möglicherweise auch eine Abfindung angeboten? – Sie setzte sich an ihren Schreibtisch zurück und versuchte, sich auf den Entwurf für den Sonderdruck zu konzentrieren, den sie gerade von einer Agentur zur Freigabe erhalten hatte.

Carola Roth stand jetzt am Fenster und schaute hinaus.

»Es ist schon ein merkwürdiges Gefühl«, sagte sie, und es klang fast so, als spräche sie zu sich selbst. »Da verleugnest du deine Träume, arbeitest dein ganzes Leben lang für diverse Konzerne, stellst deinen Kinderwunsch hinten an wegen der Karriere, nimmst in Kauf, deinen Partner wegen all der Dienstreisen kaum mehr zu sehen … und dann, nach dreißig Jahren, wirst du einfach so abserviert, weil dein Produkt nicht mehr den Umsatz bringt, den sich irgendein Schreibtischtäter in der Chefetage im Vorhinein errechnet hat.«

Sie wirkte sehr nachdenklich, als sie sich wieder zu Marlene umdrehte. Dann fuhr sie fort: »Mit zweiundzwanzig war ich für ein Jahr auf den Fidschi-Inseln, um in einem Hotel zu arbeiten. Ich habe immer davon geträumt, dort eine Tauchschule aufzumachen. Na ja«, seufzte sie, »was soll ich sagen? – Mich hat einfach der Mut verlassen. Und jetzt ist es zu spät. Ich bin topfit und voller Energie, um das, was ich mache, weiter fortzusetzen. Aber ganz neu irgendwo anzufangen, das traue ich mir nicht mehr zu. – Deshalb, Marlene: Wenn du irgendeinen Traum hast, setz ihn bald um. Warte nicht ab, bis ein Konzern dich vor die Türe wirft, weil du ihm zu alt und zu teuer geworden bist.«

Marlene sagte ein paar aufmunternde Worte, die sich sogar in ihren eigenen Ohren inhaltsleer anhörten, während ihre Gedanken abwanderten. Sie dachte weiterhin an Lisbeth, doch nicht nur. Carola Roths Rede wühlte sie mehr auf, als sie nach außen hin zeigen konnte und wollte. Wie würde es ihr ergehen, mit fünfzig, fünfundfünfzig? Was war ihr Traum?

Tief in ihrem Inneren hatte sie von dem Wunsch, irgendwann ein eigenes Restaurant aufzumachen, niemals vollständig Abstand genommen. Lediglich während ihrer Ehe mit Alexander war dieser vage Wunsch verblasst. Hin und wieder hatte sie seit der Scheidung an den Heurigenbetrieb am Hof gedacht, aus dem sich weit mehr machen ließ, als ihre Mutter dazu derzeit im Stande war. Doch der Gedanke, zurück aufs Land zu ziehen, war nie sehr anziehend gewesen und verlor durch Jakobs Heirat mit Lale immer mehr an Reiz.

Insofern – der Gedanke war verrückt. Ein Jugendtraum, nichts weiter. Es war vernünftiger, jetzt noch viel Zeit und Energie in den Job zu investieren, nach besserer Bezahlung zu streben und Rücklagen zu bilden für die Zeiten, in denen sich kein Arbeitgeber mehr für einen interessierte.

Ihr Festnetztelefon klingelte, und sie erkannte Lisbeths Nummer. Das Schlimmste befürchtend, hob sie ab.

»Du wirst es nicht glauben!« Lisbeths Stimme überschlug sich fast. »Ich bin nicht gekündigt! Ganz im Gegenteil, es hat sich einiges geändert …« Sie brach ab. »Bist du allein im Büro?«

»Nein.«

»Oh.« Lisbeths Schweigen dauerte nur ein paar Sekunden. »Okay«, fuhr sie fort. »Hör einfach nur zu: Du weißt ja, die XARANTO-Stellen werden großteils gestrichen. Aufgaben werden neu verteilt, Regionen gebildet … und eine davon ist die SEE-Region, *South-Eastern-Europe*, mit den Balkan-Staaten und Österreich als Drehscheibe, von der aus vieles gesteuert wird.«

»Ja, Sandmüller hat uns das gerade vorhin präsentiert. Daher bleiben auch bei uns diverse Schnittstellen wie HR, die IT-Abteilung und das *Medical Department* von den Kürzungen unberührt.«

»Genau! Und im Bereich Marketing wird in den nächsten Wochen länderübergreifend evaluiert, was effizienter gestaltet werden könnte und wo sich Einsparungspotenzial ergibt.«

Klassisches Konzerngebaren.

»Diese Evaluierung geht von der Zentrale aus«, fuhr Lisbeth fort. »Genauer gesagt, wurden zwei Personen federführend damit beauftragt, sich in den jeweiligen Ländern vor Ort schlau zu machen und den Prozess zu koordinieren. Und eine davon bin ich.«

Oh je, noch mehr Reisetätigkeit für Lisbeth ...

»Siri hat sich für die großen Länder zuständig erklärt – Frankreich, Deutschland, Großbritannien – und ich habe den SEE-Part zugewiesen bekommen.«

Sofort kam Marlene ihr Gespräch mit Siri in den Sinn. Bei ihrem ersten Zusammentreffen in Berlin hatte sie klipp und klar angekündigt, Lisbeth die Ost-Länder zuzuweisen, während sie ihre Auslandseinsätze vorwiegend in West-Europa sah. Sie hatte ihren Plan also erfolgreich durchgesetzt. Überraschend war nur, dass Lisbeth darauf mit unverhohlener Freude reagierte.

»Das heißt, du darfst künftig in die Balkanstaaten reisen«, merkte sie vorsichtig an.

»Ein paar Mal innerhalb der nächsten Wochen. Aber hauptsächlich werde ich in dem Land zu tun haben, in dem künftig die Fäden gezogen werden.«

»In Dänemark also. Du musst weniger verreisen.«

Auf die kurze Pause, die ihre Worte nach sich zogen, folgte ein gequältes Aufstöhnen.

»Sag mal! Hörst du mir eigentlich zu? – Ich spreche von Österreich! Von Wien! Ich werde die nächsten vier Wochen vorwiegend in Wien verbringen und darf in Sachen Marketing und Sales nach Einsparungsmöglichkeiten suchen und Bereiche aus den Balkan-Staaten implementieren …«

In Marlenes Kopf arbeitete es. Vier Wochen. Lisbeth in Wien.

»Marlene? Bist du noch dran?«

»Ja. Ja, ich bin noch dran.«

»Weißt du, was das für uns bedeutet?«

»Du wirst mich und meine Arbeitsweise evaluieren?«

Lisbeths Kichern brachte auch Marlene zum Schmunzeln. Gleichzeitig schämte sie sich, vor Carola Roth, die nun langsam ihren Schreibtisch abräumte, herumzualbern.

»Ich rufe dich gleich zurück«, entschied sie daher. Sie legte auf und griff nach ihrem Handy.

»Wegen mir hättest du gerne weitertelefonieren können«, kommentierte die ältere Kollegin mit einem Schulterzucken. Sie bedachte Marlene, die schon an der Türe war, mit einem kritischen Blick. Dann zeigte sich ein kleines Lächeln auf ihren Lippen. »War das Lisbeth Jacobsen?«

Marlene verharrte einige Sekunden lang in der Bewegung.

Ist das so offensichtlich?

»Ja«, erwiderte sie dann wahrheitsgemäß. »Wie kommst du darauf?«

Wieder hob Carola Roth die Schultern.

»Nun, wir teilen uns seit ein paar Monaten dieses Büro, und immer, wenn sie anruft, bekommen deine Augen diesen gewissen Glanz.«

Marlene starrte sie entsetzt an. So viel also zum Thema Vorsicht! Sie wartete darauf, dass die Kollegin noch irgendetwas darauf sagte, aber Carola setzte das Ausräumen ihres Schreibtisches fort, ohne sie weiter zu beachten. Marlene suchte sich eines der freien Besprechungszimmer und rief Lisbeth zurück.

»Also, du wirst also meine Arbeit beurteilen und die Grundlage dafür schaffen, dass mir weitere Aufgaben aufs Auge gedrückt werden, richtig?«

Lisbeth lachte herzhaft.

»Ist das nicht ein Spaß? – Du wirst staunen, wie streng und genau ich sein kann!«

»Du wirst staunen, wie unkooperativ ich mich verhalten kann, wenn mich jemand ärgert.« Marlene lachte auch. Die Vorstellung, sich eine Weile von Lisbeth durch den beruflichen Alltag begleiten zu lassen, hatte durchaus seinen Reiz. Zumindest hatte sie sie damit mehrere Stunden pro Tag um sich. »*Und* du wirst staunen, wie bitter ich mich für schlechte Bewertungen rächen werde.«

»Wie denn?«

»Sex-Entzug. Knallhart.«

»Du schießt in deinem Strafmaß übers Ziel hinaus, findest du nicht?« Lisbeth kicherte wieder, wurde dann aber schlagartig ernst. »Marlene ... wenn wir schon in gewisser Weise beim Thema sind: Du kannst selbstverständlich nein sagen, ich bin dir nicht böse. Ich verstehe, wenn es dir zu viel ist, so komprimiert ... aber, nun ... ich wollte dennoch fragen, ob ich für diese vier Wochen ein Hotel buchen soll oder ...«

Ihre Stimme brach ab.

»Oder?«, schob Marlene nach, obgleich sie die Fortsetzung der Frage zu kennen glaubte.

»Oder ob ich ... ob ich in dieser Zeit bei dir wohnen kann.«

Lisbeth klang zutiefst verunsichert, und Marlene fragte sich, weshalb. Lag die Antwort auf diese an sich schon unnötige Frage nicht auf der Hand?

»Es ist bereits ein Zimmer für dich reserviert, im achtzehnten Bezirk«, erwiderte sie neckend. »Frühstück und Abendessen inklusive. – Aber ich muss dich vorwarnen: Das Doppelbett musst du dir teilen.«

»O mein Gott, *teilen*? Willst du mir etwa sagen, dass in diesem Bett schon jemand liegt? Vielleicht eine ... lieber Himmel – nackte Frau?« Lisbeth stieg erleichtert auf ihr Scherzen ein.

»Nackt und willig, um es in deinen Worten auszudrücken.«

»Ich kann mich nicht erinnern, jemals so etwas gesagt zu

haben!« Lisbeth klang gespielt entrüstet. »Also ist es okay?«, fragte sie dann ernst.

»Mehr als okay«, erwiderte Marlene. »Ich freue mich riesig!«

Wien, achtzehnter Bezirk

Sonnenstrahlen fielen durch die Spalten der Jalousien und tauchten die Schlafende in ein warmes, sanftes Licht. Seit Marlene vor einigen Minuten aufgewacht war, betrachtete sie die zierliche Gestalt neben sich mit wachsender innerer Regung. Lisbeth lag auf der Seite, das Gesicht ihr zugewandt, die Augen geschlossen. Beim Einatmen bebte der linke Nasenflügel. Manchmal zuckte ein Mundwinkel. Das linke Bein lugte nackt unter der Bettdecke hervor, die gerade weit genug hochgezogen war, um den Ansatz der Brüste zu bedecken.

Als sie Lisbeth an einem Sonntag vor zwei Wochen mit einem großen Koffer und einer Reisetasche vom Flughafen Wien-Schwechat abgeholt hatte, war Marlene noch ein wenig unsicher gewesen, was die nächsten Wochen anging. Sie wollte nach wie vor, dass Lisbeth bei ihr wohnte, doch gleichzeitig empfand sie Sorge, dass sie sich trotz aller Sympathie füreinander auf den Wecker gehen könnten. Immerhin kannten sie sich bisher nur von jener Schokoladenseite, die ein entspanntes Wochenende lang problemlos aufrecht zu halten war.

Der Alltag in Wien hatte sich schneller als erwartet eingependelt, und zu Marlenes Erstaunen auf eine angenehme, fast schon vertraute Art und Weise. Da Österreich künftig der neuen Region SEE quasi als Musterland vorstand, bestand Lisbeths Hauptaufgabe darin, die österreichischen Arbeitsprozesse in *Sales & Marketing*-Belangen zu erfassen und so aufzubereiten, dass sie in den anderen Ländern implementiert werden konnten. Sie begleitete Marlene und andere Kollegen durch den Tag, machte sich Notizen und schrieb nieder, was sie erfahren hatte. Nachdem Carola Roth bereits von allen Aufgaben freigestellt und ihr Schreibtisch bei Marlene im Büro geräumt war, hatte von Vornherein festgestanden, dass nun Lisbeth dort saß. Und so verbrachten sie jene Tage, an denen sich Marlene ihren Aufgaben im Innendienst widmete, nicht nur abends und nachts gemeinsam, sondern tatsächlich nahezu vierundzwanzig Stunden rund um die Uhr. Für Marlene war dies eine vollkommen neue Situation. Nicht einmal mit Alexander hatte es so viel gemeinsame Zeit gegeben, abgesehen von den Urlauben, die jedoch eher freundliches Nebeneinander waren denn leidenschaftliches Miteinander. Während Alexander sogar noch am Strand in seiner Fachliteratur abtauchte, schwamm sie allein im Meer und hoffte auf zumindest gelegentliche Aufmerksamkeit.

Lisbeths Aufmerksamkeit dagegen hatte sie, wann immer ihr danach war. Nach zwei Wochen permanenten Zusammenseins mangelte es ihnen noch immer nicht an Gesprächsstoff. Es tat gut, am Abend all das zu bereden, was sich tagsüber in der Firma ereignet hatte, aber noch besser fand sie es, allmählich ein Gesamtbild von Lisbeth zu gewinnen. Sie konnte ihr endlos zuhören, wenn sie über ihre Kindheit mit einer blinden Mutter und Schwester erzählte, über den Vater, der vor seiner Pensionierung als Lehrer tätig gewesen war, und über Ballettstunden, Klavierunterricht und die Theatergruppe, die Lisbeth einst als Jugendliche selbst gegründet hatte. Es tat Marlene allmählich leid, dass eine so kreative Person in einem so trockenen, durch Gesetze reglementierten Job wie dem Pharma-Marketing gelandet war. Sie hatte das Gefühl, dass vieles in dieser Frau steckte, was durch die Tätigkeit bei *Rasmussen Pharma* eher erstickt als gefördert wurde.

Marlene streckte die Hand nach Lisbeth aus. Ihr Verlangen, sie zu berühren, war übermächtig. Sie strich sanft über ihre Wange, ihren nackten Arm, ihr Bein. Und während sie Lisbeth streichelte, dachte sie daran, wie abwegig ihr der Gedanke noch vor einem halben Jahr erschienen wäre: neben einer nackten Frau aufzuwachen mit dem Bedürfnis, ihr körperlich nahe zu sein.

Lisbeth blinzelte. Sie lächelte, schloss die Augen wieder, rutschte dicht heran. Und Marlene streichelte weiter, über ihre Schulterblätter bis zum Steißbein, über ihren Po, über ihre Oberschenkel, während sie Lisbeths Gesicht und Nacken mit kleinen, zärtlichen Küssen bedeckte.

Lisbeth gab ein kurzes, undefinierbares Geräusch von sich, dann schlug sie endgültig die Augen auf.

»Du machst es mir nicht leicht, auszuschlafen.«

»Du sollst auch nicht mehr schlafen.«

Marlene rutschte tiefer, befreite Lisbeth endgültig von der Bettdecke und umschloss die Lippen um eine Brustwarze, während ihre Hand sich bereits weitertastete.

»Marlene …« Mit einer unerwarteten Drehung entzog sich Lisbeth ihrem Tun. Sie lag nun obenauf, hielt Marlenes Hände fest und küsste sie auf den Mund. »Kaum bist du wach, bist du schon wieder aktiv …«

»Willig«, widersprach Marlene, während sie sich genussvoll auf dem Leintuch rekelte. Lisbeths nackter Körper auf dem ihren verfehlte nicht seine Wirkung.

»Willig, aktiv – bei dir ist das alles dasselbe.« Lisbeth küsste sie erneut, und Marlene zog sie noch dichter an sich heran. Lisbeths Küsse waren etwas, von dem sie nie genug bekäme. Niemals. Da war sie sich sicher. Sie stöhnte, spreizte bereitwillig die Beine – eine Tatsache, die Lisbeth nicht entging. Sie setzte sich auf, ihr Geschlecht auf Marlenes Mitte pressend. Mit vor Erregung glänzenden Augen sah sie auf sie herab.

»Was soll ich machen?«

»Egal.« Marlene befreite ihre Hände aus der Fixierung und tastete nach den nackten Brüsten über sich. »Willig. Egal wie. Alles ist gut.«

Lisbeth grinste. Langsam begann sie sich auf ihr zu bewegen. Marlene spürte Lisbeths wachsende Erregung und auch wenn die Bewegungen nicht den Effekt auf sie hatten, den Lisbeth sich anscheinend versprach – es entstand immerhin ein angenehmes

Prickeln, ein Kribbeln, das sich in ihrem Unterleib ausbreitete und ihren Puls beschleunigte.

Sie sah an Lisbeths Gesichtszügen, dass sie auf dem Weg zum Höhepunkt war, hörte es an ihrem Keuchen, fühlte es an der Nässe, und all das erregte sie so sehr, dass ihr Herz raste und ihr Körper bebte. Als Lisbeth schließlich kam und ihr dabei in die Augen sah, war es, als könne sie einen Moment lang in ihre Seele blicken. Von Emotionen überwältigt, schloss Marlene sie in die Arme und hielt sie, bis beide wieder zur Ruhe gekommen waren.

»Das war wundervoll«, flüsterte sie leise in Lisbeths Ohr. »Es ist unglaublich, dich dabei zu sehen ...«

»Das war ein bisschen egoistisch«, flüsterte Lisbeth zurück. »Ich wollte es eigentlich für dich tun, aber du bist nicht ...«

»Auf diese Weise funktioniert es bei mir eben nicht.« Marlene suchte ihre Lippen. »Dafür auf viele andere.«

Mit sanfter Gewalt schob Lisbeth Marlene zurück auf das Laken. Sie veränderte ihre Position geringfügig, begann sich wieder zu bewegen. Marlene schloss die Augen. Das Gefühl von Lisbeths Mitte auf der ihren war nun intensiver. Schon nach kurzer Zeit spürte sie, wie sich Erregung aufbaute.

»Vielleicht ... ich glaube, es klappt doch«, stieß sie hervor, und erntete von Lisbeth nur ein breites Grinsen. Augenblicke später wurde sie von einem Sturm von Empfindungen mitgerissen. Am Höhepunkt ihrer Lust angekommen, bäumte sie sich auf und klammerte sich keuchend an Lisbeths Schultern, während ihr Herz in der Brust galoppierte.

Gemeinsam sanken sie in die Kissen zurück.

»Ich wusste gar nicht, dass du so ehrgeizig sein kannst.« Marlene strich Lisbeth lächelnd eine Locke aus dem Gesicht.

»Du weißt vieles noch nicht.« Lisbeth lächelte zurück.

»Ich weiß, dass du die schönste Frau bist, die ich je gesehen habe.«

Lisbeths Lächeln vertiefte sich.

»Schmeichlerin.«

»Wirklich. Als ich dich an der Bar sah, mit diesem Typen, da dachte ich mir, was für eine schöne Frau.«

»Ich dachte dasselbe über dich.«

»Und hast mich deshalb geküsst ...«

»Und fast ein dreiviertel Jahr später liegen wir hier gemeinsam in deinem Bett. Nackt.«

»Ja.« Marlene spielte nachdenklich mit Lisbeths Locke, die erneut ins Gesicht gefallen war. »Und ich kann immer noch nicht ganz glauben, dass wir das tun.«

»Du kannst immer noch nicht glauben, dass du Sex mit einer Frau hast?«

Da war er wieder, jener besorgte Unterton, der sich immer dann in Lisbeths Stimme schlich, wenn sie eine klare Aussage erwartete – etwas in der Art wie »Nein, ich weiß jetzt mit Sicherheit, ich bin lesbisch oder zumindest bisexuell«. Doch Marlene konnte und wollte ihr diese Bestätigung nicht geben. Sie fühlte sich nicht anders als vor einem dreiviertel Jahr, als sie nur Männer im Fokus hatte. Sie war immer noch dieselbe. Und diese Marlene wollte nach wie vor nicht in eine Schublade gepresst werden, auf der *lesbisch* stand, nur weil sie atemberaubenden Sex hatten.

Marlene wusste aber auch, dass dieser Punkt für Lisbeth immer wieder ein Reizthema war. Zwar verstand sie nicht ganz, weshalb eigentlich. Doch sie wollte keine Diskussion. Nicht hier und nicht jetzt, nachdem sie sich geliebt hatten.

»Ich meine, warum ausgerechnet ich?«, erwiderte sie ausweichend. »In Kopenhagen bist du umgeben von interessanten, intelligenten und sympathischen Frauen, deren sexuelle Ausrichtung außer Frage steht, aber du wählst ausgerechnet mich.«

»Das ist meine Achillessehne.« Lisbeth runzelte die Stirn. »Achillessehne? Sagt man das so?«

»Ich weiß zwar nicht genau, was du damit sagen willst, aber es heißt Achillesferse.«

»Achillesferse. Okay, Ferse, nicht Sehne«, wiederholte Lisbeth nachdenklich. Sie drehte sich in Seitenlage. »Wollen wir Frühstück machen?«

»Wie?« Der abrupte Themenwechsel ließ Marlene ungläubig blinzeln. Lisbeth, die es plötzlich eilig zu haben schien, ihren Vorschlag in die Tat umzusetzen, richtete sich tatsächlich auf, doch Marlene packte sie blitzschnell an den Armen und zog sie zurück. »Also. Spuck es aus.«

»Was denn?« Lisbeth wand sich verlegen kichernd. »Ich wollte dir Kaffee machen …«

»Ja ja, das kannst du immer noch. – Erst erzähl mir das von der Achillesferse. Ich bin deine Achillesferse?«

»Nicht du direkt. Allgemein. – Komm, bitte, lass mich …«

Marlene schüttelte unnachgiebig den Kopf.

»Du machst mich immer neugieriger. Also, ich höre?«

»Versprich mir, dass du mich danach immer noch magst.«

»O mein Gott, so ernst?« Marlene rollte theatralisch mit den Augen.

Lisbeth kicherte erneut, dann sagte sie ernst: »Vermeintlich heterosexuelle Frauen sind mein Verhängnis. In deklarierte Lesben verliebe ich mich nie, auch wenn es einiges erleichtern würde.«

»Aber Marie?«

»Ich war ihre erste Freundin. Vorher hatte sie nur Männer.«

»Oh.« Marlene runzelte die Stirn.

So war das also. Ich bin nicht die erste.

»Es war anders als mit dir«, schob Lisbeth gleich hinterher. »Marie … also, sie hatte schon mehrere Jahre keinen Freund mehr, suchte aktiv den Kontakt zur Szene. Sie stellte selber fest, dass ihre Männerbeziehungen sie nicht erfüllten. Als wir uns kennenlernten, war sie sich ihrer wahren sexuellen Orientierung schon ziemlich sicher. Mit mir zu schlafen war dann quasi nur die Bestätigung.«

Marlene rutschte zur Seite und gab Lisbeth frei.

»Bin ich also eine Art Trophäe?«, sprach sie offen aus, was ihr durch den Kopf ging. »Ist das etwas, was in dieser gewissen Szene gut ankommt: heterosexuelle Frauen verführen?«

»Nein. Nein!« Lisbeth schüttelte den Kopf. Sie wirkte so geschockt, dass Marlene ihre Worte augenblicklich bereute. »Ganz im Gegenteil«, fuhr sie leise fort. »Meine Freundinnen ... also Agnes, Lea und der Rest, sie schütteln über mich nur den Kopf und finden es unbegreiflich, dass ich denselben Fehler immer wieder mache.«

»Fehler?« Marlene setzte sich auf. Der Morgen, der so gut begonnen hatte, bekam allmählich einen bitteren Beigeschmack.

»Nein, also, nicht Fehler ... ich weiß nicht, wie ich es sagen soll.« Lisbeth wirkte nun ziemlich verzweifelt. »Ich habe dir ja schon erzählt, wie das so läuft, wenn eine Lesbe sich in eine heterosexuelle Frau verliebt.«

»Und ich habe mir damals schon gedacht, dass das ein kompletter Blödsinn ist«, entgegnete Marlene. »Hat dich Marie etwa wegen eines Mannes verlassen? Ist es das?«

»Nein.« Lisbeth schüttelte den Kopf. »Wir hatten plötzlich andere Interessen, haben uns auseinandergelebt ...«

Es war offensichtlich, dass sie nicht näher darauf eingehen wollte. Doch Marlenes Interesse war erwacht.

»Geht es präziser?«

Lisbeth seufzte. Sie setzte sich ebenfalls auf.

»Gut, wenn du es unbedingt wissen willst: Marie wollte unbedingt Kinder. Es hat aber nicht funktioniert. Wir haben es drei Jahre lang versucht – künstliche Befruchtung für Lesben ist in Dänemark kein Problem. Drei Jahre lang das gesamte Leben auf Maries Eisprung auszurichten und jeden Monat zu hoffen, dass dieser verdammte Schwangerschaftstest endlich positiv ist, hat unsere Beziehung ruiniert. Sie versank immer mehr in ihrem Leid.« Lisbeth schluckte. »Und ich flüchtete mich in die Arbeit, weil ich es nicht nachvollziehen konnte. Und irgendwann hat sie gesagt, sie brauche eine Veränderung ...«

»Und hat dich verlassen«, schlussfolgerte Marlene, doch Lisbeth schüttelte den Kopf.

»Nein, sie wollte mit mir auswandern in die Staaten. Ihr Plan war, erst einmal auf einer Farm zu arbeiten und dann weiterzusehen. Nun, ich sagte nein. Dann hat sie mich verlassen.«

»Und ihren Plan ohne dich durchgezogen?«

Lisbeth hob die Schultern.

»Das ist eigentlich der Witz an der Sache: Sie wohnt noch immer in Kopenhagen, hat noch immer denselben Job – aber eine neue Freundin und ein Kind. Also ... kein leibliches Kind, die Freundin wurde schwanger. Ich weiß allerdings nichts Genaueres. Wir haben keinen Kontakt mehr, ich habe es nur um ein paar Ecken herum erfahren.«

Das Gespräch wurde für Marlene interessanter, als sie vermutet hatte.

»Warum hast du nicht versucht, schwanger zu werden, wenn es bei Marie nicht funktionierte?«

Wieder hob Lisbeth die Schultern.

»Das stand nicht wirklich zur Debatte«, sagte sie. »Ich hatte den besser bezahlten Job ... Für Marie wäre es nicht weiter tragisch gewesen, eine Babypause zu machen.«

»Du wohnst in einem Land, das als sehr entgegenkommend gilt, was die Vereinbarkeit von Mutterschaft und Beruf betrifft«, warf Marlene ein.

Lisbeth starrte auf die Bettdecke.

»Ich weiß nicht«, sagte sie nach einer Weile. »Vielleicht wollte ich auch nicht, irgendwie. Wir haben darüber einfach nicht gesprochen, Marie und ich.« Sie sah Marlene an. »Was ist mit dir? Du hast auch keine Kinder.«

»Und ich wollte nie welche.« Vor Lisbeth gab es für Marlene keinen Grund, das zu verbergen – auch, wenn sie mit dieser Aussage in gewissen Kreisen regelmäßig Unverständnis und latente Empörung hervorrief. »Als ich jung war, hatte ich nur meine Karriere im Kopf, und ich war immer mit Männern zusammen, die entweder schon Kinder aus einer anderen Beziehung hatten oder auch keine wollten. Alexander ist zeugungsunfähig, die Frage hat sich somit nicht mehr gestellt. Jetzt gehe ich auf die Vierzig zu und die ehrlichste aller Aussagen ist wohl: Hätte ich unbedingt Kinder gewollt, wäre ich vermutlich auch schon Mutter.« Sie zog Lisbeth, die noch immer nachdenklich dasaß, in ihre Arme. »Und jetzt, da wir beide wissen, dass ein Schwangerschaftstest nie unsere Beziehung zerstören wird«, sie küsste Lisbeth zärtlich auf die Wange, »darfst du mir einen Kaffee machen und mich danach auf den Naschmarkt begleiten, wo ich dich zum Frühstück einladen werde.«

»Naschmarkt?«

»Lass dich überraschen. Ich bin sicher, es wird dir gefallen! Dort gibt es alles, was dein Herz höher schlagen lässt: frischen Fisch und Meeresfrüchte, Südseefrüchte, arabisches Antipasti, italienische Ravioli und würzige Salami, persisches Fladenbrot ...« Sie machte eine kleine Pause, dann fügte sie augenzwinkernd hinzu: »Und jede Menge heterosexuelle Frauen!«

Lisbeth warf schwungvoll die Bettdecke über sie.

»Du bist entsetzlich«, hörte sie ihre Freundin durch das Polster hindurch sagen. »Von mir bekommst du keinen Kaffee!«

Marlene lachte.

Wien, zweiter Bezirk

»Lisbeth. Wir fahren in zehn Minuten!«

Lisbeth hörte die Ungeduld in Marlenes Stimme, doch etwas in ihr sperrte sich, darauf zu reagieren. Sie saß auf dem Sofa mit dem Smartphone in der Hand und war gerade dabei, Fotos online zu stellen. Natürlich wusste sie, dass Marlene aufbrechen wollte. Sie waren eingeladen, zum ersten Mal, seit sie bei ihr in Wien wohnte. Marlenes Freundin hatte Geburtstag, Susanne. Lisbeth kannte sie von diversen Fotos – den letzten Sommerurlaub hatten die beiden gemeinsam verbracht. Eine Woche Zypern. Susanne war auf jedem Foto braungebrannt und perfekt geschminkt. Lisbeth fand es seltsam, dass eine Frau, die auf einem Sonnenbett am Strand lag, Make-up trug, hatte diesen Gedanken aber für sich behalten.

»Du bist noch nicht einmal angezogen!« Marlene stand vor dem Sofa, die Stirn in missbilligende Falten gelegt. Sie selbst trug einen blauen, glänzenden Satinanzug, den Lisbeth noch nie zuvor an ihr gesehen hatte.

Zumindest weiß ich jetzt, was für eine Art von Party das ist.

»Ich bin gleich soweit.«

Noch drei Fotos mit passenden Untertiteln.

»Lisbeth, bitte.« Marlene seufzte gequält. »Ich möchte nicht unpünktlich sein …«

Das schon wieder!

Lisbeth bedachte Marlene mit einem kurzen Blick. Wenn sie etwas an ihr hasste, dann diesen Hang zur Überpünktlichkeit. Der Stress begann morgens, wenn sie gemeinsam in die Firma fuhren, und endete abends auf der Heimfahrt. Marlene hatte einen – ihren – exakten Zeitplan, und den galt es einzuhalten, um jeden Preis. Lisbeth wusste sehr gut, dass Zeitmanagement nicht wirklich zu ihren Stärken zählte, in der Regel unterwarf sie sich daher fast widerstandslos Marlenes strengem Regime. Immerhin saß sie inzwischen im Flieger knapp hinter den Business Class-Reisenden, wenn Marlene das Einchecken via Web Check-In für sie übernommen hatte, und war auch stets rechtzeitig am Flughafen. Trotzdem – jetzt, hier und heute, an einem Samstagabend, nervte sie Marlenes pedantischer Drang, bloß nicht zu spät zu kommen.

»Ich meine, du musst dich noch umziehen ... Du sitzt noch immer in deiner Leggins mit Schlabberpulli herum!«

Lisbeth legte schwungvoll das Handy auf den Tisch und verdrehte genervt die Augen.

»Was ist los mit dir, Marlene? – Es ist vollkommen egal, ob wir eine Viertelstunde früher oder später zur Party kommen!«

»Als Agnes Geburtstag hatte, mussten wir uns auch beeilen, um pünktlich da zu sein. – Ist das heute etwas anderes, nur weil es ausnahmsweise einmal um eine *meiner* Freundinnen geht?«

»Die Geburtstagsparty von Agnes war eine Überraschungsfeier. Der Plan war, dass alle vor Ort sind, ehe Lea mit Agnes in diesem Lokal aufkreuzt. Ansonsten wäre es egal gewesen.« Lisbeth erhob sich. »Das heute ist eine ganz normale Geburtstagsparty, die Susanne bei sich zu Hause feiert. Ich verstehe also nicht, warum du mich so unter Stress setzen musst!«

Sie holte sich ein schwarzes Kleid aus jener Hälfte des Kleiderschranks, die Marlene für sie freigeräumt hatte, und ging damit ins Badezimmer. Marlene folgte ihr.

»Ich setze dich nicht unter Stress, ich ...« Marlene brach ab. Sie wirkte regelrecht aufgewühlt. »Warum lässt du dir immer so viel Zeit, wenn wir wohin fahren? Ich verstehe das nicht!«

»Marlene, ich bin so!« Lisbeth tauschte Leggins und Pulli gegen das Kleid. Während sie sich ihre Seidenstrumpfhose überzog, sagte sie: »Ich mag keinen Stress! Das macht mich krank!«

»Mich macht diese Unpünktlichkeit krank!«

Sekundenlang starrten sie sich an wie zwei Menschen, die sich völlig fremd waren. Lisbeth verzog das Gesicht.

»Wir sollten uns besser auf ein Mittelmaß einigen«, schlug sie vor. »Ich verspreche dir, ich werde mich jetzt beeilen, und du kannst dir währenddessen hier auf dem Sofa meine neuen Fotos vom Naschmarkt auf Facebook anschauen – jetzt, nachdem ich deine Freundschaftsanfrage endlich bestätigt habe.«

Marlene atmete tief durch. Es war deutlich zu sehen, welche Überwindung es sie kostete, nachzugeben.

Lisbeth zog einen Lidstrich und fragte sich, was sie auf dieser Party wohl erwarten würde. Nach Entspannung sah die Sache nicht gerade aus, Marlenes Aufzug nach zu urteilen. Eher nach einer Art erweitertem Business-Meeting. Na ja, immerhin lernte sie auf diese Weise einmal Freunde von Marlene kennen. Bisher hatten sie die Zeit nur zu zweit verbracht, und sie gewann allmählich den Eindruck, dass Marlene abseits der Arbeit ein ziemlich einsames Leben führte. Auch sie war oft müde, wenn sie aus dem Büro kam, aber zumindest an den Wochenenden traf sie sich gelegentlich mit ihren Freundinnen, und wenn es nur auf einen Kaffee oder ein Glas Wein war.

Marlene dagegen schien wirklich das Eremiten-Leben zu führen, vor dem sie sich selbst oft fürchtete. Sie konnte nur ahnen, woher es resultierte: aus der Scheidung. Marlene war lange genug mit diesem Alexander zusammen gewesen, um nur noch gemeinsame Bekannte zu haben – die im Zuge der Trennung offensichtlich allesamt abhandengekommen waren.

Blieb also noch Susanne, die wunderbare, unfehlbare beste Freundin, von der Marlene schon des Öfteren erzählt hatte, und zwar immer in diesem leicht bewundernden Tonfall. Susanne, *Medical Director*, in einer Führungsposition also; Susanne, die einen 6er-BMW fuhr; Susanne, die ein Haus an der Côte d'Azur geerbt hatte, aber auf Zypern urlaubte ... Lisbeth verstand selbst nicht, weshalb sie Ressentiments gegenüber einer Person hegte, die sie bisher nur aus Erzählungen und von Fotos kannte.

Mit den besten Vorsätzen, Marlenes bester Freundin unvoreingenommen gegenüberzutreten, erschien sie wenige Minuten später im Wohnzimmer.

»Fertig.«

Marlene sprang vom Sofa auf, als hätte sie einen versteckten Start-Knopf gedrückt. Sie wirkte sichtlich entspannter.

»Du siehst toll aus«, sagte sie sogar, während ihr Blick an Lisbeth auf- und abglitt. »Wunderschön. Sexy.«

Die zuvor angespannte Atmosphäre zwischen ihnen lockerte sich während der Fahrt nach Wien-Leopoldstadt, dem Bezirk mit dem legendären Prater. Lisbeth machte ein paar belanglose Scherze, Marlene stieg darauf ein. Sie fanden einen Parkplatz unweit des neugebauten Hauses, in dem Susanne residierte – im Dachgeschoß, wie Lisbeth inzwischen wusste, mit einer Sechzig-Quadratmeter-Terrasse, von der aus man sowohl die Innenstadt als auch Teile des Riesenrads sehen konnte.

Sie stiegen in den Lift, und Marlene war wieder angespannt. Lisbeth fragte sich, weshalb. *Wegen der Geburtstagsparty ihrer besten Freundin doch wohl kaum.*

»Was hat sie eigentlich dazu gesagt, dass du jetzt mit einer Frau als Begleitung kommst?«, erkundigte sie sich beiläufig auf dem Weg nach oben.

Marlenes Gesichtszüge verkrampften sich zusätzlich.

»Nichts«, sagte sie dennoch, und ihr Tonfall klang nahezu belanglos. »Es ist kein Problem, dass ich dich mitbringe.«

Deutsch war nicht Lisbeths Muttersprache, doch die feine Nuance in Marlenes Formulierung entging ihr trotzdem nicht.

»Wie meinst du das: kein Problem?«

»Ich meine, dass es okay ist, wenn ich jemanden mitbringe.«

Der Lift hielt im obersten Stock. Sie stiegen aus. Der Hausgang glänzte in sattem Gelb; es roch nach frischer Farbe.

»Jemanden?«, wiederholte Lisbeth ungläubig.

Marlene hatte den Finger bereits an der Türklingel, hielt nun aber abrupt inne.

»Ich hatte noch keine Zeit, ihr von uns zu erzählen. Ich wollte das auch nicht am Telefon erledigen, und insofern … bist du eine gute Freundin von mir, die mich hier begleitet, und für alles weitere muss ich eine ruhige Minute abwarten. Die Party ist sicherlich nicht der richtige Rahmen, um meiner besten Freundin zu erzählen, dass ich neuerdings mit einer Frau schlafe.«

Ein paar Sekunden lang starrte Lisbeth Marlene fassungslos an. Dann machte sich der Ärger in ihr breit.

»Du schleppst mich auf dieses Fest, und was bin ich hier? – Eine Freundin? Nichts weiter?«

Marlene sah sie einfach nur an. Ratlos, wie ihr schien. Die Wut in ihr wuchs.

»Du hattest seit Ende Januar keine Gelegenheit, deiner besten Freundin von mir zu erzählen?«

Marlene sagte nichts. Ihr Gesicht war zur Maske geworden; es war unmöglich zu erkennen, was in ihr vorging.

»Was bin ich für dich? Etwas, wofür du dich schämen musst? Bin ich dir peinlich?«

Das musste es sein.

Merle hat immer prophezeit, dass ich für Marlene nur ein Abenteuer bin. Dass sie nicht zu mir stehen wird, weil sie in Wahrheit immer noch auf Männer fixiert ist.

Und nicht nur Merle …

Sie konnte bereits die Stimmen ihrer Freundinnen hören: Eine Hete … war ja klar. Immer fällst du auf diese Frauen herein, Lisbeth, lässt dich ausnutzen … nichts von Dauer.

Sie spürte, wie all das mühsam aufgebaute Vertrauen, das sie im Laufe der vergangenen Wochen zu Marlene gefasst hatte, in sich zusammenbrach wie ein Kartenhaus. Der Ärger wich maßloser Enttäuschung. Ihre Sicht verschwamm hinter Tränen; ihr war plötzlich speiübel und schwindlig.

Und Marlene stand einfach da und starrte sie an. Nie war sie ihr fremder gewesen als in diesem Augenblick.

»Gib mir deinen Wohnungsschlüssel.« Lisbeth rang sich das

letzte Quantum an Selbstbeherrschung ab, das sie aufbringen konnte. »Ich will meinen Koffer. Ich ziehe in ein Hotel.«

»Nein, nein! Lisbeth …!« Marlene machte ein paar Schritte auf sie zu, doch Lisbeth wich zurück.

In diesem Moment ging die Wohnungstüre auf. Eine Frau mit kinnlangen dunkelblonden Haaren und Gesichtszügen, die Lisbeth spontan an eine Katze erinnerten, stand auf der Schwelle. Sie hielt ein Sektglas in der Hand.

»Ich habe also richtig gehört! Stimmen vor meiner Tür … kommt doch herein!«

Die Gelegenheit zur Flucht war um. Schon streckte ihr die Frau die Hand entgegen.

»Hallo, du musst Lisbeth sein. Ich bin Susanne.«

*

Marlene stand am Rande der Dachterrasse unweit einer kleinen Gruppe von Rauchern, die sie flüchtig von früheren Partys bei Susanne kannte, und nippte an einem Glas Wein. Sie fröstelte. Die Temperaturen waren relativ mild für einen Abend Anfang Mai, aber noch zu frisch, um länger draußen auszuharren.

Durch die offene Glastüre sah sie ins hell erleuchtete Wohnzimmer. Zwei junge Männer vom Catering-Service liefen zwischen den Partygästen eifrig mit Tabletts hin und her und boten exotisch aussehendes Fingerfood an. Links neben der großen Zimmerpalme stand Lisbeth und unterhielt sich angeregt mit Daniel, der seit zwei Jahren Susannes Lebensgefährte war. Obwohl sie niemanden hier gekannt hatte, war sie lieber ins kalte Wasser gesprungen und hatte sich selbstständig Wildfremden vorgestellt, als an Marlenes Seite zu bleiben.

Mit gemischten Gefühlen verfolgte Marlene das Schauspiel, mit dem Lisbeth ihr seit dem Betreten der Wohnung offensichtlich demonstrieren wollte, dass sie sich auch prima ohne sie amüsieren konnte. Es war faszinierend für sie, zu sehen, wie leicht Lisbeth mit Fremden ins Gespräch kam. Gleichzeitig fühlte sie sich miserabel.

Dazu noch der Streit, weil sie sie zur Eile gedrängt hatte. Aber Lisbeths Trödelei im Alltag war einfach nicht nachvollziehbar und passte überhaupt nicht zu deren strukturierter Arbeitsweise, wenn es um Berufliches ging. Hatten sie abends einen Restauranttisch reserviert oder Kinokarten, so musste sie Lisbeth schon Stunden vorher erinnern, um sicherzugehen, dass sie zur geplanten Zeit am richtigen Ort waren. Sie waren in den vergangenen drei Wochen, seit Lisbeth bei ihr wohnte, genau deshalb schon zweimal aneinandergeraten, doch noch nie hatte es zu einem Wortgefecht wie dem heutigen geführt.

Marlene fühlte sich in diesem Punkt dennoch im Recht – wieso sollten sie so spät zu Susannes Party kommen, nur weil Lisbeth nicht in die Gänge kam?

Doch letztendlich war dieser Streit eine Bagatelle gegenüber dem, was nun wie ein Keil zwischen sie beide gefahren war und Marlene sehr bedrückte. Lisbeths harsche Reaktion schien ihr nachvollziehbar, zumal eine Offenbarung gegenüber Susanne ihr durchaus selbst Bedenken bereitete. Insgeheim ahnte sie, dass ihre langjährige Freundin, mit der sie bereits vor der Beziehung zu Alexander durch die Bars gezogen war, um nach potenziellen Affären Ausschau zu halten, für eine Partnerschaft mit Lisbeth wenig Verständnis aufbringen würde. Richtig übelnehmen konnte sie ihr das wohl auch nicht. Wie sollte Susanne etwas verstehen, was sie selbst immer noch vor Rätsel stellte?

Trotzdem, je länger Marlene auf der Terrasse stand und ihr Glas Wein umklammerte wie einen Rettungsring, desto elender fühlte sie sich. Was, wenn Lisbeth nach dieser Feier Ernst machte und ins Hotel zog? Die Beziehung auf Eis legte oder gleich abbrach? – Der Gedanke, sie wegen ihrer eigenen Feigheit zu verlieren, war unerträglich.

»Deine Freundin versteht sich ziemlich gut mit meinem Daniel.« Susanne lehnte sich neben sie gegen die Brüstung. Gemeinsam schauten sie in Richtung Palme. Daniel sagte gerade irgendetwas, worüber Lisbeth herzlich lachte. Ihre linke Hand berührte dabei auffällig lange seinen rechten Arm.

Marlene wusste inzwischen, dass Lisbeths Neigung, andere beim Gespräch zu berühren, aus ihrem Umgang mit der blinden Mutter und Schwester resultierte. Susanne, unwissend, kam zu einer anderen Schlussfolgerung.

»Klar, dass Daniel auf sie abfährt, wenn sie ihn anflirtet«, bemerkte sie mit leicht säuerlichem Unterton. »Ich kenne das von den Püppchen in Daniels Fitnessstudio; die lassen auch keine Gelegenheit aus, sich an ihn ranzumachen. – Ich werde sie gleich mal ablenken, indem ich ihr Frank vorstelle – der Rechtsanwalt, von dem ich dir erzählt hatte, vielleicht erinnerst du dich. Er ist immer noch Single, aber sicher aufgeschlossen für ein kleines Techtelmechtel ...«

Sie wollte sich schon in Bewegung setzen, doch Marlene legte ihr die Hand auf die Schulter.

»Lass gut sein, Susanne. Sie ist nicht interessiert.«

»Das sieht für mich aber anders aus.« Susanne wies mit dem Kinn in Lisbeths Richtung. Ihre Hand ruhte noch immer auf Daniels Arm, und die beiden lachten jetzt gemeinsam.

»Es ist Lisbeths Art, mit Menschen zu reden, aber glaub mir, sie nimmt ihn dir nicht weg.«

»Weil sie bereits in festen Händen ist?« Susanne wartete Marlenes Antwort nicht ab. »Das heißt gar nichts! Im Moment ist sie im Ausland und ihr Freund oder Mann zu Hause ... ich weiß, wie so etwas läuft.«

Ja. Wie es bei dir läuft.

Marlene schluckte trocken, als ihr bewusst wurde, was sie da gerade gedacht hatte. Dass Susanne trotz ihrer festen Beziehungen One-Night-Stands nicht abgeneigt war, war für Marlene ein offenes Geheimnis, wegen gewisser kleiner Unstimmigkeiten in

Susannes Erzählungen, aber auch, weil sie mit ihr schon mehrmals in Urlaub erlebt hatte, wie schnell Susanne bei der Sache sein konnte, wenn erst der Funke übergesprungen war. Sie selbst war sich neben ihr stets etwas prüde vorgekommen.

»Sie ist nicht so.« *Wie du.*

»Wie ist sie nicht?« Wieder nahm sich Susanne nicht die Zeit, eine Erwiderung abzuwarten. »Im Moment ist sie jedenfalls absolut *pissed* auf dich, warum auch immer. Ich habe den giftigen Blick bemerkt, den sie vorhin in deine Richtung geschickt hat. Außerdem habt ihr am Gang gestritten. Sei froh, dass ich's gehört habe und dir zur Hilfe kam.« Sie warf ihr Haar in den Nacken, sah Marlene amüsiert an. »Ist wohl doch nicht so einfach, vier Wochen lang eine Art WG-Leben mit einer Kollegin zu führen, hm? – Ich verstehe sowieso nicht ganz, weshalb du dir das antust, Freundschaft hin oder her. So groß ist deine Wohnung auch nicht. Wo schläft sie überhaupt? Auf deinem unbequemen Sofa, oder hast du dieses komische Luftbett aufgeblasen, das du eigentlich für deine beiden Neffen gekauft hattest?«

Jetzt oder nie.

Marlene stellte ihr Glas auf der Brüstung ab.

»Sie schläft bei mir im Bett.«

Susanne machte ein Gesicht, als hätte sie ihr eben verkündet, von ihrer Dachterrasse mit einem Gleitschirm abzuheben.

»Im Bett?«, echote sie ungläubig. »In deinem Bett? – Nicht einmal wir teilen uns ein Doppelbett, wenn wir gemeinsam wegfahren!«

Ja, weil du gewöhnlich nach drei bis vier Tagen irgendeinen Gigolo auf dein Zimmer schleppst ...

»Das mit mir und ihr ist etwas anderes als mit uns.«

Spätestens jetzt hätte Susanne wohl verstehen sollen, was sie ihr damit sagen wollte. Tat sie aber nicht. Sie bekam die Worte komplett in die falsche Kehle.

»Ach so? – Unsere langjährige Freundschaft ist nicht halb so viel wert wie deine plötzliche Begeisterung für irgendeine Kollegin? – Interessant!«

Gekränkt wollte sie sich abwenden, doch Marlene griff nach ihrem Arm und zog sie zurück.

Gut, dann musste es eben ausgesprochen werden.

»Ich schlafe mit ihr, Susanne.«

»Ja, ich bin ja nicht taub, das habe ich schon –« Susanne brach mitten im Satz ab. Sie blinzelte Marlene verwirrt an, senkte die Stimme. »Du meinst, du hast mit ihr …? Oh mein Gott, du lieber Himmel … nein, oder? Wirklich? – Marlene!«

Marlene griff nach ihrem Weinglas. Es war besser, etwas in den Händen zu halten, woran sie sich festhalten konnte.

»Ich meine, also …« Susanne schüttelte ungläubig den Kopf. »Also … seit wann?«

»Seit Mitte Jänner.«

Susanne starrte sie sekundenlang mit offenem Mund an.

»Wir haben uns seitdem getroffen und mehrmals telefoniert!«, platzte es aus ihr heraus. »Du hast kein Wort davon erwähnt!«

»Ja, und genau deshalb ist Lisbeth jetzt, wie sagtest du … *pissed*. Wohl leider zu recht. Ich hätte es dir wirklich erzählen sollen.«

»Na ja.« Susannes Lippen kräuselten sich. »Ich meine, du hättest mir schon davon erzählen sollen, klar … Ich meine, ich finde das durchaus interessant … deine plötzliche, äh, sexuelle Offenheit. Aber das kann sie ja wohl nicht erwarten, dass du sie hier auf der Party als deine – ich weiß gar nicht, wie ich das nennen soll … Bettgespielin? Liebhaberin? – vorstellst.«

Der Ärger in Marlenes Innerem, der sich zuvor noch auf Lisbeths Trödelei und später dann auch ihre eigene Feigheit gerichtet hatte, suchte sich jetzt ein neues Ziel. Sie verstand, dass Susanne überrascht war, was sie und Lisbeth betraf, aber nicht, weshalb sie nun so wirres Zeug daherquasselte.

»Lisbeth kann schon erwarten, dass ich sie hier offiziell als meine Partnerin vorstelle. Weil sie nämlich genau das ist.«

»O du lieber Himmel!« Susanne riss die Augen auf und wich zwei Schritte zurück. »So ernst?« Einen Moment lang sah es so aus, als würde sie in Gelächter ausbrechen, doch stattdessen trat sie wieder auf Marlene zu und schloss mit gedämpfter Stimme: »Du bist in sie verliebt.«

Marlene nickte.

»Seit sie hier bei mir wohnt ... ist das alles viel intensiver geworden, als ich es mir je vorgestellt habe.«

Susanne wollte etwas darauf erwidern, kam aber nicht dazu. Daniel war auf die Terrasse gekommen, gefolgt von Lisbeth, die allerdings einige Schritte entfernt stehen blieb und nur einen grimmigen Blick herüberschickte.

»Liebling, ich habe gerade etwas Erstaunliches erfahren«, begann Daniel, während er den Arm um Susannes Schultern legte. »Stell dir vor, die berühmte Kopenhagener Meerjungfrau reicht mir nicht einmal bis zum Hüftknochen! Ich habe immer gedacht, die Figur wäre riesig.«

Susanne verdrehte die Augen.

»Liebling, ich habe auch gerade etwas Erstaunliches erfahren; und das stellt deine Meerjungfrau-Entdeckung wirklich in den Schatten ...«

Marlene ließ es nicht darauf ankommen, Susanne das Wort zu überlassen.

»Lisbeth und ich sind ein Paar«, sagte sie.

»Ach so, echt?« Daniel verzog kaum eine Miene. »Gratuliere, gute Wahl. Sie ist nett und s...süß.«

»Süß«, wiederholte Susanne bissig. »Gehen wir in die Wohnung, allmählich kriege ich hier draußen Gänsehaut.«

Marlene folgte ihnen.

An der Schwelle zum Wohnzimmer blieb sie kurz stehen, suchte Lisbeths Blick. Ihrem noch immer finsteren Gesicht nach zu urteilen, hatte sie wohl nicht zugehört. Marlene trat näher und legte ihr den Arm um die Taille, Lisbeths anfängliches Sträuben ignorierend.

»Ich habe es erledigt. Sie wissen jetzt, wer du bist. Wenn du mich also küssen willst, tu es.«

»Ich will dich jetzt nicht küssen!« Zur Unterstreichung bog Lisbeth ihren Oberkörper so weit wie möglich nach hinten, doch an dem Aufflackern in ihren Augen erkannte Marlene, dass sie ihre Aussage sehr wohl zur Kenntnis genommen hatte. »Ich bin wütend!«

»Als meine Freundin solltest du jetzt lieber für mich da sein«, erwiderte sie mit leichtem Schmunzeln. »Ich hatte gerade mein Coming-out und finde wirklich, ich habe mir eine Belohnung verdient.«

»Ich dagegen finde, du hast gerade noch einmal, wie sagt man … die Kurve gekriegt.« Lisbeth blitzte sie an. »Ich schwöre dir, noch so eine Aktion, und du kannst das mit uns vergessen!«

»So einfach würdest du mich abschießen?«

»Nicht einfach, aber konsequent. Ich will nicht verletzt werden, deshalb. Und so etwas tut mir weh.«

»Tut mir leid. Ich hätte das sicher besser machen können, aber bitte sieh mir nach, dass ich mein Coming-out im Gegensatz zu dir nicht als Teenager hatte … und dass ich für manches eben etwas mehr Zeit benötige.« Marlene zog Lisbeth, die jeglichen Widerstand aufgab, eng an sich und gab ihr einen kleinen Kuss auf die Lippen. Aus den Augenwinkeln sah sie, dass einige Gäste neugierig zu ihnen herübersahen. Sie beschloss, es zu ignorieren. »Verzeih mir. Bitte. Zieh nicht in ein Hotel. Du würdest es bereuen.«

»Tatsächlich?« Ein kokettes Lächeln umspielte Lisbeths Lippen. »Wieso denn?«

»Weil ich heute Nacht all deine sexuellen Phantasien wahr werden lasse.«

»So genau wollen wir das gar nicht wissen.« Susanne war unbemerkt hinter sie getreten. Sie wirkte sichtlich amüsiert. »Ich wollte euch beiden eigentlich nur sagen, dass das Buffet jetzt eröffnet ist …«

Wien, achtzehnter Bezirk

Draußen schien die Sonne, doch Marlene saß in langer Hose und Jacke fröstelnd auf ihrem Bett, neben sich einen aufgeschlagenen, bereits halb befüllten Koffer. Die Wohnung war kalt und dunkel. Denn Lisbeth packte. Die vier Wochen Österreich waren vorbei; ihre berufliche Mission erfüllt. Nun war sie wieder in die Zentrale zurückbestellt worden.

Langsam legte sie ein Kleidungsstück nach dem anderen in den Koffer, dabei bemüht, Marlene nicht in die Augen zu sehen. Keine von ihnen sprach ein Wort.

Irgendwann war die linke Schrankhälfte leer und Lisbeths Koffer voll. Sie verschloss seinen Deckel und stellte ihn neben den zweiten, bereits fertig gepackten auf die Türschwelle.

Dann setzte sie sie sich neben Marlene auf die Matratze, das Gesicht zum Boden gerichtet.

»Bestell mir bitte ein Taxi«, bat sie leise.

»Ein Taxi? – Ich bringe dich selbst zum Flughafen.«

»Nein, Marlene. Gerade das will ich nicht.«

»Warum nicht?«

»Deshalb nicht.« Lisbeth hob nun den Kopf, und über ihre Wangen flossen Tränen. Marlene reagierte prompt, in dem sie die Arme um sie legte. Da gab Lisbeth jegliche Zurückhaltung auf und schluchzte an ihrer Schulter, und auch Marlene selbst stiegen Tränen in die Augen. Sie fühlte dieselbe Verzweiflung ob der bevorstehenden Trennung.

»Wir sehen uns bald wieder«, flüsterte sie schließlich. »Nächstes Wochenende muss ich wieder einmal nach meiner Familie sehen, aber in zwei Wochen bin ich in Kopenhagen. Mein Flug ist ja schon gebucht …«

»Zwei Wochen? Weißt du, wie das für mich klingt?«, presste Lisbeth schniefend hervor. »Ich hatte dich jetzt jeden Tag! Und ab morgen wache ich wieder auf, aber du liegst nicht neben mir, und wenn ich abends nach Hause komme, bin ich alleine ... Du bist nicht da, um gemeinsam mit mir zu kochen und zu essen oder um irgendwohin zu gehen ... und zum Telefonieren müssen wir uns wieder extra verabreden.«

»Bis jetzt hat das gut funktioniert«, warf Marlene ein, doch innerlich konnte sie jedem von Lisbeths Worten nur zustimmen. Die Aussicht, abends in eine leere Wohnung zu kommen, war trostlos. Sie wusste jetzt schon, dass sie mehr denn je die Tage bis zu ihrem Wiedersehen zählen und am Telefon hängen würde wie eine Süchtige an der Nadel.

»Mein Leben ist eine einzige Katastrophe ohne dich«, schluchzte Lisbeth. »Merle ist ausgezogen, an meinem Arbeitsplatz nur Stress ... Jetzt im Sommer ist es zwar ruhiger, aber im Herbst wird es mit meinen vielen Dienstreisen wieder schrecklich ... Ich werde nur noch unterwegs sein, oft auch am Wochenende! Wie soll ich da die Zeit und Energie aufbringen, regelmäßig nach Wien zu kommen? Ich will dich nicht verlieren!«

Lisbeths Worte zeichneten ein Szenario, von dem Marlene wusste, dass es zutraf. Der Herbst war in der Pharmabranche mitsamt seinen zahlreichen Kongressen und Tagungen die belebteste Zeit. Auch sie würde oft unterwegs sein, viel öfter als derzeit. Bemüht, ihre eigene Beklommenheit angesichts dessen, was in einigen Monaten auf sie beide zukam, zu überspielen, sagte sie sachlich: »Du verlierst mich nicht. Wir werden das schon hinbekommen. – Außerdem haben wir gerade erst Mitte Mai! Das heißt, der ganze Sommer liegt noch vor uns.«

Ihre Worte zeigten Wirkung. Lisbeth nahm das Taschentuch, das sie ihr reichte, und putzte sich die Nase.

»Ich habe einfach Angst, Marlene. Wir führen so verschiedene Leben, und wenn wir uns sehen, dann immer nur kurz, es bleibt alles irgendwie oberflächlich.«

»Wir haben jetzt wochenlang zusammengewohnt«, widersprach Marlene. »Und trotz meiner Unart, dir Stress zu machen, magst du mich immer noch … So verschieden sind unsere Leben außerdem doch gar nicht.«

»Du kennst ganz andere Leute, privat.« Lisbeth tupfte sich die durch ihre Tränen verschmierte Wimperntusche ab. »Ich passe da gar nicht dazu!«

»So? Das ist mir bei Susannes Geburtstagsfeier gar nicht aufgefallen. Du hast dich doch mit einigen prächtig unterhalten.«

Lisbeth schüttelte stumm den Kopf.

»Mit Daniel hatte ich Spaß«, sagte sie nach einer Weile. »Bei den anderen dachte ich, ich wäre auf einer Versammlung vom *Lions Club* oder so. Die machen alle Urlaub auf den Malediven, fahren große Autos, haben Führungspositionen …«

Marlene zuckte mit den Schultern. Gleichzeitig fragte sie sich, worauf Lisbeth eigentlich hinauswollte. Es überraschte sie, dass Lisbeth Susanne und ihre Freunde so befremdlich empfunden hatte. Sie schien sich auf dieser Party doch recht gut amüsiert zu haben, nach ihrem Streit.

»Und? Was hat das mit uns beiden zu tun, ob bei Susannes Freunden teure Autos in der Garage stehen?«

»Es wird dir irgendwann bewusst werden, dass ich da nicht mithalten kann. Und dann wirst du dich von mir entfernen, und du wirst einen von ihnen nehmen, weil er dir all das bietet, was du wirklich willst …«

Marlene runzelte die Stirn.

»Was will ich denn, deiner Meinung nach?«

Lisbeth hob hilflos die Schultern, doch Marlene sah ihrem Gesicht an, dass sie sich sehr wohl eine genaue Vorstellung von ihren vermeintlichen Wünschen gemacht hatte.

»Du hast es mir selbst gesagt«, erklärte Lisbeth nun leise. »Als du mir von Alexander erzählt hast. Im Auto, auf der Fahrt zum Hotel. Du hast mir erzählt, was dir an einem Partner wichtig ist. Ich kann nichts davon aufweisen.«

»Das ist Monate her, Lisbeth. Und letztendlich ist meine Beziehung zu Alexander wohl auch genau deshalb gescheitert, weil ich mich in ein fragwürdiges Ideal verliebt habe, nicht in den Menschen.«

»Trotzdem.« Lisbeth zerriss das feuchte Taschentuch in ihren Händen und drehte daraus kleine Röllchen. »Was, wenn du irgendwann bemerkst, dass du etwas vermisst ... etwas, das dir vorher wichtig war?«

Ein paar Sekunden verstrichen, ehe Marlene endlich wahrhaben wollte, worauf Lisbeth anspielte.

»Du hast weiter Angst, dass ich wieder einen Mann will?«

Lisbeth hob erneut die Schultern, doch auch diesmal sprach ihr Blick Bände. Marlene seufzte leise.

Zeit, zu sagen, was schon lange überfällig ist.

»Ich liebe dich, Lisbeth«, versicherte sie ihr und schloss sie in die Arme. »Ich brauche keine blödsinnige gesellschaftliche Stellung, keine Prestige-Urlaube, kein dickes Auto. Das einzige, was ich vermisse, bist du – wenn du nicht bei mir bist.«

Lisbeth sah sie kurz an, dann füllten sich ihre Augen erneut mit Tränen.

Zehn Minuten später stieg sie ins Taxi.

Christianshavn, Kopenhagen

Lisbeth stellte ihre Koffer im Vorraum ab und atmete tief durch. Geographisch war sie dort angekommen, wo sie zu Hause war, empfand in dieser Minute aber nichts als Leere.

Es war still in der Wohnung, stiller als je zuvor.

Nicht einmal Miss Marple kam, um sie schnurrend zu begrüßen. Nach etwas mehr als vier Wochen bei den Eltern im Reihenhaus mit Garten fragte sich Lisbeth ohnehin, ob das Tier noch Interesse an einem Dasein als Wohnungskatze hatte.

Sie stieß die Türe zu Merles Zimmer auf. Bis auf zwei IKEA-Regale, die verwaist an der Wand standen, war der Raum leer. Sogar die bunten Jalousien waren abmontiert.

Lisbeth seufzte.

Noch hatte sie keine Idee, was sie mit dem freien Zimmer anfangen sollte – und wie sie die fehlenden Mieteinnahmen langfristig ausgleichen konnte.

In der Küche fand sie den Kühlschrank ohne Nahrungsmittel, aber auch eine Bonbonniere mit Pralinen, der ein kleiner Brief beilag.

Willkommen zu Hause. Die Regale holen wir im Laufe der Woche, sie haben nicht mehr ins Auto gepasst. Komm uns doch am Mittwochabend besuchen und schau dir unsere Wohnung an. Es gibt auch etwas zu essen! Einstweilen lass dir die Schokolade schmecken. Liebe Grüße, Merle & Patrick.

Lisbeth seufzte zum zweiten Mal. Die Bonbonniere auf den Knien, ließ sie sich im Wohnzimmer auf dem Sofa nieder und begann zu essen, eine Praline nach der anderen, hoffend, dass sie den dumpfen Schmerz aus ihrem Herzen vertreiben konnte.

*

Lisbeth wälzte sich in ihrem Bett von einer Seite auf die andere. Es war kurz nach vier Uhr früh und begann bereits wieder zu dämmern. Die ganze Nacht hatte sie kaum ein Auge zugetan. Eine Möglichkeit war, der vielen Schokolade die Schuld daran zu geben. Ihr Gefühlschaos dafür verantwortlich zu machen, war aber wohl die ehrlichere Variante von Ursachenforschung.

Die Tatsache, dass nicht einmal mehr Merle auf sie wartete, wenn sie nach der Arbeit nach Hause kam, das leere Zimmer, die hohe Miete, der Job, der nun wieder in altbekanntes Fahrwasser mündete, dabei aber nicht minder stressig war, Siri, die ihr in der Zentrale täglich über den Weg lief und dabei hin und wieder dieses süffisante, fast ein wenig mitleidige Lächeln entgegensandte …

Und auf der andere Seite Marlene.

Ihre eigene Erwartung war anfangs nicht allzu hochgesteckt. Trotz aller Vorbehalte hatte sie sie damals Ende Januar nach Kopenhagen kommen lassen und sich versichert, dass andere Leute diese Art von Affären häufiger hatten, als sie Schokolade aß: Man mochte sich, hatte Sex, besuchte einander – und irgendwann, wenn alles nicht mehr neu und prickelnd war, sondern zu kompliziert und mühsam wurde, trennten sich die Wege ohne größere gefühlsmäßige Dramen.

Das Problem an dieser Sache war von Anfang an sie selbst. Tief in ihrem Inneren war ihr immer bewusst, dass sie für diese Art von Verhältnissen nicht geschaffen war. Wenn sie sich verliebte, dann richtig.

Ich will eine Beziehung mit dir, hatte Marlene gesagt – und damit den letztendlich ohnehin schwach ausgeprägten Widerstand zum Erliegen gebracht. Ein Teil von ihr hatte das damals glauben wollen, während der andere sagte: Es ist eine Affäre, mehr nicht. Marlene hatte es ihr einfach gemacht, indem sie im

Grunde nichts eingefordert hatte: keine Zukunftspläne, keine Verbindlichkeiten, keine Liebesbekenntnisse.

Eine Weile hatte sie so einigermaßen im Einklang mit sich selbst leben können. Sich gegenseitig an den Wochenenden zu besuchen war nett, auch wenn die Zeit dazwischen immer mühsamer zu überbrücken war. Marlene begann ihr zu fehlen. Und dann diese vier Wochen in Wien. Sie hatte gespürt, wie ihr Verhältnis von Tag zu Tag intensiver wurde. Wie jener Teil in ihr, der sich nach Verbindlichkeiten und dauerhafter Nähe sehnte, immer mehr an Macht gewann.

Dennoch blieben ihre Zweifel.

War Marlene denn wirklich dabei, ihr ganzes Leben auf den Kopf zu stellen? Wie konnte sie alte Gewohnheiten wie das Streben nach gesellschaftlicher Stellung denn plötzlich ablegen, nur weil sie sich ausnahmsweise zu einer Frau, zu ihr, Lisbeth, hingezogen fühlte?

Die Party hatte all ihre Ängste und Zweifel wieder wach werden lassen. Ja, sie hatte mit Marlene darüber gesprochen. Es war für sie ein unbefriedigendes Gespräch geblieben, trotz Marlenes Versicherung, wie bedeutungslos ihr das nun alles war – weil sie ihr einfach nicht glauben konnte.

Genau aus diesem Grund hatte sie auf Marlenes Worte *Ich liebe dich* nichts erwidern können. Nun war sie plötzlich da, Marlenes Erwartungshaltung. Keine lockere Affäre, sondern Verbindlichkeit – nach der sie selbst sich so sehnte, aber die ihr in diesem besonderen Fall eben auch Angst machte.

Jetzt lag sie hier und zermarterte sich auch noch den Kopf darüber, wie es Marlene wohl gehen musste, nachdem auf ihr *Ich liebe dich* keine Erwiderung gekommen war.

Vermutlich denkt sie, ich liebe sie nicht.

Der Gedanke verankerte sich in Lisbeths Kopf und nahm umso mehr Gestalt an, je länger sie schlaflos in die Dämmerung starrte: Marlene war jetzt sicher überzeugt davon, dass sie keine tieferen Gefühle für sie hatte. Als nächstes würde sie auf Distanz gehen und sich dann in jemand anderen verlieben, der ihr den Satz sagte, auch wenn er möglicherweise nur daran interessiert war, sie ins Bett zu bekommen.

Lisbeth tastete nach ihrem Handy.

Drei Worte für ein Gefühl, dass ich ohnehin in mir trage, ob ich es nun ausspreche oder nicht.

ICH LIEBE DICH, sandte sie an Marlene und fühlte sich sogleich besser.

Sie hatte die Augen kaum geschlossen, als das Mobiltelefon mit einem Brummen die Ankunft einer Nachricht ankündigte.

Was sie las, ließ sie ungläubig auf das Display starren.

DANN ZIEH ZU MIR NACH WIEN.

Amagar Strand, Kopenhagen

Mit Strandhafer bewachsene Dünen, grobkörniger, heller Sand und eine leichte Brise, die ihr offenes Haar zerzauste – es gab gewiss schlechtere Orte, einen Samstagnachmittag Anfang Juni zu verbringen. Bessere gab es sicherlich auch, denn Amagar Strand, der bekannte Stadtstrand von Kopenhagen, erinnerte Marlene mit seiner vorgelagerten, künstlich aufgeschütteten Insel an das Wiener Pendant, die Donauinsel.

Mit zwei Eistüten in der Hand ging sie vom Kiosk, der in einen wenig ansprechenden Betonklotz mit Toiletten und Duschen integriert war, zwischen den Sonnenbadenden hindurch zurück zu jenem Platz, auf dem Lisbeth im geblümten Bikini auf einem großen Badetuch in der Sonne lag.

»Hier, für dich.«

Lisbeth richtete sich auf, schob die Sonnenbrille ins Haar und griff nach dem abgepackten Fertigeis, das ihr Marlene entgegenstreckte.

»Haselnuss? – Ich wollte das mit Walnuss!«

»Tut mir leid, Liebes. Das Englisch der Kioskverkäuferin war wohl nicht ganz so gut wie erhofft. Und zum Reklamieren reicht mein Schmalspur-Dänisch nicht.« Marlene zwinkerte entschuldigend, während sie ihr eigenes Eis aus der Verpackung schälte.

»Oh, Lea war neulich ganz begeistert, dass du schon zwei Bier bestellen kannst.«

»Tja. Kleine Schritte führen auch zum Ziel. Allerdings ist es mit meiner Begabung, Sprachen zu lernen, nicht weit her. Ich war schon immer in den Naturwissenschaften besser.«

»Tatsächlich? – Dein Englisch ist ja recht gut.«

»Recht gut«, wiederholte Marlene lachend. »Danke für dieses Wahnsinnskompliment. Und was ist dann deines?«

»Es ist immer leichter, wenn man schon im Ausland gelebt und gearbeitet hat.« Lisbeth begann ihr Eis zu schlecken, und Marlene lächelte. »Was?«

»Nichts. Du siehst süß aus, wenn du Eis isst.«

Lisbeth erwiderte ihr Lächeln.

»Und du siehst immer noch aus, als würdest du zu einer Nordpol-Expedition aufbrechen«, kommentierte sie dann Marlenes lange Sommerhose und ihr Trägerhemd. »Willst du dich nicht endlich im Bikini zu mir legen? – Es ist total warm heute!«

»Das Thermometer am Kiosk hat gerade einmal vierundzwanzig Grad angezeigt!«

Für Marlene war es komplett unverständlich, dass hier alle Leute in Badekleidung herumsprangen und sich sonnten. Drei Grad mehr hätten auch sie möglicherweise dazu bewegt, sich von ihrer Kleidung zu trennen.

Lisbeth bedachte sie mit einem kritischen Blick.

»Für uns Dänen ist das ein ziemlich warmer Sommertag. – Brauchst du Wüstenklima, um dich wohlzufühlen?«

»Kein Wüstenklima. Aber dreißig Grad sind okay.«

Lisbeth stöhnte theatralisch.

»Oh mein Gott, ich hätte das wissen müssen, ehe ich einem gemeinsamen Sommerurlaub zugestimmt habe. Jetzt buchst du sicher Griechenland oder Süditalien, und ich komme zurück wie ein rotes Brathuhn!«

Der Vergleich brachte Marlene unweigerlich zum Lachen.

»Ein Brathuhn ist normalerweise braun, nicht rot. – Abgesehen davon, hatte ich tatsächlich ein Urlaubsziel im Süden im Sinn. Aber wenn du lieber woanders hinwillst …«

»Nein, Süden ist schon gut. Aber ich brauche einen Sonnenschirm.«

»Daran soll es nun wirklich nicht scheitern. – Ehe wir über das Reiseziel sprechen, sollten wir uns vielleicht aber erst einmal einig werden, wann wir Urlaub nehmen. Ich bin ja relativ flexibel, aber was ist mit dir?«

Lisbeth schnitt ein Gesicht.

»Ich darf mich mit Siri abstimmen – Thorben besteht drauf. Obwohl ich mir sicher bin, dass sie meine Agenden gar nicht übernehmen wird. Sie wird alles für zwei Wochen ruhen lassen und warten, bis ich zurück bin. Unsere Urlaubsabstimmung ist also nur ein Pro-forma-Akt.«

»Und wann geht Siri in Urlaub?«

Lisbeth hob die Schultern.

»Das hat sie mir leider noch nicht mitgeteilt.«

»Kannst du sie bitte bald fragen? – Ich selbst bin zwar flexibel, aber Flüge und Hotels sind es erfahrungsgemäß nicht. Last Minute ist auch nicht mehr das, was es mal war.«

Lisbeths Stimmung sank trotz Sommertemperatur spürbar auf den Gefrierpunkt. Siri war immer noch ein Reizthema für sie, auch wenn sich die Zusammenarbeit nach Marlenes Wissensstand bisher verhältnismäßig zivilisiert gestaltet hatte.

»Du weißt, gewöhnlich spreche ich nicht mit ihr ...«

»Ich weiß. Dann mach es eben auch in diesem Fall wie in anderen beruflichen Angelegenheiten, die ihr klären müsst, und schreib ein Mail.«

»Ja, werde ich wohl.« Lisbeths Miene war immer noch finster. Sie suchte Marlenes Blick. »Du findest das albern, oder?«

Marlene hob die Schultern.

»Was soll ich dazu sagen? – Ich mag sie nicht besonders, ich kenne die Vorgeschichte – vermutlich ginge es mir an deiner Stelle ähnlich. Allerdings stelle ich es mir auf Dauer ausgesprochen schwer vor, auf dieser Basis zu kommunizieren.«

»Ich habe so einen Hass auf sie«, brach es nun aus Lisbeth heraus. »Diese Frau hat mich meine Karriere gekostet. Wegen nichts! – Und du wirst sehen, irgendwann wird sie noch meine Vorgesetzte werden. Spätestens dann, wenn Thorben noch weiter aufsteigt.«

»Mal den Teufel nicht gleich an die Wand.«

»Du hast gut reden.« Lisbeths Augen blitzten, und auf ihren Wangen bildeten sich rote Flecken, die sich immer dann zeigten, wenn sie sich über etwas aufregte. »Bei *Rasmussen Pharma* in Österreich herrscht dagegen pure Harmonie. Keiner mischt sich in deine Aufgaben ein, keiner delegiert dir etwas ... keiner zeigt dir permanent, dass er alles besser kann, was auch immer du anpackst – wie Siri in meinem Fall. Und seit Carola Roth weg ist, hast du sogar ein Einzelbüro!«

»Auch ich muss meine Umsätze bringen, Liebes.«

»Trotzdem«, beharrte Lisbeth. »Niemand konkurriert dermaßen bretthart mit dir.«

»Wir sind ein kleines Team, jeder hat andere Aufgaben. Das lässt sich nicht vergleichen mit der Arbeit in der Konzernzentrale.«

»Ich weiß das! Du musst es mir nicht erklären!« Lisbeth begann sich in Rage zu reden. Auch das erlebte Marlene mittlerweile nicht zum ersten Mal, wenn es um das sensible Thema Siri Christiansen ging. »Aber ich habe immer fleißig gearbeitet, verstehst du! Ich habe immer alles korrekt gemacht! Ich fliege für *Rasmussen* seit Jahren in ganz Europa herum, opfere Wochenenden, um Kongressdienste zu schieben – obwohl in meiner Stellenbeschreibung nur fünfundzwanzig Prozent Reisetätigkeit steht. Aber im Herbst, wenn das Geschäft losgeht, werden es fast siebzig! Das erschöpft mich total! Ich habe mir das nie so ausgesucht, verstehst du? – Und dann wird mir auch noch meine ehemalige Sekretärin vor die Nase gesetzt!«

Lisbeth hatte so laut gesprochen, dass sich inzwischen schon einige andere Badegäste zu ihnen umdrehten. Marlene sah es in diesem Moment nur als Vorteil, dass Deutsch als Fremdsprache nicht genauso verbreitet war wie Englisch. Was sich Lisbeth hier von der Seele redete, ohne wenigstens den Firmennamen für sich zu behalten, gehörte nicht in der Öffentlichkeit ausdiskutiert.

»Ich habe seit Jahren keine Gehaltserhöhung bekommen –

und nicht einmal darum zu bitten gewagt, wegen der Geschichte mit Siri! Mir wurde immer suggeriert, dass ich mich glücklich schätzen könne, überhaupt noch für *Rasmussen* zu arbeiten! Das ist alles so ungerecht!«

In Lisbeths Augen glitzerte es bereits bedenklich.

Marlene legte ihr die Hand auf den nackten Oberschenkel – eine besänftigende Geste, die komplett ihre Wirkung verfehlte. Lisbeth griff nach der Eisverpackung, sprang auf und entfernte sich strammen Schrittes in Richtung Mülleimer. Marlene sah ihr mit unterdrücktem Seufzen nach. Es fiel schwer, an die Freundin heranzukommen, wenn sie in diese Stimmung geriet.

Ich muss trotzdem mit ihr reden.

Es war trostlos, auf ein SMS, dessen Inhalt durchaus Tragweite für ihr weiteres Leben hatte, keine Antwort zu erhalten – nicht einmal mündlich. In allen Telefongesprächen, die sie seit jener Nacht miteinander geführt hatten, war Lisbeth nie auf den Vorschlag zu sprechen gekommen. Seit Marlenes Ankunft am Vortag hatte sie das Thema Umzug ebenso erfolgreich gemieden. Marlene verstand nicht genau, was dahintersteckte.

Wenn sie nicht will, muss sie es mir eben sagen. Allerdings verstehe ich es nicht ganz …

Lisbeth kam zurück. Sie ließ sich auf ihr Handtuch sinken, zupfte ihren Bikini zurecht und schob sich die Sonnenbrille über die Augen.

Marlene saß neben ihr und betrachtete die schlanke Frau an ihrer Seite, während sie nach passenden Worten suchte. Lisbeths bisheriges Schweigen machte ihr den Einstieg nicht leichter.

»Ich finde, du solltest einen neuen Job suchen.«

»Als ob ich das nicht schon versucht hätte«, kam es gereizt zurück. »Ich bin bisher nicht einmal zum Vorstellungsgespräch eingeladen worden! So viele Niederlassungen von Pharmafirmen, die Produktmanagerinnen suchen oder etwas im Marketing zu besetzen haben, gibt es in Dänemark nicht.«

Jetzt oder nie.

»Dann such nicht in Dänemark. Bewirb dich in Österreich. Zieh zu mir nach Wien.«

Lisbeth setzte sich auf. Marlene konnte hinter der Sonnenbrille ihre Augen nicht erkennen.

»Meinst du das ernst?«

»Vollkommen ernst. Du sprichst perfekt Deutsch und Englisch. Du hast Auslandserfahrung. Viele Niederlassungen von internationalen Pharmafirmen in Österreich sind Drehscheibe für das gesamte Ostgeschäft der Konzerne. Du kannst durch dieses SEE-Projekt Erfahrungen aufweisen. Du kennst die Märkte in Ländern wie Kroatien, Serbien, Bosnien und so weiter. Du bist perfekt für diese Art von Positionen, Lisbeth.«

Eine ganze Zeit lang sagte Lisbeth nichts. Dann setzte sie die Sonnenbrille ab. Sie wirkte verwirrt, fast ungläubig.

»Du willst wirklich mit mir zusammenziehen?«

»Ja.«

»Meinst du das tatsächlich ernst?«

»Ja, sicher.« Marlene runzelte irritiert die Stirn. »Was überrascht dich daran so sehr?«

Lisbeth schüttelte stumm den Kopf und starrte auf ihre Zehen. »Kennst du diesen Witz mit Lesben und was sie zum zweiten Date mitbringen? – Einen Umzugswagen.«

Was hat das mit uns zu tun?

»Wir sind über das zweite Date hinweg, dachte ich …«

»Wir sind noch nicht einmal ein Jahr zusammen!«

»Und? Gibt es irgendeine geheime Regel, irgendein Gesetz, das entscheidet, wann zwei Menschen, die sich lieben, zusammenziehen dürfen?«

Lisbeth starrte jetzt nicht mehr ihre Zehen an, sondern sie.

»Marie und ich sind erst nach drei Jahren zusammengezogen!«

Ja, und?

Marlene unterdrückte ein Seufzen. Okay, jetzt kannte sie wohl den Grund, weshalb Lisbeth der Antwort ausgewichen war. Die Erkenntnis tat weh, vor allem, weil sie das Problem dahinter nicht verstand. Was gab es denn zu verlieren? – Ihr Job machte ihr sowieso schon seit langem keine Freude mehr, die Wohnung war ihr wegen Merles Auszug eigentlich zu teuer … Und abgesehen von diesen rationalen Fakten: hatte ihr Lisbeth nicht gesimst, dass sie sie liebte?

Da von Lisbeth kein Ton mehr kam, stand Marlene auf. Sie brauchte Abkühlung. Dringend. Dieses Gespräch verlief absolut nicht so, wie sie es sich vorgestellt hatte.

Sie schlüpfte aus den Kleidern. Ihren Bikini trug sie bereits darunter. Als sie sich auf den Weg in Richtung Meer machte, kam auch Bewegung in Lisbeth.

»Was machst du?«

»Baden«, sagte sie mit kurzem Blick über die Schulter. »Ich ertränke meinen Frust in der Ostsee.«

Das Wasser war kalt. Eiskalt, nach ihrem Empfinden. Sie verstand jetzt, weshalb sie kaum Badende im Meer gesehen hatte, abgesehen von einer Gruppe von Schwimmern in Neoprenanzügen. Doch sie war innerlich so aufgewühlt und auch verärgert durch Lisbeths Verhalten, dass sie die kleinen eisigen Nadeln, die in ihre Füße und schließlich auch in ihre Oberschenkel piekten, beharrlich ignorierte. Der nasse Sand unter ihren Füßen fühlte sich fast wie Schnee an. Schon kam die erste Welle und erfasste sie bis über den Bauchnabel.

Jetzt ist es eh schon egal. Es ist ein Tauchbecken, ein Tauchbecken nach dem Saunagang.

Beherzt warf sie sich in die nächste Welle. Die Kälte ließ sie zunächst nach Luft schnappen. Mit dem dritten Schwimmzug wurde es besser. Ihr Körper gewöhnte sich an das eisige Wasser.

»Marlene, Marlene!«, drang es vom Ufer her an ihr Ohr. Sie tat so, als hätte sie nichts gehört, und schwamm weiter. Bis Lisbeth schließlich prustend und nass bis über den Haaransatz neben ihr auftauchte.

»Sei nicht so stur!«, brach es aus Lisbeth heraus. »Hör mich zumindest an!«

»Dann sag halt klipp und klar, dass du nicht mit mir zusammenziehen willst!« Marlene trat im kalten Wasser auf der Stelle. Gänsehaut überzog ihren Körper. Dies war das kälteste Gewässer, in dem sie sich jemals länger aufgehalten hatte.

»Aber das stimmt doch so gar nicht!« Lisbeths Zähne schlugen aufeinander. »Ich bin einfach nur komplett überwältigt! Verstehst du?«

»Nein, verstehe ich nicht.« Marlene sah ihr direkt in die Augen, auch wenn der Wellengang den Blickkontakt nicht einfach machte. »Ich liebe dich, Lisbeth. Ich will mit dir zusammen sein, nicht nur an den Wochenenden! Ich will ein gemeinsames Leben mit dir.«

Lisbeth klapperte weiterhin mit den Zähnen, während die nächste Welle über sie hinwegrauschte und nicht einmal mehr Marlenes Haare trocken ließen.

»Ich will das alles doch auch«, stieß Lisbeth schließlich hervor. »Ich will zu dir ziehen.«

»Wunderbar.« Nun wurde sogar Marlenes Stimmung von einer Welle ergriffen und hinaufgetragen, allerdings von einer überaus warmen. »Dann lass uns jetzt schnell an Land schwimmen, sonst kannst du mich als Eisklotz hier wieder herausfischen und das mit dem Zusammenziehen vergessen.«

Wien, siebter Bezirk

Susanne hatte eindeutig einen Narren an diesem französischen Bistro gefressen, das war Marlene inzwischen klar, nachdem sie nun schon zum vierten Mal binnen eines halben Jahres in das kleine Restaurant in der Kaiserstraße entführt wurde. Ihr sollte es recht sein, sie bestellte wie die Male zuvor *Beef tartar* mit hausgemachten Pommes frites, dazu einen schweren französischen Rotwein. Susanne nahm diesmal mit einem bunten Salat vorlieb.

Sie saßen am offenen Fenster – die Alternative zu den Plätzen direkt draußen an der Straße, die zu Marlenes Überraschung trotz des regen Verkehrs allesamt besetzt waren.

»Wie läuft's beruflich? Hast du BELCOSMA schon erfolgreich in den Köpfen der Neurologen verankert?«, eröffnete Susanne das Gespräch, doch Marlene wusste, dass sie seit der Geburtstagsfeier eigentlich etwas ganz anderes interessierte.

»Du weißt ja, im Sommer ist nicht so wahnsinnig viel los«, sagte sie. »Ich genieße im Augenblick, dass ich nicht ständig Termine in Graz, Innsbruck oder gar Bregenz habe und am Wochenende nicht auf Kongressen herumhängen muss.«

Susanne nickte verständnisvoll.

»Und die Wochenenden verbringst du vermutlich in Kopenhagen«, leitete sie dann gezielt über.

»Nein, eigentlich nicht. Das letzte Mal war ich vor rund fünf Wochen in Dänemark. Lisbeth kommt derzeit meist nach Wien. Sie ist hier auf Jobsuche, hat einige Bewerbungen abgeschickt – und sogar schon zwei Vorstellungsgespräche gehabt. Eines davon endete leider mit einer Absage, aber das zweite verlief so erfolgreich, dass sie am Freitag schon in der zweiten Runde ist.«

»Sie sucht einen Job? Hier? Will sie nach Österreich ziehen? Zu dir?«

»Ja.«

»Also …« Susanne trank einen Schluck Rotwein. Marlene sah ihr an, dass sie nach Worten suchte. »Bist du dir sicher, Marlene? Ist das nicht ein bisschen überstürzt? – Ich meine, ihr kennt euch nicht einmal ein Jahr!«

»Lustig. Dasselbe hat Lisbeth auch als Einwand gebracht.«

»… und ich meine, im Ernst, Marlene: Sie ist eine Frau!«

»Gut, dass du es erwähnst. Das war mir noch gar nicht aufgefallen!« Sie kräuselte amüsiert die Lippen.

Susanne lächelte flüchtig, wurde aber gleich darauf wieder ernst.

»Es mag ja sein, dass du jetzt im Moment mit ihr tollen Sex hast … wobei ich mir nicht vorstellen kann, dass dabei nicht irgendetwas fehlt … Aber wenn der Alltag im Bett einkehrt, dann ist dieser Kick weg, du kommst zur Besinnung – und sie hat sich in deiner Wohnung festgesetzt!«

»Du kennst mich doch, Susanne. So war das bei mir nie! Ich hatte bisher immer längere Beziehungen, am liebsten eine, die den Rest meines Lebens andauert … Bisher hat es eben nicht gehalten. Aber der Kick ist für mich nichts, auf was es mir letztendlich ankommt! Ich bin bodenständig.«

»Bodenständig«, wiederholte Susanne ungläubig. »Marlene, du bist mit einer Frau zusammen! Mit einer *Frau*! Das ist nicht bodenständig, das ist exaltiert!«

»Häng dich jetzt bitte nicht daran auf, okay?« Marlene konnte verstehen, dass ihre neue Beziehung Susanne in Erstaunen versetzt hatte, doch allmählich verlor sie die Geduld. Konnte sie sich denn nicht einfach nur für sie freuen, dass sie nach ihrer Scheidung endlich wieder einen Menschen gefunden hatte, der sie liebte und mit dem sie zusammen sein wollte?

»Es ist aber so«, beharrte Susanne. »Ich wundere mich einfach die ganze Zeit, wie das passieren konnte. Du und eine

Frau. Ich meine, was bist du jetzt, Marlene? Eine Lesbe? – Das kann ich einfach nicht glauben!«

Marlene setzte zum Widerspruch an, überlegte es sich aber in letzter Sekunde anders.

»Wenn es mich zu einer Lesbe macht, dass ich Lisbeth liebe und mit ihr schlafe, dann bin ich es wohl.« Sie nahm einen tiefen Schluck und fuhr dann vermittelnd fort: »Ich müsste lügen, um nicht zuzugeben, dass es für mich schon ein großer Schritt ist – plötzlich eine Frau an meiner Seite zu haben und keinen Mann. Es geht dabei nicht einmal um das, was ich für Lisbeth empfinde. Dass ich sie liebe, steht außer Frage. Aber es verwirrt mich, wie viel Aufmerksamkeit diese Liebe auf sich zieht. Wenn wir durch die Stadt gehen und Händchen halten, fühle ich, wie sich die Blicke der Leute auf uns richten. Wenn wir am Strand liegen und ich Lisbeth küsse, glotzen sie, als hätten sie noch nie einen Kuss gesehen. Kopenhagen ist so offen, so aufgeklärt ... Niemand feindet uns an, aber trotzdem spüre ich diese Blicke. Das stört mich. So sollte es einfach nicht sein. Ich meine: wenn Lisbeth ein Mann wäre, wen würde es interessieren, ob ich am Strand über seinen Rücken streichle und ihm einen Kuss gebe?«

»Aber genau das meine ich«, warf Susanne ein. »Indem du mit ihr zusammen bist, vergibst du dir alle Chancen bei den Männern ... Nach dieser Episode wird es schwierig sein, dieses Lesbenimage wieder loszuwerden.«

Das *Beef tartar* und der Salat wurden serviert, und Marlene war froh über die Unterbrechung. Susannes Ignoranz begann sie mehr und mehr zu verärgern.

»Ich bin mit Lisbeth zusammen und habe auch vor, es zu bleiben«, stellte sie klar. »Guten Appetit, Susanne.«

Einige Minuten lang aßen sie, ohne ein Wort miteinander zu wechseln. Dann ließ das Thema Susanne nicht länger Ruhe.

»Lisbeth und du, ihr seht gar nicht aus wie typische Lesben – also diese Mannweiber, die man auf so Paraden sieht.«

Marlene zuckte mit den Schultern. Was sollte sie darauf schon erwidern?

»Aber sie kennt sicherlich solche Frauen, oder?«

»Ein paar, ja«, räumte Marlene ein. »Die meisten ihrer Freundinnen sind aber einfach nur sportlich und leger.«

»Wenn sie erst einmal hier wohnt, wird sie auch hier diese Art von Freundschaften suchen.«

»Kann sein. Allerdings sucht Lisbeth ihre Bekanntschaften in der Regel nicht nach der sexuellen Orientierung aus – ihr bester Freund ist hetero, und die lesbischen Frauen kennt sie großteils schon ewig ... von der Coming-out-Gruppe, die sie als Teenager besuchte.«

»Hetero, Coming-out-Gruppe ... du solltest dich mal sprechen hören!« Susanne schnaubte. »Es klingt, als wärest du einer sektenmäßigen Gehirnwäsche unterzogen worden!«

Marlene ließ ihr Besteck sinken.

»Susanne, was ist eigentlich dein Problem? Bin ich plötzlich ein anderer Mensch für dich geworden, weil ich eine Frau liebe? Oder bist du eifersüchtig?«

»Ich bin nicht eifersüchtig, um Gottes Willen!«, schnappte Susanne zurück. Einen Moment lang starrte sie auf ihren Salat, als gelte es, Insektenlarven an den Blättern ausfindig zu machen. Dann sah sie Marlene an. »Okay, vielleicht bin ich sogar ein bisschen eifersüchtig«, gab sie zu. » Ich komme mir einfach vor, als hätte mir diese Lisbeth meine beste Freundin weggenommen! Alles, was du vorher mit mir gemacht hast, weil kein Mann daran Interesse hatte, teilst du jetzt mit ihr! Ich mache mir wirklich Sorgen um dich, aber ich bin auch enttäuscht.«

»Das ist doch Unsinn.«

»Shoppen, tratschen, Spa – du fährst jetzt sicher auch mit ihr in Urlaub, stimmt's?«

»Hätte ich einen Mann kennengelernt, würde ich wohl auch mit ihm verreisen ...«

»Aber als du noch mit Alexander zusammen warst, sind wir

beide trotzdem einmal im Jahr gemeinsam verreist, ohne Männer …«

Tja, das hat sich jetzt wohl in der Tat geändert.

»Lisbeth ist ein reizender, interessanter Mensch. Wenn sie erst einmal hier wohnt und du sie besser kennenlernst, wirst du mich vielleicht verstehen. Zumindest in einigen Aspekten.«

Susanne nickte, sah aber nicht sehr überzeugt dabei aus. Langsam begann sie, ihren Salat zu essen. Marlene fischte mit den Fingern eines ihrer Pommes aus dem beigestellten Metallbehälter. Für sie war die Diskussion nun endgültig erledigt.

»Ich finde auch erstaunlich, dass sie einfach so ihre Zelte in Kopenhagen abbricht. Ich meine, wie alt ist sie? Mit Mitte, Ende dreißig hat man sich ja normalerweise ein Leben aufgebaut und überlegt sich derartige Schritte x-mal.«

»Ich denke, dass Lisbeth schon ausgiebig über meinen Vorschlag nachgedacht hat. Allerdings ist sie sehr flexibel. Sie hat früher schon im Ausland gewohnt und gearbeitet.«

»Früher? Als Studentin? Kurz nach dem Studium? – Das ist doch etwas anderes als in unserem Alter!«

»Abgesehen davon, dass auch sie mich liebt und mit mir zusammenziehen will – ihr käme eine berufliche Veränderung sehr entgegen. Sie hat genau das zu bieten, was derzeit im Pharmabereich in Wien gesucht wird, wenn bei unserer nicht so rosigen Wirtschaftslage überhaupt noch Stellen ausgeschrieben werden: Osteuropa-Knowhow im Gesundheitswesen, Sprachkompetenz in Englisch und Deutsch, Reisebereitschaft …«

»Also zieht sie her, um dann doch wieder nur unterwegs zu sein.« Susanne ließ ein aufgerolltes Salatblatt in ihrem Mund verschwinden. »Du weißt, wie diese Jobs sind«, sagte sie kauend und vergaß damit einen Moment lang ihre Manieren.

»Natürlich wäre auch der Job, für den sie jetzt eingeladen wurde, mit einigen Dienstreisen verbunden. Aber alles ist besser als dieses ständige Wochenend-Hin-und-Her zwischen Wien und Kopenhagen!«

»Wenn du meinst.« Susanne ließ das nächste Salatblatt im Mund verschwinden. »Warum ziehst du eigentlich nicht zu ihr?«

Marlene verschluckte sich fast an ihren Pommes frites.

Was war denn das für eine Frage?

»Das stand überhaupt nicht zur Debatte«, erwiderte sie kopfschüttelnd. »Ich spreche nicht einmal Dänisch.«

»Du könntest es lernen. Es soll leichter sein als Chinesisch.« Susanne unterstrich ihre Worte durch ein amüsiertes Grinsen.

»Ich habe hier eine Eigentumswohnung, meine Familie, meinen Job …«

»Deine Familie, die dich so sehr liebt, dass sie dich nicht nur dann einlädt, wenn sie etwas von dir will oder du irgendwelche Streitigkeiten schlichten sollst.« Die Stimme der Freundin triefte vor Ironie. »Und einen Job, der so unsagbar toll ist, dass er dich karrieremäßig ganz nach vorn an die Spitze bringt.«

Marlene rollte mit den Augen.

»Auf den Arm nehmen kann ich mich selbst. – Ganz ehrlich, Susanne: Abgesehen von den Punkten, die du jetzt so süffisant abhandelst, ist es für Lisbeth wirklich einfacher, umzuziehen. Ich kann hier nicht weg. Ich habe Hanni damals versprochen, mich um die Kinder zu kümmern, und jetzt gibt es zwar Lale, aber das ist nicht dasselbe. Sie brauchen mich, ihre Tante, und wenn es nur einmal im Monat ist. Und ich brauche sie. Sie sind das Einzige, was mir von meiner Schwester geblieben ist. Obendrein fühle ich mich auch wohler, wenn ich weiterhin festen Boden unter den Füßen habe. Mich so ins Ungewisse zu werfen, ohne Sicherheitsleine, das ist einfach nichts für mich.«

»Amen.« Susanne schob ihre halbvolle Schüssel Salat zur Seite und griff nach der Speisekarte. »Und für mich ist dieses Grünzeug nichts. Lieber stelle ich mich morgen wieder zwei Stunden auf den Crosstrainer, als das ich mich weiterhin kasteie. Ich werde mir also«, ihre Augen flogen über die aufgelisteten Speisen, »die Dessertvariationen kommen lassen und noch ein Glas Wein, und dann stoßen wir darauf an, dass du immerhin nicht völlig den Verstand verloren hast. Du denkst noch klar genug, um deine Existenz nicht aufs Spiel zu setzen wegen dieser … nennen wir es *Amour fou.*«

Das wird noch harte Arbeit mit ihr, ging es Marlene resigniert durch den Kopf. Trotzdem stieß sie ein paar Minuten später mit Susanne an und lenkte das Gespräch gleichzeitig auf ein vollkommen anderes Thema. Von Diskussionen über Lisbeth hatte sie einstweilen genug.

Als sie später am Abend auf ihr Handy schaute, fand sie zwei SMS von Lisbeth vor.

ICH SOLL FÜR DIE ZWEITE RUNDE DES VORSTELLUNGSGESPRÄCHS EINE PRÄSENTATION VORBEREITEN. MEINST DU, DAS IST EIN GUTES ZEICHEN?

Dieser Textnachricht war eine halbe Stunde später eine zweite gefolgt.

MEINST DU WIRKLICH, WIR TUN DAS RICHTIGE?

Marlene seufzte.

JA – ZU BEIDEN FRAGEN, schrieb sie zurück. ICH RUFE DICH IN EINER VIERTELSTUNDE AN.

Während sie unter der Dusche warmes Wasser über ihren mit Seifenschaum bedeckten Körper rieseln ließ, wunderte sie sich, warum ihre Gefühle für Lisbeth eigentlich dauernd in Frage gestellt wurden – nun sogar wieder von Lisbeth selbst.

Natürlich taten sie das Richtige. Eine Fernbeziehung war doch nichts, was man ewig durchziehen konnte! Warum keimten bei Lisbeth bloß immer diese Zweifel auf?

Kopenhagen, Christianshavn

Miss Marple schnurrte. Erst hatte sie ihre langen grauen Haare erfolgreich auf Lisbeths dunkelblauem Rock verteilt, jetzt lag sie zusammengerollt auf deren Schoß und ließ sich streicheln.

Lisbeth kraulte die Katze hinter dem Ohr, während sie mit dem rechten Finger die Pfeiltaste ihres Notebooks betätigte und sich durch die vor wenigen Minuten fertiggestellte Präsentation klickte. Die Sache war für sie keine besondere Herausforderung gewesen: In englischer Sprache und passender Darstellung die Unterschiede zwischen nationalem, dezentralem und zentralem Zulassungsverfahren für Arzneimittel in Europa erklären.

Ihrer Meinung nach tangierte das Thema nur am Rande jenes Aufgabengebiet, das sie, sollte sie die Zusage für den Job in Österreich erhalten, bearbeiten würde. Die geforderte Darstellung gehörte eher in den Bereich *Regulatory Affairs*, doch vermutlich war der Personalabteilung nichts Besseres eingefallen, um die nach der ersten Auswahlrunde verbliebenen fünf Bewerber zu quälen. Übermorgen würde sie die Präsentation vor einem dreiköpfigen Gremium der Firma halten, darunter der Abteilungsleiter, der im Falle einer Zusage ihr Chef werden würde. Da sie das erste Gespräch mit der Dame von *Human Resources* geführt hatte, kannte sie ihn bisher nur von einem ergoogelten Foto: ein durchschnittlicher grauhaariger Mittfünfziger, der zumindest ein sympathisches Lächeln zeigte.

Mit ihrer Präsentation war sie zufrieden, aber ansonsten war ihr, als trage sie eine große Last auf den Schultern.

Tu‘ ich wirklich das Richtige, fragte sie sich seit jenem Bad im Meer immer wieder. Vielleicht hatte sie vorschnell ihre Zusage gegeben. Andererseits: Marlene war wirklich frustriert gewesen, weil sie dem Thema lange so beharrlich ausgewichen war – so frustriert, dass sie sich sogar lieber in eiskaltes Wasser stürzte, als noch eine Minute länger in ihrer Nähe zu verharren.

Für Lisbeth war diese Fluchtreaktion ein klarer Vorbote von dem, was auf sie zukam, falls sie nicht in Marlenes Vorschlag einwilligte: Sie würde sie verlassen und lieber Trennungsschmerz auf sich nehmen, als weiterhin in der Luft zu hängen.

Außerdem, sowohl rational als emotional sprach wohl überhaupt nichts gegen einen Umzug nach Wien. Die Zusammenarbeit mit Siri – sofern das Wort überhaupt angemessen war – gestaltete sich von Woche zu Woche schwieriger. Siri zog ihr eigenes Ding durch. Schlimmer noch, manchmal riss sie Aufgaben an sich und präsentierte Thorben die Ergebnisse noch vor Lisbeth. Im Endeffekt stellte Siri sie damit als diejenige dar, die nicht schnell genug arbeitete, während sie von Thorben sogar noch ein Lob kassierte, dass sie ihrer Kollegin Arbeit abnahm.

Lisbeths Versuche, Thorben zu erklären, das Siri dadurch in Wahrheit gegen und nicht für sie arbeitete, waren gescheitert. Thorben wollte das falsche Spiel einfach nicht verstehen und hatte Lisbeth sogar noch vorgeworfen, nachtragend zu sein. Es wäre doch langsam an der Zeit, diese alte Geschichte zu vergessen und sich professionell zu verhalten, gab er ihr mit auf den Weg, ehe er zur nächsten abteilungsübergreifenden Marketingsitzung marschierte – mit Siri im Schlepptau.

Wenn sie nach Wien zog, war sie diese Frau und das Thema *sexual harassment* endgültig los und konnte beruflich völlig neu durchstarten – bei einem Unternehmen, das im internationalen Ranking unter den *Top ten* der Branche war; einem Unternehmen mit interessantem Produktportfolio und einer prall gefüllten Pipeline von Medikamenten, die in den nächsten Jahren auf den Markt kommen und die Zukunft sichern würden. Die Stelle klang im Großen und Ganzen recht interessant und wie eine Erweiterung jenes Projekts, das sie für *Rasmussen* einige Wochen zuvor durchgeführt hatte. Das Einzige, was sie erneut im

Hals hatte, waren viele Dienstreisen, aber nun gut ... das war sie schließlich schon gewohnt.

Und zumindest an den Wochenenden würde sie dann entspannen können. Ohne den Stress einer Fernbeziehung. Dafür mit Marlene, in ihrem gemeinsamen Zuhause.

Sie dachte an Marlenes Wohnung, und ihr Herz wurde schwer. Sicher, die Wohnung in Wien-Währing war um satte sechzehn Quadratmeter größer als ihre jetzige, aber wie sollte all ihr Mobiliar darin Platz finden? Bis auf die kahlen Wände waren alle Räume bereits vollständig eingerichtet – mit Marlenes Möbeln, nach deren Geschmack. Möglicherweise fanden ihr Nachtkästchen und zwei Regale noch Platz, aber ihr Stil war so unterschiedlich, dass aus der Mischung wohl weder für Marlene noch für sie selbst eine runde Sache würde.

Vielleicht sollten sie umziehen, sich gemeinsam etwas Neues suchen. Marlene hatte sich nicht einmal dagegen verwehrt, als sie das Thema vorsichtig zur Sprache brachte. Doch das war Zukunftsmusik. Erst einmal würden sie gemeinsam in Wien-Währing wohnen.

Und sie musste ihre hiesige Bleibe aufgeben – in der sie mittlerweile schon über ein Jahrzehnt ihres Lebens zugebracht hatte. Jene Wohnung, aus deren Fenstern sie die Touristenschiffe den Kanal entlangschippern sah und in der sie stets das Gefühl hatte, sich jederzeit mitten ins Geschehen stürzen zu können, wenn ihr danach war, ohne eine längere Anreise mit Bus oder Metro.

Lisbeth speicherte die Präsentation ab und fuhr das Notebook herunter. Sie setzte Miss Marple auf den Boden und ging in ihr Zimmer. Ehe sie sich auf den Weg machte, wollte sie sich noch umziehen.

Ihre Eltern hatten das schöne Wetter zum Anlass genommen und spontan zum Grillen geladen. Auch Merle und Patrick würden kommen. Wie so oft bei diesen Gelegenheiten bedauerte Lisbeth, dass Marlene nicht da war, um sie zu begleiten. Noch hatten ihre Eltern sie nicht kennengelernt. Es hatte sich einfach nie ergeben. Die Wochenenden waren immer zu kurz, um einen der beiden Tage bei der Familie zu verbringen. Zumindest klang das nach einer Begründung, mit der sie selbst gut leben konnte.

Im Gegenzug war sie inzwischen schon bei Marlenes Familie zu Besuch gewesen. Die grüne Steiermark mit den sanften Hügeln und Weinbergen hatte ihr gut gefallen. Der Hof, auf dem ihre Freundin aufgewachsen war, hätte ihrem Empfinden nach auch als Kulisse in einem Märchenfilm dienen können – oder zumindest in einem Tourismusprospekt. Jakob begegnete ihr im Großen und Ganzen freundlich. Vielleicht wirkte er ein wenig bäuerlich, aber sie konnte sich kein Urteil über ihn bilden, denn sie hatten kaum miteinander gesprochen – und wenn er etwas sagte, fiel es ihr ohnehin schwer, seinen Dialekt zu verstehen. Lale, jetzt im fünften Monat schwanger, war ihr genauso vorgekommen, wie Marlene sie beschrieben hatte: intelligent und zielstrebig, aber eben auch wie jemand, der sich nicht vollständig in die Karten blicken ließ.

Als härtester Brocken erwies sich Marlenes Mutter: eine schroffe Frau, die sie skeptisch musterte und auf einen Blick zu begreifen schien, was ihre Tochter mit dieser Dänin da verband. Umso höher rechnete sie es Marlene an, dass sie sie tatsächlich mit den Worten »Das ist Lisbeth, wir sind ein Paar« vorstellte. Denn ihr war von Anfang an sonnenklar, dass diese Frau mit der lesbischen Beziehung ihrer Tochter nichts anfangen konnte.

Lisbeth hatte sich in ihrer Gegenwart unwohl gefühlt und war froh gewesen, als sie nach ein paar Stunden wieder die Heimfahrt angetreten hatten. Die Vorstellung, künftig vielleicht ein- bis zweimal im Monat das Vergnügen mit dieser Frau zu haben, gefiel ihr nicht sonderlich.

Marlenes Familie war so ganz anders als die ihre. Abgesehen von Lale, waren alle eher wortkarg und zeigten sich gefühlsarm. In ihrem Elternhaus war dagegen immer viel geredet und gelacht worden. Und vor allem hatten sie sich immer füreinander interessiert!

Während Lisbeth in eine leichte Sommerhose schlüpfte und sich ein bequemes T-Shirt überzog, überlegte sie, ob sie den Eltern, Merle und Patrick an diesem Abend von ihren Umzugsplänen erzählen sollte. Bisher hatte sie nicht erwähnt, dass sie sich in Österreich um einen Job beworben hatte.

Als sie ein paar Minuten später die Wohnungstüre abschloss, entschied sie, es vorerst dabei zu belassen. Sie wusste, dass ihre Pläne pure Bestürzung nach sich zöge. Die Mutter würde wienen, der Vater ein sorgenvolles Gesicht machen, und Merle würde ihr eine altbekannte Frage stellen:

Bist du dir sicher?

Ja, würde sie antworten und sich zugleich schlecht dabei fühlen. Weil sie es sich eben nicht war, aus vielerlei Gründen.

In der Nähe von Leibnitz, Südsteiermark

Das Brautpaar umarmte sich seit einer halben Stunde unter dem Maronibaum und ließ sich von einem eifrigen Hochzeitsfotografen in verschiedensten Posen ablichten. Das Lächeln der Braut verlor allmählich an Enthusiasmus, und der Bräutigam schielte voller Neid zu der Hochzeitsgesellschaft, die sich bereits an den Tischen niedergelassen hatte und sich über die ersten Aufstriche und das Brot freute, das Marlenes Mutter gerade servierte.

Marlene erinnerte sich unweigerlich an ihre eigene Hochzeit, während sie vollgefüllte Weinkrüge und Wasserflaschen auf den Tischen platzierte. Auch Alexander und sie hatten im großen Stil geheiratet, in einem Palais in der Wiener Innenstadt, mit über hundert Gästen. Am Abend war sie erschöpft ins Bett gefallen, ebenso Alexander.

Wenn ich mich irgendwann mit Lisbeth verpartnere, dann sicher nicht in so großem Rahmen, ging es ihr durch den Kopf. Sie lächelte unwillkürlich über sich selbst, als ihr bewusst wurde, welches Bild sie gerade im Kopf gehabt hatte. Lisbeth und sie. Ein Bündnis fürs Leben – und auf der anderen Seite das, wo sie sich nach der Scheidung geschworen hatte, sich niemals mehr auf gesetzlicher Grundlage auf jemanden einzulassen.

»Marlene, Tisch fünf, die Aufstrichplatten ... zum Schlafen hättest du nicht kommen brauchen!«

Die Mutter hastete mit zwei weiteren Platten an ihr vorbei.

Ja, und vielleicht wäre ich wirklich besser in Wien geblieben. Oder nach Kopenhagen geflogen, lag es Marlene auf der Zunge, doch stattdessen ging sie in die Buschenschank und erledigte, was ihr aufgetragen war.

Bin ich zu anspruchsvoll, oder wäre nicht zumindest ein

Dankeschön angebracht dafür, dass ich ihr in meiner Freizeit zur Hand gehe, weil sie wieder einmal einer Feier zugestimmt hat, die sie mit zwei Hilfskellnerinnen nicht bewältigen kann?

In der Küche stand Lale, deren Babybauch sich bereits unter dem Sommerkleid abzeichnete, und dekorierte eine Käseplatte mit Weintrauben.

»Es wird ein Bub«, sagte sie, während Marlene bereits die nächsten Platten in die Hand genommen hatte.

»Das freut mich für euch.« Marlene war schon auf der Türschwelle, als sie sich nochmals umdrehte. Das Bedürfnis, etwas klarzustellen, was völlig falsch aufgefasst werden könnte, war plötzlich groß. »Ich meine: Es freut mich, dass ihr ein Kind bekommt und deine Schwangerschaft offenbar super verläuft. Ob Bub oder Mädchen, ist völlig egal.«

Lale hob nur kurz die Mundwinkel, fast so, als würde sie lächeln. Dann widmete sie sich wieder ihrer Arbeit.

An diese Frau komme ich einfach nicht heran. Was auch immer in ihrem Kopf vor sich geht, bleibt wohl ein Geheimnis.

Das machte den Umgang mit Lale, die sie gewissermaßen als ihre Schwägerin sah, nicht einfacher. Sie gönnte Jakob nach wie vor seine Liebe, hatte auch nichts gegen die junge Syrerin im Speziellen. Und trotzdem blieb das dumpfe Gefühl, dass sie möglicherweise nicht wirklich die war, die sie vorgab zu sein.

Als Marlene kurze Zeit später in die Küche zurückkam, standen ihre Mutter und Lale Seite an Seite am Küchentresen und richteten auf großen Tellern gebratene Speckzwetschgen an. Die beiden Frauen wechselten kein Wort miteinander, doch Marlene empfand allein die Tatsache, dass sie inzwischen miteinander arbeiteten, als Fortschritt.

Die Harmonie hielt nicht lange.

»In der Spüle türmt sich das Geschirr«, stellte die Mutter plötzlich fest. »Wasch lieber endlich ab. Das habe ich dir schon vorher aufgetragen. Das Servieren übernimmt Marlene, und für das Kochen und Dekorieren bin immer noch ich zuständig.«

Lale warf die in gebratenen Speck gewickelte Zwetschge schwungvoll auf die angerichtete Platte.

»Böse alte Frau.« Sie stemmte die Hände in die Hüften. »Ich nicht nur für Drecksarbeit da! Wenn du Hilfe willst, du bekommst sie von mir. Aber nicht nur für schlechte Arbeit, verstanden! – Du selber abwaschen. Ich jetzt servieren!«

Damit packte sie sich zwei der fertig angerichteten Teller.

»Mohammedanische Hexe!«, zischte ihre Mutter und richtete weiter die Platte an. Marlene, die der Auseinandersetzung ein Ende bereiten wollte, begann kommentarlos mit dem Abwasch.

Lächerliche Wortgefechte.

»Ist es, weil du eigentlich ein Bub werden solltest?«, sagte ihre Mutter plötzlich unvermittelt.

»Was?«

Marlene hielt in der Bewegung inne, die Hände im warmen Spülwasser.

»Du weißt genau, was ich meine. Die Frau, die du dabei hattest.«

Ah ja.

Nun kam sie also doch noch, die Debatte, die zu erwarten stand, seit sie mit Lisbeth zum ersten Mal in der Steiermark gewesen war und sie als Partnerin vorgestellt hatte. Die Mutter verzog damals keine Miene, aber Marlene hatte immer geahnt, dass sie diese Neuerung in ihrem Leben nicht so einfach kommentarlos hinnehmen würde.

»Ich liebe Lisbeth.« Marlene setzte den Abwasch fort. »Ich weiß nicht, ob das passiert ist, weil du dir eigentlich einen Sohn gewünscht hast, aber ehrlich gesagt, glaube ich nicht, dass es damit zu tun hat. Soviel ich weiß, war es Lisbeths Mutter egal, ob sie einen Buben oder ein Mädchen bekommt, und …«

»Es ist unnatürlich«, fiel ihr ihre Mutter ins Wort. »Ich war schon beim Pfarrer deshalb.«

»Tatsächlich?«

Ein paar schmutzige Töpfe standen noch am Beckenrand,

doch angesichts der Wendung des Gesprächs verging Marlene jede Lust, den Abwasch fortzusetzen. Sie ließ den Spüllappen ins Wasser sinken und verschränkte die Arme vor der Brust.

»Und? Was hat er gesagt? Dass ich eine arme Sünderin bin? Werde ich im Falle meines Todes nun außerhalb der Friedhofsmauern verscharrt? – Los, sag es mir, damit ich mich schon mal darauf einstellen kann.«

»Wir haben für dich gebetet«, erwiderte ihre Mutter ungerührt.

Marlene tat sich schwer, ein Grinsen zu verbergen.

»Dann ist ja alles gut«, stellte sie trocken fest.

»Du wirst noch sehen, wohin es dich führt.« Ihre Mutter schickte ihr einen finsteren Blick. »Gott hat das nicht gewollt. Mann und Frau gehören zusammen, nicht Frau und Frau.«

»Seltsam, was dieser Gott alles so will oder nicht will«, entgegnete Marlene, deren Kampfesstimmung allmählich erwachte. Weshalb gelang es dieser Frau nur immer, sie aus ihrem inneren Gleichgewicht zu bringen? »Wollte der Gott, von dem du sprichst, dass Hanni an Brustkrebs stirbt? Wollte er, dass du nach der Geburt deines zweiten Kindes keines mehr bekommen konntest? – Wenn er das alles wirklich wollte und in seiner Allmacht bestimmt hat, frage ich mich, ob er der gütige Herr mit Rauschebart ist, der vom Himmel herab sorgend die Hand über seine Erdenkinder hält!«

»Ich werde mit einer Frau, die ihren Glauben verraten hat, nicht über Religion diskutieren.«

Marlene lag allerlei auf der Zunge. Wissend, dass der Wortwechsel zu nichts führen und sie in größere Aufregung versetzen würde als ihre Mutter, wischte sie sich ihre feuchten Hände am Küchentuch ab und verließ die Küche.

Im Hausgang lehnte Lale an der Wand. Dass sie jedes einzelne Wort gehört und auch verstanden hatte, war ihrem leicht amüsierten Gesichtsausdruck deutlich anzusehen.

»Du auch … wie sagt alte Frau … Mohammedanerin?«

»Nein, noch viel schlimmer. Ich bin vor fünfzehn Jahren aus der römisch-katholischen Kirche ausgetreten.«

Damit ging Marlene nach draußen an die Sonne. Lale folgte ihr. Etwas abseits der Hochzeitsgesellschaft, die vorläufig versorgt war, ließen sie sich auf einer kleinen Bank an der Mauer nieder. Eine Weile saßen sie schweigend nebeneinander und betrachteten das Geschehen im Hof. Man aß und trank; das Brautpaar war den Fotografen nun losgeworden und tat es seinen Gästen gleich. Am anderen Ende des Hofes fuhren Michael und Sebastian mit ihren Mountainbikes über eine selbstgebastelte Holzrampe im Kreis und übten sich in Stunts. Marlene konnte selbst aus der Entfernung hören, wie sie sich gegenseitig anstachelten.

»Jakob und ich, wir mit Wein jetzt ins Ausland gehen«, durchbrach Lale plötzlich die Stille.

»Oh!« Marlene bedachte Lale mit einem überraschten Blick. Schon vor einigen Jahren hatte Jakob ihr gegenüber erwähnt, die Brunnerhof-Weine auch ausländischer Gastronomie anbieten zu wollen. Soweit sie wusste, war sein Plan erst einmal ad acta gelegt worden, nachdem er mit Weinagenturen Kontakt aufgenommen hatte. Die Rabatte und Provisionen, die die gewerblichen Weinhändler für ihre Dienste verlangten, brachten ihn schnell wieder davon ab, den Schritt zu wagen. Seit Hanni gestorben war, hatte sein Engagement, den Vertrieb anzukurbeln, sogar im regionalen Bereich erheblich nachgelassen.

»Mit welchen Weinagenturen habt ihr schon gesprochen?«

Lale schüttelte den Kopf.

»Wir selber. Ohne Agentur. Direkt.«

»Im Ausland?« Marlene runzelte die Stirn. »Wie wollt ihr das anstellen? – Jakob kann ja nicht einmal Englisch!«

»Ich kann gut.«

Marlene hob die Augenbrauen. So war das also. Sie hatte nie daran gezweifelt, dass Lale intelligent war. Jetzt musste sie erkennen, dass diese kindhafte Frau mit dem sich wölbenden Bauch neben ihr mehr Bildung besaß, als sie geahnt hatte.

»Warum unterhalten wir uns dann die ganze Zeit auf Deutsch?«, fragte sie auf Englisch.

»Damit ich deutsch lerne«, entgegnete Lale auf Deutsch. »Warum ich mit dir reden soll englisch?«

Marlene zuckte mit den Schultern.

»Weil es dir möglicherweise leichter fällt, deshalb.«

»Nein, Deutsch ist gut. Ich das jetzt lernen muss.«

Ehrgeizige Frau.

»An welche Länder habt ihr gedacht? Und wie wollt ihr das anstellen?«

»Großbritannien. Skandinavien. Nicht Frankreich, Spanien, Italien – haben selber Wein, ist große Konkurrenz da.«

»Die gibt es am englischen Markt auch, nicht nur durch die Weine aus Europa, sondern auch durch australische und kalifornische Weine, beispielsweise.«

Lale nickte.

»Wir wissen das. Aber wir beginnen mit kleine Offerte. Nur Restaurants und Hotels, erst einmal, nicht Weinhandlungen. Wenn Baby da und größer, ich dann selber mache Promotiontour. Wir gutes Konzept, Jakob und ich.«

Okay, wenn du das sagst.

Lale sah sie an.

»Du kannst mitarbeiten, wenn du willst. Kannst du machen mein Job, während ich mit Baby.«

Reizende Idee. Ich als Weinhändlerin, unterwegs in ganz Europa.

Marlene grinste.

»Danke für das Angebot, Lale. Aber du weißt ja, ich bin mit meinem eigenen Job schon gut ausgelastet.«

Lale nickte. Sie wirkte enttäuscht.

Gerade wollte Marlene etwas sagen, als am Ende des Hofes das Quietschen einer Fahrradbremse ertönte, gefolgt von einem Scheppern und dann, nach Augenblicken der Stille, ein jammervolles Weinen. Sie sprangen beide gleichzeitig auf und liefen zu

Michael, der mit verrenktem Arm unter seinem Rad lag und heulte. Neben ihm lagen ein paar einzelne Holzteile, die kurz zuvor noch die selbstgebaute Rampe dargestellt hatten. Sebastian, der ältere Bruder, stand betreten daneben.

Marlene war als erste bei ihm und zog ihn unter dem Mountainbike hervor. Michael schrie schmerzerfüllt auf, als sie seinen Arm berührte. Die grotesk anmutende Stellung der Gliedmaße erlaubte ihr die Diagnose auch ohne Staatsexamen.

»Er hat sich den Arm gebrochen«, sagte sie zu Lale. »Ruf Jakob an, ihr müsst mit ihm ins Krankenhaus.«

Ihr Schwager war den ganzen Tag im Weingarten beschäftigt, hatte sein Handy aber immer bei sich. Während Lale ins Haus lief, drückte Marlene ihren weinenden Neffen an sich.

»Das heilt wieder«, versuchte sie ihn zu trösten. »Ihr fahrt jetzt ins Krankenhaus, dann macht der Onkel Doktor einen Gips dran und gibt dir etwas, damit es nicht mehr weh tut ...«

Michael schien ihr gar nicht zuzuhören. Er heulte noch mehr als zuvor.

»Mama«, schluchzte er. »Ich will die Mama!«

Marlene schnitten seine Worte tief ins Herz. Michael hatte Hanni kurz nach ihrem Tod oft erwähnt und viel geweint. Seit rund einem Jahr hatte er jedoch immer seltener von ihr gesprochen. Daher war sie davon ausgegangen, dass er die Trauer langsam überwunden hatte.

So habe ich mich also geirrt.

»Ich will die Mama!«, wiederholte Michael heulend.

»Mein Lieber«, sagte Marlene leise. »Du weißt doch, die Mama ist ...«

»Mama!« heulte Michael und befreite sich aus ihren Armen.

»Ich bin da, mein Schatz. Komm, wir machen heile, heile, dann nicht mehr weh.«

Marlene drehte sich um. Michael klammerte sich jetzt an Lale, die besänftigend auf ihn einredete und ihm über das Haar strich.

»Ich glaube, das Fahrrad ist auch kaputt.« Sebastian hatte offenbar seine Sprache wiedergefunden. Er stellte das Mountainbike auf und betrachtete mit Kennerblick die Gangschaltung. »Ich werde ihm das reparieren, okay, Mama?«

Lale nickte. Ihre Aufmerksamkeit galt jedoch weiterhin voll und ganz dem verletzten Michael.

Einen Moment lang wurde es Marlene schwindlig. Sie kam sich irgendwie betrogen vor. Jedes Wochenende war sie in der ersten Zeit nach Hannis Tod in die Steiermark gefahren, um sich um die Kinder zu kümmern. Sie hatte sie über ihren Kummer hinweggetröstet, ihnen Geschichten vorgelesen, mit ihnen für die Schule geübt ... Und nun war sie durch eine Frau ersetzt worden, die kaum zehn Monate auf dem Hof lebte!

Schlimmer noch: Auch Hanni war durch sie ersetzt worden. Fast so, als hätte es sie nie gegeben.

Jakob ratterte eilig mit dem Traktor in den Hof. Er war ganz blass.

Marlene beschloss, dass sie hier nicht länger gebraucht wurde. Lale und er würden mit Michael ins Krankenhaus fahren, und sie würde weiterhin das tun, wofür sie überhaupt hergekommen war: bei der Bewirtung der Hochzeitsgesellschaft zur Hand gehen.

*

Der Tag schritt voran. Im Nachhinein wusste Marlene nicht mehr, wie viele Karaffen Wein und Flaschen Wasser sie serviert, wie lange sie schließlich noch am Spülbecken gestanden und wie viel Zeit sie damit verbracht hatte, den Geschirrspüler mit Gläsern zu befüllen. Gegen achtzehn Uhr, etwa dem Zeitpunkt, als Jakob, Lale und Michael, mit eingegipstem Arm, aus dem Krankenhaus zurückkamen, stieß Marina zu ihr. Gemeinsam mit den zwei Kellnerinnen – Frauen aus dem Ort, die bei großen Gesellschaften des Öfteren aushalfen – räumten sie, als die Hochzeitsgäste sich verabschiedet hatten, die Tische leer, während die Mutter die Küche schrubbte.

»Nennst du Lale auch Mama?«, brach es aus Marlene heraus, als sie etwas abseits der beiden anderen Frauen standen.

»Nein, nur Michael und Sebastian tun das. Ich sage Lale.« Marina grinste schief. »Es wäre für mich echt komisch, sie Mama zu nennen. Sie ist gar nicht so viel älter als ich. Außerdem – ich hatte eine Mama.«

»Sebastian und Michael auch.«

»Ja, aber sie waren noch viel kleiner … Michael kann sich gar nicht mehr so gut an unsere echte Mama erinnern, habe ich den Eindruck.«

Marlene nickte. Das hatte sie vermutet. Trotzdem tat die Erkenntnis weh. Sie wollte noch etwas sagen, wusste jedoch nicht recht, was. Zu gestehen, *wie* weh es ihr tat, schien ihr vor ihrer Teenager-Nichte einfach nicht angebracht.

»Ich bin jetzt mit Max zusammen«, wechselte Marina nun abrupt das Thema.

»Was ist mit Nikolas passiert?«

Marina hob die Schultern.

»Weiß nicht. Wir haben uns einfach nicht mehr verstanden. Er hat auch eine andere. Aber ist okay. Ich hab ja jetzt Max.«

»Welcher Max? Wohnt er hier in der Gegend?«

»Ja, klar.« Marina nannte den Nachnamen, und Marlene konnte ihm mühelos einem Hof zuordnen – ein großer Winzer aus der Gegend, dessen Weine die größte Vinothek-Kette Wiens dominierten. Die nächsten zwanzig Minuten war ihre Nichte damit beschäftigt, ihr von Max vorzuschwärmen, der momentan eine Weinbauschule besuchte und in die Fußstapfen seines Vaters treten wollte.

»Ich habe ihn Papa und Lale auch schon vorgestellt!«, schloss sie mit leuchtenden Augen ihre Erzählung. »Lale hat ihn am

Sonntag zum Mittagessen eingeladen, und Papa hat ihn wirklich total abgecheckt. Der Arme!«

Wogegen Nikolas trotz meiner Empfehlung nie offiziell vorgestellt wurde.

Und in diesem Augenblick begriff Marlene endgültig, dass Lale tatsächlich zum Dreh- und Angelpunkt dessen geworden war, was sich hier am Brunnerhof abspielte. Ob es um Entscheidungen ging, die die Kinder betrafen oder um berufliche Wagnisse – die junge Frau hielt die Zügel in der Hand. Möglicherweise war das wirklich gut so. Jakob selbst hatte wenig Elan und war leicht beeinflussbar. Lale hingegen hatte bisher nichts getan, was die Existenz des Hofes gefährdete oder für ihre Nichte und die Neffen negativ war – im Gegenteil.

Vermutlich sollte ich meine dumme Eifersucht ad acta legen.

Sie hatte Lisbeth, und es war nur gut so, dass sie am Hof nicht mehr so oft nach dem Rechten sehen musste wie früher. Lale hatte ihre Aufgaben übernommen – und erledigte sie sicherlich viel besser, als sie dies je hätte können.

»Marlene?« Marina lehnte sich jetzt gegen einen der rustikalen Tische. »Stimmt es eigentlich, dass du mit Lisbeth ... also, dass du und Lisbeth ... ähm ...«

Marlene hob amüsiert die Augenbrauen.

Na los, kleine Teenie-Göre, sprich es aus. Wo ist denn deine sonstige Offenheit geblieben?

»Also dass ihr, äh ... ein Paar seid?«

Ah ja. Gerade noch die Kurve gekratzt.

»Ja, das stimmt. Wenn du dich erinnerst, habe ich sie auch als meine Partnerin vorgestellt, als wir hier waren.«

»Hmm, ja.« Marina trat von einem Bein aufs andere. »Papa sagt, das hört wieder auf. Er sagt, es ist nur eine Phase. Weil du enttäuscht bist, weil Alexander dich betrogen hat.«

»So, sagt er das?« Marlene, die gerade noch mit einem nassen Lappen den Tisch abgewischt hatte, richtete sich erstaunt auf.

Interessant, was Jakob, der sich nie nach ihren Gefühlen erkundigte, alles zu wissen glaubte.

»Nun, ich kann dir versichern, so ist es nicht.«

»Hmm.« Marina wirkte unschlüssig. Sie schien mit sich zu ringen. »Habt ihr eigentlich auch Sex?«, brach es schließlich aus ihr heraus.

Marlene verdrehte die Augen.

»Liebe Marina, du wohnst zwar auf dem Land, aber du bist mit deinen sechzehn Jahren mittlerweile sicherlich alt und klug genug, um dir diese Frage selber zu beantworten, oder? – Bitte lass mich jetzt nicht an deinem IQ zweifeln!«

Marina feixte verlegen, doch in ihren Augen stand die Neugierde. »Und ist es besser wie mit einem Mann?«

»Ob Sex gut ist, hängt in erster Linie von der Person ab und von den Gefühlen, die man für sie hat«, kommentierte Marlene. »Pauschalurteile taugen da nichts.«

Unter dem Vorwand, den Lappen auswaschen zu müssen, flüchtete sie in die Buschenschank. Auf ein neues Sexgespräch mit ihrer Nichte würde sie sich gewiss nicht einlassen. Vor allem, was wären die Folgen, wenn sie ihr die Wahrheit sagte? Dass ihre experimentierfreudige Nichte demnächst mit einer Maxima vor der Tür stehen und Jakob zur Tobsucht treiben würde? Und er hernach ihr die Schuld gab, weil sie das unschuldige Kind auf Abwege gebracht hatte?

Nein, danke!

Denn die Wahrheit war, dass sie mit Lisbeth den besten Sex ihres gesamten bisherigen Lebens hatte. Aber dies würde sie allenfalls irgendwann, wenn der richtige Zeitpunkt gekommen war, ihr selbst gestehen …

*

Gefrühstückt hatte Marlene mit ihrer Mutter. Ein Frühstück in der dunklen Stube bei Butterbrot und Kaffee um sieben Uhr früh, ehe diese von einer Nachbarin mit dem Auto zum Gottesdienst abgeholt worden war. Ein Frühstück, bei dem wenige Worte fielen, weil es schon immer so zwischen ihnen gewesen war.

Trotzdem fühlte sich Marlene seltsam beklommen, als sie sich diesmal von ihr verabschiedete. Nach ihrem Auszug hatte sie Jahre darüber nachgegrübelt, warum ihre Mutter eine so abweisende, verbitterte Frau geworden war. Sie hatte die Antwort darauf nie gefunden und schließlich auch nicht mehr danach gesucht. Doch in manchen Momenten brach die Wunde ihrer Kindheit und Teenagerzeit wieder auf – vielleicht umso mehr, weil sie beim Telefonat mit Lisbeth gehört hatte, dass die Freundin mit ihren Eltern einen netten Tag am Meer verbrachte. Familienleben konnte also auch anders aussehen.

Dass sie dafür den Blick nicht nach Dänemark richten musste, demonstrierten ihr Jakob, Lale und die Kinder, als sie eine Stunde später in die andere Haushälfte wechselte und die Terrasse betrat. Alle fünf saßen am üppig gedeckten Frühstückstisch und lachten herzhaft über etwas, das Michael gesagt hatte.

Jakob erhob sich sofort und bot ihr seinen Stuhl an, doch sie lehnte ab.

»Ich fahre jetzt nach Wien zurück. Ich muss noch etwas für die Arbeit erledigen …«

»Tante Marlene!« Michael deutete aufgeregt auf seinen Gipsarm. »Du musst auch noch unterschreiben!«

Er hielt ihr den Stift entgegen, und sie malte eine lustige Katze, die im Grunde mehr aussah wie eine Maus, und schrieb ihren Namen auf die raue Oberfläche, direkt neben ein paar arabische Schriftzeichen.

»Was heißt das?«, fragte sie Lale interessiert.

»Gute Besserung«, kam zur Antwort. »Nichts Aufregendes.«

Zehn Minuten später begleitete Lale sie zur Türe. Dort drückte sie ihr ein in Alufolie gewickeltes Paket in die Hand.

»Für dich, zum essen. Teigtaschen mit Füllung … Walnuss-Paprika.«

»Oh, danke.« Marlene war ehrlich überrascht – und auch erfreut. Im Bewusstsein an das Ergebnis ihres gestrigen Denkprozesses umarmte sie die sichtlich Überraschte spontan. »Danke, dass du dich so um alles kümmerst«, sagte sie leise. »Du machst das großartig. – Es tut mir leid, dass meine Mutter immer noch so hässlich zu dir ist.«

Lale hob die Schultern.

»Alte Frau ist so, wie sie ist, kann man nix ändern. Ist mir egal. Habe im Leben schon Schlimmeres erlebt als arme böse alte Frau.«

Sie lächelte, doch Marlene sah nur ihre ernsten, tieftraurigen Augen und glaubte alles Entsetzen der Welt darin zu erkennen. Gleichzeitig wusste sie in dieser Sekunde: Sie würde es nie über sich bringen, Lale nach ihrer Vergangenheit zu fragen.

Also verabschiedete sie sich mit ein paar netten, oberflächlichen Worten, lud ihren kleinen Koffer ins Auto und fuhr winkend vom Hof. Die ganze Fahrt über quälte sie sich mit dem Wissen um ihre eigene Feigheit.

Zu Hause angekommen, rief sie Lisbeth an und erzählte ihr von allem, was sich am Wochenende zugetragen hatte, unter anderem auch von Lales Worten.

»Ich denke, es war gut, dass du nicht gefragt hast«, sagte Lisbeth am anderen Ende der Leitung. »Wenn sie es dir erzählen will, wird sie es irgendwann tun. Lass ihr die Vergangenheit. Manchmal wird durch das Aussprechen nicht alles besser.«

Als Marlene auflegte, fühlte sie sich, als sei ihr eine Last von den Schultern genommen worden, und sie war sich wieder einmal bewusst, wie wertvoll und einzigartig die Beziehung war, die sie verband. Lisbeth war der erste Mensch in ihrem Leben, der Anteil an ihrer Familie nahm und sich mit dem befasste, was sie bedrückte.

Orestad, Kopenhagen

Benommen legte Lisbeth auf. So schnell ging das also: nur zwei Bewerbungen verschickt, drei Gespräche geführt und jetzt hatte sie, was ihr in Dänemark jahrelang versagt geblieben war – einen neuen, einen gut dotierten Job.

Sie atmete tief durch. War das nicht das, was sie immer gewollt hatte, seitdem sie von Siri quasi ins Karriere-Off befördert worden war?

Vermutlich sollte ich jetzt jubelnd an die Decke springen.

Lisbeth trat zum Fenster des Besprechungsraums, in dem sie sich zum Telefonieren zurückgezogen hatte, und sah hinaus auf Orestad, das moderne Stadtviertel, in dem das Bürogebäude von *Rasmussen Pharma* stand. Das war's also, nach über zehn Jahren. Nicht, dass es ihr um die Zugehörigkeit zum Unternehmen leid tat. *Rasmussen Pharma* hatte immerhin zugelassen, dass ihr übel mitgespielt wurde. Trotzdem, es fühlte sich seltsam an, dass dieser Lebensabschnitt jetzt zu Ende ging.

Wie so oft in den vergangenen Wochen dachte sie an Marlene und das gemeinsame Leben, das sie führen würden. Sie freute sich darauf, nur dass sie dann nicht mehr in Kopenhagen wohnen würde, sondern weit weg von der Familie und den Freundinnen, bereitete ihr immer noch leichte Bauchschmerzen.

Und wenn schon, Lisbeth. Keine Familie, keine Clique – aber dafür deine Partnerin, die Frau, mit der du dein ganzes weiteres Leben verbringen willst.

Sie gab sich einen Ruck und rief Marlene an, die sofort abhob – fast, als hätte sie auf diesen Anruf gewartet.

»Ich habe die Zusage für den Job in Wien bekommen. Das heißt, ich komme zu dir!«

Von Marlene kam ein unterdrückter Freudenschrei.

»Ich kann es kaum glauben! So schnell! – Wann sollst du in Wien anfangen?«

»Am ersten Oktober. Sie wollen mir noch diese Woche den Dienstvertrag zuschicken.«

»Und das geht sich zeitlich mit deiner Kündigungsfrist aus?«

»Kein Problem. Dank einer damals noch recht unbedarften HR-Managerin habe ich nur einen Monat Kündigungsfrist. In den letzten Jahren habe ich außerdem viel Urlaub angehäuft – das heißt, ich werde nicht mehr allzu oft hier im Büro sitzen.«

»Herzlichen Glückwunsch!« Sogar durch die Leitung klang Marlene so enthusiastisch, dass Lisbeth ein schlechtes Gewissen bekam, weil sie selbst nicht nur Freude verspürte. »Das heißt, unserem gemeinsamen Urlaub steht nichts im Wege.«

»Abgesehen von der Tatsache, dass ich einen Umzug organisieren und meine ganze Wohnung ausräumen muss ...«

»Ach, eine Woche Urlaub am Meer geht sich schon aus! Und die zweite Woche verbringen wir gemeinsam in Dänemark, ich unterstütze dich beim Packen.«

»Hmm, ja.« Lisbeth stand noch immer am Fenster. Sie malte unsichtbare Kreise aufs Fensterbrett, während sie zusah, wie der Kran an der Baustelle gegenüber eine Ladung Metallgitter auf den bereits fertiggestellten Rohbau hievte. »Danke, das ist nett von dir«, schob sie hinterher.

»Gut.« Marlene klang entschlossen. »Ich habe schon die Reiseangebote überflogen und ein paar Hotels rausgesucht, die preislich und auch von der Lage her in Frage kommen. Ich schick dir heute Abend die Liste, okay? – Du musst mir dann nur noch sagen, ob Kreta, Paros oder Korfu!«

»Okay«, sagte Lisbeth automatisch, doch gedanklich sah sie sich eher in Unmengen von Umzugskartons stehen als bei vierzig Grad Hitze an einem griechischen Strand liegen. Aber gut, wenn Marlene sich das so sehr wünschte ... sie hatten ja auch schon darüber gesprochen, und sie hatte zugestimmt.

Auf dem Weg zurück ins Büro begegnete ihr Siri – mit schnellen Schritten, das Kinn nach vorne gereckt und in einem dunkelblauen Kostüm, das an diesem Sommertag sogar in klimatisierten Büroräumen etwas deplatziert wirkte. Als sie Lisbeth erblickte, blieb sie mitten am Gang stehen.

»Wo warst du?«

Lisbeth runzelte irritiert die Stirn.

»Im Besprechungszimmer.«

»Ich habe mich bei Lotta, unserer Assistentin, erkundigt. Du hast keine Besprechung eingetragen!«

»Ich war telefonieren.«

»Soviel ich weiß, hast du an deinem Schreibtisch ein funktionierendes Telefon.«

Lisbeth kniff die Augen zusammen.

Noch vor einer Stunde wäre sie einer Auseinandersetzung mit Siri aus dem Weg gegangen, hätte irgendetwas Beschwichtigendes gesagt. Jetzt aber war ihre Lage eine andere. Sie musste hier nicht mehr stillhalten und sich gängeln lassen.

»Siri, was soll das eigentlich? – Wir sitzen in einem Großraumbüro, und es war schon immer so, dass wir uns zu persönlichen Gesprächen in ein freies Zimmer zurückgezogen haben. Was ist dein Problem?«

»Die Zeit, Lisbeth, und dein Verhalten!« Siri schien ganz in ihrem Element. »Gegen ein kurzes persönliches Telefonat hat niemand etwas. Aber du warst jetzt genau achtzehn Minuten nicht an deinem Platz. Überhaupt, wenn ich zusammenzähle, wie oft du während der Arbeitszeit mit deinem Handy irgendwohin verschwindest …«

Lisbeth sah sie an.

»Warum solltest du die Minuten zählen, in denen ich telefoniere?« Als Siri nichts darauf erwiderte, fügte sie hinzu: »Hast du selbst keine Arbeit, dass dir so viel Zeit bleibt, zu beobachten, wann, was und wie lange ich etwas tue? – Tut mir leid, Siri, aber das klingt irgendwie seltsam!«

»Es geht nicht an, dass du deine Arbeit zugunsten privater Telefonate vernachlässigt!« Siri blieb ihrer Linie treu. »Ich werde mit Thorben darüber sprechen müssen!«

Lisbeth atmete tief durch. Sie hatte nicht vorgehabt, gleich heute damit herauszurücken. Doch dieses durchsichtige Machtspiel von Siri ließ ihr keine andere Wahl.

»Du hast völlig recht. Lass uns am besten gleich zu Thorben gehen und mit ihm reden, er ist heute zum Glück im Büro.« Lisbeth lächelte selbstsicher, was Siri sichtlich verunsicherte. Sie kaute jetzt nervös auf ihrer Unterlippe herum. »Auf dich wird in nächster Zeit eine Menge Arbeit zukommen, Siri. Vermutlich wird dir gar keine Zeit mehr bleiben, die Klo- und Telefonierabwesenheitszeiten deiner Kolleginnen zu kontrollieren. Denn«, sie holte tief Luft und kostete ihre Worte dann voll aus: »Ich kündige. Ich habe einen neuen Job.«

Siri sah aus, als hätte sie der Blitz getroffen.

Kopenhagen, Christianshavn

Lisbeth saß am Esstisch und starrte auf das leere Blatt Papier vor sich. Trotz bester Absicht, eine »To-do«-Liste für all das zu erstellen, was in den nächsten Wochen erledigt werden musste – die Wohnung und den Telefonanschluss kündigen, sich von den Freundinnen verabschieden, beispielsweise – schweiften ihre Gedanken immer wieder ab. Gleich nach der kurzen Auseinandersetzung mit der Kollegin hatte sie Thorben ihre schriftliche Kündigung auf den Schreibtisch gelegt.

Er war überrascht gewesen, fast sogar ein wenig bestürzt, akzeptierte ihre Entscheidung aber und wünschte ihr viel Glück. Was blieb ihm auch anderes übrig? Natürlich hatte er sie gefragt, wohin sie wechselte. Sie hatte sich bedeckt gehalten. Thorben wusste jetzt nur, dass sie ins Ausland ziehen würde, weiter nichts. Und das war gut so. Sie hatte keine Lust, ihm ihr Vorhaben offenzulegen. Er war zwar immer freundlich zu ihr gewesen, hatte sich letztendlich aber von Siris Streben nach Macht auf Kosten anderer vereinnahmen lassen.

Überhaupt war ihr nicht danach, irgendjemandem von ihren Plänen zu erzählen. Nicht ihren Freundinnen und schon gar nicht ihrer Familie. Vielleicht war das Blatt Papier vor ihr genau aus diesem Grund noch leer: Weil sie sich eigentlich gar nicht damit auseinandersetzen wollte, was ihr bevorstand.

Agnes, Lea und die anderen würden überrascht sein und ihren Umzug bedauern. Trotzdem würden sie ihr viel Glück mit Marlene und ihrem neuen Leben wünschen und ankündigen, dass sie sie gerne auf einen Besuch in Wien vorbeikämen. Wie oft würde das dann der Fall sein? Einmal im Jahr, alle zwei Jahre? Und irgendwann käme keine mehr. Ab und zu gäbe es noch Telefonate, später würden sie nur noch auf Facebook verfolgen, wie ihr Leben lief. Lisbeth wusste, wie so etwas lief – mit den Freundschaften, die sie in den USA und Deutschland geschlossen hatte, hatte es sich immer so entwickelt.

Richtig schlimm würde es, der Familie davon zu erzählen. Keine sonntäglichen Abendessen mehr, keine Strandspaziergänge, vielleicht auch keine gemeinsamen Weihnachtsfeiern. – Lisbeth sah sich bereits neben Marlenes Mutter in einer dunklen Stube sitzen, inmitten von Menschen, die einen Dialekt sprachen, der sich für sie ein bisschen wie Hundegebell anhörte.

Warum musste die Frau, die sie liebte, so weit weg wohnen? Warum hatte sie sich nicht einfach in eine aus ihrem Freundeskreis verliebt, in Rie zum Beispiel, die seit zwei Jahren Single war, oder in diese sympathische Sozialpädagogin, die Agnes auf einem Fortbildungsseminar kennengelernt hatte?

Lisbeth ließ ihren Blick durchs Zimmer schweifen. Das Sofa, die Regale – sie hatten noch nicht abgesprochen, was sie nach Wien mitnehmen konnte. Ob sich überhaupt für irgendeines ihrer Möbelstücke in der Wohnung Platz fand.

Wegen des Sofas würde sie Merle fragen. Dasjenige, das in deren neuer Wohnung stand, war eindeutig das günstigste Modell. Patrick hatte es aus seiner Junggesellenbude mitgenommen, und genauso sah der Bezug auch aus – als hätte es etliche Fußballmatches in trinkfreudiger Männerrunde hinter sich. Sicher war sie begeistert, wenn sie das schwarzweiße Sofa bekam.

Das Klingeln der Türglocke riss Marlene aus ihren Überlegungen. Sie öffnete die Türe – und fand Merle vor, tränenüberströmt.

*

Die Schwestern saßen auf dem Sofa, ganz so wie in früheren Zeiten. Doch statt munter zu plaudern oder hitzig zu diskutieren, flossen diesmal bei beiden die Tränen. Merle weinte aus einem Grund, der andere Frauen in blanken Freudentaumel versetzt hätte; Lisbeth weinte, weil ihre Schwester so unglücklich war, und ein bisschen auch deshalb, weil sie an den bevorstehenden Umzug nach Österreich dachte, aber letzteres behielt sie für sich.

Seit ihr Merle schluchzend eröffnet hatte, dass sie schwanger war, streichelte sie ihre Hand und versuchte zu ihr durchzudringen und sie endlich zum Reden zu bewegen. Sie hatte immer gewusst, dass ihre Schwester keine Kinder wollte. Bei der Leberschen kongenitalen Amaurose, dem Grund ihrer Blindheit, handelte es sich um eine Erbkrankheit. Sie zeigte sich kurz nach der Geburt oder im Laufe des ersten Lebensjahres.

»Ich will einem Kind nicht zumuten, mit einer Behinderung zu leben«, schluchzte Merle nun. »Wenn man das verhindern kann, sollte man das seinen Nachkommen nicht antun!«

»Die Wahrscheinlichkeit, dass dein Kind erblindet, ist nicht allzu hoch, das weißt du«, versuchte Lisbeth zu argumentieren, während sie sich die Tränen aus den Augen wischte. »Außerdem – dein Leben ist doch nicht schlecht! Du hast einen Beruf, einen netten Freund, bist sehr selbstständig …«

»Ich brauche trotzdem immer wieder Hilfe, und das weißt du«, widersprach Merle schniefend. »Und selbst wenn mein Kind nicht blind sein sollte – wie soll ich mich um ein Kleinkind kümmern? Ein Sehendes ist fast noch schlimmer … das krabbelt herum, läuft weg, ich sehe es nicht, ich weiß nicht, verletzt es sich gerade, ist es in Gefahr …«

»Unsere blinde Mutter hat uns beide auch erfolgreich großgezogen«, warf Lisbeth ein. »Keine von uns ist in ein Auto gelaufen, keine hat sich mit heißem Wasser verbrüht!«

»Aber ihr stand Oma zur Seite ….« Merle begann wieder zu weinen. »Ich habe niemanden!«

»Du hast Patricks Mutter. Sie wohnt in Albertslund, das ist nicht ewig weit.«

»Sie ist doch das halbe Jahr auf Reisen! Jetzt, wo sie in Pension ist …«

»Sie wird sich umstellen«, war sich Lisbeth sicher. »Wenn sie erst einmal ein Enkelkind hat.«

Merle überging ihren Einwurf.

»Weißt du, warum ich nicht mit Patrick zusammenziehen wollte? – Weil ich ahnte, dass so etwas passiert. Dass er irgendwann Kinder will, eine Familie gründen. Ich habe ihm nie gesagt, dass ich es nicht will. Ich habe ihm immer seine Illusion gelassen, weil ich sicher war, dass es mit uns nicht ewig hält – so, wie mit all meinen Freunden zuvor. Doch dann hatte er diesen Plan mit dem Zusammenziehen, und ich wusste, irgendwann muss ich diese Diskussion unweigerlich führen! Aber jetzt bin ich schwanger, ohne dass ich mit Patrick darüber gesprochen habe!«

»Das heißt, er weiß es noch nicht?«

Merle schüttelte den Kopf.

»Du bist die Erste.«

»In der wievielten Woche …«

»In der neunten.«

»In der neunten?« Lisbeth sah ihre Schwester ungläubig an. »Und dann kommst du jetzt erst damit an?«

»Ich habe es doch nicht einmal vor mir selbst zugeben wollen! Außerdem – hatte ich gehofft, dass es von selbst wieder weg geht … Jede vierte Schwangerschaft endet mit einem natürlichen Abort. So weltfremd, wie du jetzt meinst, war mein Gedanke also nicht!«

»Ja. Gut. Aber jetzt bist du in der neunten Woche, und es ist nichts dergleichen passiert.« Lisbeth schüttelte verstört den Kopf. »Zum Glück«, fügte sie hinzu.

Merle presste ihre Lippen aufeinander.

Ein bedrückender Gedanke machte sich in Lisbeth breit.

»Du hast doch nicht in Erwägung gezogen …«

»Nein. Abtreibung kommt für mich nicht in Frage«, sagte Merle dumpf. Eine ganze Weile schwiegen sie beide.

»Ich versuche dich ja zu verstehen, Merle«, sagte sie leise. »Aber es gelingt mir nicht ganz. Marie und ich«, sie schluckte, »als wir zusammen waren, haben wir alles versucht, damit Marie schwanger wird. Wir wären überglücklich gewesen – und möglicherweise auch heute noch ein Paar, wenn es funktioniert hätte. Du kennst die Gründe für unsere Trennung … Und daher verstört es mich, dass meine eigene Schwester hofft, dass sie das Kind, das sie in sich trägt, am besten gleich wieder los wird!«

»Das tue ich nicht!« Merle begann wieder bitterlich zu weinen. »Ich habe dir doch gesagt, dass Abtreibung nicht in Frage kommt. Aber versteh doch … ich habe Angst! Solche Angst, dem nicht gewachsen zu sein! Angst, als Mutter zu versagen …«

Sofort taten Lisbeth ihre harschen Worte leid. Sie schloss ihre weinende Schwester in die Arme. Und begriff schlagartig, dass Merle recht hatte: Sie brauchte Hilfe. Ihre Bedenken waren nicht an den Haaren herbeigezogen. Die meiste Zeit würde sich um ihr Kind kümmern können, aber es würde unzählige Gelegenheiten geben, bei denen sie die Unterstützung eines Sehenden brauchte. Und Patrick war seit seiner Beförderung immer häufiger auf Dienstreisen. Blieben ihr Vater in Frederiksberg und Patricks Mutter, die außerhalb von Kopenhagen wohnte. Zwei Menschen, die jetzt noch fit und mobil waren, die aber irgendwann vielleicht selber Hilfe brauchten und nicht noch helfen konnten.

Sie dachte an Marlene und an Österreich, und Bitterkeit machte sich in ihrem Herzen breit. Es war ein Traum gewesen, eine schöne Illusion. Das hier aber war die Realität.

»Ich bin da«, flüsterte sie ihrer Schwester in Ohr. »Ich werde dich unterstützen.«

Wien, achtzehnter Bezirk

Benommen starrte Marlene auf den in Lisbeths charakteristischer Handschrift verfassten Brief. Blaue Tinte auf weißem Papier. Sie hatte ihn vor wenigen Stunden, als sie vom Büro nach Hause gekommen war, im Postkasten gefunden und mittlerweile so oft gelesen, dass sie ihn fast auswendig konnte.

Liebe Marlene,

ich weiß nicht, wie ich anfangen soll. Wenn dieser Brief bei dir ist, wirst du bereits unzählige Male versucht haben, mich anzurufen. Du wirst festgestellt haben, dass mein Handy abgemeldet ist; es war ein Firmenhandy, ich wurde sofort nach Einreichen meiner Kündigung freigestellt und musste es abgeben. Am Festnetz hebe ich nicht ab, weil ich weiß, dass du es bist. Ich kann nicht mit dir sprechen, denn sonst muss ich weinen und werde wankelmütig, doch das wäre nur von kurzer Dauer und würde uns beiden mehr schaden als nutzen. Denn mein Entschluss steht fest: Ich werde nicht zu dir nach Österreich ziehen. Ich kann einfach nicht, aus den verschiedensten Gründen. Keiner davon hat damit zu tun, dass ich dich nicht lieben würde. Ich liebe dich, Marlene. Aber vielleicht nicht genug, um sämtliche Vernunft beiseite zu schieben.

Die Zeit mit dir war die schönste und intensivste meines bisherigen Lebens. Du bist der Mensch, dem ich mich verbunden fühle, in vielerlei Hinsicht. Ich hätte mir so sehr gewünscht, mit dir künftig gemeinsam durchs Leben zu gehen, jeden Tag neben dir einzuschlafen und aufzuwachen.

Aber die Realität ist eine andere. Du hast dein eigenes Leben in Wien und ich meines in Kopenhagen. Diese Leben zusammen zu führen, würde bedeuten, dass eine von uns für die andere alles aufgeben muss – letztendlich ohne Garantie, dass sich der Wunsch einer andauernden glücklichen Beziehung erfüllt. Ich würde das nie von dir verlangen, weil ich mit Marie schmerzvoll erfahren musste, wie schnell eine Liebe enden kann, wenn man nicht mehr den gleichen Weg geht. Ich weiß, du wirst dir denken, dass auch du Trennungen erlebt hast, sogar eine Scheidung. Dass ich nicht der einzige Mensch auf der Welt bin, dem wegen einer gescheiterten Beziehung der Boden unter den Füßen weggezogen wurde. Trotzdem ist es anders. Du bist so stark, so unabhängig, auch wenn du liebst. Ich verliere mich in dem, was ich empfinde. Wenn ich liebe, verschmelze ich mit der Person, der mein Herz gehört. Das mag falsch sein, aber ich kann es nicht ändern. Das bedeutet leider auch, dass mein Herz zerbricht, wenn ich diese Liebe verliere.

Ich habe viel nachgedacht, über dich und mich. Wir können zusammen lachen und weinen, wir teilen vieles – aber manches eben nicht. Und was wir wohl definitiv nicht teilen, ist unsere sexuelle Orientierung. Ich bin lesbisch. Du bist es nicht. Das hast du mir von Anfang an gesagt und nie revidiert. Ich habe dir damals erklärt, wie diese Geschichten üblicherweise enden; es gibt zahlreiche Beispiele aus meinem Freundeskreis. Im Moment bist du gerne mit mir zusammen, genießt unseren Sex und das Abenteuer. Wahrscheinlich denkst du selbst, es sei für immer. Aber dem ist nicht so, Marlene. Und du kannst es nicht einmal steuern. Irgendwann, nach ein paar Jahren, wenn unsere Beziehung Alltag geworden und der Sex nicht mehr ganz so aufregend ist, wird dir ein Mann über den Weg laufen, irgendein Arzt oder Architekt, einer mit gesellschaftlichem Ansehen und Geld. Vielleicht aber auch der Fitnesstrainer vom Club ums Eck, so wie deiner Freundin Susanne. Jedenfalls wird deine Libido Purzelbäume schlagen und du wirst mich betrügen. Anfangs vielleicht mit schlechtem Gewissen, aber dann redest du dir ein, dass es eigentlich gar kein Betrug ist, weil ich als

Frau sowieso nicht ernsthaft konkurriere. Dann, wenn ich dahinter gekommen bin und dich zur Rede stelle, wirst du lapidar sagen, dass wir doch sowieso eher in einer Art WG wohnen – und dass du ja nie behauptet hast, lesbisch zu sein. Wie gesagt, ich kenne diese Geschichten. Ich möchte sie nicht selbst erleben, versteh das. Zumal, wenn ich dann in einem fremden Land lebe, meilenweit weg von meinem Freundeskreis und meiner Familie. Ein Land, in das ich nur gezogen bin, weil ich an die Liebe geglaubt habe.

So stark meine Gefühle für dich auch sind – die Ratio ist stärker. Ich kann das nicht riskieren. Ich fühle mich zu alt für solche Abenteuer. Es gab Gründe, dass ich nach meinen Auslandsaufenthalten in den USA und Deutschland wieder nach Kopenhagen zurückgezogen bin.

Es tut mir leid, wenn ich dich enttäusche. Ich zweifle nicht an deinen Gefühlen für mich. Ich weiß, dass dir meine Worte wehtun und dass es dich noch mehr verletzt, dass ich den Kontakt zu dir abgebrochen habe. Nun, die Erklärung liegt vor dir. Aber für ein persönliches Gespräch fühle ich mich nicht stark genug. Vielleicht in zwei, drei Jahren, wenn Gras über die Sache gewachsen ist, aber nicht jetzt. Bitte respektiere das.

Komm mich nicht besuchen, versuche nicht, Kontakt zu mir aufzunehmen. Ich werde ohnehin eine Weile nicht in Kopenhagen sein, also spar dir den Flug.

Es tut mir leid. Sehr, sehr leid.

Ich liebe dich, aber das reicht eben nicht.

Lisbeth.

Nach drei Tagen voller Sorge, nach unzähligen Mails, die allesamt retour gekommen waren, und mindestens doppelt so vielen Anrufen hatte sie jetzt eine Erklärung – die keine war.

Marlene fühlte sich, als wäre sie abrupt aus dem Paradies geworfen worden. Vor einer Woche war Lisbeth noch bei ihr gewesen, hatte ihren Körper mit Küssen bedeckt und ihr unzählige Male versichert, wie sehr sie sie liebe. Und jetzt das.

Ich liebe dich, aber das reicht eben nicht – diese nochmalige Liebesbezeugung wirkte wie eine einzige schale Lüge.

Wenn sie mich liebt, wieso verlässt sie mich?

Marlene war sich sicher, noch nie einen Brief erhalten zu haben, der so mit Widersprüchen gespickt war.

Und dann diese dumme Geschichte mit der sexuellen Orientierung. Sie hatte diesem Märchen von der bösen Hete, die der armen Lesbe letztendlich das Herz brach, schon immer misstraut. Jetzt sah sie sich bestätigt. Wer hatte da jetzt wem das Herz gebrochen?

Marlene zerknüllte den Brief und warf ihn in den Papierkorb. Später, als sie eine Weile vor Wut und Enttäuschung geweint hatte, fischte sie ihn wieder heraus, strich ihn glatt und legte ihn mit der beschriebenen Seite nach unten auf ihren Schreibtisch, ohne genau zu wissen, warum.

Immerhin war es ein Brief voller Unterstellungen.

*

Marlene schlief schlecht. Sie träumte von Lisbeth, Träume aus einer glücklichen Zeit. Wenn sie erwachte und schlaftrunken auf die leere Seite des Doppelbetts griff, stülpte sich die Realität über sie wie ein muffiges Regencape, und in ihrem Bauch brodelte die Wut über das, was ihr Lisbeth angetan hatte: Sie zu verlassen, mit einer fadenscheinigen Erklärung und einer dummen Geschichte, die jeder Grundlage entbehrte. Ihr keine Möglichkeit für ein persönliches Gespräch zu geben. Und am Ende noch zu beteuern, dass sie sie liebte – nachdem sie ein paar Zeilen zuvor geschrieben hatte, dass ihre Liebe für sie nicht stark genug war, um ihre sogenannte Vernunft zu übertönen.

Ihr Leben fiel in einen grauen Trott ohne alle Höhepunkte. Sie stand auf, fühlte sich unmittelbar danach schon wieder müde und erschöpft. Sie ging ins Büro, nahm ihre Termine wahr. An den Wochenenden und Abenden zog sie sich in ihre vier Wände zurück, während sich der Sommer langsam seinem Ende näherte. Sie hatte sogar schon überlegt, den Urlaubsantrag, den sie für die ersten zwei Septemberwochen eingereicht hatte, wieder zurückzuziehen. Doch ehe sie den Antrag tatsächlich stornieren konnte, stand sie an einem heißen Sommertag auf dem Rückweg von Innsbruck nach Wien drei Stunden bei einer Außentemperatur von fast dreißig Grad auf der Autobahn im Stau, und ihr wurde auf einmal bewusst, wie satt sie das alles hatte – die Termine mit den Ärzten, die Schreibtischarbeit, und alles für ein Epilepsie-Medikament, das im Grunde nur eines von vielen war.

Dass ihr Job sie anwiderte, wertete sie als untrügliches Zeichen dafür, wohl wirklich eine Pause zu brauchen. Möglicherweise auch eine Ortsveränderung. Sie zwang sich zu einer Verabredung mit Susanne, der einzigen in ihrem dünnen Bekanntenkreis, die als Urlaubsbegleitung in Frage kam. Im Grunde war ihr nicht nach Gesellschaft. Aber die Vorstellung, allein am Strand zu sitzen und dann erst recht an Lisbeth zu denken, war noch unerträglicher.

Wien, siebter Bezirk

Das *Beef tartar* schmeckte diesmal fad und die hausgemachten Pommes frites waren weich. Den Rotwein, dieselbe Sorte wie bei ihren letzten Besuchen in Susannes Lieblingsbistro, hatte Marlene nuancenreicher in Erinnerung.

Seit einer Stunde saßen sie sich gegenüber. Genauso lange schon redete sich Susanne ihren Kummer über ihre neue Vorgesetzte von der Seele, und Marlene streute hin und wieder ein paar Sätze des Bedauerns ein, ohne wirklich bei der Sache zu sein. Sie dachte an ihre Gespräche mit Lisbeth, an deren Humor und auch daran, wie oft sie ihr ihre Liebe versichert hatte, um diese dumme Böse-Hete-Arme-Lesbe-Geschichte auszulöschen, die in Lisbeths Kopf festzusitzen schien wie ein Granitblock. Seit Lisbeth in ihr Leben getreten war, hatte sie nicht einmal mehr mit einem Mann geflirtet. Sie hatte sich ihr weiteres Leben mit ihr vorgestellt, war bereit gewesen …

Ja, wozu? Alles aufzugeben?

Sie schluckte trocken, als ihr in dieser Sekunde bewusst wurde, dass sie genau das nicht gewesen war. Wie selbstverständlich hatte sie sich an ein paar Sachgründe gehalten und vorausgesetzt, dass Lisbeth zu ihr zog, nicht umgekehrt.

»Du hörst mir gar nicht richtig zu«, klagte Susanne nun. »Was ist denn eigentlich mit dir? Stimmt etwas nicht? – Du hast schon am Telefon so komisch geklungen!«

Und dennoch quasselst du mich seit über sechzig Minuten mit deinen Problemen voll.

»Lisbeth und ich …« Marlene musste sich räuspern, ehe sie von neuem ansetzen konnte. »Wir haben uns vor einem Monat getrennt.«

Ein paar Augenblicke verstrichen, in denen Susanne sie nur mit großen Augen anschaute. Dann sagte sie: »Das war ja klar, dass das kommen würde.«

»Und wieso?«

Susanne machte eine ausladende Geste.

»Weil Homosexuelle nur Kurzzeitbeziehungen führen.«

Marlene war im ersten Moment zu perplex, um etwas zu erwidern. Dann fand sie ihre Sprache wieder.

»Woher glaubst du das so genau zu wissen?«

»Aus den Medien. Aus Meinungsumfragen. Es gibt Statistiken. – Wie auch immer, ich verstehe schon, dass du im Moment niedergeschlagen bist. Aber das geht vorbei. Fakt ist: Du bist wieder zur Besinnung gekommen und frei für den Markt. Ich meine, die Männerwelt. – Ich habe da neulich im Fitnessstudio einen echt gutaussehenden Fondsmanager kennengelernt.«

»Susanne!«

Das darf jetzt nicht wahr sein. Ich erzähle meiner angeblich besten Freundin, dass ich mich gerade getrennt habe, und sie will mich sofort verkuppeln.

Marlene war mit einem Schlag klar, dass sie Susanne nicht nach einer gemeinsamen Urlaubswoche fragen würde. Nicht dieses Jahr, nicht nächstes Jahr. Vermutlich nie wieder. Sie hatte es lange nicht wahrhaben wollen, weil sie vor Jahren zusammen noch eine gute Zeit verbracht hatten und sie viel miteinander verbunden hatte. Doch während Susanne im gewohnten Stil weitermachte, hatte sie sich verändert. Egal, wie sich ihr Leben entwickeln würde, die Suche nach gutverdienenden Männern in gesellschaftlich angesehener Position war ein für allemal vorbei. Sie würde sich nie wieder verlieben, nur weil es einen vermeintlichen Vorteil brachte.

»Was denn?« Susanne sah sie erstaunt an.

Auf Marlenes erste Erkenntnis folgte eine zweite: Trotz aller zur Schau gestellter Toleranz – Susanne hatte ihre Beziehung zu Lisbeth offensichtlich nie richtig ernst genommen.

»Lisbeth und ich haben uns getrennt, aber das heißt nicht, dass ich nicht weiterhin Gefühle für sie habe. Ich liebe sie. Und ich will sie zurück.«

Die Worte waren ihr über die Lippen gekommen, ehe sich ihr Gedankenkarussell in Bewegung setzen konnte. Das war auch nicht nötig. Denn was sie gesagt hatte, entsprach zu hundert Prozent dem, was sie fühlte. Sie wollte Lisbeth wiederhaben und war bereit, den größtmöglichen Einsatz dafür zu bezahlen. Sie würde nicht länger akzeptieren, dass Lisbeth jeden Kontakt verweigerte. Und auch wenn sie mit ihrem Vorhaben, sie zurückzugewinnen, scheitern sollte – hatte sie dennoch das Recht auf ein letztes persönliches Gespräch. Sie hatte noch nie in ihrem Leben um einen Menschen gekämpft. Doch diesmal würde sie es tun.

Sie stand auf, legte ihrer verdutzten Freundin zwei Scheine auf den Tisch.

»Ich muss gehen«, sagte sie.

»Du lässt mich hier sitzen? Wieso?«

Weil du mich nicht verstehen willst.

»Weil mir etwas klar geworden ist. Und weil ich dringend was erledigen muss.«

Marlene griff nach ihrer Jacke und verließ das Lokal.

Zu Hause nahm sie sich zum wiederholten Male Lisbeths Brief zur Hand.

Da waren sie, die verräterischen Flecken, an denen die Tinte verwischt war. Sie konnte nicht länger darüber hinwegsehen: Lisbeth hatte geweint, als sie diese Zeilen verfasste. Zeilen, die nichts anderes zum Ausdruck brachten als blanke Angst – Angst, sie zu verlieren, Angst, sich selbst zu verlieren in einer Liebe, die womöglich nicht von Dauer war, Angst, ein Leben aufzugeben, in dem sie prinzipiell glücklich war. Ein Leben im Kreise von Freundinnen, die mit ihr seit Jahren durch dick und dünn gingen, und mit einer Familie, die sie liebte. All das, was sie, Marlene, hier in Österreich nicht hatte. Susanne begleitete sie nur offenen Herzens, solange sie denselben Weg wählte; und ihre Familie kam im Großen und Ganzen wunderbar ohne sie zurecht.

Und trotzdem wurde Marlene das Gefühl nicht los, dass zwischen den Zeilen dieses Briefes eine andere Wahrheit stand, eine, die nicht einmal angeklungen war. Lisbeth hatte diesen Brief geschrieben, nachdem sie bei *Rasmussen Pharma* gekündigt hatte. Sie war jetzt also arbeitslos – was ihr immer als größte Katastrophe erschienen war, so dass sie sogar Siris Alltagsschikanen tapfer ertrug.

Je intensiver Marlene darüber nachdachte, desto mehr kam sie zu dem Schluss, dass ihr Lisbeth etwas Wesentliches verschwieg. Und zwar den wahren Grund dafür, weshalb all ihre Bedenken zu dieser großen Angst geworden waren, etwas, das den Wunsch, zu ihr zu ziehen, mit einem Schlag torpediert hatte.

Marlene nahm sich ein Herz und wählte mit zitternden Fingern Lisbeths Festnetznummer. Den Wunsch, sie in Ruhe zu lassen, konnte sie nicht länger akzeptieren. Prompt landete sie auf dem Anrufbeantworter.

»Lisbeth, ich weiß, du willst nicht mit mir reden, aber bitte gib mir wenigstens die Chance zu einem Gespräch«, sagte sie. Ein vager Funke Hoffnung keimte in ihr auf, dass Lisbeth gewiss zu Hause war, ihre Stimme hörte und trotz aller Vorbehalte abheben würde. Nichts geschah. »Lisbeth, ich liebe dich«, fügte sie schließlich mit brüchiger Stimme hinzu. »Bitte, lass uns noch mal –«

Der schrille Piepton des Anrufbeantworters schnitt ihr das Wort ab.

Resigniert und mutlos ging sie zu Bett.

Die Trostlosigkeit ihres Daseins ließ Marlene kein Auge zutun: verlassen von der Frau, die sie liebte, gefangen in einem Job, der ihr keine Freude mehr machte, familiär ins Off katapultiert von Umständen, die sie nicht ändern konnte. Ihre Schwester war tot und die neue Schwägerin – falls sie Lale überhaupt so nennen konnte – hatte immer wieder klar gezeigt, wer am

Brunnerhof jetzt das Zepter in der Hand hielt. Sie würde künftig dort nur mehr eine Besucherin sein.

Mit einem Mal dachte sie an ihre ehemalige Kollegin Carola Roth und deren letzten Tag im Büro.

Deshalb, Marlene: wenn du irgendeinen Traum hast, setze ihn bald um. Warte nicht ab, bis ein Konzern dich vor die Türe setzt, weil du ihm zu alt und zu teuer geworden bist.

Aber genau so würde es enden, wenn sie weitermachte wie bisher – weil es bei jedem in der Branche so lief, zwangsläufig, irgendwann. Entweder man fand sich mit Mitte fünfzig in der Arbeitslosigkeit wieder, oder man konnte sich ein, zwei Jahre später mit saftigen Abschlägen in die Frühpension retten. Im Gegensatz zu Carola Roth, die zumindest einen Partner an ihrer Seite hatte, würde sie dann allein in ihrer Wohnung sitzen.

Je länger Marlene über ihre Situation nachdachte, desto bewusster wurde ihr, dass es so nicht weitergehen konnte. Lisbeth wiederzugewinnen – der eine Entschluss; ihr Leben von Grund auf zu ändern – der andere.

Am nächsten Tag nahm sie über Facebook Kontakt mit Lea auf. Am übernächsten telefonierten sie bereits miteinander. Am Freitag flog sie kurzfristig nach Kopenhagen.

Es war ein seltsames Gefühl, in jener Stadt zu sein, in der die Frau, die sie liebte, allein in ihrer Wohnung saß und genauso litt wie sie selbst. Doch Lea hatte vorerst davon abgeraten, einfach bei ihr aufzutauchen.

»Lisbeth hat sich total abgekapselt«, sagte sie. »Sie ist im Moment komplett durch den Wind. Ich bezweifle, dass du jetzt etwas bei ihr erreichen kannst. Sie wird garantiert an deinen ehrlichen Absichten zweifeln und all deine Pläne zunichte machen. Sie ist in einer katastrophalen Stimmung, sieht nur noch schwarz. Die Arbeitslosigkeit, die hohe Miete, die sie allein tragen muss … und natürlich die Tatsache, dass sie mit dir Schluss gemacht hat.«

»Das hätte sie nicht müssen.«

»Ich glaube, sie sah einfach keine andere Lösung. Lisbeth hat sich ihr ganzes Leben lang um Merle gekümmert. Sie fühlt sich für sie verantwortlich. Als sie damals in Deutschland von der Agentur, in der sie arbeitete, das Angebot kam, dauerhaft zu bleiben und eine tragende Rolle zu spielen, hat sie sich dagegen entschieden – wegen Merle, und auch wegen ihrer Mutter. Sie ging zurück nach Kopenhagen und hat hier in der Pharmabranche ganz von vorne angefangen. Und als diese Sache mit ihrer Arbeitskollegin war, hat sie auf die Stelle in den USA verzichtet, aus Rücksicht auf ihre Familie. – Du siehst also, es passt zu Lisbeth, dass sie sich von dir getrennt hat, als sie erfuhr, dass Merle schwanger ist. Sie hat schon immer die eigenen Wünsche hintangestellt, sobald es um ihre blinde Schwester ging.«

»Merle ist schwanger? Warum hat Lisbeth mir das nicht gesagt?«

»Vermutlich ist sie davon ausgegangen, dass du ihre Entscheidung nicht verstehen würdest. Aber lass dir das alles von ihr selbst erklären, später. Du bist hergekommen, um über unser Zukunftsprojekt zu sprechen, und das werden wir jetzt auch tun.«

*

Zurück in Wien, setzte Marlene sogleich die ersten Punkte jener vollen Agenda um, die sie gemeinsam mit Lea erstellt hatte.

Punkt 1: Sie reichte bei *Rasmussen Pharma* ihre Kündigung ein. Geschäftsführung und Kollegen fielen aus allen Wolken. Sie nannte private Gründe aus Ursache, ohne näher darauf einzugehen, und verschwieg die beruflichen. Zu sagen, dass sie den Schritt in die Selbstständigkeit wagte – zudem in einer völlig fachfremden Branche –, hätte Fragen nach sich gezogen und bei wahrheitsgemäßer Beantwortung sofort die Gerüchteküche zum Brodeln gebracht. Dies galt es unbedingt zu vermeiden – zumindest bis zu dem Zeitpunkt, an dem sie endlich die Chance hatte, Lisbeth in ihre Pläne einzubeziehen.

Punkt 2: Sie führte ein langes Gespräch mit Jakob und Lale. Es kostete sie viel Kraft und Ausdauer, die beiden von ihrem Vorhaben zu überzeugen und als Geschäftspartner zu gewinnen. Letztendlich sahen sie jedoch ein, dass im Grunde fast kein Risiko bestand, und so fuhr sie mit einer Zusage nach Hause.

Punkt 3: Sie suchte ihre Bank auf. Der gewünschte Kredit wurde ihr anstandslos gewährt – schließlich bot ihre abbezahlte Eigentumswohnung eine entsprechende Rücklage.

Dann trat sie ihren Urlaub an, entwarf Konzepte, stellte Berechnungen auf und telefonierte täglich mit Lea, ihrer künftigen Geschäftspartnerin, bis die Leitung glühte.

Die Betriebsamkeit tat ihr gut. Zumindest tagsüber war sie von Lisbeth abgelenkt. Wenn sie abends im Bett lag, kreisten ihre Gedanken jedoch nur um sie. Sie fragte sich, was Lisbeth wohl gerade machte, und auch wenn Lea ihre Ängste mit einem kurzen »Nie im Leben, da kennst sie wirklich schlecht!« vom Tisch hatte fegen wollen, so waren sie doch weiterhin da: Was, wenn Lisbeth sie gar nicht mehr wollte, obwohl die Rahmenumstände nun günstigere wurden? Oder schlimmer noch, was war, wenn Lisbeth sich inzwischen in eine andere verliebt hatte?

Gleichzeitig fragte sie sich in diesen Momenten, wie aus der beherrschten, rationalen Frau, die sie einmal gewesen war, eine so emotionale, unsichere Person hatte werden können. Sie gab sich die Antwort schließlich selbst: Noch nie zuvor hatte sie jemanden so sehr geliebt wie Lisbeth.

Kopenhagen, Vesterbro

Das Lokal lag in einer Seitengasse in Vesterbro, jenem Stadtteil, der sich in den vergangenen Jahrzehnten vom Rotlicht- zum Szeneviertel gemausert hatte. Noch war hier alles im Umbruch: der Estrich neu gemacht und mit Terrakotta verfliest, die Wände frisch verputzt. Im vorderen Bereich reihten sich – noch in Einzelteilen und kartonweise verpackt – Stühle und Tische, die in Kürze zur Bewirtung der Gäste bereitstehen sollten. Im hinteren Teil des Lokals stand Marlene in einer alten löchrigen Jeans auf einer Leiter und bepinselte die nackte Wand in dezentem Orange, während Lea und Agnes zum x-ten Mal darüber diskutierten, ob die Theke weiter links oder eher rechts platziert werden sollte. Marlene verstand die Diskussion zwar nicht im Detail, aber konnte immerhin Rückschlüsse auf den Inhalt des Gesprächs ziehen, was sie mit leisem Stolz erfüllte. Ihr Dänisch, das sie sich derzeit im Selbststudium mit Hilfe von CDs und Büchern beibrachte, machte Fortschritte.

Vor rund zwei Wochen hatte Lea den Kaufvertrag für das Lokal unterschrieben und sie hatten essenzielle Dinge ihrer weiteren Zusammenarbeit notariell geregelt. Seit einer Woche wohnte Marlene bei Lea und Agnes in Kopenhagen, und seither waren ihre Geschäftspartnerin und sie quasi rund um die Uhr damit beschäftigt, die Räumlichkeiten in Stand zu setzen. Das Lokal hatte lange leer gestanden, aber zumindest Heizung und Stromnetz waren intakt. Am Ambiente arbeiteten sie. In vier Wochen war Eröffnung – ein ehrgeiziges Ziel, aber noch sprach nichts dagegen, dass sie ihren Zeitplan einhalten würden.

»Marlene, magst du ein Bier?«

Lea stand am Fuß der Leiter und reckte eine geöffnete Flasche. Eilig legte Marlene den Pinsel zur Seite und kletterte die Sprossen nach unten. Alkohol, zwei Meter über dem Boden, und sie – eine Kombination, der sie sich nicht aussetzen wollte. Sich jetzt das Bein zu brechen oder auch nur den Knöchel zu verstauchen, ging gar nicht.

Unten stieß sie mit Lea und Agnes an.

»Auf euren Erfolg! Ich hätte wirklich nie gedacht, dass es soweit kommt«, sagte Agnes. »Dass Lea Nägel mit Köpfen macht und ihren Plan mit dem Lokal endlich angeht.«

»Ohne Marlene hätte ich das wohl auch nie«, gab Lea grinsend zu. »Aber jetzt, wo ich sie als Profi an meiner Seite habe!«

Marlene grinste zurück. Auch sie konnte noch immer nicht fassen, dass sie den Schritt tatsächlich gewagt hatte: Alles auf eine Karte zu setzen, um ihren Traum vom eigenen Restaurant endlich in die Tat umzusetzen. Und dann mitten in Kopenhagen und somit in einem Land, dessen Sprache sie nicht wirklich sprach. Dennoch, ihr Konzept hatte Hand und Fuß: Steirische Spezialitäten und ausgesuchte steirische Weine, die praktischerweise auch gleich kartonweise im Restaurant gekauft werden konnten, das gab es in der ganzen Stadt noch nicht.

Lea und sie waren fest davon überzeugt, dass das Interesse an diesen hier noch wenig bekannten kulinarischen Besonderheiten geweckt werden konnte. Sie hatten sich bereits im Vorfeld umfangreiche Gedanken zu einem überzeigenden Marketingkonzept gemacht und Kontakt zu diversen Geschäftspartnern aufgenommen, mit deren Hilfe sie ihr Lokal zielgruppengerecht und kostengünstig bewerben konnten.

Trotz des Engagements für das gemeinsame Projekt hatte sie ihr Hauptziel nicht aus den Augen verloren: Lisbeth zurückzuerobern. Lea und Agnes mussten sie zeitweise nahezu festnageln, um zu verhindern, dass sie erneut versuchte, mit ihr Kontakt aufzunehmen. Sie rieten ihr dringend, Geduld zu haben.

Wenn alles fix und fertig ist, wird die Überraschung umso größer – darin waren sich die beiden einig.

Marlene hatte ihre Zweifel. Mit jedem Tag, der verstrich, wurde ihre Sorge größer. Zweimal hatte sie sich bereits über den Rat der beiden hinweggesetzt und versucht, Lisbeth zu treffen. Zweimal stand sie schon vor ihrer Wohnung. Das eine Mal hatte sie sogar angeläutet, mit klopfendem Herzen. Vergebens. Lisbeth war nicht zu Hause gewesen.

Sie trank einen Schluck Bier, dann fasste sie einen Entschluss.

»Morgen werde ich zu Lisbeth gehen«, eröffnete sie Lea und Agnes. »Ich weiß, das Lokal ist noch nicht fertig, aber ich kann einfach nicht mehr länger warten. Ich möchte ihr sagen, dass ich hier neu beginne, in Kopenhagen. Ich kann nicht länger abwarten und in Kauf nehmen, dass sie mich früher oder später vergisst.«

Agnes und Lea wechselten einen Blick, aus dem Marlene nicht wirklich schlau wurde.

»Sie hat dich nicht vergessen«, sagte Agnes. »Sie heult immer noch.«

»Warum dann warten? – Ich heule schließlich auch!«

Wieder sahen sich die beiden bedeutungsvoll an, und Marlene wurde plötzlich ganz beklommen ums Herz.

»Sie hat schon eine andere, oder?«

Agnes rollte mit den Augen und wandte sich ab.

Lea sah sie prüfend an.

»Und wenn das so wäre, Marlene? Änderst du dann deine Pläne? Erinnere dich bitte, dass ich deine Absichten auf Herz und Nieren geprüft und mich auf dieses Projekt nur eingelassen habe, weil du mir geschworen hast, dass du unabhängig von Lisbeth deinen Traum wahrmachen und ein Lokal führen willst!«

Marlene spürte den Kloß, der sich in ihrer Kehle bildete.

Lisbeth hatte also eine andere. Aus dem Augen, aus dem Sinn. Sie hatte nicht nur wegen Merle Schluss gemacht.

»Natürlich will ich dieses Lokal mit dir führen«, sagte sie. Trotzig stellte sie die Bierflasche zur Seite und kletterte zurück auf die Leiter. Sie pinselte weiter – allerdings mit weitaus weniger Elan als zuvor. Im vorderen Bereich des Lokals hörte sie Agnes und Lea leise tuscheln, verstand aber diesmal kein Wort.

*

Das Leben ist zum Kotzen.

Lisbeth starrte auf ihren Kontoauszug. Ihre Rücklagen auf dem Girokonto waren sichtlich geschrumpft. Noch hatte sie ihr Sparkonto nicht angreifen müssen. Und so, wie es im Moment aussah, würde sie dies auch gar nicht tun müssen.

Am Nachmittag hatte sie die Zusage ihres neuen Arbeitgebers erhalten, einer Eventagentur. Zahlreiche Abendveranstaltungen, dafür Zeitausgleich und keine Dienstreisen mehr – zumindest keine, die tagelange Abwesenheit bescherten. *Back to the roots* also, in jeder Hinsicht. Denn dass das Gehalt einer Eventagentin nicht mit dem einer Marketing-Managerin im Pharma-Bereich mithalten konnte, war von vornherein klar gewesen. Ihre Auslandserfahrung hatte die neuen Arbeitgeber jedenfalls beeindruckt, obgleich sie für den Agenturalltag wohl kaum relevant sein dürfte. Da sahen sie auch gerne über ihre mehr als zehnjährige Abstinenz vom Agenturgeschäft hinweg.

Lisbeth hatte kein Problem, die Branche zu wechseln. Sie hatte diese Art Job immer gemocht. Lockere, kreative Leute, viel Flexibilität. Lediglich wegen des Gehalts machte sie sich Sorgen. Die Wohnung kostete für sei allein einfach zu viel. Doch ausziehen wollte sie auch nicht.

Vor drei Tagen hatte sie sich überwunden und immerhin ein Inserat auf einer Website geschaltet, die sich mit ihren Lokal- und Musiktipps an junge, weltoffene Kopenhagener richtete: *Mitbewohnerin gesucht.* Schon nach zwei Stunden war ihre Mailbox mit Bewerbungen fast übergequollen. Trotzdem – die

Vorstellung, sich künftig das Badezimmer mit einer Fremden teilen zu müssen, widerte sie an. Sie hatte sich deshalb noch nicht überwinden können, die Mails durchzusehen und sich bei den Interessentinnen zu melden.

Und jetzt nervte auch noch Lea mit dieser angeblich ach so passenden Kandidatin für Merles früheres Zimmer, die sie sich unbedingt anschauen sollte. An diesem Abend, jetzt sofort.

Sie war nicht in Stimmung. Absolut nicht.

Am Nachmittag war sie großteils auf dem Sofa gelegen, passiv und grübelnd, während sie ihren Anrufbeantworter immer wieder Marlenes Worte hatte abspielen lassen.

Lisbeth, ich weiß, du willst nicht mit mir reden, aber bitte gib mir wenigstens die Chance zu einem Gespräch. Pause. *Lisbeth, ich liebe dich. Bitte, lass uns nochmal* – PIEP.

Inzwischen war Lisbeth längst zu dem Ergebnis gekommen, dass sie einen Fehler gemacht hatte. Nicht, dass sie nun doch lieber nach Wien gezogen wäre. Das war unmöglich. Merle brauchte wirklich ihre Hilfe, wenn das Kind erst einmal auf der Welt war. Aber sie hätte mit Marlene reden sollen. Ihr die Gründe persönlich erläutern sollen, anstatt sie mit einem nüchternen Brief plus Kontaktverbot kaltzustellen. Vielleicht hätte sich ja doch eine Lösung gefunden …

Vielleicht, vielleicht.

Jetzt war es zu spät.

Vor fünf Tagen hatte sie Marlenes Festnetznummer gewählt – nicht, weil sie nun den Mut gehabt hätte, mit ihr zu sprechen. Sie wusste doch nicht einmal, was sie hätte sagen sollen!

Marlene, es tut mir leid, es war eine Kurzschlusshandlung. Ich denke jeden Tag an dich. Ich bereue, was ich getan habe. Zutiefst. Ich wünschte, ich hätte mit dir geredet. Stattdessen habe ich dir unterstellt, dass du es sowieso nicht ernst meinst mit mir. Wir hätten gemeinsam eine Lösung finden sollen.

Worte, die sie nie über die Lippen bringen würde, da war sie sich sicher. Sie hatte von vornherein nichts anderes vorgehabt als aufzulegen, sobald sie Marlene am Telefon ihren Nachnamen sagen hörte, doch dazu kam es nicht.

Kein Anschluss unter dieser Nummer.

Genau das war es, was sie zu hören bekam. In dem Glauben, sich verwählt zu haben, tippte sie die Nummer nochmals – mit demselben Ergebnis. Ihre Annahme wurde zur Gewissheit: Marlene hatte die Nummer gekündigt, um nicht mehr für sie erreichbar zu sein. Die Retourkutsche für ihre kindische Aktion, sie auf Facebook und per Mail zu blockieren …

Kindisch und unreif.

Lisbeth fühlte sich genau so. Sie hatte einfach alles falsch gemacht, von Anfang an. Sich auf Marlene einzulassen, sich in sie zu verlieben – die ersten Fehler. Mit ihr von einer gemeinsamen Zukunft zu träumen – der nächste. Und sie per Brief abzuservieren – der größte, unverzeihlichste aller Fehler!

Sie vermisste sie. Schrecklich.

Aber jetzt war es zu spät.

Die Hände in den Manteltaschen, hastete sie eine knappe Stunde später im leichten Nieselregen die Istedgade entlang. Sie wusste selbst nicht, weshalb Lea sie ausgerechnet in dieses aufstrebende Ausgehviertel bestellt hatte. Ihr war nicht danach, in einem Lokal zu sitzen und mit einer potenziellen Mitbewohnerin über Mietpreis und Heizungskosten zu diskutieren, während sich die Menschen um sie herum prächtig amüsierten.

An einer roten Ampel musste sie stehenbleiben. Ihr Blick fiel auf eine große Uhr mit Datumsanzeige, die ihr von einem Geschäftshaus digital und mit grünen Ziffern entgegenflimmerte.

Großartig, auch das noch.

Genau vor einem Jahr hatte sie Marlene das erste Mal geküsst, in jener Flughafen-Lounge …

Mit den Tränen kämpfend und mit gesenktem Kopf setzte sie ihren Weg fort. Sie lief an einer Seitenstraße vorbei und kehrte nach ein paar Schritten um, weil ihr klar wurde, dass Lea eine Hausnummer in genau dieser Gasse genannt hatte. Nur die

Nummer, nicht den Namen des Lokals. Vergebens hielt sie Ausschau nach irgendeinem Schriftzug, einem Schild. Nichts. Einzig ein spärlich beleuchtetes Ladenlokal – im Umbau, wie sie mit einem flüchtigen Blick durch die gläserne Eingangstür erkannte.

Merkwürdig.

Sie kramte den Zettel hervor, auf dem sie sich nach dem Telefonat die Adresse notiert hatte. Straße und Nummer stimmten, offenbar hatte sie etwas falsch verstanden. Verwirrt griff sie nach ihrem Handy, ein Anruf bei Lea würde Klarheit schaffen. Doch Lisbeth hatte den Kontakt noch nicht aufgerufen, als die Glastüre hinter ihr geöffnet wurde.

Agnes steckte den Kopf heraus.

»Du bist schon richtig, Lisbeth. Komm herein.«

Im Inneren des Lokals roch es nach frischer Farbe. Lea lehnte an drei übereinander gestapelten, großen Pappschachteln und streckte ihr eine geöffnete Bierflasche entgegen.

»Was ist das?«

Erstaunt ließ Lisbeth ihren Blick durch den Raum schweifen.

»Bier«, erwiderte Lea stoisch. »Aber hallo erst einmal.«

»Nein, das hier … dieser Laden.« Lisbeth nahm dennoch die Bierflasche entgegen. »Wieso hast du mich hierher bestellt?«

»Das hier wird Leas Lokal«, erklärte Agnes nun ohne Umschweife. »Sie hat doch schon ewig davon gesprochen, eines zu eröffnen. Und nun, voilà, ist es bald soweit!«

Aha.

Das kalte Bier prickelte auf Lisbeths Zunge und Gaumen.

Schön, wenn sich alle um sie herum ihre Träume erfüllten, während sie wieder einmal eine Beziehung in den Sand gesetzt und sich beruflich verschlechtert hatte.

»Außerdem wollte ich dir deine neue Mitbewohnerin vorstellen, schon vergessen?«

»Wo ist sie?«

»Ich habe sie ums Eck Pizza holen geschickt, sie kommt jede Minute zurück.«

»Ob sie meine neue Mitbewohnerin wird, kann ich wohl erst entscheiden, wenn ich sie kennengelernt habe.«

Lea zwinkerte ihr zu.

»Ich bin sicher, du wirst sie mögen. Sehr sogar.«

Hellhörig geworden, hob Lisbeth den Kopf.

»Sag bitte nicht, dass sie lesbisch ist! – Willst du mich verkuppeln? Lea, ich will das nicht! Das gibt nur Komplikationen, wenn sie etwas von mir will, ich nicht bereit bin und …«

In diesem Moment ging die Ladentüre auf, und eine mit drei Pizzakartons beladene Gestalt trat herein, die Kapuze einer dunkelblauen Regenjacke tief ins Gesicht gezogen.

»Wir hätten die Pizza herbestellen sollen«, sagte die Person auf Englisch. Lisbeth Herz hörte sekundenlang auf zu schlagen. Mit aufgerissenen Augen fixierte sie die Frau im Regencape, die im Moment nur Lea und Agnes im Blick hatte. »Der Regen ist stärker geworden, und …«

Die Pizzabotin stockte mitten im Satz.

*

Marlenes Gedanken überschlugen sich.

Was, wieso, warum war Lisbeth plötzlich hier? Agnes und Lea hatten sie herbestellt, keine Frage, aber warum hatten sie ihr nichts gesagt? – Sie war auf diese Begegnung vollkommen unvorbereitet!

Lisbeths Gesicht nach zu urteilen, schien es ihr ähnlich zu gehen. Sie wollte auf sie zugehen, doch die Knie wollten ihr nicht gehorchen.

Dann sagte Lisbeth etwas zu Lea und Agnes auf Dänisch, wobei ihr Tonfall nicht besonders freundlich klang, und stürmte an ihr vorbei aus dem Lokal. Entsetzt starrte Marlene ihr nach.

»Los, hol sie zurück!« Agnes machte eine auffordernde Geste in Richtung Türe. Doch Marlene, die noch immer die lauwarmen Pizzakartons umklammert hielt, war wie betäubt. Die Enttäuschung kroch in ihr Herz wie lähmendes Gift.

Lisbeth will mich wirklich nicht.

»Sag mal, was ist mit euch beiden eigentlich?« Lea griff nach den Kartons. »Ihr liebt euch, trennt euch trotzdem, heult und vermisst euch, und seid jetzt unfähig, aufeinander zuzugehen! Das ist verdammt kindisch! – Also, los, Marlene – geh da raus und schnapp sie dir, und dann Schluss mit diesem Theater!«

»Aber sie ist weg ...«

»Wie ich Lisbeth kenne, steht sie in der nächsten Querstraße und heult sich die Seele aus dem Leib«, kommentierte Agnes trocken, während sie Marlene kritisch musterte. »Von Lisbeth sind wir Tränen gewohnt. Aber du musst es ihr jetzt wirklich nicht gleichtun. Also los, bevor wir dich vor die Tür setzen!«

Agnes hatte richtig vermutet: Lisbeth stand nicht weit vom Lokal entfernt mit dem Rücken an der Hauswand im Regen, das Gesicht in den Händen verborgen.

»Lisbeth.«

Als sie ihren Namen hörte, hob sie den Kopf. Die Verzweiflung in ihren Augen löste Marlenes Schockstarre. Agnes hatte Recht: Das alles war wirklich kindisch. Damit musste Schluss sein, endlich und endgültig.

»Lisbeth, ich liebe dich«, sagte Marlene mit fester Stimme. »Und ich bin nicht bereit, klein beizugeben und unsere Beziehung ad acta zu legen. Deshalb wohne ich jetzt hier. Wie du vielleicht schon mitbekommen hast, bin ich Leas Geschäftspartnerin. Es ist also auch mein Restaurant.«

Lisbeth starrte sie weiterhin an, rührte sich aber nicht von der Stelle. Marlenes Zuversicht sank.

»Und wenn du mich auch noch liebst – nun, du weißt, wo du mich findest«, sagte sie deshalb. »Wenn nicht, dann muss ich das wohl akzeptieren.«

Lisbeth schluckte.

Marlenes Gesicht war inzwischen nass vom Regen. Lisbeths Haar hing ihr in klatschnassen Strähnen ins Gesicht.

Wie auch immer.

Sie hatte gesagt, was zu sagen war. Mehr konnte sie nicht tun. Wenn Lisbeth nicht wollte, gab es nichts zu ändern. Mit ihrer eigenen Enttäuschung und Bitterkeit kämpfend, wollte sie sich gerade abwenden, als Bewegung in Lisbeth kam.

Sie stürzte sich in Marlenes Arme, presste ihren Kopf eng an ihre Halsbeuge. Marlene spürte heiße Tränen, die sich mit dem Regen vermischten. Nach all den Wochen der Trennung fühlte sich dieser Körperkontakt fast irreal an.

»Liebst du mich noch?«, flüsterte Lisbeth mit kratziger Stimme, da drückte Marlene sie fest an sich und erwiderte: »Das sagte ich schon. Genau deshalb bin ich hier.«

»Ich liebe dich auch«, platzte es aus Lisbeth heraus. »Ich habe nie damit aufgehört. Ich wollte dich immer. Ich war nur so fertig, wegen Merle, und wegen der Sache mit dem Umzug, und ich hatte so Angst, dass du mich nicht verstehst, und dann habe ich diesen Brief geschrieben, und …«

»Lisbeth.« Marlene schnitt ihr das Wort ab. »Du musst mir das jetzt nicht erklären, im strömenden Regen. Lass uns erst mal reingehen, die blöde Pizza essen, Lea und Agnes beruhigen und dann nach Hause verschwinden, okay?«

Lisbeth sah zu ihr auf. Ihre Augen schimmerten noch immer feucht, aber Marlene entdeckte darin auch einen Funken von Hoffnung.

»Können wir den Punkt mit der Pizza auslassen und gleich gehen?«

Marlene küsste sie auf die Lippen und gab ihr damit die Antwort, nach der sie sich sehnte. Ihr eigenes Herz machte vor Erleichterung einen Sprung, und sie wusste in diesem Augenblick: alles würde gut werden. Ihr Leben mit Lisbeth, das Restaurant, einfach alles.

London, Soho

Lisbeth bezahlte ihren Eistee, dann machte sie sich auf den Weg zum vereinbarten Treffpunk. In einem luftigen, bunten Sommerkleid, das sie sich bei der gemeinsamen Shoppingtour am Vortag zugelegt hatte, schlenderte sie die bevölkerte Carnaby Street entlang.

Fünf Jahre waren vergangen, seitdem sie das letzte Mal hier gewesen war, und sie stellte fest, wie sehr sich die Straße seither verändert hatte. Die Modeketten mit Allerweltsmarken waren inzwischen winzigen, individuellen Läden und Boutiquen gewichen; einladende Cafés und kleine Restaurants mit Speisekarten, deren Angebot über das Übliche hinausging, reihten sich aneinander.

Doch nicht nur die berühmte Londoner Einkaufsstraße hatte sich verändert, sondern auch ihr eigenes Leben, beruflich und privat. In den drei Jahren, in denen sie für die Eventagentur in Kopenhagen tätig war, hatte sich ihre Stundenanzahl kontinuierlich reduziert. Inzwischen war sie regulär nur noch zehn Stunden die Woche mit dem Organisieren von Großevents befasst und sprang ein, wenn jemand überraschend erkrankte. Die Kollegen waren nett und unkompliziert; die Arbeit machte Spaß. Aber noch mehr Freude machte es ihr, Marlene und Lea dabei zu unterstützen, das kleine Restaurant und die darin integrierte Weinhandlung bekannter zu machen. Es war allein Lisbeths Verhandlungsgeschick zu verdanken, dass Flyer mit dem Weinangebot inzwischen in jedem gehobenen Design- und Einrichtungshaus in Dänemark auslagen.

Wer für ein Sofa oder eine Vase mindestens fünfmal mehr bezahlt als beim Möbeldiscounter, legt auch Wert auf guten Wein, hatte sie den beiden vorgerechnet – und Recht behalten.

Seitdem das Marketing vollständig in ihren Händen lag, was schon recht bald nach Eröffnung der Fall gewesen war, verzeichnete das Restaurant wachsende Besucherzahlen. Seit rund drei Wochen waren sie stets ausgebucht – und das sieben Tage im Voraus. Der rege Zustrom an Gästen und Marlenes Engagement in Sachen Vertrieb, was den Wein vom Brunnerhof betraf, hatten es inzwischen erforderlich gemacht, einen Koch einzustellen. José war ein junger schwuler Koch aus Spanien, den die Wirtschaftskrise nach Dänemark verschlagen hatte. Inzwischen bereitete er Speckzwetschgen, Schnitzel mit Kürbiskernpanier und Kürbissuppe zu, als hätte er sein Leben lang steirische Delikatessen gekocht. Sogar Marlene war mittlerweile von seinen kulinarischen Fähigkeiten überzeugt.

Die Beziehung mit Marlene hatte sich über die Jahre nicht nur gefestigt, sondern war zur zentralen Säule in Lisbeths Leben geworden. Sie liebte sie wie keinen Menschen zuvor. Nicht einmal für Marie hatte sie solch tiefe Gefühle in sich getragen wie für diese Frau, die ihretwegen ihr bisheriges Leben aufgegeben und sich ins Ungewisse gestürzt hatte. Noch immer entdeckte Lisbeth neue Seiten an ihr, die sie faszinierten. Marlenes Dynamik beispielsweise und auch ihre Entschlusskraft, wenn es darum ging, Entscheidungen zu treffen. Ihre Loyalität, wenn es darum ging, sie zu unterstützen.

In all den Jahren, in denen sie mittlerweile zusammen wohnten, hatte sie kein einziges Mal erlebt, dass ihr Marlene in irgendeiner Weise in den Rücken fiel. Sie war der Fels in der Brandung, an den sie sich retten konnte, wenn das Leben zu hohe Wellen schlug. Nicht dass dies oft der Fall war. Aber wenn Merle, die mittlerweile mit ihrem zweiten Kind schwanger war, den kleinen, übrigens sehenden Simon in ihre Obhut gab und er die Wohnung als tollsten aller Spielplätze betrachtete, waren ihre Nerven nach einiger Zeit dünn wie Bindfäden. Marlene dagegen mutierte zu einer Art Super-Tante und nahm ihr nicht nur Verantwortung, sondern auch den lebhaften Knirps ab.

Simon war der einzige, mit dem sich Marlene ausschließlich auf Dänisch unterhalten konnte – eine Tatsache, die Lisbeth insgeheim amüsierte. Marlene hatte nicht Unrecht gehabt mit ihrer Behauptung, nicht besonders sprachbegabt zu sein. Sie konnte sich inzwischen recht gut verständlich machen, war aber noch weit davon entfernt, eine flüssige Kommunikation zu führen. Ihr Freundeskreis und ihre Familie, die wie selbstverständlich weiterhin Englisch mit ihr sprachen, trugen nicht dazu bei, dass sich ihre Sprachkenntnisse verbesserten.

Irgendwann hatte auch Lisbeth das Dänisch aufgegeben. Meist hatten sie sich sowieso viel zu viel zu erzählen, um dies in einer Sprache, die nur eine von ihnen perfekt beherrschte, abzuwickeln. Immerhin, ihr Deutsch war inzwischen nahezu perfekt. Und Marlene übte weiterhin tapfer mit Simon, der – je nach Tagesverfassung – entweder großzügig über ihre Fehler hinweg sah oder sich vor Lachen am Boden wälzte.

Noch immer war Lisbeth nicht ganz frei von Angst, Marlene könne sie irgendwann verlassen. Doch mittlerweile hatte sie zumindest eines erkannt: Ob dabei ein Mann oder eine andere Frau ins Spiel käme, spielte keine Rolle. Der Schmerz wäre so oder so unerträglich. Und insofern war es auch egal, ob sich Marlene als lesbisch, bisexuell oder was auch immer definierte.

Sie hoffte einfach, dass Marlene sie immer lieben würde, so wie ihr Vater ihre Mutter nach all den Jahrzehnten Ehe noch immer liebte, und tat von ihrer Seite aus alles dafür, dass die Beziehung funktionierte – weil auch Marlene das ihre dazu beitrug, dass dem so war. In all den Jahren, in denen sie mittlerweile zusammen waren, hatte es keine Nacht gegeben, in der sie zerstritten zu Bett gegangen waren.

Lisbeth war vor dem kleinen Delikatessengeschäft angekommen, vor dem sie sich verabredet hatten. Marlene verhandelte anscheinend noch immer mit dem Geschäftsführer, um die Brunnerhof-Weine ins Angebot dieses gut gehenden Geschäfts auf einer von Londons beliebtesten Einkaufsstraßen zu bringen.

Neben dem Laden lag eine kleine Boutique mit extravagant geschnittenen T-Shirts und Sweatshirts. Lisbeth überlegte gerade, ob sie einen Blick ins Innere werfen sollte, als hinter ihr eine Frauenstimme erklang, die ihr seltsam vertraut vorkam.

»Lisbeth? Bist du das?«

Sie fuhr herum und erkannte die schlaksige, hochgewachsene Frau, die in einem altmodisch anmutenden Rock und zugeknöpfter Bluse vor ihr stand, sofort. Ihr Haar war etwas grauer geworden, das Gesicht hatte ein paar Falten mehr bekommen. Doch der akkurate Oxford-Akzent und das Lächeln waren immer noch gleich geblieben.

»Margret? – Was für eine Überraschung!«

Sie umarmten sich zur Begrüßung, und *Rasmussen Pharma*, das Unternehmen, das inzwischen nur noch ein neutraler Punkt in ihrem Lebenslauf war, wurde plötzlich wieder präsent.

»Ich kann kaum glauben, dass du vor mir stehst!« Margret strahlte sie an. »Als du so abrupt gekündigt hast und von der Bildfläche verschwunden bist, habe ich so bedauert, dass ich deine privaten Kontaktdaten nicht hatte. Glaube mir, die Tagungen waren ohne dich nicht mehr dieselben. Du hast mir wirklich gefehlt. Mit dir war immer so viel Spaß und Unterhaltung bei Tisch! – Aber sag, wo bist du jetzt, was machst du?«

»Ich arbeite für eine Eventagentur in Kopenhagen«, antwortete Lisbeth wahrheitsgemäß. »Und teilweise mache ich für ein aufstrebendes Restaurant das Marketing. – Wie geht es dir?«

»Ich bin noch immer bei *Rasmussen Pharma*, aber nächstes Jahr gehe ich in Pension.« Das Leuchten in Margrets Augen verriet Lisbeth deutlich, wie sehr sich die ehemalige Kollegin darauf freute. »Ich habe vier Enkelkinder«, schob sie gleich als Erklärung hinterher. »Und bin wirklich froh, wenn ich diesen Pharma-Mist los bin und mit ihnen mehr Zeit verbringen kann.«

Als Lisbeth nichts erwiderte, fuhr sie fort: »Es ist bei *Rasmussen* nicht mehr so, wie es einmal war. Mehr Stress, dafür weniger Prämien. Einige Kollegen, die du noch kanntest, sind inzwischen auch gegangen ... Lorraine beispielsweise und Magnus. Wo er ist, weiß ich nicht, aber sie macht jetzt Marketing für eine große französische Parfümerie-Kette. Ihr geht es gut, soviel ich weiß. Und Marlene, die nette österreichische Kollegin, hat ziemlich rasch nach dir gekündigt. Keiner weiß, weshalb, aber auf einmal war sie weg. – Ach ja, und dann war da noch die Sache mit Siri ...«

Lisbeth wollte einhaken. Sie wollte es wirklich. Wollte Margret, zu der sie stets ein gutes Verhältnis gehabt hatte, von Marlene und sich erzählen. Doch der Name, der ihr jahrelang Schweißausbrüche beschert hatte, machte ihr Vorhaben zunichte.

»Was ist mit Siri?«

Margret grinste breit.

»Du wirst es nicht glauben, aber vor zwei, drei Jahren hat sie tatsächlich versucht, Thorben wegen Mobbings zu belangen.«

»Thorben?«, wiederholte Lisbeth ungläubig. Sie kannte ihren ehemaligen Vorgesetzten nur als akkuraten, bodenständigen Menschen, der weder Machtspielchen noch Intrigen guthieß – jenseits von Siris Manipulationskünsten, die ihm glatt entgingen.

»Offensichtlich hat der arme Kerl in dem ganzen Stress, den er letztendlich hatte, vergessen, die liebe Siri in einige Mails einzukopieren«, schob Margret mit sichtlicher Genugtuung die Erklärung nach. »Daraus wollte sie ihm dann einen Strick derhen. Wahrscheinlich wollte sie nichts anderes als seine Position. Aber dazu musste sie ihn erst einmal verdrängen. – Nun ja, diesmal hat es nicht funktioniert. Der Betriebsrat und die Geschäftsführung haben sich auf Thorbens Seite geschlagen, und Siri hat daraufhin von selbst gekündigt. Möglicherweise lag es auch daran, dass sie künftig an den Forschungsstandort versetzt worden wäre, als PR-Unterstützung für Krisenfälle. Du weißt, wie undankbar diese Positionen sind: Nachtdienste, ständige Rufbereitschaft für Krisenfälle, heikle Journalistenanfragen, wenn etwas schief geht … Nun, jedenfalls, sie kündigte. Und über ein paar Ecken habe ich erfahren, dass sie inzwischen als Assistentin der Geschäftsführung arbeitet … bei einem englischen Schuhfabrikanten!« Margret lachte über ihre eigene Erzählung. »Sag mal, was machst du hier in London?«, wechselte sie nun galant das Thema. Sie schien bemerkt zu haben, dass die Erwähnung von Siri nach wie vor Unbehagen weckte. »Bist du beruflich hier oder privat?«

»Ich bin …«, setzte Lisbeth gerade an, als sich von hinten Marlenes Arme um sie schlangen.

»Hier bist du, Liebes, ich habe dich schon gesucht!« Marlene drückte ihr einen Kuss auf die Lippen. Sie war aufgekratzt, in so euphorischer Stimmung, dass sie Margret gar nicht bemerkte. »Das Gespräch war ein voller Erfolg, er wird uns künftig regelmäßig den Welschriesling und den Steirischen Satz abnehmen! Vom Traminer war er weniger begeistert, aber …«

»Marlene«, fiel Lisbeth ihr ins Wort und wies mit dem Kinn in Richtung Margret, die mit offenem Mund dastand.

»Was?« Marlene schaute weiterhin nur sie an.

Mit sanfter Gewalt wurde sie bei den Schultern gepackt und in Margrets Richtung gedreht.

»Oh«, stammelte sie perplex, fand aber dennoch als Erste die Sprache wieder. »Margret! Schön, dich zu treffen, was für eine Überraschung!« Förmlich streckte sie ihr zunächst die Hand entgegen, dann überlegte sie es sich anders und küsste sie auf beide Wangen. »Was machst du hier?«

Margret schluckte. Lisbeth konnte an ihren Gesichtszügen ablesen, wie es in ihr arbeitete. Zu welchen Schlussfolgerungen sie kam.

»Mein Jüngster hat heute seine Promotionsfeier an der Universität«, antwortete sie, ganz die englische Lady, als die sie Lisbeth während ihrer Zeit als Kolleginnen immer erlebt hatte. »Mein Mann und ich verbringen daher zwei Tage in London, um seinen großen Tag mitzuerleben.«

Ein kurzes Schweigen entstand, dem Lisbeth ein Ende bereitete, ehe es für alle unangenehm zu werden begann.

»Marlene ist meine Partnerin. Wir leben zusammen. Das Restaurant, für das ich arbeite, gehört ihr und einer Freundin. Wir sind in London, weil wir zusätzlich Wein vertreiben.«

Ein paar Sekunden verstrichen, dann breitete sich ein Lächeln auf Margrets Gesicht aus.

»Ich freue mich für euch«, sagte sie. »Aber ich bin überrascht … ich hätte das nie geahnt!«

»Wir auch nicht«, erwiderte Marlene grinsend und legte den Arm um Lisbeths Schultern. »Aber angeblich lernen sich über fünfzig Prozent aller Paare im Job kennen.«

»Wieso habe ich das nicht bemerkt?« Margret schüttelte ungläubig den Kopf, offensichtlich noch immer fasziniert von der Tatsache, mit der sie soeben konfrontiert worden war.

»Wir waren eben diskret.« Marlene schmunzelte. »Und, nur um Gerüchten vorzubeugen: Lisbeth hat mich nicht gegen meinen Willen verführt!«

Nun lachte Margret herzhaft. »Das hätte ich doch sowieso nie gedacht.«

Kurz darauf verabschiedeten sie sich.

»Ich habe heute Abend übrigens zwei Karten für das Palace Theatre ergattert.« Marlenes Arm lag noch immer über Lisbeths Schultern, als sie weiter die Carnaby Street entlangspazierten. »Und vorher einen Tisch in einem wirklich angesagten asiatischem Restaurant in Covent Garden organisiert.«

Lisbeth sagte nichts. Sie wollte nicht an Siri denken, tat es aber trotzdem. Die Demütigung von damals war verblasst, aber noch nicht endgültig aus ihren Erinnerungen verschwunden. Wie hatte sie sich so in einem Menschen täuschen können?

»Lisbeth? Liebes?« Marlene blieb stehen. »Ist etwas nicht okay?«

»Ich habe dich wirklich nicht verführt«, brach es aus Lisbeth unwillkürlich heraus. »Du hast mich verführt!«

Marlene blinzelte ungläubig, dann zuckte sie mit den Schultern.

»Ist das so wichtig, wer wen verführt hat?«

»Ja. Und du weißt auch, warum? Ich bin nicht so!«

Marlene verstand. Schlagartig wurde sie ernst. Sie legte ihre Arme um Lisbeth, mitten auf der belebten Carneby Street, und küsste sie innig.

»Ich weiß, dass du nicht so bist«, sagte sie schließlich leise. »Ich war es. Ich wollte dich, habe dich verführt, und jetzt stehen wir hier.«

Lisbeth drückte sich eng an sie.

»Ja«, sagte sie dankbar. »Genauso war es.«

Zufrieden in dieser stillen Übereinkunft, setzten sie ihren Weg Hand in Hand fort.

ENDE

CAROLIN SCHAIRER

wuchs in Niederbayern auf. Die Diplom-Journalistin schrieb als Freie für Zeitungen und Magazine, war in der Medienbeobachtung, in der Markt- und Meinungsforschung und als PR-Mitarbeiterin eines Großunternehmens tätig. Sie lebt in Wien. Ihre ersten Romanerfolge verzeichnete sie mit »Ellen« und »Die Spitzenkandidatin«. Inzwischen erschienen über ein dutzend Romane von ihr, zuletzt »Sommer in Barock« und der Krimi »Tödliche Verstrickungen« (alle Titel bei Helmer).

Mehr von Carolin Schairer ...

www.ulrike-helmer-verlag.de

Sommer in Barock

Roman. 336 Seiten. 978-3-89741-396-2

Diana Kleedorfs Welt ist die Oper. Da plötzlich wird die Mezzosopranistin, die oft in Hosenrollen auftritt, in den Medien als lesbisch hingestellt. Diana flieht ins nächste Engagement, den »Anzinger Barocksommer«. Als sie dabei der geheimnisvollen Sophie begegnet, wird die Zeit in dem idyllischen Städtchen zum Sommer ihres Lebens ...

Frischer Wind am Wolfgangsee

Roman. 243 Seiten. 978-3-89741-390-0

Vanessa wird den elterlichen Gasthof übernehmen. Ihre Neigung gilt dem Salzkammergut, aber auch Frauen ... Wie um alles in der Welt lässt sich das nur vereinen? Der Roman erzählt von Tradition und Aufbruch, von verängstigten Eltern und mutigen Töchtern, die lernen, über sich hinauszuwachsen.

Ellen

Roman. 447 Seiten. 978-3-89741-277-4

Pressebüro eines Pharmakonzerns? Kein Traumjob für Nina, denn bisher schrieb sie Kinderbücher. Es ist purer Geldmangel, der sie in die fremde Bürowelt treibt, wo sie direkt vor der Nase der kühlen Chefin Ellen McGill landet. Eine Landung mitten in einem neuen Leben – und in einer neuen Liebe.

Vesna

Roman. 277 Seiten. 978-3-89741-355-9

Elisa steht vor dem Nichts. Hals über Kopf geht sie aus ihrer Wahlheimat Italien zurück nach Wien. Dort, in der Stadt ihrer Kindheit, will sie mit ihrer fünfjährigen Tochter Lilly ein neues Leben beginnen. Doch der Ärger beginnt schon mit einer seltsamen Frau im Flieger …

Lass keine Fremden ins Haus

Roman. 300 Seiten. 978-3-89741-311-5

Die seltsame Frau, die Laura bei der morgendlichen Fahrt zur Arbeit trifft, geht ihr nicht mehr aus dem Sinn. Als sie die Fremde an einem eiskalten Abend völlig verfroren an der Haltestelle wiedersieht, nimmt sie sie mit zu sich nach Hause …

Tödliche Verstrickungen

Kriminalroman. 303 Seiten. 978-3-89741-389-4

Pünktlich zum Schulanfang wird in der niederbayrischen Gemeinde Aichendorf eine Bank überfallen und Landärztin Gesine Hofmann sieht sich in den Fall verwickelt. Dabei hat Gesine schon genug Stress mit ihrer Lebensgefährtin Holly sowie einer Patientin, deren Sohn höchst seltsame Symptome zeigt …

Todesursache: ungeklärt

Kriminalroman. 280 Seiten. 978-3-89741-366-5

Kaum hat Ärztin Gesine Hofmann eine Landpraxis in Niederbayern übernommen, erhängt sich eine Frau im Geräteschuppen. Gemeinsam mit Nachbarin Holly taucht Gesine in den

Strudel der Ermittlungen ein. Bald zeigt sich, dass hinter den Kulissen der idyllischen Gemeinde ein erbitterter Kampf tobt.

In jener Nacht

Kriminalroman. 304 Seiten. 978-3-89741-340-5

Der neue Thriller ist noch nicht erschienen, schon wittern die Medien spannende Enthüllungen. Denn die gefeierte Krimiautorin Julie Schneeberg greift darin das dunkelste Kapitel ihrer Vergangenheit auf: Sie war Zeugin einer blutigen Tragödie ...

Wir werden niemals darüber reden

Kriminalroman. 304 Seiten. 978-3-89741-347-4

Ein alter Bauernhof im Süddeutschen birgt düstere Geheimnisse. Nach dem Tod der Bäuerin kommen sie ans Licht. Als ihre Enkel Isabell und Jan zur Beerdigung der Großmutter zurückkehren, beginnt eine harte Reise in die Vergangenheit.